La Clinique du docteur H.

Mary Higgins Clark

La Clinique du docteur H.

Traduit de l'américain par
Anne Damour

ÉDITIONS FRANCE LOISIRS

Titre original : *The Cradle will fall*

Édition du Club France Loisirs,
avec l'autorisation des Éditions Albin Michel.

Éditions France Loisirs,
123, boulevard de Grenelle, Paris
www.franceloisirs.com

© Mary Higgins Clark 1980
© Éditions Albin Michel, 1981, pour la traduction française
www.m-higgins-clark.com

Création graphique de la collection et couverture par dpcom.fr
Photo © Tony Hutchings/Getty Images

ISBN : 978-2-298-02820-1

The first so-called 'test-tube baby' had just been born in England when I was ready to begin this book. I thought of all the potential dangers that could occur if that kind of power was in the hands of an evil doctor. As I was writing it, I realized I did not want Doctor H to be married, because a wife might ask too many questions about his activities. But I felt that he needed some kind of passion in is life. I called a psychiatrist friend and outlined the character. "Make him a gourmet," he suggested. "Food is his outlet and passion." After the book came out, I received quite a few letters asking for the recipes of the dinners the doctor prepared.

Mary Higgins Clark

À mes lecteurs de France Loisirs

Le premier bébé-éprouvette venait de naître en Angleterre lorsque je me suis mise à l'écriture de ce livre. J'ai pensé à tous les dangers potentiels que représentait un aussi grand pouvoir entre les mains d'un médecin malveillant. Au cours de l'écriture, je me suis rendu compte que, si je ne souhaitais pas que le docteur H. soit marié (une épouse pourrait se montrer trop curieuse au sujet de ses activités), j'avais en revanche le sentiment qu'il lui fallait malgré tout une passion dans la vie. J'ai appelé un ami psychiatre et lui ai décrit mon personnage : « Fais-en un gourmet, m'a-t-il suggéré. La nourriture est son exutoire et sa passion. »

Après la sortie du roman, j'ai reçu quelques lettres de lecteurs me demandant les recettes des plats préparés par le médecin...

Née à New York, Mary Higgins Clark travaille dans une agence de publicité avant d'épouser Warren Clark. En 1964, son mari meurt brusquement, la laissant seule avec cinq enfants. Elle écrit alors des scripts pour la radio, passe un diplôme de philosophie, et publie *La maison du guet*, aussitôt best-seller. Dès lors, les succès s'enchaînent, parmi lesquels *Une seconde chance*, *Rien ne vaut la douceur du foyer*, *Où es-tu maintenant*…

En France, les romans de Mary Higgins Clark se sont vendus à plus de vingt millions d'exemplaires.

Katie DeMaio est une jeune et brillante adjointe au procureur dans une petite ville du New Jersey. Victime d'un accident de voiture mineur qui la conduit à la clinique Westlake, elle aperçoit – ou croit apercevoir – au milieu de la nuit, une silhouette familière transportant un corps de femme inanimée dans une voiture.

Lorsque la femme est retrouvée le lendemain, morte dans son lit, prétendument d'un suicide, Katie décide de mener l'enquête. Entre scandales, complots et peurs enfouies, les cliniques ne sont finalement pas toujours des maisons de santé…

Mary Higgins Clark est le maître incontesté d'un suspense dissimulé derrière la façade ordinaire de la vie de tous les jours.

1

Si elle n'avait pas eu l'esprit absorbé par le procès qu'elle venait de gagner, Katie n'aurait peut-être pas pris son virage aussi vite, mais elle était encore sous le coup de l'intense satisfaction que lui avait procurée la sentence de culpabilité. Elle l'avait obtenue de justesse. Roy O'Connor était l'un des avocats les plus brillants du New Jersey. La cour n'avait pas tenu compte des aveux de l'accusé. Un coup dur pour l'accusation. Mais Katie avait malgré tout réussi à convaincre le jury que Teddy Copeland était bien l'homme qui avait sauvagement assassiné la jeune Abigail Rawlings au cours d'un vol à main armée.

La sœur de Mlle Rawlings, Margaret, assistait au procès et elle s'était avancée vers Katie après le verdict. « Vous avez été formidable, madame DeMaio, avait-elle dit. Vous avez l'air d'une collégienne. Jamais je ne vous en aurais crue capable, mais chaque fois que vous preniez la parole, vous apportiez toutes les preuves utiles. Vous avez réussi à leur expliquer ce que cet homme avait fait à Abby. Que va-t-il se passer maintenant ?

— Avec son casier judiciaire, espérons que le juge le condamnera à la prison pour le restant de ses jours, répondit Katie.

— Dieu vous entende », avait dit Margaret Rawlings. Ses yeux humides et délavés par l'âge s'emplirent de larmes. Elle les essuya discrètement en ajoutant, « Abby me manque terriblement. Nous n'étions plus que toutes les deux. Et je n'arrête pas de penser qu'elle a dû avoir tellement peur. Ç'aurait été affreux, s'il s'en était tiré. »

« *Il ne s'en est pas tiré !* » Le souvenir de ces paroles rassurantes détourna alors l'attention de Katie, lui fit appuyer le pied sur l'accélérateur. La voiture accéléra soudain dans le virage et chassa de l'arrière sur la route verglacée.

« Oh… non ! » Elle s'agrippa au volant de toutes ses forces. La petite route était sombre. La voiture franchit la bande centrale en pleine vitesse et fit un tête-à-queue. Au loin, Katie vit des phares approcher.

Elle braqua dans le sens du dérapage, mais ne put contrôler la voiture qui glissa, monta sur le bas-côté de la route, aussi verglacé que la chaussée, et tel un skieur prêt à sauter, resta un instant en équilibre sur le rebord de l'accotement, les roues dans le vide, avant de basculer par-dessus le talus dans le champ planté d'arbres.

Une forme sombre se dressa devant : un arbre. Katie perçut l'atroce craquement de la tôle contre l'écorce. La voiture vibra. Katie fut projetée sur le volant, rejetée en arrière. Elle leva ses bras devant son visage, tentant de se protéger des éclats de verre qui explosaient du pare-brise. Une douleur fulgurante traversa ses poignets et ses genoux. Les phares et les lumières du tableau de bord s'éteignirent. Les ténèbres veloutées se refermaient sur elle quand elle entendit une sirène dans le lointain.

Le bruit d'une portière qui s'ouvre ; une bouffée d'air froid. « Mon Dieu, c'est Katie DeMaio ! »

Une voix qu'elle connaissait. Tom Goughlin, un jeune et brave policier. Il avait témoigné au procès la semaine dernière.

« Elle a perdu connaissance. »

Elle voulut protester, mais ses lèvres n'arrivaient pas à former les mots. Elle ne pouvait pas ouvrir les yeux.

« Son bras saigne. Comme si elle s'était sectionné une artère. »

On lui prenait le bras ; on y serrait quelque chose.

Une autre voix. « Elle souffre peut-être de blessures internes, Tom. Westlake est tout près d'ici. Je vais chercher une ambulance. Toi, reste avec elle. »

Flotter. Flotter. Je vais bien. C'est seulement que je n'arrive pas jusqu'à vous.

Des mains qui la soulèvent sur une civière ; on l'enveloppe dans une couverture ; de la neige fondue lui pique le visage.

On la transportait. Une voiture démarrait. Non, c'était une ambulance. Des portes s'ouvraient, se fermaient. Si seulement elle pouvait leur faire comprendre. Je vous entends. Je n'ai pas perdu connaissance.

Tom donnait son nom. « Kathleen DeMaio, domiciliée à Abbington. Elle est procureur-adjoint. Non, elle n'est pas mariée. Elle est veuve. Veuve du juge DeMaio. »

Veuve de John. Un sentiment de solitude extrême. Les ténèbres s'éloignaient peu à peu. Une lueur brillait dans ses yeux. « Elle revient à elle. Quel âge avez-vous, madame DeMaio ? »

La question type, si facile. Elle réussit enfin à parler. « Vingt-huit ans. »

Quelqu'un enlevait le garrot que Tom lui avait serré autour du bras. On lui faisait des points de suture. Elle s'efforça de réfréner une grimace de douleur.

La radio. Le médecin de la salle des urgences. « Vous avez de la chance, madame DeMaio. Quelques bonnes contusions, mais pas de fracture. J'ai prescrit une transfusion. Vous avez une numération globulaire très basse. Ne craignez rien. Tout se passera bien.

— C'est seulement... » Elle se mordit la lèvre. Elle reprenait peu à peu ses esprits et parvint à ne pas se laisser emporter par cette épouvantable, irrationnelle et enfantine terreur des hôpitaux.

Tom demandait : « Désirez-vous que nous prévenions votre sœur ? Ils vont vous garder ici cette nuit.

— Non. Molly vient d'avoir la grippe. Toute la famille l'a eue. » Sa voix était si ténue. Tom dut se pencher pour l'entendre.

« Très bien, Katie. Ne vous inquiétez de rien. Je vais faire dépanner votre voiture. »

On poussa son lit roulant dans un coin de la salle, isolé par un rideau. Le sang se mit à couler goutte à goutte dans le tube introduit dans son bras droit. Ses idées s'éclaircissaient.

Elle avait affreusement mal au bras gauche et aux genoux. Elle avait mal partout. Elle était à l'hôpital. Seule.

Une infirmière lui caressait les cheveux, le front. « Tout ira très bien, madame DeMaio. Pourquoi pleurez-vous ?

— Je ne pleure pas. » Mais elle pleurait.

On roula son lit dans une chambre. L'infirmière lui tendit un gobelet en carton rempli d'eau et une pilule. « Ça va vous calmer, madame DeMaio. »

Katie était sûre que c'était un somnifère. Elle n'en voulait pas. Ça lui donnait toujours les mêmes cauchemars. Mais c'était tellement plus facile de ne pas discuter.

L'infirmière éteignit la lumière. Ses pas firent un bruit feutré quand elle quitta la chambre. La pièce était froide. Les draps étaient froids et rêches. Les draps sont-ils toujours comme ça dans les hôpitaux ? Katie sombra dans le sommeil, sachant qu'elle n'échapperait pas au cauchemar.

Mais il prit une forme différente cette fois-ci. Elle était sur des montagnes russes. Ça montait de plus en plus haut, de plus en plus raide. Katie ne pouvait plus maîtriser la machine. Elle essayait de reprendre le contrôle. Mais la machine virait, déraillait, tombait, Katie se réveilla en tremblant juste avant de s'écraser au sol.

La neige fondue frappait contre la vitre. Katie se redressa avec peine. La fenêtre à guillotine n'était pas complètement baissée et faisait battre le store. Voilà pourquoi la chambre était pleine de courants d'air. Elle allait fermer la fenêtre et relever le store ; peut-être alors pourrait-elle dormir. Demain matin, elle rentrerait chez elle. Elle avait horreur des hôpitaux.

Elle se dirigea en vacillant vers la fenêtre. La chemise de nuit d'hôpital qu'on lui avait mise lui arrivait à peine aux genoux. Elle avait les jambes glacées. Et cette neige fondue. C'était davantage de la pluie que de la neige à présent. Katie s'appuya au rebord de la fenêtre et regarda dehors.

Le parking se transformait peu à peu en torrent bouillonnant.

Katie saisit le store et scruta l'emplacement des voitures deux étages plus bas.

Le couvercle d'un coffre montait lentement. Elle avait la tête qui tournait. Elle chancela, lâcha le store qui remonta brusquement. Elle s'agrippa à l'appui de la fenêtre, essaya de voir à l'intérieur du coffre. Voyait-elle réellement quelque chose de blanc qui s'y enfonçait ? Une couverture ? Un grand baluchon ?

Je suis en train de rêver, pensa-t-elle. Et au même instant, elle pressa sa main sur sa bouche pour étouffer un hurlement. Elle avait les yeux rivés sur le coffre de la voiture. Il était éclairé. À travers le rideau de neige fondue qui heurtait la vitre, Katie vit la substance blanche s'entrouvrir. Au moment où le couvercle se refermait, elle aperçut un visage – le visage d'une femme, grotesque dans l'abandon sans retenue de la mort.

16

2

L a sonnerie le tira d'un coup du sommeil à deux heures. Des années d'appels d'urgence l'avaient habitué à s'éveiller instantanément. Il se leva, se dirigea vers le lavabo du laboratoire, s'aspergea le visage d'eau froide, ajusta avec soin le nœud de sa cravate, et se coiffa. Ses chaussettes n'étaient pas encore sèches. Il les trouva humides et froides quand il les ôta du radiateur à peine tiède. Il les mit en grimaçant et enfila ses chaussures.

Il tendit la main pour attraper son pardessus, le toucha et eut un mouvement de recul. Il était encore complètement trempé. L'avoir suspendu près du radiateur n'avait servi à rien. C'était la pneumonie assurée s'il le mettait. En plus, les fils blancs de la couverture étaient peut-être accrochés sur le bleu marine. Ce qui demanderait des explications.

Il gardait toujours son vieux Burberry dans le placard. C'était ça qu'il allait mettre ; il laisserait le manteau mouillé ici, le porterait demain à la teinturerie. Il allait geler dans cet imperméable sans doublure, mais il n'y avait pas d'autre solution.

D'autre part, c'était un vêtement tout à fait banal – vert olive, trop grand pour lui depuis qu'il avait maigri. Si quelqu'un apercevait la voiture, l'apercevait *dans* la voiture, il risquait moins d'être reconnu.

Il se dirigea vivement vers la penderie, détacha l'imperméable du cintre métallique où il pendait de travers et accrocha au fond le lourd Chesterfield mouillé. L'imperméable sentait le renfermé – une odeur poussiéreuse et désagréable qui lui sauta au nez. Avec une moue de dégoût, il l'enfila et le boutonna.

Il alla à la fenêtre et releva le store de quelques centimètres. Il y avait encore assez de voitures dans le parking pour que la présence ou l'absence de la sienne passât inaperçue. Il se mordit la lèvre en s'apercevant que l'on avait remplacé l'ampoule cassée qui laissait toujours dans une obscurité commode la partie la plus éloignée du parking. L'arrière de sa voiture se découpait dans la lumière. Il serait obligé d'avancer à l'ombre des autres voitures et de mettre le corps dans le coffre aussi rapidement que possible.

Il était temps.

Il ouvrit la réserve de pharmacie et se baissa. Ses mains habiles tâtèrent les contours du corps sous la couverture. Poussant un grognement, il glissa une main sous le cou, l'autre sous les genoux, et il souleva le corps. En temps normal, elle pesait environ cinquante-cinq kilos, mais elle avait pris du poids pendant sa grossesse. Chaque gramme pesait sur ses muscles quand il la porta sur la table d'examen. Là, à la seule lueur de la petite lampe de poche calée sur la table, il enroula la couverture autour d'elle.

Il examina attentivement le sol de la réserve de pharmacie avant de refermer. Ouvrant sans bruit la porte qui donnait sur le parking, il prit la clé du coffre de la voiture entre deux doigts, puis revint calmement à la table d'examen et souleva la femme morte. Prêt à affronter les vingt secondes fatidiques.

Dix-huit secondes plus tard, il était à la voiture. La neige fondue lui criblait les joues ; le fardeau roulé dans la couverture lui contractait les bras. Faisant glisser la plus grande partie du poids sur un seul bras, il essaya d'introduire la clé dans la serrure du coffre. La glace avait gelé le pêne. Il la racla fébrilement. L'instant d'après, la clé jouait dans la serrure et le couvercle du coffre se levait lentement. Il jeta un coup d'oeil vers les fenêtres de la clinique. Dans la chambre du milieu, au deuxième étage, un store était relevé. Y avait-il quelqu'un qui regardait au-dehors ? Dans sa hâte de déposer la forme enveloppée dans le coffre, de soulager ses bras, il fit un mouvement trop rapide. Au moment où il retirait sa main gauche, le vent entrouvrit la couverture, découvrant le visage de la femme. Avec un sursaut, il lâcha le corps et claqua le couvercle du coffre.

La lumière avait éclairé le visage. Quelqu'un avait-il pu le voir ? Il leva à nouveau les yeux vers la fenêtre au store relevé. Y avait-il quelqu'un ? Il ne pouvait le savoir avec certitude. Que pouvait-on voir de cette fenêtre ? Plus tard, il chercherait à savoir qui se trouvait dans cette chambre.

Il était devant la portière du côté du conducteur, en train de tourner la clé dans la serrure. Il sortit rapidement du parking sans allumer les phares jusqu'à ce qu'il fût bien engagé sur la route.

Comment imaginer qu'il allait à Chapin River pour la deuxième fois de la soirée ? Supposons qu'il n'ait pas quitté la clinique au moment où elle s'était ruée hors du cabinet de Fukhito en l'appelant.

Vangie était au bord de l'hystérie quand elle s'était dirigée vers lui sous le portique en claudiquant de la jambe gauche. « Docteur, je ne peux pas avoir de rendez-vous avec vous cette semaine. Je pars demain pour Minneapolis. Je vais voir mon ancien médecin, le docteur Salem. Je resterai peut-être même là-bas, et lui demanderai de s'occuper de l'accouchement. »

S'il l'avait manquée, tous ses plans auraient été anéantis.

Au lieu de cela, il l'avait persuadée de le suivre dans son cabinet, lui avait parlé, la calmant, lui offrant un verre d'eau. À la dernière minute, elle avait eu un soupçon, avait tenté de le bousculer pour passer. Son beau visage courroucé empli de terreur.

Et par ailleurs il s'apercevait avec angoisse que même s'il avait réussi à la réduire au silence, les risques qu'on la découvrît étaient encore trop grands. Il avait enfermé le corps dans la réserve à pharmacie et s'était efforcé de réfléchir.

La voiture rouge de Vangie représentait le danger immédiat. Il fallait absolument la faire sortir du parking de la clinique. On l'aurait sûrement remarquée à la fin des heures de visite. Une Lincoln Continental de luxe, avec ses chromes agressifs à l'avant, l'arrogance de chaque détail de sa carrosserie.

Il savait exactement où elle habitait dans Chapin River. Elle lui avait dit que son mari, pilote sur United Airlines, ne devait pas rentrer avant le lendemain. Il décida de ramener la voiture chez elle, de laisser son sac à main dans la maison, de faire comme si elle était rentrée.

Cela lui avait paru étonnamment facile (plus facile qu'il ne s'y attendait). Il y avait très peu de circulation à cause du mauvais temps. Les règles d'urbanisme de Chapin River exigeaient un minimum d'un hectare par construction. Les maisons étaient situées très en retrait de la route et on y accédait par un chemin privé sinueux. Il utilisa le système automatique du tableau de bord de la Lincoln pour ouvrir la porte du garage et gara la voiture à l'intérieur.

La clé de la maison était sur l'anneau avec les clés de la voiture, mais il n'en eut pas besoin ; la porte qui donnait du garage dans le petit bureau n'était pas fermée. Il y avait de la lumière dans la maison, sans doute la minuterie. Il traversa en hâte le bureau, prit le couloir qui menait aux chambres et chercha la chambre principale. C'était la dernière sur la droite, on ne pouvait se tromper. Il y avait deux autres chambres. L'une d'elles était installée en chambre d'enfant, avec des lutins colorés et des moutons souriant sur un papier mural récemment posé, un berceau et une commode visiblement tout neufs.

C'est alors qu'il réalisa qu'il pouvait maquiller sa mort en suicide. Si elle avait commencé à meubler la chambre du bébé trois mois avant la date prévue de la naissance, la perspective de perdre ce bébé était un sérieux motif de se suicider.

Il était entré dans la chambre principale. Le grand lit avait été fait à la va-vite, le lourd dessus-de-lit en chenille blanche hâtivement jeté sur les couvertures, sa chemise de nuit et sa robe de chambre à côté sur la méridienne. Si seulement il pouvait la ramener ici, la mettre sur son propre lit ! C'était risqué, mais moins que de se débarrasser du corps dans les bois. Cela obligerait la police à une enquête très serrée.

Il posa son sac à main sur la méridienne. La voiture dans le garage, le sac à main dans la chambre, tout donnerait l'impression qu'elle était rentrée chez elle en quittant la clinique.

Il avait ensuite refait à pied les six kilomètres en sens inverse jusqu'à la clinique. C'était dangereux. Et si une voiture de police patrouillant dans ce quartier chic l'avait arrêté ? Il n'avait pas la moindre raison de se trouver dans les parages. Mais il avait fait le trajet en moins d'une heure et, évitant l'entrée principale de la clinique, il s'était introduit dans son cabinet par la porte de derrière donnant sur le parking. Il était vingt-deux heures.

Son manteau, ses chaussures et ses chaussettes étaient trempés. Il frissonnait. Il se rendit compte du danger qu'il y aurait à transporter le corps dehors tant qu'il risquait de rencontrer quelqu'un. La dernière équipe d'infirmières arrivait à minuit. Il décida donc d'attendre minuit passé avant de ressortir.

L'entrée des urgences se trouvait dans l'aile est de la clinique. Il n'aurait pas à craindre d'être surpris par des urgences ou une voiture de police amenant précipitamment une patiente.

Il avait mis la sonnerie du réveil sur deux heures et s'était allongé sur la table d'examen. Il parvint à dormir jusqu'à ce que sonnât l'alarme.

Et maintenant, il tournait après le pont de bois et s'engageait dans Winding Brook Lane. La maison était sur la droite.

Éteindre les phares ; suivre l'allée ; contourner la maison ; garer la voiture devant la porte du garage ; retirer ses gants de conduite ; mettre ses gants chirurgicaux ; ouvrir la porte du garage ; ouvrir le coffre de la voiture ; porter la forme enveloppée jusqu'à la porte intérieure en passant devant les étagères. Il s'avança dans le petit bureau. La maison était silencieuse. Dans quelques minutes, il en aurait fini.

Il se hâta le long du couloir, vers la chambre principale, raidi sous le poids du corps. Il déposa la forme sur le lit, défit la couverture.

Dans la salle de bains attenante à la chambre, il versa des cristaux de cyanure dans le gobelet bleu à fleurs, ajouta de l'eau et jeta la plus grande partie du contenu dans le lavabo. Il rinça soigneusement la cuvette et revint dans la chambre. Plaçant le verre à proximité de la main de la morte, il fit tomber les dernières gouttes sur le dessus-de-lit. On trouverait sûrement les empreintes de la jeune femme sur le verre. La rigidité cadavérique apparaissait. Les mains étaient froides. Il plia méticuleusement la couverture.

Le corps reposait à plat sur le dos, les yeux fixes, les lèvres tordues, comme protestant dans l'agonie. Parfait. La plupart des suicidés changent d'avis une fois qu'il est trop tard.

Avait-il oublié quelque chose ? Non. Le sac à main et les clés étaient sur la méridienne ; il restait une trace de cyanure dans le verre. Fallait-il lui enlever son manteau ? Il le lui laissa. Mieux valait la remuer le moins possible.

Lui retirer ses chaussures ? Elle-même les aurait-elle enlevées ?

Il releva le bas du long caftan qu'elle portait sous son manteau et se sentit blêmir. Le pied droit gonflé était chaussé d'un vieux mocassin déformé. Le pied gauche n'était couvert que du collant.

L'autre mocassin avait dû tomber. Où ? Dans le parking, le cabinet, la maison ? Il sortit en courant de la chambre, fouillant du regard, retournant sur ses pas jusqu'au garage. La chaussure n'était ni dans la maison ni dans le garage. Affolé par le temps qui passait, il se rua jusqu'à la voiture, regarda dans le coffre. La chaussure n'y était pas.

Elle était sans doute tombée quand il avait porté le corps dans le parking. Il l'aurait entendu si elle était tombée dans son cabinet, et elle n'était pas dans la réserve de pharmacie. Il en était absolument certain.

C'est à cause de ce pied gonflé qu'elle portait tout le temps ces mocassins. Il l'avait entendue en plaisanter avec la réceptionniste.

Il fallait retourner au parking, chercher, trouver cette chaussure. Et si quelqu'un, l'ayant vue avec ce mocassin au pied, l'avait ramassé ? Ça ferait des histoires, quand on découvrirait son corps. Supposons que quelqu'un dise : « Eh ! mais j'ai vu son mocassin dans le parking ! Elle a dû le perdre en rentrant chez elle lundi soir. » Même si elle n'avait fait que quelques pas sans chaussure dans le parking, le pied de son collant devrait être sale. La police ne manquerait pas de le remarquer. Il devait retourner au parking, trouver cette chaussure.

Mais pour l'instant, retournant précipitamment dans la chambre, il ouvrit la porte de la penderie. Un fouillis de chaussures de femme jonchait le sol. La plupart avait des talons incroyablement hauts. Personne de sensé ne croirait qu'elle les portait dans son état et par ce temps. Il y avait trois ou quatre paires de bottes, mais il n'arriverait jamais à en remonter la fermeture Éclair sur la jambe enflée.

Et il les vit. Une paire de chaussures à talons plats, du genre confortable, le genre que portent toutes les femmes enceintes. Elles semblaient assez neuves, mais avaient été mises au moins une fois. Soulagé, il s'en empara, revint hâtivement vers le lit, retira l'unique chaussure de la morte et lui glissa aux pieds celles qu'il venait de prendre dans la penderie. La droite était juste, mais il parvint à la lacer. Fourrant le mocassin au fond de la vaste poche élargie de son imperméable, il prit la couverture blanche et, la tenant sous le bras, quitta la chambre à grands pas, longea le couloir, traversa le petit bureau et se retrouva dehors dans la nuit.

Le temps qu'il arrive au parking de la clinique, la neige fondue avait cessé de tomber, mais le vent s'était levé et il faisait glacial. Il roula jusqu'à l'emplacement le plus éloigné et se gara. Si le gardien venait à passer et lui parlait, il dirait simplement qu'on lui avait demandé par téléphone de venir retrouver ici l'une de ses patientes ; qu'elle était en travail. Si pour une raison quelconque on allait enquêter sur cette histoire, il prendrait l'air offensé, dirait que c'était sûrement l'appel d'une cinglée.

Mais mieux valait ne pas être vu. Restant à l'ombre des arbustes qui délimitaient le terre-plein du parking, il refit rapidement le chemin de l'endroit où il avait laissé la voiture jusqu'à la porte de son cabinet. Logiquement, la chaussure aurait dû tomber quand il avait fait bouger le corps pour ouvrir le coffre. Accroupi, il scruta par terre autour de lui. Pas à pas, il s'approcha sans faire de bruit de la clinique. Toutes les chambres de cette aile étaient à présent dans l'obscurité. Il leva les yeux vers la fenêtre du milieu au deuxième étage. Le store était complètement baissé. On l'avait remis en place. Penché en avant, il avança lentement sur le macadam. Si quelqu'un le voyait ! La rage et la frustration l'empêchaient de sentir la morsure du froid. Où était cette chaussure ? Il devait la trouver.

Des phares apparurent dans la courbe d'entrée du parking. Une voiture s'arrêta dans un crissement de pneus. Le conducteur, cherchant sans doute l'entrée des urgences, venait sûrement de se rendre compte qu'il avait pris la mauvaise entrée. Il fit demi-tour et sortit en accélérant.

Il fallait qu'il sorte d'ici. Ça ne servait à rien. Il trébucha en avant en essayant de se redresser. Sa main glissa sur le macadam humide. Et il sentit la chaussure : le cuir sous ses doigts. Il la saisit, la souleva. Même dans la semi-obscurité, il en était certain. C'était le mocassin. Il l'avait trouvé.

Quinze minutes plus tard, il tournait la clé dans la serrure de sa maison. Ôtant son imperméable, il le suspendit dans la penderie de l'entrée. Le miroir en pied sur le battant de la porte lui renvoya son image. Il aperçut avec dégoût son pantalon mouillé et plein de boue aux genoux. Il avait les cheveux complètement ébouriffés, les mains sales. Ses joues étaient écarlates ; ses yeux globuleux étaient exorbités, les pupilles dilatées. Il avait l'air d'un homme sous le coup d'un grand choc émotionnel, une caricature de lui-même.

Montant l'escalier quatre à quatre, il se déshabilla, jeta ses vêtements dans le panier à linge sale, prit un bain et enfila son pyjama et une robe de chambre. Il était bien trop surexcité pour dormir et, d'autre part, il avait une faim dévorante.

La femme de ménage avait laissé des tranches de mouton froid sur une assiette. Il y avait un morceau de brie non entamé sur la table de la cuisine, des pommes acides et croquantes dans le bac à fruits du réfrigérateur. Il prépara avec soin un plateau et le porta dans la bibliothèque. Il se versa un grand verre de whisky au bar et s'assit à son bureau. Tout en mangeant, il passa en revue les événements de la soirée. S'il ne s'était pas attardé pour consulter son agenda, il l'aurait manquée. Elle serait partie et il aurait été trop tard pour l'arrêter.

Il ouvrit son bureau, tira le grand tiroir du milieu et fit glisser le double fond où il gardait toujours son dossier spécial en cours. Il s'y trouvait une seule enveloppe à soufflet en papier kraft. Il prit une feuille de papier vierge et nota une dernière indication.

15 février

Vingt heures quarante. Le médecin fermait la porte de derrière de son cabinet. Ladite patiente venait de quitter Fukhito. Ladite patiente s'approcha du médecin et dit qu'elle retournait chez ses parents à Minneapolis et qu'elle demanderait à son ancien médecin, Emmet Salem, de l'accoucher. La patiente était hystérique et fut invitée à pénétrer dans le cabinet. Il était évident que la patiente ne pouvait pas recevoir l'autorisation de partir. Navré d'y être contraint, le médecin se prépara à éliminer la patiente. Sous prétexte de lui donner un verre d'eau, le médecin fit fondre des cristaux de cyanure dans le verre et força la patiente à avaler le poison. La patiente expira à vingt heures cinquante et une précises. Le fœtus avait vingt-six semaines. D'après le médecin, s'il était né, il aurait été viable. Les rapports médicaux complets et précis se trouvent dans ce dossier et remplacent et annulent ceux de la clinique Westlake.

Avec un soupir, il posa son stylo, glissa la feuille dans l'enveloppe en papier kraft et ferma définitivement le dossier. Il se leva et se dirigea vers le dernier panneau de la bibliothèque. Plongeant la main derrière un livre, il pressa sur un bouton ; le panneau pivota sur ses gonds, dévoilant un coffre-fort mural. Il l'ouvrit rapidement et y introduisit le dossier, notant inconsciemment le nombre croissant des enveloppes. Il aurait pu en réciter les noms par cœur : Elisabeth Berkeley, Anna Horan, Maureen Crowley, Linda Evans – plus de six douzaines : les succès et les échecs de son génie médical.

Il ferma le coffre-fort et remit la bibliothèque en place d'un coup sec, puis monta lentement l'escalier. Il enleva son peignoir, se mit dans le lit à baldaquin et ferma les yeux.

Maintenant qu'il en avait terminé, il se sentait exténué, au point d'en avoir mal au cœur. Avait-il laissé échapper, oublié quelque chose ? Il mettrait le flacon de cyanure dans le coffre-fort. Les mocassins. Il s'en débarrasserait quelque part demain soir. Les événements des dernières heures tournaient furieusement dans sa tête. Il était resté calme pendant qu'il faisait ce qui devait être fait. Maintenant que tout était fini, comme à chaque fois, son système nerveux réagissait violemment.

Il porterait ses affaires à nettoyer en allant à la clinique demain matin. Hilda était une femme de ménage sans imagination, mais elle remarquerait la boue et l'humidité aux genoux de son pantalon. Il allait chercher qui était la patiente qui se trouvait dans la chambre du milieu au deuxième étage de l'aile est, ce qu'elle avait pu voir. Ne pas y penser maintenant. Maintenant il devait dormir. Appuyé sur un coude, il ouvrit le tiroir de sa table de nuit et y prit une petite boîte de pilules. Un somnifère léger, voilà ce dont il avait besoin. Avec ça, il pourrait dormir pendant deux heures.

Ses doigts tâtonnèrent avant de se refermer sur une petite pilule. Il l'avala sans eau, et se laissa aller en arrière en fermant les yeux. En attendant que le somnifère agisse, il essaya de se convaincre qu'il ne craignait rien. Mais malgré tous ses efforts, il ne put repousser la pensée que la preuve la plus accablante de sa culpabilité lui restait inaccessible.

3

« Si cela ne vous ennuie pas, il vaudrait mieux que vous passiez par l'entrée du fond, dit l'infirmière. L'allée principale est complètement verglacée et les ouvriers essayent de la dégager. Le taxi vous attendra là.

— Je suis capable d'enjamber la fenêtre s'il le faut, pour rentrer chez moi, dit Katie. Et le pire est que je dois revenir vendredi. On me fait une petite intervention samedi.

— Oh ! » L'infirmière jeta un coup d'œil à la pancarte de Katie. « Qu'est-ce qui ne va pas ?

— Il semble que j'ai hérité d'un problème qu'avait ma mère. Je fais pratiquement une hémorragie tous les mois pendant mes règles.

— Voilà sans doute pourquoi votre numération globulaire était si basse quand vous êtes arrivée. Ne vous inquiétez pas. Un curetage n'est pas bien grave. Qui est votre médecin ?

— Le docteur Highley.

— Oh ! c'est le meilleur ! Mais vous serez installée dans l'aile ouest. Toutes ses patientes vont là. C'est comme un hôtel de luxe. Il est médecin-chef ici, vous savez. » Elle regardait toujours la pancarte. « Vous ne dormez pas bien, n'est-ce pas ?

— Pas très bien, non. » Katie fronça le nez de dégoût en boutonnant son chemisier. Il était éclaboussé de sang ; elle laissa la manche gauche pendre sur son bras bandé. L'infirmière l'aida à enfiler son manteau.

La matinée était grise et d'un froid mordant. Katie en conclut que février était définitivement le mois qu'elle aimait le moins. Elle frissonna en sortant pour aller rejoindre le parking, se rappelant son cauchemar. C'était l'endroit qu'elle voyait de sa chambre. Le taxi stoppa. Elle se dirigea vers lui avec soulagement, tressaillant à chaque élancement douloureux dans ses genoux. L'infirmière l'aida à monter dans la voiture, lui dit au revoir et ferma la portière. Le chauffeur appuya sur l'accélérateur. « Pour où, madame ? »

De la fenêtre de la chambre du deuxième étage qu'elle venait de quitter, un homme observait le départ de Katie. Il tenait à la main la pancarte que l'infirmière avait laissée sur le bureau. *Kathleen N. DeMaio, 10, Wookfield Way, Abbington. Adresse professionnelle : Bureau du procureur, comté de Valley.*

Un frisson de peur le parcourut. *Katie DeMaio.*

La pancarte indiquait qu'on lui avait administré un somnifère puissant.

D'après ses antécédents médicaux, elle ne prenait aucun médicament régulièrement, somnifères et tranquillisants compris. Donc, elle devait n'avoir aucune tolérance, et celui de la nuit dernière l'avait sûrement assommée.

Il y avait une note sur la pancarte, indiquant que l'infirmière de nuit l'avait trouvée assise au bord de son lit à deux heures huit du matin dans un état d'agitation extrême, se plaignant de faire des cauchemars.

Le store de la chambre était remonté. Elle avait dû aller à la fenêtre. Qu'avait-elle vu ? Si elle avait aperçu quelque chose, même si elle pensait avoir eu un cauchemar, son expérience professionnelle la conduirait à se poser des questions. Elle représentait un risque. Un risque inacceptable.

4

Épaule contre épaule, ils étaient assis dans le box au fond du drugstore de la quatre-vingt-septième rue. Ils n'avaient pas touché aux petits pains et buvaient leur café d'un air sombre. La manche de la veste d'uniforme bleu canard de la jeune femme reposait sur le galon doré de celle de l'homme. Ils avaient leurs doigts entrelacés.

« Tu m'as manqué, dit-il affectueusement.

— Tu m'as manqué toi aussi, Chris. C'est pourquoi je regrette que tu aies voulu me voir ce matin. Ça ne sert qu'à rendre les choses plus difficiles.

— Joan, donne-moi un peu de temps. Je te jure que nous trouverons une solution. Nous devons nous en sortir. »

Elle secoua la tête. Il se tourna vers elle et remarqua avec déchirement combien elle avait l'air malheureux. Ses yeux bleu azur étaient assombris. Ses cheveux châtain clair, tirés ce matin en chignon, accentuaient la pâleur de son teint habituellement lisse et clair.

Pour la énième fois il se demanda pourquoi il ne s'était pas carrément séparé de Vangie quand il avait été muté à New York l'année dernière. Pourquoi avait-il cédé à ses supplications de tenter encore un peu de sauver leur mariage quand dix ans d'efforts avaient échoué ?

Et maintenant, le bébé qui allait arriver. Il pensa à la terrible dispute qu'il avait eue avec Vangie avant de partir. En parler à Joan ? Non, ça ne donnerait rien de bon.

« Comment as-tu trouvé la Chine ? » demanda-t-il.

Sa figure s'éclaira. « Fascinante. Absolument fascinante. » Elle était hôtesse de l'air sur la Pan American. Ils s'étaient rencontrés six mois auparavant à Hawaii, à une soirée donnée par Jack Lane, l'un des commandants de l'United.

Joan était installée à New York et partageait un appartement dans Manhattan avec deux autres hôtesses de la Pan Am.

C'est fou, incroyable, comme certains êtres s'entendent dès la première minute. Il lui avait dit qu'il était marié, mais il avait aussi pu lui expliquer en toute honnêteté qu'il voulait rompre avec Vangie quand on l'avait transféré de Minneapolis à New York. L'ultime tentative pour sauver leur mariage avait échoué. Ce n'était la faute de personne. Avant tout, ils n'auraient jamais dû se marier.

Et Vangie lui avait alors parlé du bébé.

Joan disait : « Tu es rentré hier soir ?

— Oui. On a eu des ennuis de moteur à Chicago et le reste du vol a été annulé. On nous a rembarqués sur New York. Arrivée vers dix-huit heures, et je suis descendu à l'hôtel Holiday Inn sur la cinquante-septième.

— Pourquoi n'es-tu pas rentré chez toi ?

— Parce que je ne t'avais pas vue depuis deux semaines, et que je voulais te voir, que je *devais* te voir. Vangie ne m'attend pas avant onze heures. Ne t'inquiète pas.

— Chris, je t'avais dit que j'avais fait une demande de transfert pour l'Amérique du Sud. Elle est acceptée. Je pars pour Miami la semaine prochaine.

— Joan, non !

— C'est la seule solution. Écoute, Chris, je suis vraiment désolée, mais je ne suis pas le genre de femme à attendre un homme marié. Je ne suis pas une briseuse de ménage.

— Nos relations ont été totalement innocentes.

— De nos jours, qui croira cela ? Le fait que dans une heure tu seras en train de mentir à ta femme sur la date de ton retour en dit beaucoup, non ? Et ne l'oublie pas, je suis la fille d'un pasteur presbytérien. J'imagine la réaction de papa, si je lui raconte que j'aime un homme, non seulement marié, mais dont la femme attend enfin le bébé qu'elle espérait depuis dix ans. Il serait très content de moi, je peux te l'assurer. » Elle finit son café. « Et quoi que tu en penses, Chris, je reste persuadée que si je ne suis pas là, il y a une chance que vous vous rapprochiez, ta femme et toi. J'occupe tes pensées quand tu devrais ne t'occuper que d'elle. Et tu seras étonné de voir à quel point un bébé a le don de créer un lien entre les êtres. »

Elle retira doucement ses doigts des siens. « Je vais rentrer, Chris. C'était un vol très long et je suis fatiguée. Toi aussi, tu devrais rentrer chez toi. »

Ils se regardèrent au fond des yeux. Elle effleura son visage, désirant effacer les rides profondes et douloureuses qui creusaient son front. « Nous aurions pu être formidablement bien ensemble. » Puis elle ajouta : « Tu as l'air crevé, Chris.

— Je n'ai pas beaucoup dormi la nuit dernière. » Il s'efforça de sourire. « Je n'abandonne pas, Joan. Je te jure que je viendrai un jour à Miami, et ce jour-là, je serai libre. »

5

L e taxi déposa Katie. Elle grimpa péniblement les marches du porche, introduisit la clé dans la serrure, ouvrit la porte et murmura : « Enfin chez soi. » Elle avait l'impression de s'être absentée des semaines au lieu d'une seule nuit et apprécia d'un œil nouveau les tons bruns, doux et reposants de l'entrée et du salon, les plantes grimpantes qu'elle avait admirées lors de sa première visite.

Elle souleva la coupe de violettes d'Afrique et respira le parfum âcre des feuilles. Elle avait encore l'odeur des antiseptiques et des médicaments dans les narines. Son corps était raide et douloureux, maintenant encore davantage que lorsqu'elle s'était levée de son lit ce matin. Mais, au moins, elle était chez elle.

John. S'il était en vie, s'il avait été là pour lui téléphoner la nuit dernière...

Katie suspendit son manteau et se laissa tomber sur le divan de velours abricot du salon. Elle leva les yeux vers le portrait de John sur le dessus de la cheminée. John Anthony DeMaio. Le plus jeune juge du comté d'Essex. Elle se souvenait précisément du premier jour où elle l'avait vu. Il était venu leur donner une conférence à la faculté de droit de Seton Hall.

À la fin du cours, les étudiants s'étaient agglutinés autour de lui. « Monsieur le Juge, j'espère que la Cour Suprême rejettera l'appel dans le procès Collins.

— Monsieur le Juge, j'approuve votre décision dans *Reicher contre Reicher.* »

Et le tour de Katie était venu. « Monsieur le Juge, je dois vous dire que je ne suis pas d'accord avec votre décision dans le procès Kipling. »

John avait souri. « C'est votre droit le plus absolu, mademoiselle…

— Katie… Kathleen Callahan. »

Elle ne sut jamais pourquoi elle avait ressorti le Kathleen à cet instant. Mais il l'avait toujours appelée ainsi, Kathleen Noel.

Ce jour-là, ils étaient allés prendre un café. Le lendemain soir, il l'avait emmenée dîner au Monsignor II à New York. Quand les violonistes s'étaient approchés de leur table, il leur avait demandé de jouer : « Vienne, ville de mes rêves. » Il l'avait fredonné avec eux. « *Wien, Wien, nur Du allein…* » À la fin, il avait demandé : « Avez-vous été à Vienne, Kathleen ?

— Je n'ai jamais quitté ce pays, excepté pour le voyage de l'école, aux Bermudes. Il a plu pendant quatre jours.

— J'aimerais vous emmener à l'étranger un jour. Mais je vous montrerai d'abord l'Italie. C'est un pays merveilleux. »

Quand il l'avait raccompagnée ce soir-là, il avait dit : « Vous avez les plus jolis yeux bleus que j'aie jamais eu le plaisir de contempler. Je ne pense pas que douze ans représentent une trop grande différence d'âge. Et vous, Kathleen ? »

Trois mois plus tard, quand elle eut son diplôme de l'université de droit, ils s'étaient mariés.

Cette maison, John y avait grandi, en avait hérité de ses parents.

« J'y suis très attaché, Kathleen, mais il faut que tu sois sûre qu'elle te plaise. Peut-être préférerais-tu quelque chose de plus petit.

— John, j'ai passé mon enfance dans trois pièces dans Queens. Je dormais sur un lit-divan dans la pièce de séjour. Intimité était un mot que je devais chercher dans le dictionnaire. *J'adore* cette maison.

— J'en suis heureux, Kathleen.

Ils s'aimaient tellement – et, en plus, ils s'entendaient merveilleusement. Elle lui avait parlé de ses cauchemars. « Je te préviens, de temps en temps je me réveille en hurlant comme une sirène. Cela a commencé quand j'avais huit ans, après la mort de mon père. On le soignait à l'hôpital à la suite d'une crise cardiaque, et il a eu une seconde attaque. Manifestement, le vieil homme qui partageait sa chambre n'a pas cessé de sonner l'infirmière, mais personne n'est venu. Quand ils se sont décidés à répondre à la sonnerie, c'était trop tard.

— Et c'est alors que tu as commencé à faire des cauchemars.

— Je pense que j'ai tellement entendu cette histoire qu'elle a fini par me laisser une impression

40

atroce. Dans mon cauchemar, je suis dans un hôpital et je vais de lit en lit à la recherche de papa. J'aperçois des visages de gens que je connais dans les lits. Ils dorment tous. Parfois, ce sont des filles de l'école, ou des cousins – ou n'importe qui. Mais j'essaye désespérément de trouver papa. Je sais qu'il a besoin de moi. Finalement je vois une infirmière et je cours vers elle et je lui demande où il est. Et elle sourit et dit : « Oh ! il est mort ! Tous ces gens sont morts. Vous allez mourir aussi. »

— Mon pauvre petit.

— Oh ! John, intellectuellement je sais que c'est insensé d'être incapable de me dominer ! Mais je t'assure que je perds la tête à l'idée de pouvoir un jour être hospitalisée.

— Je t'aiderai à surmonter ça. »

Elle était arrivée à lui raconter ce qu'elle avait ressenti après la mort de son père. « Il m'a énormément manqué, John. Je restais toujours la petite chérie de son papa. Molly avait seize ans et sortait déjà avec Bill, aussi je ne crois pas que cela l'ait marquée aussi durement. Mais durant toutes les années d'école, je n'ai cessé de penser que ç'aurait été si bien s'il avait été là pour assister aux matches et à la remise des prix. Je redoutais le dîner des Pères et des Filles à chaque printemps.

— N'avais-tu pas un oncle ou quelqu'un qui aurait pu t'y accompagner ?

— Un seul. On aurait mis trop longtemps à le dessoûler.

— Oh ! Kathleen ! » Ils avaient éclaté de rire. Et John qui disait : « Eh bien ! chérie, je m'employerai à arracher ce fond de tristesse en toi.

— Vous l'avez déjà fait, monsieur le Juge. »

Ils avaient passé leur lune de miel en Italie. La douleur avait commencé pendant le voyage. Ils étaient revenus à temps pour l'ouverture de la session judiciaire. John siégeait au tribunal du comté d'Essex. Elle s'était fait engager comme greffier d'un juge d'instruction dans le comté de Valley.

John se fit faire un bilan de santé un mois après leur retour. Le séjour à l'hôpital qui ne devait durer qu'une nuit s'était prolongé en trois jours d'examens supplémentaires. Puis, un soir, il l'avait attendue devant l'ascenseur, merveilleusement élégant dans sa robe de chambre de velours rouge sombre, un pâle sourire sur son visage. Elle avait couru vers lui, consciente comme toujours des regards que les autres occupants de l'ascenseur jetaient sur lui, se disant que, même en pyjama et en robe de chambre, il gardait un air imposant. Elle allait lui en faire la réflexion quand il avait dit : « Nous avons un pépin, chérie. »

Même alors, il gardait son air imposant, simplement dans sa façon de dire : « *Nous avons* un pépin. » Pendant ces quelques mois si brefs, en toute chose, ils n'avaient fait qu'un. Une fois dans leur chambre, il lui avait dit : « C'est une tumeur maligne. Les deux poumons, semble-t-il. Et remercions Dieu, Kathleen, je ne fume pas ! »

Refusant d'y croire, ils avaient ri dans un paroxysme de désespoir et de dérision. John Anthony DeMaio, juge du tribunal de grande instance du comté d'Essex, ancien président du barreau de New Jersey, âgé de moins de trente-huit ans, avait un sursis de six mois de vie. Pour lui, il n'y aurait ni plaidoirie ni recours.

Il avait repris son siège au tribunal. « Mourir en robe de juge, pourquoi pas ? »

« Promets-moi de te remarier, Kathleen.

— Un jour, mais tu seras un numéro difficile à remplacer.

— Je suis heureux que tu le penses. Nous allons profiter au maximum de chaque minute qui nous reste. »

Et au milieu de tout ça, sachant que le temps leur était compté, ils s'étaient divertis.

Un jour il rentra du tribunal et dit : « Je crois que je ne siégerai plus. »

Le cancer s'était développé. La douleur empira progressivement. D'abord il dut passer plusieurs fois quelques jours à l'hôpital pour la chimiothérapie. Elle eut à nouveau son cauchemar ; il revint régulièrement. Mais John rentrait à la maison, et ils avaient plus de temps. Elle démissionna de son poste. Elle voulait passer chaque minute auprès de lui.

Vers la fin, il demanda : « Veux-tu que nous fassions venir ta mère de Floride, et qu'elle vive avec toi ?

— Seigneur, non ! Maman est parfaite, mais nous avons vécu ensemble jusqu'à ce que j'aille à l'université. C'est suffisant. Et de toute façon, elle adore la Floride.

— Alors, je suis heureux que Molly et Bill habitent près d'ici. Ils pourront s'occuper de toi. Et tu aimes beaucoup les enfants. »

Ils étaient restés silencieux. Bill Kennedy était chirurgien orthopédiste. Lui et Molly avaient six enfants et habitaient deux villes plus loin, à Chapin River. Le jour de leur mariage, Katie et John s'étaient vantés auprès de Bill et Molly qu'ils battraient leur record. « Nous aurons sept rejetons », avait déclaré John.

La dernière fois qu'il partit suivre son traitement de chimiothérapie, il ne revint pas. Il était si faible qu'ils le gardèrent toute la nuit. Il lui parlait encore quand il entra dans le coma. Ils avaient tous deux espéré que la fin surviendrait à la maison, mais il mourut cette nuit même à l'hôpital.

La semaine suivante, Katie demanda un poste au bureau du procureur qu'on lui accorda. Ce fut une bonne décision. Le bureau était constamment débordé et elle avait toujours plus d'affaires qu'elle ne pouvait raisonnablement en traiter. Il ne restait plus de temps pour l'introspection. Du matin au soir, chaque jour, souvent même en week-end, elle se consacrait à ses dossiers.

D'un autre côté, ce fut une bonne thérapie. La colère qui s'était ajoutée au chagrin, ce sentiment d'avoir été dupée, cette fureur que John ait été escroqué de tant d'années de vie, prenait pour cibles les dossiers dont elle s'occupait. Quand elle requérait une peine pour un délit grave, elle avait l'impression de combattre concrètement au moins l'un des maux qui détruisent la vie.

Elle avait gardé la maison. John lui avait légué l'essentiel de sa fortune, mais même dans ces conditions, elle savait qu'une jeune femme de vingt-huit ans avec un salaire de vingt-deux mille dollars, ne pouvait pas habiter une maison d'un quart de million de dollars entourée de deux hectares et demi.

Molly et Bill passaient leur temps à la pousser à vendre.

« Tu ne te détacheras jamais de ton passé tant que tu ne le feras pas », lui avait dit Bill.

Il avait sans doute raison. Katie se secoua et se leva du divan. Elle commençait sérieusement à s'attendrir sur elle-même. Elle ferait mieux de téléphoner à Molly. Si sa sœur avait essayé de l'appeler la nuit dernière et que le téléphone n'avait pas répondu, elle devait être aux anges. Molly faisait toujours des prières pour que Katie « rencontre quelqu'un ». Mais Katie ne voulait pas que Molly essaye de la joindre au bureau et apprenne là-bas qu'elle avait eu un accident.

Molly pourrait peut-être passer ici et elles déjeuneraient ensemble. Katie avait de quoi faire une salade et des Bloody Mary. Molly était perpétuellement au régime, mais incapable d'abandonner son Bloody Mary de midi. « Pour l'amour du ciel, Katie, comment veux-tu, avec six gosses, que je n'aie pas besoin d'un coup de fouet à l'heure du déjeuner ? » La présence chaleureuse de Molly dissiperait sa sensation d'abandon et de tristesse.

Katie se rendit compte qu'elle avait gardé son chemisier taché de sang. Après avoir téléphoné à Molly, en attendant son arrivée, elle allait prendre un bain et se changer.

Jetant un coup d'œil dans la glace au-dessus du divan, elle vit que les meurtrissures sous son œil droit prenaient une belle couleur violette. Son teint naturellement bistre, que sa mère appelait son air de « brune Irlandaise » du côté paternel, était d'un jaune blafard. Ses cheveux mi-longs, brun foncé, qui jouaient d'habitude librement, lourds et abondants, en vagues naturelles, étaient plaqués contre sa figure et son cou.

« Si vous pouviez voir le type en face ! » dit-elle d'un air piteux.

Le médecin lui avait dit de ne pas mouiller son bras. Elle allait l'envelopper dans un sac en plastique pour le garder au sec. Avant qu'elle n'ait attrapé le téléphone, il se mit à sonner. Molly, pensa-t-elle. Ma parole, c'est une vraie sorcière.

Mais c'était Richard Carroll, le médecin légiste. « Katie, comment allez-vous ? On vient juste de me dire que vous avez eu un accident.

— Rien de sérieux. Je suis un peu sortie de la route. Seulement il y avait un arbre sur le chemin.

— Quand cela est-il arrivé ?

— Hier soir vers dix heures. Je rentrais du bureau. J'avais travaillé tard pour mettre à jour des dossiers. J'ai passé la nuit à l'hôpital et viens juste de rentrer. J'ai l'air plutôt mal en point, mais je vais bien.

— Qui vous a raccompagnée ? Molly ?

— Non. Elle ne sait encore rien. J'ai fait appeler un taxi.

— Toujours cavalier seul, hein ? demanda Richard. Pourquoi ne pas m'avoir appelé, *moi* ?

Katie rit. Le ton soucieux de Richard était à la fois flatteur et inquiétant. Richard et le mari de Molly étaient de bons amis. Plusieurs fois au cours

46

de ces six derniers mois, Molly avait intentionnellement invité Katie et Richard à de petits dîners. Mais Richard était tellement brusque et cynique. Elle ne se sentait pas très sûre d'elle en face de lui. De toute façon, elle n'avait pas l'intention de s'engager avec qui que ce soit, surtout avec quelqu'un qu'elle rencontrait si fréquemment dans son travail. « La prochaine fois que je rentrerai dans un arbre, je n'y manquerai pas, dit-elle.

— Vous allez prendre deux jours de repos, j'espère ?

— Oh non ! dit-elle. Je vais voir si Molly est libre pour déjeuner, et je repasserai au bureau. J'ai au moins dix dossiers en route et je requiers dans une affaire importante vendredi.

— Inutile de vous dire que vous êtes folle. O.K. Il faut que je vous quitte. On m'appelle sur l'autre ligne. Je passerai la tête dans votre bureau vers cinq heures et demie et je vous emmènerai prendre un verre. » Il raccrocha avant qu'elle n'ait eu le temps de répondre.

Katie composa le numéro de Molly. Quand sa sœur lui répondit, ce fut d'une voix fébrile. « Katie, je pense que tu es au courant.

— Au courant de quoi ?

— Ils viennent juste d'arriver de ton bureau.

— D'arriver où ?

— Chez nos voisins. Les Lewis. Ce couple qui s'est installé l'été dernier. Katie, le pauvre garçon ; il venait de rentrer chez lui après un vol de nuit et il l'a trouvée, – sa femme, Vangie. Elle s'est tuée. Katie, elle était enceinte de six mois ! »

Les Lewis. *Les Lewis*. Katie les avait rencontrés à la réception du Jour de l'An de Molly et Bill. Vangie, une jolie blonde. Chris, un pilote de ligne.

Interdite, elle entendit la voix bouleversée de Molly. « Katie, comment une fille qui désirait si désespérément un enfant a-t-elle pu se tuer ? »

La question resta en suspens. Des frissons glacés traversaient Katie. Ces longs cheveux répandus sur les épaules. Son cauchemar. C'est fou les tours que peut vous jouer votre imagination. Dès que Molly avait prononcé le nom, le cauchemar de la nuit dernière avait resurgi. Le visage qu'elle avait entraperçu par la fenêtre de la clinique était celui de Vangie Lewis.

6

R ichard Carroll gara sa voiture dans les emplacements réservés à la police dans l'avenue
Winding-Brook. Il fut stupéfait de constater que
les Lewis étaient voisins de Bill et Molly Kennedy.
Bill était déjà en place quand Richard était entré
comme interne à Saint-Vincent. Plus tard, Richard
s'était spécialisé dans la médecine légale et Bill
dans l'orthopédie. Ils étaient tombés l'un sur l'autre
avec plaisir au palais de justice du comté de
Valley, un jour où Bill témoignait en tant qu'expert
dans un procès pour faute professionnelle. Leur
amitié qui n'était que fortuite du temps de Saint-
Vincent s'était renforcée. Ils jouaient fréquemment au golf ensemble et Richard passait souvent
prendre un verre chez Bill et Molly après une
partie.

Il avait rencontré la sœur de Molly, Katie
DeMaio, au bureau du procureur, et avait tout de
suite été séduit par cette jeune avocate pleine de
zèle. C'était un rappel vivant de l'époque où
l'Espagne avait envahi l'Irlande et laissé une lignée
de descendants au teint bistre et aux cheveux

noirs, contrastant avec le bleu intense des yeux celtes. Mais Katie l'avait adroitement découragé quand il lui avait proposé de sortir ensemble et il s'était résigné à la chasser de ses pensées. Il y avait suffisamment de femmes ravissantes qui appréciaient sa compagnie.

Mais à entendre Molly, Bill et leurs enfants parler de Katie, raconter qu'elle pouvait être si drôle, qu'elle s'était retrouvée en miettes après la mort de son mari, sa curiosité s'était rallumée. Puis, dans les derniers mois, il s'était rendu à une ou deux soirées chez Bill et Molly et avait constaté à son grand regret qu'il s'intéressait bien plus à Katie DeMaio qu'il ne l'aurait souhaité.

Richard haussa les épaules. Il était là pour une enquête policière. Une jeune femme de trente ans s'était suicidée. Son travail consistait à chercher tous les indices médicaux pouvant prouver que Vangie Lewis n'avait pas mis fin à ses jours. Plus tard dans la journée, il procéderait à une autopsie. Il serra les mâchoires à la pensée du fœtus qu'elle portait. Elle ne lui avait pas laissé une chance. Qu'est-ce que vous dites de cet amour maternel ? Spontanément, objectivement, il éprouvait déjà de l'aversion pour feu Vangie Lewis.

Un jeune policier de Chapin River l'introduisit. Le salon était à gauche de l'entrée. Un type dans un uniforme de commandant d'aviation était assis sur le canapé, courbé en avant, serrant et desserrant ses mains jointes. Il était bien plus pâle que beaucoup des défunts auxquels Richard avait eu affaire, et tremblait violemment. Richard eut un bref élan de sympathie. Le mari. C'était plutôt rude comme coup de rentrer chez soi pour trouver sa femme suicidée. Il décida de lui parler plus tard. « C'est où ? demanda-t-il au policier.

— Par ici. » Le jeune homme désigna l'arrière de la maison d'un mouvement de tête. « La cuisine juste en face, les chambres sur la droite. Elle est dans la chambre principale. »

Richard marcha rapidement, s'imprégnant comme il le faisait toujours de l'atmosphère de la maison. Coûteuse, mais négligemment meublée. Le coup d'œil dans le salon lui avait montré l'intérieur typique du décorateur sans imagination que l'on rencontre dans tant de magasins de décoration de la rue principale des petites villes. Richard avait un sens aigu des couleurs. Il pensait en son for intérieur que cela l'aidait considérablement dans son travail. Mais les tons heurtés agissaient sur lui comme le son de notes discordantes.

Charley Nugent, l'inspecteur principal de la brigade criminelle, était dans la cuisine. Les deux hommes échangèrent un rapide signe de tête. « Ça a l'air de quoi ? demanda Richard.

— On en parlera quand vous l'aurez vue. »

Morte, Vangie Lewis n'offrait pas un bien joli spectacle. Ses longs cheveux blonds semblaient maintenant d'un marron sale. Elle avait le visage déformé ; ses bras et ses jambes, saisis par la rigidité cadavérique, avaient l'air d'être tendus sur des fils. Son manteau était déboutonné et, à cause de sa grossesse, lui remontait au-dessus des genoux. On remarquait à peine ses chaussures sous le long caftan à fleurs.

Richard souleva le caftan jusqu'aux chevilles. Les jambes, visiblement enflées, distendaient le collant. Les bords de sa chaussure droite mordaient dans la chair.

Il souleva un bras d'une main experte, le tint pendant un instant, le laissa retomber. Il examina la décoloration marbrée autour de la bouche à l'endroit où l'avait brûlée le poison.

Charley se tenait près de lui. « Depuis combien de temps, à votre avis ?

— Entre douze et quinze heures, je pense. Elle est déjà très raide. » Richard parlait d'un ton circonspect, mais son sens de l'équilibre des choses était troublé. Elle avait son manteau. Ses chaussures. Venait-elle juste de rentrer chez elle, ou avait-elle l'intention de sortir ? Qu'est-ce qui l'avait brusquement poussée à se suicider ? Le verre était à côté d'elle sur le lit. Se penchant, il le renifla. L'odeur caractéristique d'amande amère du cyanure lui pénétra dans les narines. C'est fou ce qu'il y avait de suicidés au cyanure depuis ces horreurs de la secte de Jones en Guyana. Il se redressa. « A-t-elle laissé une lettre ? »

Charley secoua la tête. Richard pensa que Charley avait la tête de l'emploi. Il avait toujours l'air sinistre ; ses paupières tombaient tristement sur ses yeux. Il semblait avoir un problème permanent de pellicules. « Pas de lettres ; rien. Mariée depuis dix ans avec le pilote ; c'est le type qui se trouve dans le salon. Il paraît drôlement secoué. Ils sont de Minneapolis ; ils venaient juste de s'installer sur la côte Est il y a moins d'un an. Elle désirait depuis toujours avoir un bébé. Enfin enceinte, et folle de joie. Elle commence à installer une chambre pour le bébé ; en parle matin, midi et soir.

— *Et ensuite elle se tue, et le bébé avec ?*

— D'après le mari, elle était nerveuse ces derniers temps. Certains jours elle faisait une sorte de fixation, disant qu'elle allait perdre le bébé. D'autres fois, elle se comportait comme si elle avait peur d'accoucher. Elle savait vraisemblablement qu'elle montrait des symptômes de grossesse pathologique.

— Et plutôt que d'accoucher ou d'affronter la perte du bébé, elle s'est tuée ? » Richard avait un ton sceptique. Il se rendait compte que Charley n'était pas plus convaincu que lui. « Phil est avec vous ? » demanda-t-il. Phil était l'autre responsable de la brigade criminelle du bureau du procureur.

« Il est dehors par là, en train de parler aux voisins.

— Qui l'a découverte ?

— Le mari. Il rentrait d'un vol. Il a appelé une ambulance et les policiers du quartier. »

Richard regarda avec attention les marques de brûlure autour de la bouche de Vangie Lewis. « Elle doit s'être éclaboussée, dit-il pensivement. À moins qu'elle n'ait essayé de le recracher, mais trop tard. Peut-on parler au mari, le faire venir ici ?

— Certainement. » Charley fit un signe de tête au jeune policier, qui se retourna et partit rapidement dans le couloir.

Quand Christopher Lewis entra dans la chambre, il paraissait au bord de la nausée. Son teint était livide. Une sueur froide et moite lui perlait au front.

Il avait desserré sa cravate, ouvert sa chemise et il enfonçait ses mains au fond de ses poches.

Richard le jaugea du regard. Lewis avait l'air égaré, malade, nerveux. Mais il manquait quelque chose. Il n'avait pas l'air d'un homme dont la vie vient d'être brisée.

Richard avait maintes fois été témoin de la mort. Il avait vu des parents muets de chagrin. D'autres qui hurlaient de façon hystérique, criaient, pleuraient, se jetaient sur le cadavre. D'autres encore palpant la main du défunt, essayant de comprendre. Il se souvint de ce jeune mari dont la femme avait été prise dans une fusillade alors qu'ils sortaient de leur voiture pour aller à l'épicerie. Quand Richard était arrivé, il tenait le corps, stupéfié ; il lui parlait, essayait de la faire revenir à elle.

C'était ça le chagrin.

Quelle que soit l'émotion qu'éprouvait Christopher Lewis à l'heure présente, Richard aurait parié sa vie qu'il ne s'agissait pas d'un mari désespéré.

Charley le questionnait. « Commandant Lewis, je sais bien que c'est très pénible pour vous, mais cela faciliterait les choses si nous pouvions vous poser quelques questions.

— Ici ? » C'était un cri de protestation.

« Vous allez comprendre pourquoi. Nous n'en aurons pas pour longtemps. Quand avez-vous vu votre femme pour la dernière fois ?

— Il y a deux jours. Je faisais la ligne de la côte Ouest.

— Et vous êtes arrivé chez vous à quelle heure ?

— Il y a environ une heure.

— Avez-vous parlé à votre femme pendant ces deux jours ?

— Non.

— Quel était l'état mental de votre femme quand vous êtes parti ?

— Je vous l'ai déjà dit.

— Si vous vouliez juste le répéter au docteur Carroll.

— Vangie était anxieuse. Elle était devenue très inquiète à l'idée de faire une fausse couche.

— Cette éventualité vous alarmait-elle ?

— Vangie s'était beaucoup alourdie, semblait faire des œdèmes, mais elle prenait des médicaments pour ça, et je crois que c'est un problème assez courant.

— Aviez-vous téléphoné à son gynécologue pour lui en parler, pour vous rassurer vous-même ?

— Non.

— Très bien. Commandant Lewis, voulez-vous jeter un coup d'œil dans la chambre et voir si vous ne remarquez rien d'anormal. C'est difficile, mais voulez-vous examiner le corps de votre femme, regarder si quelque chose vous frappe plus particulièrement. Par exemple, ce verre. Êtes-vous sûr que ce soit celui de votre salle de bains ? »

Chris obéit. Le visage de plus en plus blanc, il étudia en détail chaque particularité de l'aspect de sa femme morte.

Les yeux étrécis, Charley et Richard l'épiaient.

« Non », murmura-t-il enfin. « Rien. »

L'attitude de Charley se fit brusque. « Bien, monsieur. Dès que nous aurons pris les photos, nous ferons enlever le corps pour l'autopsie. Pouvons-nous vous aider à prévenir quelqu'un ?

— J'ai quelques coups de téléphone à donner. Le père et la mère de Vangie. Ils vont avoir un chagrin atroce. Je vais aller dans le bureau pour les appeler tout de suite.

Après son départ, Richard et Charley échangèrent un coup d'œil.

« Il a vu quelque chose qui nous a échappé », dit catégoriquement Charley.

Richard hocha la tête. « Je sais. » Les deux hommes contemplèrent d'un air sombre le corps affalé.

1

Avant de raccrocher, Katie avait parlé de son accident à Molly et lui avait proposé de venir déjeuner. Mais Jennifer, l'aînée de douze ans des Kennedy, et les deux jumeaux de six ans étaient coincés à la maison à cause d'une bonne grippe. « Jennifer ne pose pas de problème, mais je n'aime pas laisser les garçons seuls, ne serait-ce que pour aller vider la poubelle », avait dit Molly, et elles avaient décidé que Molly passerait prendre Katie pour l'emmener chez elle.

En attendant, Katie prit un bain rapide et se débrouilla pour se laver les cheveux et les sécher avec une seule main. Elle enfila un chandail de grosse laine sur un pantalon en tweed bien coupé. Le rouge du chandail donnait un peu de couleur à son visage et ses cheveux coulaient en boucles souples autour de son cou. Tout en prenant son bain et en s'habillant, elle s'efforça de trouver une explication logique à son hallucination de la nuit dernière.

Avait-elle vraiment *été* à la fenêtre ? Ou cela faisait-il partie du rêve ? Peut-être le store était-il brutalement remonté tout seul, la tirant d'un cauchemar. Elle ferma les yeux et, une fois de plus, la scène flotta dans son esprit. Tout avait paru si réel : la lumière du coffre avait directement éclairé l'intérieur de la malle, tombant sur les yeux fixes, les longs cheveux, les sourcils exagérément levés. Pendant un instant, tout avait paru si clair. C'est cela qui l'effrayait : la clarté de l'image. Le visage lui était familier, même en rêve.

Allait-elle en parler à Molly ? Sûrement pas. Molly s'inquiétait à son sujet ces temps derniers. « Katie, tu es trop pâle. Tu travailles trop. Tu restes trop à la maison. » Molly l'encourageait à se faire opérer. « Tu ne peux pas laisser cet état se prolonger indéfiniment. Ces saignements peuvent être dangereux à la longue. » Et elle ajoutait : « Katie, il est temps de te rendre compte que tu es une jeune femme. Tu devrais prendre un vrai congé, te détendre, t'en aller. »

Dehors on entendit klaxonner bruyamment au moment où Molly arrêtait son break. Katie se contorsionna pour enfiler une veste de castor bien chaude, remontant le col sur ses oreilles, et sortit de la maison aussi vite que le lui permettaient ses genoux enflés. Molly lui ouvrit la portière et se pencha pour l'embrasser. Elle la dévisagea d'un air sévère. « On ne peut pas dire que tu resplendisses. Dis-moi la vérité, tu n'as rien de grave ?

— Cela aurait pu être pire. » Une odeur de beurre de cacahuète et de bubble-gum se dégageait de la voiture : sécurisante, familière, et Katie sentit son moral remonter. Mais l'atmosphère changea immédiatement quand Molly raconta :

« Notre quartier est sens dessus dessous. Tes collègues ont envahi la maison des Lewis, et un de vos inspecteurs pose des questions à tout le monde dans le coin. Il m'est tombé dessus juste au moment où je partais. Je lui ai dit que j'étais ta sœur, et on a chanté tes louanges. »

Katie dit : « C'était sans doute Phil Cunningham ou Charley Nugent.

— Un grand type. La figure carrée. Gentil.

— Phil Cunningham. C'est un brave garçon. Quel genre de questions posaient-ils ?

— La routine habituelle. Si nous avions remarqué à quelle heure elle était sortie ou rentrée. Ce genre de choses.

— Et tu l'as remarqué ?

— Quand les jumeaux sont malades et grognons, je ne verrais pas Robert Redford rentrer chez les voisins. De toute façon, en plein jour on aperçoit déjà à peine la maison des Lewis, encore moins la nuit sous la pluie. »

Elles traversaient le pont de bois juste avant de tourner dans l'avenue Winding Brook. Katie se mordit la lèvre. « Molly, dépose-moi devant la maison des Lewis, veux-tu ? »

Molly se tourna vers elle, étonnée. « Pourquoi ? »

Katie s'efforça de sourire. « Eh bien, je suis procureur adjoint, et si cela veut dire quelque chose, je suis aussi conseiller au commissariat de police de Chapin River. Je ne suis normalement pas obligée d'y aller, mais puisque je suis ici, je pense que c'est mieux. »

Le fourgon des services du médecin légiste était en train d'entrer à reculons dans l'allée des Lewis.

Richard le surveillait du pas de la porte. Il s'avança vers la voiture quand Molly stoppa. Molly expliqua brièvement : « Katie déjeune avec moi et elle a pensé qu'elle pourrait passer par ici. Pourquoi ne pas venir avec elle, si vous êtes libre ? »

Il accepta et aida Katie à sortir de la voiture. « Je suis heureux que vous soyez là, dit-il. Il y a quelque chose qui ne me plaît pas dans cette affaire. »

Maintenant qu'elle allait voir la morte, Katie sentit sa bouche se dessécher. Elle revit l'image du visage dans son rêve. « Le mari est dans le bureau, dit Richard.

— Je l'ai déjà rencontré. Vous aussi, je crois. À la soirée du Nouvel An de Molly. Non. Vous étiez arrivé trop tard. Ils étaient déjà partis. »

Richard dit : « Bon. Nous en parlerons plus tard. Voilà la chambre. »

Elle s'obligea à regarder le visage familier et le reconnut immédiatement. Elle frissonna, ferma les yeux. Devenait-elle folle ?

« Katie, vous vous sentez bien ? » demanda vivement Richard.

Comment pouvait-elle être aussi stupide ? « Je vais très bien », dit-elle, et à l'entendre sa voix lui parut assez normale. « J'aimerais parler au commandant Lewis. »

Quand ils arrivèrent devant le petit bureau, la porte était fermée. Sans frapper, Richard l'ouvrit doucement. Chris Lewis était au téléphone, le dos tourné. Il parlait bas mais distinctement. « Je sais que ça paraît incroyable, mais je te jure, Joan, elle ne savait rien à notre sujet. »

Richard referma la porte sans bruit. Lui et Katie se regardèrent. Katie dit : « Je vais demander à Charley de rester ici ; et à Scott de faire ouvrir une enquête. » Scott Myerson était le procureur.

« Je pratiquerai l'autopsie moi-même dès qu'ils amèneront le corps, dit Richard. Aussitôt que nous serons certains que c'est bien le cyanure qui l'a tuée, il faudra s'occuper de savoir où elle se l'est procuré. Allons ; et ne nous arrêtons pas trop longtemps chez Molly. »

La maison de Molly, tout comme sa voiture, était un havre de paix. Katie s'y arrêtait souvent après le bureau, pour prendre un verre de vin ou dîner avant de rentrer chez elle. Les bonnes odeurs de cuisine, les pas des enfants résonnant dans l'escalier ; le vacarme de la télévision ; les jeunes voix bruyantes, criant et se chamaillant. Pour elle, c'était rentrer dans le monde du réel après une journée passée à s'occuper de meurtriers, de kidnappeurs, d'agresseurs, de cambrioleurs, de pervertis, d'incendiaires et d'escrocs à la petite semaine. Et malgré toute l'affection qu'elle éprouvait pour les Kennedy, ces visites lui faisaient apprécier le calme serein de sa propre maison. Sauf, bien sûr, les jours où elle en ressentait le vide, et où elle tentait d'imaginer sa maison avec John encore en vie et des enfants.

« Katie ! Docteur Carroll ! » Les jumeaux les accueillaient à grands cris. « Katie ! Tu as vu toutes ces voitures de police ? Il est arrivé quelque chose chez les voisins ! » Peter, l'aîné de dix minutes des deux jumeaux, était toujours le porte-parole.

« Juste chez les voisins ! » reprit John en chœur. Molly les appelait « Peter et Re-Peter ». « Filez, vous deux ! leur ordonna-t-elle. Et laissez-nous déjeuner en paix.

— Où sont les autres ? demanda Katie.

— Dieu merci, Billy, Dina et Moira sont retournés à l'école ce matin, dit Molly. Jennifer est couchée. Je viens d'aller jeter un coup d'œil et elle s'est rendormie. La pauvre gosse se sent encore mal fichue. »

Ils s'installèrent à la table de la cuisine. La pièce était grande et il y faisait bon. Molly sortit les hamburgers du gril, leur offrit un verre qu'ils refusèrent, et servit le café. Molly avait un don pour la cuisine, pensa Katie. Tout ce qu'elle préparait était délicieux. Mais quand elle voulut manger, Katie se rendit compte qu'elle ne pouvait pas avaler. Elle regarda Richard. Il avait étalé du ketchup sur sa viande et mangeait avec un plaisir non dissimulé. Elle lui envia son flegme. D'un côté, il était capable d'apprécier un bon hamburger. De l'autre, il semblait réfléchir à l'affaire Lewis. Il plissait le front, ses cheveux bruns en bataille, ses yeux bleu-gris songeurs, ses épaules carrées penchées en avant, tandis que de deux doigts il tambourinait doucement sur la table. Elle aurait parié qu'ils se posaient tous les deux la même question. À qui téléphonait Chris Lewis ?

Elle se souvint de la seule conversation qu'elle avait eue avec Chris. C'était le soir du Nouvel An, et ils avaient parlé de détournements d'avions. Il s'était montré intéressant, intelligent, charmant. Avec son élégance sportive, c'était un homme très séduisant. Et elle se souvenait que lui et Vangie étaient restés chacun à un bout de la pièce remplie de gens et qu'il avait montré peu d'enthousiasme lorsque Katie l'avait félicité de la venue du bébé.

« Molly, quelle est ton impression sur les Lewis ? Je veux dire, sur la façon dont ils s'entendaient ? » demanda-t-elle.

Molly eut l'air embarrassé. « Franchement, je crois que ça n'allait pas très fort. Elle était tellement excitée à l'idée d'être enceinte que chaque fois qu'ils venaient ici, elle ramenait toujours la conversation sur les bébés, ce qui agaçait visiblement Chris. Et comme j'avais une certaine responsabilité dans cette grossesse, j'étais plutôt ennuyée. »

Richard s'arrêta de tambouriner sur la table et se redressa. « Vous aviez *quoi* ?

— C'est-à-dire, eh bien, tu me connais, Katie. Le jour où ils ont emménagé, l'été dernier, je me suis précipitée chez eux pour les inviter à dîner. Ils ont accepté et tout de suite Vangie m'a raconté qu'elle mourait d'envie d'avoir un bébé et qu'elle était malade à l'idée qu'elle allait avoir trente ans et que les meilleures années pour être enceinte étaient passées. »

Molly avala une gorgée de Bloody Mary et jeta un regard plein de regret sur le verre vide. « Je lui ai parlé de Liz Berkeley. Elle n'avait jamais pu avoir d'enfant avant d'aller consulter un gynécologue qui est une sorte de spécialiste de la stérilité. Liz venait juste de donner naissance à une petite fille et, bien entendu, était folle de bonheur. Toujours est-il que j'ai parlé à Vangie du docteur Highley. Elle est allée le voir et quelques mois plus tard, elle était enceinte. Mais ensuite, j'ai regretté de m'en être mêlée.

— Le docteur Highley ? » Katie semblait stupéfaite.

Molly acquiesça. « Oui, celui qui est en train de… » Katie secoua la tête, et la voix de Molly s'estompa.

8

Edna Burns aimait son travail. Elle était comptable-réceptionniste pour les deux médecins qui dirigeaient et faisaient marcher l'équipe du Concept de Maternité Westlake. « Le docteur Highley, le grand ponte, confiait-elle à ses amies. Vous savez, il était marié à Winifred Westlake, et elle lui a tout laissé. Il fait marcher toute la boutique. »

Le docteur Highley était gynécologue obstétricien et, comme le racontait Edna, « il faut voir comment se comportent ses patientes quand elles apprennent qu'elles sont enfin enceintes ; elles sont tellement heureuses que vous diriez qu'elles viennent d'inventer les enfants. Il leur fait payer un œil de la figure, mais on peut dire que c'est pratiquement un faiseur de miracles. Et d'autre part, expliqua-t-elle, Highley est aussi la personne à consulter si vous avez un problème interne que vous préféreriez ne pas voir se développer. Si vous voyez ce que je veux dire », ajoutait-elle avec un air sous-entendu.

Le docteur Fukhito était psychiatre. Le Concept de Maternité Westlake était basé sur la médecine holistique : celle-ci reposait sur l'idée que le corps et l'esprit doivent être en harmonie pour qu'une grossesse soit menée à terme et que beaucoup de femmes ne peuvent concevoir d'enfant parce qu'elles sont émotionnellement sous l'emprise de la peur et de l'angoisse. Toutes les patientes en gynécologie consultaient le docteur Fukhito au moins une fois, mais les femmes enceintes devaient être régulièrement suivies.

Edna prenait plaisir à raconter à ses amies que le Concept Westlake avait été conçu par le vieux docteur Westlake qui était mort avant de pouvoir le mettre en pratique. Ensuite, il y a huit ans, sa fille Winifred avait épousé le docteur Highley. Elle avait acheté la clinique de River Falls quand celle-ci avait fait faillite, lui avait donné le nom de son père et y avait installé son mari. « Ils étaient fous l'un de l'autre », soupirait Edna. Bien sûr, elle avait dix ans de plus que lui et n'était pas bien belle, mais ils étaient très amoureux. Il me demandait de lui faire porter des fleurs deux fois par semaine, et malgré tout son travail, il tenait à aller choisir ses vêtements avec elle dans les magasins. Laissez-moi vous dire que ça a été un drôle de choc quand elle est morte. Personne ne savait qu'elle avait le cœur aussi malade. Mais, ajoutait-elle avec philosophie, il continue à travailler comme un damné. J'ai vu des femmes qui n'avaient jamais pu attendre d'enfant, être enceintes deux et même trois fois. Bien sûr, la plupart ne mènent pas leur grossesse à terme, mais au moins elles savent qu'elles ont une chance. Et vous verriez comme on s'occupe d'elles ici. J'ai vu le docteur Highley faire entrer des femmes à la clinique et les forcer à s'aliter deux mois avant une naissance. Ça coûte une fortune, c'est certain, mais croyez-moi, quand vous voulez un bébé et que vous en avez les moyens, vous êtes prête à payer n'importe quel prix pour l'avoir. Mais vous pourrez apprendre tout cela par vous-même très bientôt, ajoutait-elle. Le magazine *Newsmaker* prépare un article sur le docteur et le Concept de Maternité Westlake. Il va sortir mardi. Ils sont venus la semaine dernière le photographier dans son cabinet debout à côté des photos de tous les bébés qu'il a mis au monde. C'était vraiment adorable. Et si vous trouvez que nous avons du travail en ce moment, attendez que l'article sorte. On ne saura plus comment répondre au téléphone. »

Edna était une comptable-née. Ses comptes étaient des merveilles de précision. Elle adorait les paiements et prenait une fierté sensuelle à faire de fréquents et confortables versements au compte de ses employeurs. Une pancarte claire et bien en vue sur son bureau indiquait que tous les paiements devaient être faits en espèces ; aucun relevé mensuel ne serait présenté ; le détail des honoraires et des délais de paiement serait expliqué par Mlle Burns.

Le docteur Highley avait dit à Edna qu'à moins d'instructions contraires, elle ne devait jamais laisser personne partir avant de s'être assurée que les rendez-vous suivants étaient fixés, que si, pour une raison quelconque, l'une des patientes annulait son rendez-vous, Edna devait lui téléphoner chez elle et convenir fermement d'une nouvelle date. C'était un arrangement judicieux et, comme le notait Edna, une excellente source de revenus.

Le docteur Highley félicitait toujours Edna sur la tenue de ses registres et la façon dont elle savait remplir le carnet de rendez-vous. La seule fois où il montra qu'il pouvait être désagréable fut le jour où il la surprit en train de parler à une patiente des problèmes d'une autre patiente. Elle dut admettre qu'elle avait fait preuve d'imprudence, mais elle s'était permis deux Manhattan à l'heure du déjeuner ce jour-là, et sa vigilance s'était relâchée.

Le docteur avait terminé ses remontrances en l'avertissant : « Encore une fois, et c'est fini pour vous. »

Elle savait ce que cela signifiait.

Edna soupira. Elle était fatiguée. Hier, les deux médecins avaient terminé tard dans la soirée, et ça avait été dingue. Elle avait ensuite travaillé un moment sur ses comptes. Elle était impatiente de rentrer chez elle ce soir et rien ni personne ne pourrait l'en faire sortir. Elle enfilerait une robe de chambre et se préparerait une bonne quantité de Manhattan. Elle avait du jambon en boîte dans le réfrigérateur qui ferait l'affaire pour dîner en regardant la télévision.

Il était bientôt quatorze heures. Plus que trois heures et elle pourrait filer. Tant qu'elle était tranquille, elle allait en profiter pour vérifier qu'elle avait bien pris tous les rendez-vous hier. Plissant ses yeux de myope, elle appuya son large visage criblé de taches de rousseur sur sa main charnue. Ses cheveux n'étaient pas propres. Elle n'avait pas eu le temps de s'en occuper hier soir. Elle s'était sentie un peu fatiguée après quelques cocktails.

C'était une femme corpulente d'une quarantaine d'années qui en paraissait dix de plus. Sa jeunesse frustrée s'était passée à prendre soin de parents vieillissants. Quand Edna regardait les photos qu'on avait prises d'elle à l'école de secrétariat de Drake, elle s'étonnait vaguement à la vue de la jolie fille qu'elle était un quart de siècle auparavant. Toujours un tantinet trop grosse, mais jolie malgré tout.

Elle n'était qu'à moitié concentrée sur la page qu'elle lisait, mais quelque chose attira soudain son attention. Elle s'arrêta. Le rendez-vous de vingt heures la veille au soir pour Vangie Lewis.

Hier soir, Vangie était arrivée à l'avance et avait bavardé avec Edna. C'est vrai qu'elle semblait très agitée. Bien sûr, Vangie était du genre à se plaindre, mais si jolie qu'Edna prenait plaisir à la regarder. Elle avait pris beaucoup de poids pendant sa grossesse et, pour l'œil exercé d'Edna, faisait de la rétention d'eau. Edna espérait de tout son cœur que Vangie accoucherait sans problème de ce bébé. Elle le désirait tellement.

Aussi ne blâma-t-elle pas Vangie d'être déprimée. La jeune femme n'allait vraiment pas bien. Le mois dernier, elle s'était mise à porter ces espèces de mocassins parce que ses autres chaussures ne lui allaient plus. Elle les avait montrés à Edna. « Regardez-moi ça. Mon pied droit est dans un tel état que je ne peux plus mettre que ces vieilles godasses que ma femme de ménage a oubliées. Je passe mon temps à perdre la gauche. »

Edna s'était gentiment moquée d'elle. « Eh bien, avec ces pantoufles de vair, je n'ai plus qu'à vous appeler Cendrillon. Et nous appellerons votre mari le Prince Charmant. » Elle savait que Vangie était folle de son mari.

Mais Vangie s'était contentée de faire la moue et de dire avec impatience : « Oh ! Edna, le Prince Charmant était le Jules de la Belle au Bois Dormant, pas de Cendrillon ! Tout le monde sait ça. »

Edna avait simplement ri. « Maman a dû s'embrouiller. Quand elle me racontait Cendrillon, elle disait que le Prince Charmant arrivait avec la pantoufle de vair. Mais qu'importe – avant même de vous en apercevoir, vous aurez votre bébé, et vous remettrez vos jolies chaussures. »

Hier soir, Vangie avait soulevé le long caftan qu'elle s'était mise à porter pour cacher ses jambes enflées. « Edna, avait-elle dit, je peux à peine enfiler cette godasse. Et pour quoi faire ? Dieu Tout-Puissant, pour quoi faire ? » Elle était au bord des larmes.

« Oh ! vous êtes simplement en train de broyer du noir, mon petit ! avait dit Edna. C'est une bonne chose que vous soyez venue parler au docteur Fukhito. Il va vous calmer. »

C'est à ce moment-là que le docteur Fukhito avait sonné et demandé de faire entrer Mme Lewis. Vangie s'était avancée dans le couloir vers son cabinet. En quittant la réception, elle trébucha. Elle avait perdu son mocassin gauche trop lâche. « Oh ! la barbe avec ça ! » cria-t-elle, et elle continua sans s'arrêter. Edna avait ramassé le mocassin, pensant que Vangie viendrait le chercher quand elle aurait fini avec le docteur Fukhito.

Edna restait toujours tard le lundi soir pour s'occuper des registres. Mais quand elle s'apprêta à rentrer chez elle vers vingt et une heures, Vangie n'était toujours pas revenue. Edna décida de courir le risque d'appeler le docteur Fukhito pour lui dire qu'elle laissait le soulier dans le couloir à la porte de son cabinet.

Mais le téléphone ne répondait pas dans le cabinet du docteur Fukhito ; ce qui signifiait que Vangie devait être partie par la porte menant directement au parking. C'était de la folie. Elle allait attraper la crève en se mouillant le pied.

Ne sachant que faire, Edna avait pris la chaussure et fermé la porte à clé. Au moment où elle se dirigeait vers le parking pour aller chercher sa voiture, elle avait vu partir la Lincoln Continental rouge de Vangie avec le docteur Highley au volant. Elle avait essayé de courir dans sa direction pour lui faire signe, mais en vain. Alors, elle était simplement rentrée chez elle.

Le docteur Highley avait peut-être déjà pris un nouveau rendez-vous avec Vangie, mais Edna allait téléphoner chez elle pour s'en assurer. Elle composa rapidement le numéro des Lewis. Le téléphone sonna une fois, deux fois.

Une voix d'homme répondit : « Vous êtes chez les Lewis.

— Madame Lewis, s'il vous plaît. » Edna prit sa voix la plus professionnelle de l'école de secrétariat de Drake, brève mais amicale. Elle se demanda si elle parlait au commandant Lewis.

« De la part de qui ?

— Le cabinet du docteur Highley. Nous aimerions prendre un nouveau rendez-vous avec Mme Lewis.

— Ne quittez pas. »

Elle se rendit compte qu'on couvrait le récepteur. Elle entendait des voix étouffées. Que se passait-il donc ? Vangie avait peut-être eu un malaise ? S'il en était ainsi, il fallait prévenir le docteur Highley.

La voix à l'autre bout de la ligne se mit à parler. « Ici l'inspecteur Cunningham, du bureau du procureur du comté de Valley. Je suis désolé, mais Mme Lewis est décédée subitement. Vous pouvez dire au docteur que nous le contacterons demain matin.

— *Mme Lewis est décédée !* » Edna avait poussé un cri de consternation. « Oh ! mais que s'est-il passé ? »

Il y eut un silence. « Il semble qu'elle se soit suicidée. » La communication fut coupée.

Edna reposa lentement le récepteur. Ce n'était pas possible. Ce n'était pas possible.

Les rendez-vous de quatorze heures arrivèrent ensemble. Mme Volmer pour le docteur Highley, Mme Lashley pour le docteur Fukhito. Edna les accueillit machinalement.

« Vous allez bien, Edna ? demanda Mme Volmer. Vous avez l'air préoccupé. »

Elle savait que Mme Volmer avait parfois parlé à Vangie dans la salle d'attente. Elle fut à deux doigts de lui dire que Vangie était morte. Mais une sorte d'instinct la poussa à prévenir d'abord le docteur Highley.

Le rendez-vous de treize heures trente sortit. Le docteur appela sur l'Interphone. « Faites entrer Mme Volmer, Edna. » Edna jeta un coup d'œil aux deux femmes. Il n'y avait aucun moyen de parler dans l'Interphone sans qu'elles entendissent.

« Docteur, puis-je venir vous voir un instant, je vous prie ? J'aimerais vous dire un mot. » Cela faisait tout à fait compétent. Elle se félicita de son sang-froid.

« Bien sûr. » Il ne semblait pas ravi. Highley était un peu effrayant ; néanmoins, il pouvait se montrer aimable. Elle avait pu le constater hier soir…

Elle parcourut le couloir aussi vite que le lui permettait sa corpulence. Elle était haletante lorsqu'elle frappa à la porte du cabinet. Il dit : « Entrez, Edna », maîtrisant à peine son irritation.

Elle ouvrit timidement la porte et s'avança dans son cabinet.

« Docteur, commença-t-elle précipitamment, je voulais vous prévenir. Je viens de téléphoner à Mme Lewis, Vangie Lewis, pour prendre un rendez-vous. Vous m'aviez dit que vous vouliez la voir une fois par semaine maintenant.

— Oui, oui. Et pour l'amour du ciel, Edna, fermez la porte. On entend votre voix dans toute la clinique. »

Elle obéit promptement. S'efforçant de ne pas élever la voix, elle reprit : « Docteur, quand j'ai téléphoné chez elle, un inspecteur de police m'a répondu. Il a dit qu'elle s'était suicidée et qu'ils viendraient vous voir demain.

— Qu'est-ce que vous dites ? » Il avait l'air bouleversé.

Maintenant qu'elle pouvait en parler, les mots se bousculaient dans la bouche d'Edna, sortaient en torrent. « Elle était tellement tourmentée, hier soir, n'est-ce pas docteur ? En fait, nous avons pu le remarquer tous les deux. La façon dont elle m'a parlé, dont elle se comportait comme si tout lui était égal. Mais vous avez dû vous en apercevoir ; j'ai pensé que c'était très gentil de votre part quand je vous ai vu la reconduire chez elle, hier soir. J'ai voulu vous faire signe, mais vous ne m'avez pas vue. Aussi je pense que vous êtes le mieux placé pour savoir qu'elle n'allait vraiment pas bien.

— Edna, à combien de personnes avez-vous raconté cela ? »

Quelque chose dans son ton la rendit très nerveuse. Troublée, elle évita ses yeux. « Mais à personne, monsieur. Je viens juste de l'apprendre.

— Vous n'avez pas parlé de la mort de Mme Lewis à Mme Volmer, ou à quelqu'un d'autre à la réception ?

— Non… non, monsieur.

— Et pas avec l'inspecteur au téléphone ?

— Non, monsieur.

— Edna, demain quand la police viendra, vous et moi nous leur dirons ce que nous savons sur l'état d'esprit de Mme Lewis. Mais écoutez-moi bien. » Il pointa son doigt vers elle et se pencha en avant. Inconsciemment, elle fit un pas en arrière. « Je ne veux pas que le nom de Mme Lewis soit mentionné par vous à qui que ce soit. *Qui que ce soit*, vous entendez. Mme Lewis était une femme extrêmement fragile et névrosée. Mais la vérité est que son suicide fait très mauvais effet pour la clinique. Comment pensez-vous que le présenteront les journaux si on révèle qu'elle était une de mes patientes ? Et je ne veux à aucun prix vous voir bavarder à la réception avec les autres patientes, dont certaines n'ont que de faibles chances de garder leur bébé. Vous me comprenez ?

— Oui, monsieur », dit Edna d'une voix tremblante. Elle aurait dû se douter qu'il la soupçonnerait d'indiscrétion.

« Edna, vous aimez votre travail ?

— Oui, monsieur.

— Edna, ne racontez à personne – *personne*, vous avez compris –, *un seul mot* sur l'affaire Lewis. Si j'entends dire que vous l'avez ne serait-ce que mentionnée, vous serez renvoyée. L'état psychique de Mme Lewis est confidentiel. Est-ce bien clair ?

— Oui, monsieur.

— Aviez-vous l'intention de sortir avec des amis ce soir ? Vous savez ce qui arrive lorsque vous buvez. »

Edna était au bord des larmes. « Je vais rentrer chez moi. Je ne me sens pas très bien, docteur. Je veux garder toute ma présence d'esprit demain, quand la police m'interrogera. Pauvre petite Cendrillon. » Sa gorge se noua et les larmes lui montèrent aux yeux. Mais elle aperçut l'expression sur le visage du docteur. Irritée. Dégoûtée.

Edna se tamponna les yeux. « Je vais faire entrer Mme Volmer, docteur. Et vous n'avez rien à craindre, ajouta-t-elle avec dignité. J'ai beau-coup d'estime pour votre clinique. Je sais tout ce que cela représente pour vous et vos patientes. Je ne dirai pas un mot. »

Le reste de l'après-midi fut chargé. Elle réussit à reléguer la pensée de Vangie au fond de son esprit pendant qu'elle parlait aux patientes, prenait les prochains rendez-vous, encaissait l'argent, rappe-lait à celles qui l'avaient oublié qu'elles avaient un retard dans leurs règlements.

Enfin, à dix-sept heures, elle put s'en aller. Chaudement emmitouflée dans un manteau de fourrure imitation léopard, avec chapeau assorti, elle rentra chez elle en voiture, dans son rez-de-chaussée d'Edgeriver, à dix kilomètres de là.

9

Dans la salle d'autopsie froidement imperson-
nelle de la morgue du comté de Valley, Richard
Carroll retira délicatement le fœtus du cadavre de
Vangie Lewis. Ses longs doigts sensibles soulevèrent
le petit corps, et il constata que le liquide amniotique avait commencé à se répandre. Vangie n'aurait
pas gardé plus longtemps ce bébé. Il estima qu'il
pesait approximativement deux livres et demie.
C'était un garçon.

Le fils premier né. Il secoua la tête devant un tel
gâchis en le reposant sur la table d'autopsie attenante. Vangie montrait des symptômes avancés de
toxémie. C'était incroyable qu'un médecin, quel
qu'il soit, ait laissé cet état se développer à ce
point. Il aurait bien voulu savoir quel était son
taux de globules blancs. Probablement effroyablement élevé.

Il avait déjà envoyé les prélèvements de liquide
au laboratoire. Il ne doutait pas un instant que le
cyanure n'eût tué la jeune femme. Elle avait la
gorge et la bouche terriblement brûlées. Elle en
avait avalé une très grosse gorgée, la malheureuse.

Les brûlures autour de la bouche ? Richard les examina attentivement. Il essaya de s'imaginer le moment où elle avait bu le poison. Elle avait commencé à avaler, senti la brûlure, changé d'idée, essayé de recracher. Le liquide avait coulé sur ses lèvres et son menton.

Cela ne collait pas.

Il y avait des bouts de fil accrochés à son manteau. On aurait dit qu'ils venaient d'une couverture. Il les avait envoyés au laboratoire. Il croyait bien se souvenir qu'elle était étendue sur un dessus-de-lit en chenille. Il voulait comparer les fibres du couvre-lit avec celles relevées sur le manteau. Bien sûr ce dernier était plutôt usagé, et Vangie avait pu les ramasser n'importe où.

Le corps de Vangie avait tellement enflé qu'il semblait qu'elle avait mis n'importe quels vêtements à seule fin de se couvrir.

Sauf les chaussures. C'était un autre détail saugrenu. Les chaussures étaient chères et élégantes. Bien mieux, elles avaient l'air pratiquement neuves. Il était impensable que Vangie soit sortie lundi avec ces chaussures, et qu'elles aient l'air neuves. Elles n'avaient ni taches de pluie, ni traces de neige, alors que son collant était maculé de neige boueuse aux chevilles. Cela pouvait-il signifier qu'elle était sortie, rentrée, qu'elle avait décidé de sortir à nouveau, avait changé de chaussures, et qu'ensuite elle s'était suicidée ?

Cela ne collait pas davantage.

Autre chose. Ces chaussures étaient affreusement serrées. Particulièrement le pied droit. Elle avait à peine pu lacer le soulier et l'empeigne était étriquée. On aurait dit qu'elle avait le pied pris dans un étau. Étant donné le reste de son habillement, pourquoi s'évertuer à mettre des chaussures qui vous torturent ?

Des chaussures qui vous torturent…

La phrase se grava dans l'esprit de Richard. Il se redressa. Il en avait presque fini avec l'autopsie. Dès qu'ils auraient les résultats du laboratoire, il pourrait dire à Scott Myerson ce qu'il avait trouvé.

Une fois encore, il alla examiner le fœtus. Le cyanure avait pénétré dans son système sanguin. Comme sa mère, il avait dû mourir en souffrant le martyre. Richard l'observa soigneusement. Le miracle de la vie ne cesserait jamais de l'étonner ; ou plutôt, il grandissait à chaque fois qu'il se trouvait face à la mort. Il s'émerveilla devant l'équilibre du corps : l'harmonie des membres, muscles et fibres, os et tendons, veines et artères ; la complexité profonde du système nerveux, la capacité de l'organisme à guérir ses propres blessures, ses efforts minutieux pour protéger ce qui n'est pas encore né.

Soudain, il se pencha sur le fœtus. Il le libéra du placenta et l'étudia en pleine lumière. Serait-ce possible ?

C'était un pressentiment. Un pressentiment qu'il devait vérifier. Dave Broad était l'homme qu'il lui fallait. Dave était chargé de la recherche prénatale à l'hôpital du Mont-Sinaï. Richard allait lui envoyer le fœtus pour lui demander son avis.

Si ce qu'il croyait se vérifiait, le commandant Lewis avait une sacrée raison d'être bouleversé par la grossesse de sa femme.

Peut-être même assez bouleversé pour la tuer !

10

Scott Myerson, le procureur du comté de Valley, avait prévu d'organiser une réunion à dix-sept heures dans son bureau avec Katie, Richard et les deux inspecteurs de la brigade criminelle chargés du suicide de Vangie Lewis. Le bureau de Scott ne ressemblait en rien à l'image qu'offrait en général la télévision des études de procureur. Il était petit. Des murs blafards peints en jaune, des meubles vétustes, et de vieux classeurs gris acier. Les fenêtres donnaient sur la prison.

Katie arriva la première. Elle s'assit avec précaution sur la seule chaise à peu près confortable. Scott la regarda, un semblant de sourire aux lèvres. Il était de petite taille et avait une voix étonnamment profonde. Des lunettes à large monture, une moustache nette et brune, un costume classique parfaitement coupé lui donnaient plus l'allure d'un banquier que d'un défenseur de la loi. Il avait passé toute la journée au tribunal pour une affaire où il requérait personnellement et n'avait parlé à Katie qu'au téléphone. À présent, il remarquait son bras bandé et la meurtrissure sous l'œil ainsi que la grimace qui déformait son visage quand elle bougeait.

« Merci d'être venue, Katie, dit-il. Je sais que vous êtes débordée de travail et j'apprécie d'autant plus. Mais vous feriez mieux de ne pas venir demain. »

Katie secoua la tête. « Non. Je vais bien et je serai sûrement moins courbatue demain matin.

— Très bien, mais soyez raisonnable : si vous vous sentez mal fichue, n'hésitez pas à rentrer chez vous. » Il devint méthodique. « L'affaire Lewis. Qu'avons-nous là-dessus ? »

Richard et les inspecteurs entrèrent pendant qu'elle parlait. Ils prirent place en silence sur les trois chaises pliantes qui restaient.

Scott tapotait sur le bureau avec son crayon en écoutant Katie. Il se tourna vers les inspecteurs. « Qu'en avez-vous tiré ? »

Phil Cunningham sortit son carnet. « Ça n'était pas spécialement la lune de miel. Les Lewis ont passé quelques soirées chez leurs voisins. » Il regarda Katie. « Je crois que votre sœur a essayé de les faire inviter. Tout le monde aimait bien Chris Lewis. Vangie avait la réputation d'une emmerdeuse – manifestement jalouse de lui ; elle ne s'intéressait à aucune activité dans le quartier ; elle ne s'intéresserait à *rien*. Dans les soirées, elle était toujours pendue à ses basques ; faisant tout un foin s'il parlait plus de cinq minutes à une autre femme. Il était très patient avec elle. Une des voisines m'a dit que son mari lui avait déclaré après l'une de ces soirées que si Vangie était sa femme, il la tuerait de ses propres mains. Ensuite,

81

une fois enceinte, elle est devenue franchement impossible. Elle ne parlait que du bébé. »

Charley avait ouvert son carnet. « Le cabinet de son obstétricien a appelé pour prendre un rendez-vous. J'ai dit que nous irions interroger son médecin demain. »

Richard dit posément : « Il y a plusieurs questions que j'aimerais bien poser à ce médecin sur l'état de santé de Vangie Lewis. »

Scott se tourna vers Richard. « Vous avez terminé l'autopsie ?

— Oui. C'était sûrement du cyanure. Elle est morte sur le coup. La bouche et la gorge étaient très brûlées. Ce qui nous amène au point crucial. »

Il y avait une carafe d'eau et des gobelets en carton sur le dessus d'un classeur. Richard s'en approcha et remplit un gobelet d'eau. « Bien, dit-il. Supposons que ceci soit rempli de cyanure. J'ai l'intention de me tuer. J'en avale une bonne gorgée. » Il avala rapidement. Le gobelet était maintenant presque à moitié vide. Les autres le regardaient avec une vive attention.

Il leva le gobelet. « D'après moi, Vangie Lewis a dû boire au moins les vingt centilitres que je viens d'avaler pour avoir dans son organisme la quantité de cyanure que nous y avons trouvée. Jusque-là, ça va. Seulement voilà. Le bord externe de ses lèvres, son menton, et même son cou sont brûlés. La seule explication serait qu'elle a recraché un peu de ce machin… qu'elle en a recraché pas mal. Mais si elle en a avalé autant qu'elle l'a fait en une seule fois, cela signifie qu'elle avait la bouche vide. En

82

a-t-elle repris ensuite une autre gorgée pour la recracher ? Impossible. La réaction est instantanée.

— Elle n'aurait pas pu avaler la moitié de sa gorgée et recracher le reste ? » demanda Scott.

Richard haussa les épaules. « Il y en avait trop, à la fois dans son organisme et sur son visage, pour que la dose ait pu être partagée. De plus, la quantité renversée sur le couvre-lit est négligeable, et il restait à peine quelques gouttes au fond du verre. Donc, si elle avait un verre plein, il aurait fallu qu'elle en fasse couler une partie sur ses lèvres et sur son menton et qu'elle boive ensuite le reste pour que ça concorde avec la quantité utilisée. Cela aurait pu se passer ainsi, mais je ne le crois pas. L'autre problème est celui des chaussures qu'elle avait aux pieds. »

Il expliqua brièvement qu'il était à son avis impossible que Vangie Lewis ait pu marcher aisément dans les chaussures à lacets qu'elle portait. Tout en écoutant, Katie revoyait le visage de Vangie. Le visage mort qu'elle avait vu dans le rêve et le visage mort qu'elle avait vu sur le lit se superposaient dans son esprit. Elle se força à ramener son attention sur ce qui se passait dans la pièce et se rendit compte que Charley parlait à Scott. « … Richard et moi avons tous les deux l'impression que le mari a remarqué quelque chose sur le corps, et qu'il ne l'a pas dit.

— Je pense que ce sont les chaussures », dit Richard.

Katie se tourna vers lui. « Le coup de téléphone de Chris Lewis. Je vous en ai parlé tout à l'heure, Scott. »

— En effet. » Scott s'appuya au dossier de sa chaise. « Très bien. Vous deux – il désignait Charley et Phil – vous allez dénicher tout ce que vous pourrez sur le commandant Lewis. Voyez qui est cette Joan. Vérifiez l'heure à laquelle son avion a atterri ce matin. Repérez les appels téléphoniques que Vangie Lewis a donnés ces derniers jours. Envoyez Rita chez le médecin de Mme Lewis pour lui demander son avis sur l'état psychique et physique de sa patiente.

— Je peux vous parler de son état physique, dit Richard. De toute façon, à moins d'accoucher avant terme, elle n'aurait pas eu besoin de cyanure.

— Il y a autre chose, dit Scott. Où s'est-elle procuré le cyanure ?

— Aucune trace dans la maison, signala Charley. Pas une goutte. Mais elle faisait du jardinage. Peut-être en avait-elle mis de côté l'été dernier.

— Pour le cas où elle déciderait de se tuer ? » Le ton de Scott était sans humour. « Autre chose ? »

Richard hésita. « Peut-être, dit-il lentement. Mais c'est tellement vague… et à la lumière de ce qui vient d'être dit, je crois que je fais fausse route. Laissez-moi encore vingt-quatre heures. J'aurai peut-être un peu plus de précisions à vous offrir. »

Scott hocha la tête. « Revenez me voir. » Il se leva. « Je pense que nous sommes tous d'accord. Nous ne concluons pas à un suicide. » Il regarda Richard. « Une autre question. Se pourrait-il qu'elle soit morte ailleurs et qu'on l'ait ramenée sur son lit ? »

Richard fronça les sourcils. « Possible… mais la façon dont le sang était coagulé dans son corps indique qu'elle est restée étendue dans la position où nous l'avons trouvée depuis la minute où elle a avalé le cyanure.

— Bon, dit Scott. C'était une idée comme ça. Arrêtons-nous là pour ce soir. »

Katie se leva péniblement. « Je sais que c'est insensé, mais… » Elle sentit le bras de Richard la soutenir.

« Vous semblez plutôt ankylosée », l'interrompit-il.

Pendant un instant, elle avait failli leur parler du rêve insensé qu'elle avait fait à la clinique. La voix de Richard la ramena brutalement à la réalité. De quelle idiote aurait-elle eu l'air ? Elle lui sourit avec reconnaissance. « Ankylosée surtout du cerveau, je crois », constata-t-elle.

11

Il ne pouvait pas permettre à Edna d'anéantir toute une existence de travail. Ses mains agrippèrent le volant. Il sentait le tremblement qui les agitait. Il devait se calmer.

Quand on pense que c'était elle, parmi tant d'autres, qui l'avait vu sortir la Lincoln du parking. Apparemment, elle avait cru que Vangie était avec lui dans la voiture. Mais dès qu'elle raconterait l'histoire à la police, tout serait fichu. Il entendait déjà les questions : « Vous conduisiez Mme Lewis chez elle, docteur ? Qu'avez-vous fait quand vous l'avez quittée ? Avez-vous appelé un taxi ? Quelle heure était-il, docteur ? Mlle Burns nous dit que vous aviez quitté le parking peu après vingt et une heures. »

L'autopsie prouverait certainement que Vangie était morte vers cette heure-là. Que penserait la police s'il racontait qu'il était retourné à pied à la clinique par un temps pareil ?

Il fallait réduire Edna au silence. Sa trousse de médecin était posée sur le siège près de lui. Elle ne contenait rien d'autre que le presse-papiers qui

était sur son bureau. Il ne s'embarrassait généralement plus de cette trousse, mais il l'avait prise ce
matin dans l'intention d'y mettre les mocassins. Il
avait pensé aller dîner à New York et laisser les
chaussures dans deux boîtes à ordures différentes
qui seraient vidées demain matin.

Mais Hilda était arrivée tôt ce matin. Elle était
restée dans l'entrée pendant qu'il enfilait son manteau de tweed gris. Elle lui avait tendu son chapeau
et sa trousse. Impossible de faire passer devant
elle les mocassins du Burberry dans la trousse.
Qu'aurait-elle pensé ? Mais qu'importe. Le Burberry
était au fond du placard. Hilda n'avait aucune
raison de s'en approcher, et ce soir, quand il en
aurait fini avec Edna, il rentrerait chez lui. Il se
débarrasserait des chaussures demain soir.

C'était une chance qu'Edna habitât si près de la
clinique. Voilà pourquoi il connaissait son appartement. Lorsqu'elle souffrait d'une sciatique, il
était passé plusieurs fois chez elle pour lui déposer
du travail. Il n'avait eu qu'à vérifier le numéro de
son appartement pour en être sûr. Il faudrait que
ça ait l'air d'un meurtre commis au cours d'une
agression. Le bureau de Katie DeMaio s'occuperait
de l'affaire, mais ne ferait jamais le rapproche-
ment entre l'homicide d'une obscure comptable et
son employeur, ou Vangie Lewis.

Il prendrait son portefeuille et s'emparerait de
ses quelques malheureux bijoux. En y réfléchis-
sant, il se souvint qu'elle possédait une broche en
forme de papillon avec un rubis minuscule, et une
bague de fiançailles surmontée d'un petit brillant.

Elle les lui avait montrés quand il était passé quelques mois auparavant lui apporter un travail.

« C'était la bague de ma mère, docteur, avait-elle dit avec fierté. Papa et maman étaient tombés amoureux dès leur premier rendez-vous, et il la lui a achetée dès le second. Croiriez-vous qu'ils avaient tous les deux près de quarante ans ? Papa me l'a donnée à la mort de maman. Il y a trois ans. Et vous savez, il ne lui a pas survécu deux mois. Bien sûr, maman avait les doigts plus fins, c'est pourquoi je la porte au petit doigt. Et il lui a donné la broche pour leur dixième anniversaire de mariage. »

L'ennuyeux récit l'avait agacé, mais il réalisait à présent que, comme tout le reste, il était poten-tiellement utile. Il s'était assis au pied de son lit. Elle gardait sa modeste boîte à bijoux en plastique dans le tiroir de la table de nuit. La bague, la broche, et le portefeuille pris dans son sac à main seraient faciles à emporter ; ainsi ils prouveraient claire-ment qu'il s'agissait d'un meurtre crapuleux.

Ensuite, il s'en débarrasserait ainsi que des chaus-sures, et ce serait terminé.

Sauf pour Katie DeMaio.

Il pinça les lèvres. Il avait la bouche desséchée.

Il devait penser à l'appartement d'Edna. Comment y pénétrer ? S'il sonnait, le ferait-elle entrer ? Supposons qu'elle ne soit pas seule ?

Mais elle serait seule. Il en était sûr. Elle était rentrée chez elle pour boire. Il l'aurait juré à ses gestes nerveux, impatients, pendant qu'il l'obser-vait dans le couloir. Elle était énervée, agitée, de toute évidence préoccupée par les histoires qu'elle voulait raconter le lendemain à la police.

Une sueur glacée l'inonda à la pensée qu'elle aurait pu parler de Vangie aux patientes à la réception avant de venir le voir. Toutes les Edna de ce monde ont besoin d'un public. Écoutez-moi. Remarquez-moi. J'existe !

Pas pour longtemps, Edna. Pas pour longtemps.

Il arrivait à la hauteur du bloc d'appartements où elle habitait. La dernière fois, il avait laissé la voiture derrière son immeuble, dans l'un des emplacements réservés aux visiteurs. Se risquerait-il jusque-là aujourd'hui ? Il faisait froid, sombre ; le vent soufflait. Il y aurait peu de gens dehors. Ceux qui rentraient seraient pressés, ils ne remarqueraient pas une voiture moyenne de couleur noire. La dernière fois, il avait fait le tour du bâtiment. Elle habitait au rez-de-chaussée. D'épais buissons masquaient une clôture métallique rouillée qui séparait les immeubles d'un fossé profond se terminant à quelques mètres en contrebas sur une voie de chemin de fer, un embranchement de la voie principale.

La chambre d'Edna donnait sur le parking. Il y avait des buissons hauts, non taillés, sous sa fenêtre. Elle était de plain-pied – assez basse, s'il se souvenait bien. Supposons qu'elle ne soit pas fermée ? À l'heure qu'il était, si son intuition ne le trompait pas, Edna devait être complètement ivre. Il pourrait entrer et sortir par la fenêtre. Cela donnerait plus de crédibilité au cambriolage. Sinon, il sonnerait à la porte, entrerait, la tuerait et ensuite s'en irait. À supposer qu'on le trouvât là, qu'on l'aperçût, il dirait simplement qu'il s'était arrêté pour déposer des papiers et qu'il avait préféré ne pas les laisser parce qu'elle était saoule. Un malfaiteur se serait introduit plus tard. Personne de sensé n'irait accuser un médecin fortuné de cambrioler une comptable sans ressources.

Satisfait, il ralentit en approchant du bâtiment. Les blocs symétriques, tous exactement pareils, semblaient sombres et abandonnés dans la nuit froide de février. Une demi-douzaine de voitures se trouvaient dans le parking. Il se gara entre un camping-car et un break. Sa voiture disparaissait dans le vaste espace laissé par les deux véhicules plus importants. Il enfila ses gants chirurgicaux et mit le presse-papiers dans la poche de son manteau. Se glissant prudemment dehors, il ferma la portière sans bruit et se dissimula dans les zones d'ombre projetées par l'immeuble. En lui-même il remercia le Seigneur qu'Edna habitât le dernier des appartements. Il ne risquait pas de se tromper de direction.

Le store de la chambre était presque complètement baissé, mais il y avait une plante à sa fenêtre et il s'arrêtait au ras des feuilles. On voyait distinctement à l'intérieur. La pièce était éclairée par la lumière de l'entrée. La fenêtre était légèrement ouverte. Edna devait se trouver dans la pièce de séjour ou dans le coin cuisine. Il entendait le son assourdi d'une émission de télévision. Il allait entrer par la fenêtre.

Jetant rapidement un coup d'œil autour de lui, il s'assura une fois de plus que l'endroit était désert. De toute la force de ses doigts gantés, il souleva la fenêtre à guillotine, leva sans bruit le store, posa doucement la plante par terre. Plus tard, la façon employée pour entrer ne ferait pas de doute. Il se hissa sur l'appui de la fenêtre. Pour un homme de sa taille, il était étonnamment agile.

Il se trouvait dans la chambre. Dans la demi-obscurité, il enregistra la propreté virginale, le dessus-de-lit en chenille de coton, le crucifix à la tête du lit, les photos encadrées d'un couple âgé, le chemin de table en dentelle sur le dessus abîmé de la commode en acajou plaqué.

Maintenant, c'était l'instant crucial, celui qu'il détestait. Il tâta le presse-papiers dans sa poche. Il avait décidé de l'assommer. Il avait appris un jour qu'on avait découvert la culpabilité d'un chirur-gien dans un meurtre à cause de l'extraordinaire précision du coup de poignard. Il ne pouvait ris-quer que sa science médicale le fasse découvrir. C'était elle qui l'avait amené ici.

Il s'avança sur la pointe des pieds dans la petite entrée. La salle de bains était à droite. La pièce de séjour à deux mètres sur la gauche. Il y jeta pru-demment un regard. La télévision marchait, mais la pièce était vide. Il entendit une chaise craquer. Elle devait être à la table du coin cuisine. Avec d'infinies précautions, il entra dans la pièce de séjour. C'était le moment. Si elle le voyait et si elle se mettait à hurler…

Mais elle lui tournait le dos. Enveloppée dans une moelleuse robe de chambre bleue, elle était avachie sur une chaise au bout de la table. Une main près d'un grand verre à cocktail, l'autre fermée sur ses genoux. La carafe devant elle était presque vide. Elle avait la tête qui lui tombait sur la poitrine. Un souffle faible et régulier l'informa qu'elle dormait. Elle sentait très fort l'alcool.

Il évalua vite la situation. Son regard s'arrêta sur le radiateur chuintant à droite de la table. C'était un modèle ancien avec des éléments séparés et aigus. Se pourrait-il après tout qu'il n'ait pas besoin du presse-papiers ? Peut-être...

« Edna, murmura-t-il doucement.

— Quoi... Oh... » Elle leva vers lui des yeux embués. Déconcertée, elle fit mine de se lever, se tortillant maladroitement sur sa chaise. « Docteur... »

Un coup puissant l'envoya dinguer en arrière. Son crâne se brisa sur le radiateur. Des lueurs aveuglantes explosèrent dans son cerveau. Oh ! cette douleur ! Ô Dieu, cette douleur ! Edna gémit. La chaleur lénifiante du sang jaillissant la fit flotter dans les ténèbres. La douleur s'étendit, s'intensifia, culmina, diminua, disparut.

Il recula d'un bond, soucieux d'éviter les éclaboussures de sang, puis il se pencha attentivement sur elle. Pendant qu'il examinait Edna, le battement dans sa gorge diminua et s'arrêta. Il approcha son visage du sien. Elle ne respirait plus. Il glissa le presse-papiers dans sa poche. Il n'en aurait plus besoin à présent. Il n'aurait plus besoin de simuler un vol. On penserait qu'elle était tombée. Il avait de la chance. Il allait s'en sortir sain et sauf.

Il refit rapidement le chemin inverse, revint dans la chambre. Balayant le parking du regard, il s'assura qu'il était toujours désert et sortit par la fenêtre, sans oublier de remettre la plante à sa place. Il tira le store et baissa la fenêtre à la hauteur exacte où Edna l'avait descendue.

À cet instant, il entendit le carillon d'une sonnette. La sonnette de *sa* porte ! Il regarda fébrilement autour de lui. Le sol, dur et sec, ne gardait aucune trace de ses empreintes. L'appui de la fenêtre était parfaitement propre. On n'y décelait pas le moindre déplacement de poussière. Il l'avait enjambé, donc ses chaussures n'avaient laissé aucune marque sur la surface blanche.

Il regagna sa voiture en courant. Le moteur démarra sans bruit. Il sortit du bloc d'immeubles, tous phares éteints. Il ne les alluma qu'en arrivant sur la départementale 4.

Des décharges d'adrénaline battaient dans son sang. À présent il ne restait plus qu'un danger : Katie DeMaio.

Il allait s'occuper dès maintenant de supprimer ce danger. L'accident lui avait donné l'excuse rêvée pour commencer le traitement.

Le rapport de l'hôpital indiquait qu'elle avait une numération globulaire basse. On lui avait fait une transfusion dans la salle des urgences.

Il prescrirait une seconde transfusion sous prétexte de la remettre sur pied avant l'intervention.

Il lui donnerait de la décomarine qui diminuerait son secteur de coagulation et annulerait les bénéfices de la transfusion. Vendredi, lorsqu'elle rentrerait à la clinique, elle serait au bord de l'hémorragie.

Il pouvait se risquer à l'opérer d'urgence sans administrer davantage d'anticoagulants. Mais en cas de besoin il lui injecterait de l'héparine. Surviendrait alors une déplétion complète des précurseurs de la coagulation. Elle ne survivrait pas à l'intervention.

Une numération globulaire initialement basse, la décomarine et l'héparine auraient autant d'effet sur Katie DeMaio que le cyanure en avait eu sur Vangie Lewis.

12

Richard et Katie quittèrent ensemble le bureau de Scott. Elle savait qu'elle l'aurait vexé en appelant un taxi pour rentrer chez elle. Mais dès qu'ils furent montés dans sa voiture, il dit : « Allons dîner d'abord. Un steak et une bonne bouteille de vin activeront vos sécrétions.

— Quelles sécrétions ? demanda-t-elle avec circonspection.

— La salive, le suc gastrique, etc. »

Il choisit un restaurant du genre chalet juché en haut de la falaise des Palissades. La petite salle à manger était chauffée par un bon feu de bois et éclairée aux bougies.

« Oh ! c'est charmant ! », dit-elle.

Le propriétaire connaissait visiblement très bien Richard. « Docteur Carroll, c'est un plaisir », dit-il ; il les conduisit à une table devant la cheminée et présenta une chaise à Katie.

Elle eut un sourire en s'asseyant, pensant ou bien que Richard était très connu ou qu'elle devait paraître aussi glacée et misérable qu'elle l'était en réalité.

Richard commanda une bouteille de Saint-Émilion ; un serveur apporta du pain grillé à l'ail. Ils grignotèrent en dégustant leur vin à petites gorgées dans un silence agréable. Katie réalisa que c'était la première fois qu'elle se trouvait ainsi face à face avec lui, à une petite table, séparés du reste du monde.

Richard était grand et fort avec un air plein de santé que renforçait une masse de cheveux châtain foncé, des traits marqués et réguliers et de larges épaules carrées. Quand il sera vieux, il aura un air léonin, pensa-t-elle.

« Vous souriez, dit Richard. Un sou pour vos pensées. »

Elle le lui dit.

« Léonin. » Il pesa pensivement le mot. « Un lion en hiver. J'accepte. Cela vous intéresse-t-il de savoir à quoi je pense ?

— Bien sûr.

— Quand votre visage est au repos, vos yeux sont très tristes, Katie.

— Excusez-moi. Je ne m'en rends pas compte. Je ne me considère pas comme quelqu'un de triste.

— Savez-vous que cela fait six mois que j'ai envie de vous demander de sortir avec moi et qu'il a fallu cet accident pour que cela arrive ?

— Vous ne m'avez jamais demandé de sortir avec vous, dit-elle d'un ton évasif.

— Vous ne m'avez jamais laissé vous le demander. Vous déclenchez toujours un signal très net : Ne pas déranger. Pourquoi ?

— Je crois préférable de ne pas sortir avec quelqu'un que je rencontre à mon travail. Juste une question de principe.

— Je comprends. Mais ce n'est pas exactement de cela que nous parlons. Nous aimons être ensemble. Nous le savons tous les deux. Mais vous n'en avez pas envie. Voici le menu. »

Il changea d'expression, s'anima. « L'entrecôte et le steak au poivre sont les deux spécialités, ici », lui dit-il. Comme elle hésitait, il suggéra : « Prenez le steak au poivre. Il est remarquable. Bleu, ajouta-t-il avec conviction.

— À point », dit Katie.

Elle éclata de rire devant son air horrifié. « Bleu, bien sûr. » Son visage s'éclaira. Il commanda une salade avec une vinaigrette et des pommes de terre au four, puis s'appuya au dossier de sa chaise et l'examina.

« Vous n'en avez pas envie, Katie ?

— De la salade, du steak ? »

— Non. Arrêtez de jouer au chat et à la souris. D'accord, je ne suis pas fair play. J'essaye de vous coincer et vous êtes obligée de m'écouter. Mais racontez-moi ce que vous faites quand vous n'êtes pas au bureau ou chez les Kennedy. Je sais que vous skiez.

— Oui. J'ai une amie de collège qui est divorcée. L'hiver après la mort de John, elle m'a entraînée dans le Vermont. Maintenant nous louons toutes les deux un appartement avec deux couples à Stowe pendant la saison de ski. Je m'y rends en week-end aussi souvent que je le peux. Je ne suis pas une grande skieuse, mais j'aime beaucoup ça.

— Je skiais pas mal autrefois, dit Richard. J'ai dû abandonner par suite d'une entorse au genou. Je devrais m'y remettre. Peut-être m'inviteriez-vous à venir avec vous de temps en temps ? » Il n'attendit pas la réponse. « La voile est mon sport favori. J'ai amené mon bateau aux Caraïbes le printemps dernier, et j'ai navigué d'île en île… "Brillance des jours sans nuages aux larges voiles gonflées, poussées sur l'eau verte que soulève le vent…" Voici votre steak, termina-t-il d'un ton léger.

— Et vous connaissez William Carlos Williams », murmura-t-elle.

Elle avait secrètement espéré qu'il serait impressionné qu'elle reconnût la citation, mais il ne sembla pas surpris. « Oui, dit-il. La sauce est parfaite, n'est-ce pas ? »

Ils s'attardèrent en prenant leur café. C'est à ce moment que Richard s'était mis à lui raconter sa vie. « Je me suis fiancé pendant mes études de médecine avec la fille des voisins. Vous savez sans doute que je viens de San Francisco.

— Que s'est-il passé ? demanda Katie.

— Nous passions notre temps à remettre la date du mariage. Elle a fini par épouser mon meilleur ami. » Richard sourit. « Je plaisante, bien sûr. Jean était une fille adorable. Mais il manquait quelque chose. Un soir où nous parlions pour la quatrième ou cinquième fois de nous marier, elle a dit : "Richard, nous nous aimons, mais tu sais comme moi qu'il faut quelque chose de plus." Elle avait raison.

— Pas de regret ? Pas d'arrière-pensée ? demanda Katie.

— Pas vraiment. C'était il y a sept ans. Je suis un peu étonné que ce "quelque chose" ne soit pas arrivé avant maintenant. »

Il ne sembla pas attendre de commentaire de sa part. Au lieu de cela, il se mit à parler de l'affaire Lewis. « Cela me rend fou furieux. Une vie détruite me fait à chaque fois le même effet. Vangie était une femme jeune. Elle avait encore plein d'années devant elle.

— Vous êtes convaincu que ce n'est pas un suicide ?

— Je ne suis convaincu de rien du tout. J'aurais besoin de beaucoup plus d'informations avant de prononcer un jugement.

— Je n'imagine pas Chris en meurtrier. C'est tellement facile d'obtenir le divorce aujourd'hui, si vous désirez être libre.

— On peut voir ça sous un autre jour. » Richard serra les lèvres. « Ne parlons plus de tout ça. »

Il était près de vingt-deux heures trente quand ils s'engagèrent dans l'allée de la maison de Katie. Richard contempla d'un air perplexe la grosse bâtisse en pierre de taille. « Quelles dimensions a cette maison ? Je veux dire, combien de pièces avez-vous ?

— Douze, répondit Katie à contrecœur. C'était la maison de John.

— Je n'imaginais pas que vous ayez pu l'acheter avec un salaire de procureur adjoint », observa Richard.

Elle s'apprêtait à ouvrir la portière de la voiture. « Attendez, dit-il. Je vais faire le tour. C'est peut-être encore glissant. »

Elle n'avait pas l'intention de l'inviter à entrer, mais il ne lui laissa pas le temps de dire bonsoir devant la porte. Lui prenant la clé des mains, il l'introduisit dans la serrure, la tourna, ouvrit la porte et suivit Katie à l'intérieur. « Je ne reste pas, dit-il. Mais je dois avouer que je ne résiste pas à la curiosité de connaître l'endroit où vous vous cachez. »

Elle alluma la lumière et le regarda avec une sorte de ressentiment parcourir des yeux l'entrée et le salon. Il siffla, « Très, très joli ». Il se dirigea vers le portrait de John et l'examina. « D'après ce qu'on m'a dit, c'était un type formidable.

— En effet. » Mal à l'aise, Katie se rendit compte qu'il y avait une photo d'elle et de John sur presque toutes les tables. Richard alla de l'une à l'autre. « Un voyage à l'étranger ?

— Notre voyage de noces. » Elle avait la bouche crispée.

« Combien de temps êtes-vous restée mariée, Katie ?

— Un an. »

Il vit vaciller une expression douloureuse sur son visage ; plus que cela, un air d'étonnement aussi, comme si elle était encore sous le coup de l'épreuve. « Quand avez-vous appris qu'il était malade ? C'était un cancer, je crois.

— Peu après notre retour de voyage de noces.

— Ainsi, vous n'avez en fait jamais rien eu d'autre que ce voyage, n'est-ce pas ? Ensuite, ce fut la veillée d'un disparu. Pardon, Katie. Mon métier me rend brutal. Trop brutal pour mes propres intérêts, je le crains. Je m'en vais à présent. » Il hésita. « Ne croyez-vous pas que vous devriez tirer les rideaux quand vous êtes seule ici ? »

Elle haussa les épaules. « Pourquoi ? Personne ne va venir s'introduire chez moi.

— Plus que quiconque vous devriez être au courant du nombre de cambriolages. Et dans cette maison, vous êtes une cible de premier choix, surtout si l'on sait que vous êtes seule. Vous permettez ? »

Sans attendre de réponse, il se dirigea vers la fenêtre et ferma les rideaux. « Je pars maintenant. À demain. Comment irez-vous au bureau ? Votre voiture sera réparée ?

— Non, mais le garage m'en prête une. Ils me l'amèneront dans la matinée.

— Très bien. » Il resta un instant la main posée sur la poignée de la porte, puis prenant un parfait accent irlandais, il ajouta : « Je vous quitte, Katie Scarlett. Fermez bien votre porte, maintenant. Je ne voudrais pas que quelqu'un tente de rentrer dans Tara. » Il se pencha, l'embrassa sur la joue, et disparut.

Katie ferma la porte en souriant. Un souvenir lui traversa l'esprit. Elle avait cinq ans et jouait avec délices dans la cour boueuse derrière la maison, vêtue de sa robe des dimanches. Le cri indigné de sa mère. Le ton amusé de son père dans son imitation de Gerald O'Hara : « C'est de la terre, Katie Scarlett », et se tournant vers sa mère, d'une voix enjôleuse : « Ne la gronde pas. Tous les bons Irlandais aiment la terre. »

L'horloge carillonna. Après la chaleur bourrue qui émanait de Richard, la pièce semblait vide. Katie éteignit rapidement et monta au premier étage.

La sonnerie du téléphone retentit au moment où elle se mettait au lit. Molly a sans doute essayé de me joindre, pensa-t-elle en soulevant l'appareil. Mais c'était une voix d'homme qui répondit à son « Allô ? »

« Madame DeMaio ?

— Oui.

— Ici le docteur Highley. J'espère que je ne vous appelle pas trop tard, mais j'ai essayé de vous téléphoner plusieurs fois dans la soirée. Je me suis souvenu que vous aviez eu un accident et que vous aviez passé la nuit à la clinique. Comment vous sentez-vous ?

— Assez bien, docteur. C'est très aimable à vous de téléphoner.

— Et ces saignements ? D'après votre dossier, on vous a fait une transfusion ici la nuit dernière.

— Je crains que cela n'ait pas beaucoup changé. Je pensais que mes règles étaient terminées, mais elles ont recommencé hier. Je crois franchement que j'ai dû avoir un léger étourdissement quand j'ai perdu le contrôle de ma voiture.

— Eh bien, vous savez sans doute que vous auriez dû vous occuper de ce problème depuis au moins un an. Qu'importe. Tout cela sera du passé à partir de la semaine prochaine. Mais je préfère que l'on vous fasse une autre transfusion pour vous remettre sur pied avant l'intervention et j'aimerais aussi que vous commenciez tout de suite à prendre certains médicaments. Pouvez-vous passer à la clinique demain après-midi ?

— Oui. En fait, je devais venir de toute façon. Vous êtes au courant de ce qui est arrivé à Mme Lewis ?

— Oui. C'est une histoire terrible et désolante. Bon, je vous verrai donc demain. Appelez dans la matinée, nous prendrons un rendez-vous précis.

— Oui, docteur. Merci, docteur. »

Katie raccrocha. En éteignant la lumière, elle se souvint que le docteur ne lui avait pas beaucoup plu lors de sa première visite. Était-ce à cause de son air froid, distant même ?

Cela prouve combien on peut se tromper sur les gens, pensa-t-elle. C'est très gentil de sa part de prendre la peine de téléphoner lui-même ce soir.

13

Bill Kennedy sonna à la porte des Lewis. Chirurgien orthopédiste à l'hôpital de Lenox Hill, il avait passé toute la journée en salle d'opération et n'avait pas entendu parler de la mort de Vangie avant de rentrer chez lui. Grand, les cheveux grisonnants, l'air d'un étudiant un peu timide dans sa vie professionnelle, Bill devenait un autre homme dès qu'il pénétrait dans le havre chaleureux du foyer que Molly lui avait créé.

La présence pleine de vie de sa femme lui permettait d'oublier les soucis que lui donnaient ses malades, et de se détendre. Mais ce soir il avait retrouvé une atmosphère différente. Molly avait déjà fait dîner les enfants et leur avait donné l'ordre impératif de se tenir tranquilles. Elle l'avait brièvement mis au courant de la mort de Vangie. « J'ai téléphoné à Chris pour l'inviter à dîner et à dormir dans le bureau cette nuit plutôt que de rester seul là-bas. Il a refusé, mais toi, va le chercher et ramène-le. Je suis sûre qu'il viendra, ne serait-ce que pour dîner. »

En chemin, Bill pensa au choc qu'il éprouverait s'il rentrait chez lui pour découvrir qu'il avait perdu Molly. Mais ce n'était sans doute pas la même chose pour Chris Lewis. Personne ne pouvait raisonnablement penser que le mariage de Chris et de Vangie était comparable au sien. Bill n'avait jamais raconté à Molly qu'un matin où il prenait un café dans un drugstore près de l'hôpital, il avait vu Chris avec une très jolie fille d'une vingtaine d'années. Il était évident qu'ils étaient très amoureux.

Vangie était-elle au courant ? Est-ce pour cela qu'elle s'était suicidée ? Mais si brutalement ! Son esprit fit un retour en arrière.

Vangie et Bill étaient venus à un barbecue, l'été dernier. Vangie avait voulu faire griller de la pâte de guimauve et avait trop approché sa main du feu. Une cloque s'était formée sur son doigt et elle en avait fait toute une histoire, comme s'il s'agissait d'une brûlure au troisième degré. Elle s'était précipitée en hurlant vers Chris, qui avait tenté de la calmer. Confus pour elle, il avait expliqué : « Vangie supporte très mal la douleur. » Le temps que Bill aille chercher du baume et l'applique sur son doigt, la cloque avait pratiquement disparu.

Où quelqu'un d'aussi émotif que Vangie aurait-il pu trouver le courage de prendre du cyanure ? Tous ceux qui connaissent ce poison savent que même si la mort est instantanée, la souffrance est atroce.

Non. Bill aurait juré que si Vangie Lewis avait voulu se suicider, elle aurait avalé des barbituriques pour s'endormir. Cela démontrait que l'on en sait bien peu sur la nature humaine… même lui qui se trompait rarement sur les gens.

Chris ouvrit la porte. Depuis qu'il l'avait surpris avec la fille, Bill s'était montré plutôt distant envers Chris. Il n'appréciait pas beaucoup les hommes qui courent les filles quand leur femme est enceinte. Mais aujourd'hui, la vue des traits tirés de Chris et de l'infinie tristesse de son regard appelait la compassion. Il saisit les deux bras du jeune homme. « Je suis vraiment navré. »

Chris hocha la tête d'un air impassible. Il lui semblait que tous les détails de cette journée prenaient l'un après l'autre un sens précis. Vangie était morte. Leur dispute l'avait-elle amenée à se tuer ? Il ne pouvait pas le croire, et pourtant se sentait solitaire, rempli d'effroi et de culpabilité. Il laissa Bill l'inviter à dîner. Ses idées se brouillaient, il fallait qu'il sorte de chez lui. Molly et Bill étaient très gentils. Pouvait-il leur confier ce qu'il savait ? Pouvait-il le confier à *qui que ce fût ?* Attrapant une veste d'un geste las, il suivit Bill dans la rue.

Bill lui servit un double scotch. Chris en vida presque la moitié d'un trait, puis se força à boire moins vite. Le whisky lui brûlait la gorge et la poitrine, finissant par soulager la tension. Du calme, se dit-il, du calme. Sois prudent.

Les enfants Kennedy entrèrent dans le petit bureau pour dire bonsoir. Des enfants bien sages, tous autant qu'ils étaient. Et beaux, aussi. Le plus âgé des garçons, Billy, ressemblait à son père. Jennifer était une jeune beauté brune. Les plus jeunes des filles, Dina et Moira, avaient la blondeur de Molly. Les jumeaux. Chris eut un semblant de sourire. Les jumeaux se ressemblaient. Chris avait toujours voulu avoir des enfants. Et maintenant son bébé était mort avec Vangie avant d'être né. Un remords de plus. Cette grossesse l'avait contrarié. C'était son enfant, et il ne l'avait pas désiré, pas une seule seconde. Et Vangie le savait. Qu'est-ce qui l'avait poussée à se tuer, ou qui ? Qui ? C'était la question. Parce que Vangie n'était pas seule la nuit dernière.

Il ne l'avait pas dit à la police. Ça leur mettrait la puce à l'oreille et les amènerait *forcément* à ouvrir une enquête. Et où l'enquête mènerait-elle ? Elle conduirait à Joan. À l'autre femme. À lui.

Le concierge l'avait vu quitter le motel hier soir. Il avait l'intention de rentrer chez lui pour s'expli-quer avec Vangie. Il avait même griffonné des chiffres dont il voulait discuter avec elle. Elle gar-derait la maison. Il lui donnerait vingt mille dol-lars par an, au moins jusqu'à ce que l'enfant ait dix-huit ans. Il prendrait une importante police d'assurance pour elle. Il se chargerait des études de l'enfant. Elle pourrait continuer à voir ce psy-chiatre japonais dont elle s'était entichée. Laisse-moi seulement m'en aller, Vangie. Je t'en prie, laisse-moi partir. Je ne peux pas rester plus long-temps avec toi. Cela nous détruit tous les deux…

Il s'était rendu jusqu'à la maison, y était arrivé aux environs de minuit. Il avait engagé la voiture dans l'allée et au moment où la porte du garage s'était ouverte, il avait su qu'il était arrivé quelque chose. Parce qu'il avait failli emboutir la Lincoln. Elle l'avait garée à l'emplacement de sa voiture à lui. Ou plutôt, quelqu'un avait garé la voiture de Vangie à l'emplacement de la sienne. Car elle n'aurait jamais pu ou même tenté de faire entrer cette large voiture dans l'espace compris entre les piliers et le mur de droite. Le garage était très grand. Un seul côté suffisait largement pour deux voitures. C'était celui que prenait toujours Vangie. Et il lui fallait bien chaque centimètre. C'était une très mauvaise conductrice, et son champ de vision n'était probablement pas fameux non plus. Elle n'avait aucune notion de l'espace. Mais hier soir, la Lincoln avait été adroitement garée.

Il avait trouvé la maison vide, le sac à main de Vangie posé sur la méridienne dans leur chambre. Il s'était étonné, mais sans plus. Elle était sans doute allée passer la nuit chez une amie. Il s'était même réjoui qu'elle ait trouvé quelqu'un à qui se confier. Il l'avait toujours poussée à se faire des amis. Vangie avait tendance à se replier sur elle-même. Il se demanda si elle avait oublié son sac. Elle était distraite. À moins qu'elle n'ait mis ses affaires de nuit dans une valise et n'ait pas voulu s'encombrer de son sac.

La maison déprimait Chris. Il décida de retourner au motel. Il n'avait pas dit à Joan qu'il était allé chez lui. Il prenait soin de lui parler le moins possible de Vangie. Pour Joan, chaque allusion à Vangie lui rappelait une situation où elle se considérait comme une intruse. S'il lui avait raconté ce matin qu'il s'était querellé avec sa femme et que cette dispute l'avait sans doute mise dans un tel état qu'elle était allée passer la nuit chez une amie plutôt que de rester seule, Joan en aurait été malade.

Et ce matin, il avait trouvé Vangie morte. Quelqu'un était venu garer sa voiture avant minuit. Quelqu'un avait reconduit Vangie à la maison après minuit. Il y avait aussi ces chaussures. La seule fois où elle les avait portées, elle n'avait pas cessé de s'en plaindre. C'était aux alentours de Noël, quand il l'avait emmenée à New York, pour essayer de la distraire un peu. Distraire ! Dieu, quelle soirée lamentable ! Elle n'avait pas aimé la pièce. Le restaurant ne servait pas de piccata de veau, et elle n'en démordait pas. Et elle avait passé son temps à gémir à cause de cette chaussure qui lui rentrait dans la cheville droite.

Depuis des semaines, elle ne portait plus que ces affreux mocassins. Il l'avait suppliée d'acheter des chaussures décentes, mais elle répliquait que c'étaient les seules confortables. Où étaient donc les mocassins ? Chris avait fouillé la maison de fond en comble. Celui qui avait reconduit Vangie chez elle devait le savoir.

Il n'en avait rien dit à la police. Il ne voulait pas compromettre Joan. « Je suis descendu dans un motel parce que nous nous étions querellés, ma femme et moi. Je voulais divorcer. Je décidai de retourner à la maison pour tenter de lui faire entendre raison. Elle n'était pas là, et je suis reparti. » Il ne lui avait pas semblé nécessaire d'en dire plus. Même les chaussures n'étaient pas tellement importantes. Vangie pouvait avoir voulu être correctement vêtue quand on la découvrirait. Cette jambe enflée l'agaçait. Elle était coquette.

Mais il aurait dû dire aux policiers qu'il était entré, leur parler de la façon dont la voiture était garée.

« Chris, venez dans la salle à manger. Cela vous fera du bien de manger quelque chose. » La voix de Molly était pleine de gentillesse.

Chris leva les yeux avec lassitude. La lumière douce du couloir auréolait le visage de Molly et, pour la première fois, il remarqua un air de famille entre elle et Katie DeMaio.

Katie DeMaio. *Sa sœur.* Il ne pouvait pas se confier à Bill et à Molly. Cela mettrait Molly dans une position délicate. Comment pourrait-elle lui dire franchement s'il devait ou non dissimuler qu'il était entré chez lui la nuit dernière, alors que sa propre sœur faisait partie du bureau du procureur ? Il devait prendre la décision tout seul.

Il frotta ses yeux brûlants. « Je serais heureux de manger un morceau, Molly, dit-il. Je ne sais pas ce que c'est, mais ça sent drôlement bon. Mais il faudra que je parte assez rapidement. Le directeur de l'entreprise de pompes funèbres vient chercher des vêtements pour Vangie, tout à l'heure. Son père et sa mère désirent la voir une dernière fois avant l'enterrement.

— Où aura-t-il lieu ? demanda Bill.

— Le cercueil partira par avion pour Minneapolis demain après-midi. Je prendrai le même vol. Les obsèques auront lieu le lendemain. Le médecin légiste a rendu le corps en fin d'après-midi. » Les mots martelaient ses oreilles... cercueil... corps... enterrement... Oh ! Seigneur, pensa-t-il, c'est un vrai cauchemar ! Je voulais me libérer de toi,

Vangie, mais je ne voulais pas que tu meures. Je t'ai poussée au suicide. Joan a raison. J'aurais dû rester auprès de toi.

Il revint chez lui à vingt heures. À vingt heures trente, il avait déjà préparé une valise avec les sous-vêtements de Vangie et le caftan flottant que ses parents lui avaient envoyé pour Noël lorsque le directeur de l'entreprise de pompes funèbres, Paul Halsey, arriva. Ce dernier montra une compassion discrète. Il demanda brièvement les informations nécessaires. Née le 15 avril. Il nota l'année. Décédée le 15 février – « juste deux mois avant son trente et unième anniversaire », fit-il remarquer.

Chris frotta le point douloureux entre ses yeux. Quelque chose ne concordait pas. Même en ces circonstances irréelles, où *rien* ne concordait, il restait une chose bien précise. « Non, dit-il. Nous sommes le *seize* aujourd'hui, et non le *quinze*.

— Le certificat de décès établit formellement que Mme Lewis est morte entre vingt et vingt-deux heures hier soir, quinze février, dit Halsey. Vous pensez que c'est le seize, parce que vous l'avez *trouvée* ce matin, mais le médecin légiste qui a pratiqué l'autopsie peut définir avec précision le moment de la mort. »

Chris le regarda fixement. Des vagues de désarroi submergeaient la sensation d'épuisement et d'irréalité. Il était rentré chez lui à minuit, la voiture et le sac étaient là. Il avait attendu environ une demi-heure avant de repartir à New York dans son motel. Quand il était revenu chez lui, ce matin, il avait supposé que Vangie était rentrée après son départ, et qu'elle s'était tuée.

Mais à minuit, elle était déjà morte depuis deux ou trois heures. Cela signifiait qu'après minuit, après son départ, quelqu'un avait ramené son corps, l'avait déposé sur le lit, et laissé le verre vide à côté d'elle.

Quelqu'un avait voulu faire croire que Vangie s'était suicidée.

S'était-elle suicidée ailleurs ? Quelqu'un l'avait-il ramenée chez elle, ne voulant pas être compromis ? Mais non. Vangie n'aurait sûrement pas choisi le supplice de l'empoisonnement au cyanure. Son meurtrier avait mis en scène un suicide.

« Oh ! mon Dieu ! murmura Chris. Oh ! mon Dieu ! » Le souvenir du visage de Vangie l'envahit. Les grands yeux courroucés aux cils épais, le nez court et droit, les cheveux couleur de miel qui tombaient sur son front, les petites lèvres parfaitement ourlées. Au dernier moment, elle avait dû savoir. On l'avait tenue de force, on l'avait obligée à avaler le poison, on l'avait assassinée, elle et le bébé qu'elle portait. Elle avait dû avoir tellement peur. Un élan de pitié déchirant lui fit venir les larmes aux yeux. Personne, aucun *mari* au monde, ne pouvait se taire et laisser ces morts impunies.

Mais s'il parlait à la police, s'il faisait ouvrir une enquête, une personne serait inévitablement accusée. Comme l'entrepreneur des pompes funèbres le dévisageait, Chris dit à voix haute : « Je dois le leur dire, et ils me rendront responsable. »

14

Il raccrocha lentement le téléphone. Katie DeMaio ne soupçonnait rien. Même quand elle avait mentionné le nom de Vangie Lewis, elle n'avait pas laissé entendre que son bureau désirait autre chose que s'entretenir avec lui de l'état émotionnel de Vangie.

Mais l'accident de Katie datait à peine de vingt-quatre heures. Elle était probablement encore sous le choc.

Son taux de numération globulaire était déjà bas. Demain, quand la décomarine se répandrait dans son organisme, le secteur de coagulation commencerait à se détériorer, et, avec l'augmentation de l'hémorragie, elle se sentirait de plus en plus étourdie, sujette aux vertiges. Elle ne serait sûrement plus assez lucide pour distinguer un soi-disant cauchemar d'un événement réel.

À moins, bien sûr, qu'on ne pose trop de questions sur le suicide. À moins que quelqu'un ne soulève l'idée qu'on pouvait avoir déplacé le corps de Vangie, et qu'ils en discutent à son bureau.

Le risque était encore trop grand.

Il était dans la bibliothèque de la demeure des Westlake. Sa maison, à présent. C'était un manoir de style Tudor. Il y avait des portes en arc et des bibliothèques encastrées, des cheminées de marbre, un papier mural ancien, imprimé à la main, et des vitraux Tiffany. Le genre de maison impossible à construire de nos jours, quel que soit le prix. On ne trouvait plus d'artisans qui en soient capables.

La maison Westlake. La clinique Westlake. Le Concept de Maternité Westlake. Le nom lui avait bien servi, lui donnant une ouverture immédiate, sur le plan social et professionnel. Il était l'éminent obstétricien qui avait fait connaissance de Winifred Westlake au cours d'une traversée de l'Atlantique, qui l'avait épousée et était revenu s'établir en Amérique pour poursuivre les travaux de son père.

La parfaite excuse pour quitter l'Angleterre. Personne, y compris Winifred, n'était au courant des années avant Liverpool à l'hôpital du Christ dans le Devon.

Vers la fin, elle avait commencé à poser des questions.

Il était près de vingt-trois heures, et il n'avait pas encore dîné. La pensée de ce qu'il allait faire à Edna lui avait coupé l'appétit.

Mais maintenant que c'était terminé, la tension se relâchait. Maintenant, le besoin de manger se transformait en fringale. Il se dirigea vers la cuisine. Hilda lui avait laissé son dîner dans le four à micro-ondes. Une pintade au riz sauvage. Il n'avait qu'à la faire réchauffer quelques minutes. Il préférait se faire la cuisine lui-même quand il en avait le temps. Les repas de Hilda étaient sans imagination, même s'ils étaient assez bien préparés.

C'était une bonne intendante. Il aimait retrouver l'élégante ordonnance de cette maison, déguster un verre de vin, manger quand il le désirait, passer des heures penché sur ses notes dans la bibliothèque, sans la menace d'être dérangé par quelqu'un, comme cela arrivait parfois dans le laboratoire de la clinique.

Il avait besoin de se sentir tranquille chez lui. Il s'était débarrassé de la domestique à demeure qui était au service de Winifred et de son père. Sorcière hostile qui le regardait avec un air amer et accusateur, les yeux gonflés de larmes. « Mme Winifred n'était presque jamais malade avant... »

Il l'avait regardée droit dans les yeux, et elle n'avait pas terminé sa phrase. Elle voulait dire, « avant qu'elle ne vous épouse ».

Le cousin de Winifred lui en voulait terriblement, et il avait tenté de faire des histoires après la mort de Winifred. Mais il n'avait rien pu prouver. Pas un soupçon de preuve tangible. Ils avaient débouté le cousin, comme ex-héritier déçu.

Bien sûr, il y avait moins d'argent qu'on ne le croyait. Winifred avait englouti une fortune pour acheter la clinique. Aujourd'hui, il avait besoin de sommes considérables pour ses travaux, et la plus grande partie ne pouvait provenir que de son activité. Il lui était impossible de solliciter une subvention, bien entendu. Mais, même dans ces conditions, il s'arrangeait. Les femmes étaient prêtes à payer n'importe quoi pour être enceintes.

Hilda avait dressé la table dans la petite salle à manger attenante à l'office – la salle du matin, comme on l'appelait. Il ne mangeait jamais à la cuisine, mais la salle à manger de six mètres sur dix était prétentieuse et ridicule pour un dîner solitaire. La petite pièce, avec sa table ronde à pied central, sa desserte Queen Ann et la vue sur la pelouse plantée d'arbres, était bien plus agréable.

Prenant une bouteille de Pouilly Fuissé dans le réfrigérateur, il se mit à table.

Il finit pensivement son dîner, l'esprit occupé par le dosage exact des médicaments qu'il donnerait à Katie DeMaio. On ne soupçonnerait pas la présence de décomarine dans son sang après sa mort. Les troubles de la coagulation seraient attribués aux transfusions. S'il avait à lui administrer de l'héparine, on n'en trouverait des traces, ainsi que des traces de décomarine, qu'à condition de pratiquer une autopsie complète. Et il avait une idée de ce qu'il ferait pour prévenir cette éventualité.

Avant d'aller se coucher, il se dirigea vers la penderie de l'entrée. Il allait mettre les mocassins en lieu sûr dans sa trousse tout de suite, pour ne pas risquer que se reproduise l'incident de ce matin. Tendant le bras, il plongea la main dans une poche du Burberry et en retira une chaussure déformée. Sûr de lui, il introduisit sa main libre dans l'autre poche – d'abord normalement, puis avec insistance. Il s'empara alors de l'imperméable et le fouilla fébrilement dans tous les sens. Pour finir, il tomba à genoux et se mit à chercher parmi les protège-chaussures en caoutchouc, bien rangés en bas de la penderie.

Il se releva enfin, fixant le mocassin avachi dans sa main. Il se revit encore en train de tirer sur la chaussure pour l'ôter du pied droit de Vangie.

Le soulier *droit*.

C'était le soulier qu'il tenait à la main.

Il éclata d'un rire hystérique – des bruits stridents de crécelle que lui arrachait la fureur qui le possédait. Après tous les risques courus, après l'humiliante progression à quatre pattes dans le parking, comme un chien reniflant une odeur, il avait tout gâché.

D'une manière ou d'une autre, dans le noir, probablement au moment où il s'était recroquevillé contre le massif d'arbustes en entendant le vrombissement de la voiture qui entrait dans le parking, la chaussure était tombée de sa poche. La chaussure qu'il avait trouvée était celle qu'il avait *déjà*.

Et quelque part, le vieux, l'affreux mocassin tout déformé de Vangie Lewis, le pied gauche, attendait qu'on le trouvât, attendait de mener sa trace jusqu'à lui.

15

Katie avait réglé la sonnerie du réveil-radio sur six heures, mais elle était tout à fait réveillée bien avant que la voix résolument tonique de l'animateur de la CBS ne lui souhaitât une splendide journée. Elle avait eu un sommeil agité ; à plusieurs reprises, effrayée par un rêve vague et inquiétant, elle avait failli bondir de son lit.

Elle baissait toujours le chauffage la nuit. Frissonnante, elle descendit en hâte le régler, fit rapidement du café et retourna dans son lit avec sa tasse.

Calée contre les oreillers, enveloppée dans le gros édredon, elle but à petites gorgées, sentant la chaleur de la tasse réchauffer peu à peu ses doigts. « Ça va mieux, murmura-t-elle. Et maintenant, voyons où j'en suis. »

La coiffeuse ancienne Williamsburg avec son miroir ovale faisait face au lit. Katie s'y regarda. Ses cheveux ébouriffés formaient une tache brune sur les taies d'oreillers ajourées. La meurtrissure sous l'œil avait tourné au violet bordé de jaune. Elle avait les yeux gonflés de sommeil. Des cernes profonds accentuaient la maigreur de son visage. Comme dirait maman, j'ai une mine de déterrée.

Mais ce n'était pas uniquement sa mine. Ce n'était pas uniquement l'impression d'être complètement moulue après l'accident. C'était une sensation pesante d'appréhension. Avait-elle recommencé à faire ce cauchemar étrange et terrifiant cette nuit ? Elle n'en était pas sûre.

Vangie Lewis. Une phrase prononcée lors des obsèques de John lui revint en mémoire. « Nous qu'afflige la certitude de la mort… » Bien sûr que la mort est certaine. Mais pas ainsi. C'était déjà assez affreux de penser que Vangie s'était tuée, mais comment croire que quelqu'un ait pu la tuer en lui faisant avaler du cyanure de force ? Elle n'imaginait pas Chris Lewis capable d'un tel acte de violence.

Elle se rappela le coup de téléphone du docteur Highley. Cette maudite opération. Oh ! on pratiquait des milliers de curetages chaque année sur des femmes de tout âge ! Ce n'était pas l'intervention en elle-même. C'était le motif de cette intervention. Supposons que le curetage ne fasse pas céder l'hémorragie. Le docteur Highley avait laissé entendre qu'il faudrait éventuellement envisager une hystérectomie.

Si seulement elle avait pu être enceinte l'année qu'elle avait passée avec John. Mais cela n'avait pas été le cas.

Supposons qu'elle se remarie un jour. Quelle ironie cruelle si alors elle ne pouvait plus avoir d'enfants. Ça suffit, se dit-elle fermement. Te souviens-tu de cette phrase dans *Faust ?* Nous pleurons ce que nous ne perdrons peut-être jamais.

Bon, elle allait se débarrasser de l'opération. Rendez-vous vendredi soir. Intervention samedi. Retour à la maison dimanche. Ce n'était pas une affaire.

Molly lui avait téléphoné quand elle était arrivée au bureau hier. « Katie, je comprends que tu n'aies pas voulu m'en parler devant Richard, mais ne crois-tu pas qu'il serait préférable de remettre ton opération au mois prochain ? Tu as été assez secouée, quand même. »

Katie s'était fâchée. « Pas question. Je veux en être débarrassée, et qui plus est, Molly, je ne serais pas étonnée que cette histoire de malheur ait contribué à l'accident. J'ai eu deux fois des étourdissements dans la journée de lundi. »

Molly avait paru bouleversée. « Pourquoi ne m'en as-tu rien dit ?

— Oh ! écoute ! avait dit Katie. Nous avons toutes les deux horreur de nous plaindre. Si ça allait vraiment mal, je te jure que je te préviendrais.

— Je l'espère bien, dit Molly. Je suppose qu'il vaut mieux que tu en finisses. » Puis elle avait ajouté : « As-tu l'intention d'en parler à Richard ? »

Katie s'était efforcée de ne pas paraître exaspérée. « Non, et je n'ai l'intention de mettre au courant ni le garçon d'ascenseur, ni l'agent de police, ni S.O.S. Amitié. Juste toi et Bill. Maintenant, n'en parlons plus, veux-tu ?

— Très bien. Mais ne la ramène pas », avait dit Molly en raccrochant de façon catégorique, d'un ton à la fois affectueux et impérieux, le ton d'avertissement qu'elle prenait quand l'un des enfants dépassait la mesure.

Je ne suis pas ton enfant, Molly, ma vieille, pensait Katie à présent. Je t'aime beaucoup, mais je ne suis pas ton enfant. Mais tout en buvant son café, elle se demanda si elle ne se reposait pas trop sur Molly et sur Bill, trouvant auprès d'eux un réconfort moral. Allait-elle toujours rester pendue à leurs basques, à l'écart de la vie ?

Oh ! John ! Elle jeta instinctivement un regard vers sa photo. Ce matin, il n'était pas plus que cela, une photo. Un bel homme à l'air sérieux, au regard doux et pénétrant. La première année après la mort de John, Katie avait un jour pris cette photo entre ses mains, l'avait regardée fixement et jetée à l'envers sur la coiffeuse en pleurant : « Comment as-tu pu me laisser ? »

Le lendemain matin, ayant retrouvé son calme et honteuse d'elle-même, elle avait pris la résolution de ne plus jamais boire trois verres de vin consécutifs dans les moments de cafard. En redressant la photo, elle avait remarqué l'entaille laissée par le cadre en argent martelé sur le dessus de la jolie coiffeuse. Elle avait tenté d'expliquer à la photo : « Ce n'est pas uniquement de l'attendrissement sur mon sort, monsieur le Juge. Je suis furieuse pour *toi*. Je voulais que tu vives quarante années de plus. Tu savais apprécier la vie ; faire qu'elle mérite d'être vécue. » Qui a connu la pensée du Seigneur, ou qui a été son Conseiller[1] ? Cette phrase de la Bible lui avait traversé l'esprit ce jour-là.

1. Épître de saint Paul aux Romains. Version Louis Segoud (1910).

S'en souvenant aujourd'hui, Katie pensa qu'elle ferait mieux de méditer ces paroles de saint Paul.

Elle ôta sa chemise de nuit vert pâle, entra dans la salle de bains et tourna le robinet de la douche. La chemise de nuit s'étalait sur la banquette devant la coiffeuse. Au collège, elle préférait les pyjamas. Mais John lui avait acheté des chemises de nuit et des peignoirs ravissants en Italie. Il lui semblait normal de les porter dans cette maison, dans la salle de bains de John.

Richard avait peut-être raison. Elle se complaisait peut-être à veiller un disparu. John aurait été le premier à l'en blâmer.

La douche chaude lui remit les idées en place. Elle devait passer assister à un compromis à neuf heures et préparer deux nouvelles affaires qui allaient passer en jugement la semaine d'après. Plus un travail monstre pour le procès de vendredi. Déjà mercredi, pensa-t-elle avec consternation. Je ferais mieux de me remuer.

Elle s'habilla en vitesse, choisissant une jupe en laine marron clair et un chemisier neuf en soie turquoise à manches longues qui couvrait son bras bandé.

La voiture prêtée par la station-service arriva au moment où elle finissait son second café. Elle raccompagna le conducteur au garage, siffla à la vue de l'étendue des dégâts à l'avant de sa voiture, remercia le ciel de n'avoir pas été plus sérieusement blessée, et se rendit au bureau.

La soirée avait été plutôt agitée dans le comté. On avait violé une fille de quatorze ans. Tout le monde parlait d'un accident de voiture provoqué par un ivrogne qui avait fait quatre morts. Le chef de la police locale avait téléphoné pour demander que le procureur organise une confrontation entre la victime d'une attaque à main armée et plusieurs suspects arrêtés.

Scott sortait de son bureau. « Charmante soirée », fit remarquer Katie.

Il hocha la tête. « Quel salaud – l'abruti qui a percuté la voiture de ces gosses était tellement bourré qu'il ne tenait pas debout. Les quatre gosses ont été tués. Ils étaient en dernière année au collège Pascal-Hills et se rendaient à une réunion d'étudiants. À propos, j'avais l'intention d'envoyer Rita interroger les médecins de la clinique West-lake, mais elle s'occupe de l'affaire du viol. Je suis particulièrement intéressé par le psychiatre que consultait Vangie Lewis. J'aimerais avoir son avis sur l'état psychique de Vangie. Je peux envoyer Charley ou Phil, mais je pense qu'une femme se ferait moins remarquer là-bas, et pourrait circuler un peu partout en essayant de savoir si Vangie Lewis avait bavardé avec les infirmières, si elle s'était liée avec certaines patientes. Mais cela attendra demain. Rita est restée debout toute la nuit, et aujourd'hui elle fait le tour du pays avec cette gosse qui a été violée pour voir si elle peut repérer son assaillant. On est à peu près sûr qu'il habite dans les environs. »

Katie hésita. Elle n'avait pas prévu de dire à Scott qu'elle était une patiente du docteur Highley, ni qu'on l'avait hospitalisée à Westlake vendredi soir. Mais il était peu concevable que quelqu'un du bureau puisse lui en faire part. Elle choisit un compromis. « Je peux peut-être m'en charger. Le docteur Highley est mon gynécologue. J'ai justement rendez-vous avec lui aujourd'hui. » Elle serra les lèvres, jugeant inutile de s'étendre sur les pénibles considérations de sa future opération.

Scott haussa les sourcils. Comme toujours quand il était étonné, sa voix se fit plus grave. « Que pensez-vous de lui ? Richard a fait une allusion hier à propos de l'état de santé de Vangie ; il semblait croire que Highley prenait des risques avec elle. »

Katie secoua la tête. « Je ne suis pas d'accord avec Richard. Le docteur Highley est un spécialiste des grossesses difficiles. On le considère pratiquement comme un faiseur de miracles. C'est toute la question. Il essaye de faire naître des bébés à terme dans des cas où échouent les autres médecins. » Elle pensa à l'appel téléphonique d'hier soir. « Je peux vous assurer que c'est un médecin très consciencieux. »

Le froncement de sourcils de Scott lui creusait des rides sur le front et autour des yeux. « C'est votre réaction instinctive à son propos ? Depuis quand le connaissez-vous ? »

S'efforçant d'être objective, Katie réfléchit. « Je ne le connais pas bien, et pas depuis longtemps. Le gynécologue que je consultais auparavant a pris sa retraite et quitté la région il y a deux ans, et je n'avais pas pris la peine d'en chercher un autre. Quand j'ai commencé à avoir des problèmes – bon, il se trouve que ma sœur Molly avait entendu parler du docteur Highley par une de ses amies qui ne jure que par lui. Molly a bien un médecin à New York, mais je ne voulais pas me compliquer l'existence. J'ai donc pris un rendez-vous le mois dernier. C'est un médecin très qualifié. » Elle se souvint de la façon dont il l'avait examinée ; avec douceur, mais à fond. « Vous avez eu parfaitement raison de venir me voir, avait-il dit. En fait, je dois dire que vous n'auriez pas dû négliger cette histoire pendant toute une année. Je compare souvent l'utérus à un berceau qui doit toujours rester en bon état. »

Elle s'était seulement étonnée qu'il n'ait pas d'infirmière à son service. Son ancien gynécologue demandait toujours à l'infirmière de venir avant de commencer un examen. Mais il était d'une autre génération. Elle estima que le docteur Highley devait avoir dans les quarante-cinq ans.

« Quel est votre emploi du temps, aujourd'hui ? demanda Scott.

— Une matinée très chargée, mais l'après-midi est assez libre.

— Très bien. Vous irez voir Highley et vous parlerez également au psychiatre. Tâchez de savoir si oui ou non ils pensent qu'elle était susceptible de se suicider. Cherchez à savoir quand elle est venue à la clinique pour la dernière fois. Voyez si elle a parlé de son mari. Charley et Phil s'occupent de Chris Lewis en ce moment. J'ai passé la moitié de la nuit à me dire que Richard a raison. Il y a quelque chose qui ne tourne pas rond dans ce suicide. Parlez aussi aux infirmières.

— Pas aux infirmières, dit Katie en souriant. À la réceptionniste, Edna. Elle connaît les histoires de tout le monde. Je n'étais pas dans la salle d'attente depuis deux minutes, le mois dernier, que je lui avais déjà raconté ma vie. En fait, peut-être devriez-vous la citer comme témoin à l'interrogatoire.

— Je devrais citer un tas de gens, observa sèchement Scott. Parler au Conseil d'administration. Bon, nous nous verrons plus tard. »

Katie entra dans son bureau, attrapa ses dossiers et se hâta de se rendre à son rendez-vous avec un avocat au sujet d'un inculpé. Elle accepta de transformer une inculpation pour détention à usage de trafic d'héroïne en une inculpation pour simple détention. De là, elle fonça à la salle du tribunal du deuxième étage où elle écouta d'un air pensif la condamnation à sept ans de prison d'un jeune homme de vingt ans qu'elle avait inculpé. Il aurait mérité vingt ans pour vol à main armée et violence sexuelle. Sur sept années, il aurait une réduction de peine de deux tiers, et on le retrouverait bientôt dans la rue. Elle connaissait la chanson par cœur. Aucune réhabilitation possible avec ce coco, pensa-t-elle.

Dans la liasse de messages qui l'attendait, il y avait deux appels du docteur Carroll. Le premier avait eu lieu à neuf heures quinze, l'autre à neuf heures quarante. Elle rappela, mais Richard était sorti. La sensation de légère tension provoquée par les deux appels fut remplacée par un sentiment de déception quand elle ne put le joindre.

Elle téléphona au secrétariat du docteur Highley, s'attendant à entendre la voix chaleureuse et nasale d'Edna. Mais la personne qui répondit était une femme à la voix inconnue, basse, cassante. « Secrétariat des consultations médicales.

— Oh ! » Katie réfléchit rapidement et décida de demander Edna. « Mlle Burns est-elle là ? »

Il y eut un silence d'une fraction de minute avant que n'arrive la réponse. « Mlle Burns est absente aujourd'hui. Elle a prévenu qu'elle était souffrante. Je suis madame Fitzgerald. »

Katie se rendit compte qu'elle espérait beaucoup parler à Edna. « Je suis désolée que Mlle Burns ne soit pas bien. » Elle expliqua brièvement que le docteur Highley lui avait demandé de téléphoner et qu'elle aurait également souhaité voir le docteur Fukhito. Mme Fitzgerald la pria d'attendre et revint en ligne au bout de quelques minutes.

« Il est entendu qu'ils vous recevront tous les deux. Le docteur Fukhito est toujours libre quinze minutes avant chaque heure entre quatorze et dix-sept heures, et le docteur Highley préférerait quinze heures, si cela vous convient.

— Quinze heures avec le docteur Highley me semble parfait, dit Katie, et voulez-vous avoir l'obligeance de noter quinze heures quarante-cinq avec le docteur Fukhito. » Reposant le récepteur, elle reprit le travail qui l'attendait sur son bureau.

À l'heure du déjeuner, Maureen Crowley, l'une des secrétaires du bureau, passa la tête et proposa à Katie de lui apporter un sandwich. Plongée dans la préparation du procès de vendredi, Katie hocha la tête affirmativement.

« Pain de seigle et jambon avec de la moutarde et de la laitue, et un café noir », dit Maureen.

Katie leva les yeux, surprise. « Mes goûts sont-ils si prévisibles ? »

La jeune fille avait environ dix-neuf ans, une crinière de cheveux roux flamboyants, des yeux vert émeraude et le ravissant teint pâle des vraies Irlandaises. « Katie, je dois dire qu'en matière de nourriture, vous êtes on ne peut plus routinière. » La porte se referma derrière elle.

« Vous avez l'air à bout. » « Vous veillez un disparu. » « Vous êtes on ne peut plus routinière. »

La gorge serrée, Katie avala péniblement sa salive et s'étonna d'être au bord des larmes. Je dois être malade si je deviens aussi susceptible, pensa-t-elle.

Quand le sandwich et le café arrivèrent, elle mangea et but presque machinalement. L'affaire sur laquelle elle s'efforçait de se concentrer était un véritable imbroglio. Le visage de Vangie Lewis revenait constamment devant elle. Mais pourquoi l'avait-elle vu dans un cauchemar ?

16

Richard avait passé une nuit pénible. Le téléphone avait sonné à vingt-trois heures,
quelques minutes après qu'il eut raccompagné
Katie chez elle, pour le prévenir de l'arrivée de
quatre gosses à la morgue.

Il raccrocha lentement l'appareil. Il habitait au
dix-septième étage d'une tour au nord du pont
George-Washington. Il contempla pendant quelques
minutes la vue de New York à travers la grande
baie vitrée, les voitures filant sur le périphérique
Henry-Hudson, les lumières bleu-vert qui soulignaient au loin les lignes élégantes du pont George-
Washington.

À l'instant même, le téléphone sonnait chez les
parents de ces jeunes gens, les informant que leurs
enfants ne rentreraient pas à la maison.

Richard parcourut son salon du regard. Il était
agréablement meublé d'un vaste canapé, de larges
fauteuils, d'un tapis d'Orient dans les tons bleus et
bruns, d'une bibliothèque encastrée et de solides
tables en chêne qui embellissaient autrefois la maison
d'un de ses ancêtres de la Nouvelle-Angleterre.

Des aquarelles représentant des scènes de marine étaient accrochées avec goût sur les murs. Richard soupira. Sa confortable chaise longue en cuir était près de la bibliothèque. Il avait pensé se préparer un dernier verre et lire une heure avant d'aller se coucher. Au lieu de cela, il décida de se rendre à la morgue pour y accueillir les parents quand ils viendraient identifier leurs enfants. Dieu sait que l'on ne pouvait pas faire grand-chose pour ces gens, mais Richard savait qu'il se sentirait mieux s'il essayait.

Il ne regagna pas son appartement avant quatre heures du matin. En se déshabillant, il se demanda si son travail ne finissait pas par trop l'affecter. Ces gosses étaient dans un triste état ; l'impact du choc avait été terrible. Une fille en particulier lui fendait le cœur. Elle avait des cheveux bruns, un nez fin et droit, et même morte, elle restait gracieuse.

Elle lui rappela Katie.

Il frémit à nouveau à l'idée qu'elle avait eu un accident de voiture lundi soir. Il lui sembla qu'ils avaient progressé d'une année-lumière pendant ces deux heures passées ensemble hier soir au restaurant.

De quoi avait-elle peur, la pauvre petite ? Pourquoi n'arrivait-elle pas à se détacher de John DeMaio ? Pourquoi ne pouvait-elle pas dire « Merci pour le souvenir », et se remettre en route ?

En se couchant, il se sentit amèrement réconforté à la pensée d'avoir pu apporter un peu de consolation aux parents. Il avait pu leur assurer que leurs enfants étaient morts sur le coup, qu'ils ne s'étaient sans doute rendu compte de rien.

Il dormit d'un sommeil agité pendant deux heures et fut à son bureau vers sept heures. Quelques minutes plus tard, on lui annonça qu'une vieille dame s'était pendue dans un quartier en démolition de Chester, une petite ville tout au nord du comté. Il se rendit sur les lieux. La morte avait quatre-vingt-un ans et l'aspect frêle d'un oiseau. Une note était épinglée à sa robe. *Il ne me reste plus personne. Je suis trop malade et fatiguée. Je veux retrouver Sam. Pardonnez-moi de vous causer des ennuis.*

La note lui fit penser à un détail qui l'avait tracassé. D'après tout ce qu'on lui avait dit sur Vangie Lewis, c'était le genre de femme à laisser une note pour expliquer son acte ou en rejeter la responsabilité sur son mari, si elle s'était supprimée.

La plupart des femmes laissent des notes.

Quand il rejoignit son bureau, Richard tenta deux fois de téléphoner à Katie, espérant l'attraper entre deux séances de tribunal. Il avait envie d'entendre le son de sa voix. Sans savoir pourquoi, il n'avait pas aimé la laisser seule dans cette grande maison hier soir. Mais il ne put la joindre.

Pourquoi avait-il l'impression que quelque chose la préoccupait ?

Il retourna au laboratoire et travailla sans arrêt jusqu'à seize heures trente. De retour dans son bureau, il prit ses messages et se sentit ridiculement heureux de constater que Katie l'avait rappelé. Pourquoi ne l'aurait-elle pas fait ? se demanda-t-il avec cynisme. Un procureur adjoint ne peut ignorer les appels du médecin légiste. Il lui téléphona immédiatement. La standardiste du bureau du procureur lui répondit que Katie était partie et qu'elle ne reviendrait pas de la journée. La standardiste ignorait où se rendait Katie.

Zut !

Cela signifiait qu'il ne pourrait pas lui parler aujourd'hui. Il devait dîner à New York avec Clovis Simmons, une actrice qui jouait dans un feuilleton télévisé. Clovis était pleine d'humour. Il s'amusait toujours en sa compagnie, mais tout indiquait qu'elle commençait à s'intéresser sérieusement à lui.

Richard prit une décision. C'était la dernière fois qu'il sortait avec Clovis. Ce n'était pas honnête vis-à-vis d'elle. Refusant d'analyser la raison de cette résolution, il s'appuya au dossier de sa chaise et fronça les sourcils. Une sonnette d'alarme intérieure émettait un signal répété. Cela lui rappela le temps où il voyageait dans l'Ouest, lorsque la radio annonçait brusquement qu'une alerte à la tornade était déclenchée. Un *avis* signifiait que la chose était certaine. Une *alerte* suggérait la possibilité de difficultés.

Il n'avait pas exagéré en disant à Scott que Vangie n'aurait pas eu besoin de cyanure à moins d'accoucher avant terme. Combien admettait-on de femmes dans cet état dans les services du Concept de Maternité Westlake ? Molly faisait grand cas de cet obstétricien parce qu'une de ses amies avait eu une grossesse réussie. Mais qu'en était-il des échecs ? Combien y en avait-il eu ? Le pourcentage de décès parmi les patientes de Westlake pouvait-il sembler inhabituel ? Richard actionna l'Interphone et pria sa secrétaire de venir.

Marge avait environ quarante-cinq ans et des cheveux grisonnants impeccablement gonflés à la manière rendue célèbre par Jacqueline Kennedy dans les années soixante. Sa jupe recouvrait à peine ses genoux charnus. Elle était l'image même de la femme au foyer d'une ville de province dans un jeu télévisé. C'était en fait une secrétaire remarquable qui se complaisait dans le climat constamment dramatique du service du médecin légiste.

« Marge, dit-il, j'ai une intuition. Je voudrais faire une enquête à titre privé sur la clinique Westlake – uniquement dans le département maternité. Le Concept de Maternité fonctionne depuis une huitaine d'années. Je voudrais savoir combien de femmes sont mortes en couches ou par suite de complications de grossesse, et quelle est la proportion de décès parmi les patientes qui sont admises là-bas. Je ne désire pas que l'on sache que je m'y intéresse. C'est pourquoi je préfère que Scott ne demande pas la communication des rapports médicaux. Connaissez-vous quelqu'un chez nous qui pourrait jeter en douce un coup d'œil sur les registres de la clinique ? »

Marge fronça les sourcils. Son nez, assez comparable à un petit bec pointu de canari, se plissa. « Laissez-moi réfléchir.

— Bon. Autre chose. Vérifiez si des poursuites pour faute professionnelle ont été engagées contre l'un ou l'autre des médecins à la maternité Westlake. Je me fiche de savoir si ces poursuites ont été abandonnées ou non. Je veux en connaître les raisons, s'il y en a. »

Content d'avoir mis l'enquête en route, Richard fila chez lui pour prendre une douche et se changer. Quelques secondes après qu'il eut quitté son bureau, un appel lui parvint de la part du docteur David Broard du laboratoire prénatal de l'hôpital du Mont-Sinaï. Le message que prit Marge demandait à Richard de se mettre en rapport avec le docteur Broard demain dans la matinée. C'était urgent.

17

Katie partit pour la clinique à quatorze heures quarante-cinq. Le temps sombre et nuageux s'était décidément mis au froid. Mais, au moins, la chaleur dégagée par les voitures avait fait fondre une grande partie de la couche de verglas sur les routes. Katie se força à ralentir en prenant le virage qui était à l'origine de son accident.

Elle était en avance de quelques minutes sur l'heure de son rendez-vous, mais cela ne lui servit à rien. La réceptionniste, Mme Fitzgerald, se montra d'une froideur aimable, et quand Katie lui demanda si elle remplaçait souvent Edna, Mme Fitzgerald répliqua sèchement : « Mlle Burns n'est presque jamais absente, aussi n'y a-t-il pas souvent lieu de la remplacer. »

Il sembla à Katie qu'elle était exagérément sur la défensive. Intriguée, elle décida d'insister. « Je suis vraiment désolée d'apprendre que Mlle Burns est souffrante. Rien de grave, j'espère, ajouta-t-elle.

— Non. » La femme était manifestement tendue. « Un virus ou quelque chose comme ça. Elle sera là demain, j'en suis sûre. »

Il y avait plusieurs futures mères assises dans la salle d'attente ; mais elles étaient plongées dans des magazines. Katie ne voyait aucune manière plausible d'engager la conversation avec elles. Une femme enceinte, le visage bouffi, les gestes lents et mesurés, déboucha du couloir qui menait chez les médecins. La sonnerie de l'Interphone retentit sur le bureau. La réceptionniste prit l'appareil.

« Madame DeMaio, le docteur Highley va vous recevoir maintenant », dit-elle. Elle semblait soulagée.

Katie longea le couloir d'un pas rapide. Le bureau du docteur Highley était le premier, se souvint-elle. Après s'être conformée à l'avis « Frappez et entrez », elle ouvrit la porte et pénétra dans une pièce de taille moyenne. On aurait dit un confortable cabinet de travail. Sur un mur s'alignaient des étagères. Un autre était presque entièrement recouvert de photos de mères avec leurs bébés. Un fauteuil club était placé près du bureau en bois travaillé du docteur. Katie se souvint qu'une salle d'examen, des toilettes et un coin qui servait à la fois à la cuisine et à la stérilisation des instruments complétaient le tout. Le docteur était assis derrière son bureau. Il se leva pour l'accueillir. « Madame DeMaio. » Son ton était courtois ; avec un léger accent britannique, à peine perceptible. C'était un homme de taille moyenne, de moins d'un mètre quatre-vingts. Son visage lisse et plein s'achevait par un menton ovale et charnu. Son corps donnait une impression de grande force soigneusement maîtrisée. Il semblait avoir tendance à l'embonpoint. Ses cheveux clairsemés blond-roux, striés de gris, étaient soigneusement séparés par une raie sur le côté. Les sourcils et les cils de la même teinte roussâtre soulignaient des yeux gris acier globuleux. De par ses traits, ce n'était pas un homme séduisant, mais il dégageait une apparence imposante et autoritaire.

Katie rougit en s'apercevant qu'il était conscient de son examen et s'en irritait. Elle s'empressa de s'asseoir et, pour entamer la conversation, le remercia de son coup de téléphone.

Il écarta ses remerciements d'un geste. « J'aurais aimé que vous ayez une véritable raison de me remercier. Si vous aviez dit au médecin de la salle des urgences que vous étiez l'une de mes patientes, il vous aurait donné une chambre dans l'aile ouest. Sûrement bien plus confortable ; mais jouissant du même genre de vue », ajouta-t-il.

Katie cherchait un bloc de papier dans son sac en bandoulière. Elle leva vivement les yeux. Vue ? Tout vaudrait mieux que celle que j'ai cru avoir l'autre nuit. Pourquoi... Elle s'arrêta. Le carnet dans sa main lui rappela qu'elle se trouvait là en mission officielle. Que penserait-il si elle se mettait à raconter ses cauchemars ? Elle chercha inconsciemment à se redresser dans le fauteuil trop bas, trop mou.

« Docteur, si vous n'y voyez pas d'inconvénient, parlons d'abord de Vangie Lewis. » Elle sourit. « Je crois que nos rôles vont être inversés, du moins pour quelques minutes. C'est à moi de poser les questions. »

Il s'assombrit : « J'aurais simplement espéré une occasion plus réjouissante d'inverser nos rôles.

Pauvre fille ! Je n'ai pu penser à autre chose depuis que j'ai appris la nouvelle. »

Katie hocha la tête. « Je connaissais un peu Vangie Lewis, et je dois dire que j'ai eu la même réaction. À présent, il s'agit purement de routine, bien entendu, mais étant donné l'absence de lettre, nous aimerions avoir quelques renseignements sur l'état psychologique d'une suicidée. » Elle fit une pause avant de demander : « Quand avez-vous vu Vangie Lewis pour la dernière fois ? »

Il se carra dans son fauteuil. Ses doigts entre-croisés sous son menton montraient des ongles d'une propreté méticuleuse. Il parla lentement. « C'était mardi soir. Mme Lewis venait me voir au moins une fois par semaine depuis le milieu de sa grossesse. J'ai ici son dossier. »

Il désigna la chemise en papier kraft sur son bureau. Elle était marquée LEWIS, VANGIE. Un titre impersonnel, se dit Katie, un pense-bête qui rap-pelait qu'une semaine auparavant, Vangie Lewis s'était étendue dans la salle d'examen voisine pour faire contrôler sa tension artérielle, vérifier le battement du cœur du fœtus.

« Comment était Mme Lewis, demanda-t-elle, sur le plan physique et émotionnel ?

— Laissez-moi d'abord vous parler de sa condi-tion physique. Elle était alarmante, bien sûr. Mme Lewis courait un risque de toxémie que je surveillais de très près. Mais vous savez, chaque jour qui passait augmentait les chances de survie du bébé.

— Avait-elle une chance d'accoucher à terme ?

— Aucune. En fait, mardi dernier, j'ai prévenu Mme Lewis qu'il était très probable que nous aurions à l'hospitaliser dans deux semaines et à provoquer le travail.

— Comment a-t-elle réagi ? »

Il fronça les sourcils. « Je m'attendais qu'elle manifestât une inquiétude très justifiée pour la vie du bébé. Mais en fait, plus elle approchait de la date prévue de la naissance, plus il me semblait qu'elle redoutait le processus de l'accouchement. L'idée me vint même à l'esprit qu'elle n'était pas bien différente d'une petite fille qui veut jouer à la maman, et serait terrifiée si sa poupée se transformait en vrai bébé.

— Je vois. » Katie griffonna d'un air pensif sur son carnet. « Mais Vangie avait-elle montré des signes précis de dépression ? »

Le docteur Highley secoua la tête. « Je ne l'ai pas remarqué. Toutefois, je pense que le docteur Fukhito serait plus à même de vous répondre. Il l'a vue lundi soir, et il est plus habitué que moi à déceler ces symptômes s'ils sont cachés. Mon impression générale est qu'elle avait une peur de plus en plus morbide d'accoucher.

— Une dernière question, demanda Katie. Votre cabinet est contigu à celui du docteur Fukhito. Avez-vous aperçu Mme Lewis à un moment donné lundi soir ?

— Non.

— Je vous remercie, docteur. Vous avez été très obligeant. » Elle remit le carnet dans son sac. « À présent, c'est à votre tour de poser les questions.

— J'en ai peur. Vous y avez répondu hier soir. Quand vous aurez fini de vous entretenir avec le docteur Fukhito, j'aimerais que vous vous rendiez à la chambre 101, dans l'autre aile de la clinique. On vous y fera une transfusion. Attendez ensuite une demi-heure avant de reprendre le volant.

— Je croyais que c'était indiqué pour les gens qui donnaient leur sang, dit Katie.

— Simple précaution, afin de s'assurer qu'il n'y a pas de réaction. D'autre part… » Il plongea sa main dans le profond tiroir latéral de son bureau. Katie entrevit des petites bouteilles minutieusement rangées au fond. Il en choisit une contenant neuf ou dix pilules. « Commencez à prendre la première pilule ce soir, dit-il. Puis, une toutes les quatre heures demain ; la même chose vendredi. Cela fait quatre pilules par jour demain et vendredi. Vous en avez juste assez. J'insiste pour que vous vous conformiez à cette prescription. Comme vous le savez, si cette petite intervention ne résout pas votre problème, nous devrons envisager une opération plus radicale.

— Je prendrai les pilules, dit Katie.

— Bien. Nous vous attendons vers six heures vendredi soir. » Katie acquiesça.

« Bon. Je vais faire mes dernières visites, et je passerai vous voir. Vous n'êtes pas inquiète, j'espère ? »

Elle lui avait avoué sa terreur des hôpitaux lors du premier rendez-vous. « Non, dit-elle, vraiment pas. »

Il lui ouvrit la porte. « À vendredi alors, madame DeMaio », dit-il doucement.

140

18

L'équipe des enquêteurs de Phil Cunningham et de Charley Nugent revint au bureau du procureur à seize heures. Épuisés mais excités comme des chiens courants qui viennent de forcer un gibier, ils se ruèrent chez Scott Myerson pour lui exposer ce qu'ils avaient découvert.

« Le mari ment, dit Phil avec vivacité. Il ne devait pas être de retour avant hier matin, mais son avion a eu une panne de moteur. Les passagers ont été débarqués à Chicago, et on a ramené tout l'équipage à New York. Lewis est rentré lundi soir.

— Lundi soir ! explosa Scott.

— Ouais. Et il est descendu à l'hôtel, le Holiday Inn de la cinquante-septième rue Ouest.

— Comment l'avez-vous su ?

— On a obtenu la liste des membres de l'équipage sur le vol de lundi et on est allé leur parler. Le chef steward habite New York. Lewis l'a reconduit à Manhattan et a dîné avec lui. Il a raconté une histoire à dormir debout, comme quoi sa femme était absente et qu'il comptait passer la nuit en ville et aller au spectacle.

— Il a raconté ça au chef steward ?

— Ouais. Il a laissé sa voiture à l'Holiday Inn et retenu une chambre ; ensuite ils sont allés dîner. Le chef steward l'a quitté à dix-neuf heures vingt. Après, Lewis a repris sa voiture, et les fiches du garage montrent qu'il est resté absent pendant deux heures. De retour à vingt-deux heures. Et écoutez-moi ça. Il est à nouveau sorti à minuit et revenu à deux heures du matin. »

Scott siffla. « Il nous a menti au sujet de son vol. Il a menti au chef steward au sujet de sa femme. Il était quelque part en voiture entre vingt et vingt-deux heures, et entre minuit et deux heures du matin. À quelle heure Richard a-t-il dit que Vangie Lewis était morte ?

— Entre vingt et vingt-deux heures », dit Ed.

Charley Nugent était resté silencieux. « Il y a plus, dit-il. Lewis a une petite amie, une hôtesse de la Pan Am. Son nom est Joan Moore. Elle habite à New York 201 quatre-vingt-septième rue Est. Le portier nous a dit que le commandant Lewis l'a raccompagnée chez elle de l'aéroport hier matin. Elle lui a laissé sa valise dans l'entrée et ils sont allés prendre un café au drugstore en face. »

Scott se mit à tambouriner sur son bureau avec son crayon, signe qu'il allait donner des ordres. Ses assistants attendirent, crayon en main.

« Il est quatre heures, dit Scott d'un ton sec. Les juges vont bientôt s'en aller. Attrapez-en un au téléphone et demandez-lui d'attendre une quinzaine de minutes. Dites-lui que nous nous occupons d'obtenir un mandat de perquisition. »

Phil bondit de sa chaise et saisit le téléphone.

« Vous – Scott désignait Charley – cherchez quelle est l'entreprise de pompes funèbres qui a transporté le corps de Vangie Lewis à Minneapolis. Prenez contact avec eux. Le corps ne doit pas être inhumé, et tâchez de vous assurer que Chris Lewis n'a pas l'intention de le faire incinérer. Nous aurons peut-être encore à l'examiner. Lewis a-t-il dit quand il rentrait ? »

Charley hocha la tête. « Il nous a dit qu'il reviendrait demain, tout de suite après les obsèques et l'enterrement. »

Scott grogna. « Trouvez le vol qu'il doit prendre et allez l'attendre. Ramenez-le ici pour que nous l'interrogions.

— Vous ne croyez pas qu'il va chercher à filer ? demanda Charley.

— Non. Je ne pense pas. Il essayera de crâner. S'il est malin, il se rendra compte que nous n'avons rien de vraiment précis sur lui. Et je veux parler à son amie. Que savez-vous d'elle ?

— Elle partage un appartement avec deux autres hôtesses. Elle a l'intention de se faire muter sur les lignes de l'Amérique latine de la Pan Am, et d'être basée à Miami. Elle est à Fort Lauderdale aujourd'hui, pour signer un bail d'appartement. Elle sera de retour vendredi après-midi.

— Allez l'accueillir à l'avion également, dit Scott. Conduisez-la ici ; nous avons certaines questions à lui poser. Où était-elle lundi soir ?

— En vol de retour sur New York. Nous en sommes absolument certains.

— Très bien. » Scott se tut une seconde. « Autre chose. Je veux les enregistrements des appels téléphoniques de la maison des Lewis, particulièrement ceux de la semaine dernière, et tant que vous y êtes, vérifiez s'il n'y a pas un répondeur automatique sur l'un des postes. Il est pilote de ligne. Ce serait normal qu'il en ait un. »

Phil Cunningham raccrochait le téléphone. « Le juge Haywood va nous attendre. »

Scott tendit la main vers l'appareil, composa rapidement le numéro du bureau de Richard, le demanda et murmura à voix basse : « Merde. Le seul jour où il s'en va tôt, et il faut que ce soit aujourd'hui !

— Aviez-vous besoin de lui maintenant ? » Charley avait un ton interrogateur.

« J'aimerais savoir ce qu'il voulait dire en déclarant qu'il y avait quelque chose d'autre qui ne collait pas. Vous vous souvenez de cette remarque ? Ce serait peut-être intéressant de savoir quoi. Bon. Au travail. Et quand vous fouillerez la maison, passez-la au peigne fin. Et cherchez le cyanure. Nous devons rapidement savoir où Vangie Lewis s'est procuré le poison qui l'a tuée. Ou bien comment le commandant Lewis se l'est procuré », ajouta-t-il calmement.

19

Par contraste avec le cabinet du docteur Highley, celui du docteur Fukhito semblait plus spacieux et plus clair. La table de travail aux lignes harmonieuses occupait moins de place que le lourd bureau anglais du gynécologue. D'élégants fauteuils à dos canné et siège et bras capitonnés, avec une chaise longue du même style, remplaçaient les sièges en cuir du genre fauteuils club de l'autre cabinet. Au lieu des photos encadrées de mères et de bébés sur le mur, le docteur Fukhito avait accroché une collection de ravissantes reproductions d'estampes de Ukiyo-e.

Le docteur Fukhito était grand pour un Japonais. À moins, pensa Katie, qu'en se tenant si droit, il ne paraisse plus grand qu'il ne l'est en réalité. Non, elle estima qu'il devait mesurer environ un mètre soixante-seize.

Comme son confrère, il était vêtu de façon coûteuse et conformiste. Une chemise bleu pâle et une cravate en soie dans des tons sourds de bleu égayaient un costume à fines rayures. Ses cheveux de jais et sa petite moustache nette faisaient ressortir un teint à peine ambré et des yeux bruns plus ovales que bridés. Que ce soit selon des critères orientaux ou occidentaux, c'était un homme d'une beauté saisissante.

Et probablement un très bon psychiatre, se dit Katie en cherchant son carnet, se donnant volontairement le temps d'enregistrer ses impressions.

Le mois dernier, sa visite au docteur Fukhito avait été brève et amicale. Souriant, il avait expliqué : « L'utérus est une partie fascinante de l'anatomie. Parfois des pertes irrégulières ou désordonnées peuvent être signe d'un trouble émotionnel.

— Cela m'étonnerait, lui avait dit Katie. Ma mère a eu le même problème pendant des années, et je crois savoir que c'est héréditaire, ou que cela peut l'être. »

Il lui avait posé des questions sur sa vie privée.

« Et supposons qu'une hystérectomie soit un jour nécessaire. Comment réagiriez-vous ?

— Ce serait terrible, avait répondu Katie. J'ai toujours voulu avoir une famille.

— Vous avez donc le projet de vous marier ? Avez-vous quelqu'un dans votre vie ?

— Non.

— Pourquoi ?

— Parce que mon travail m'intéresse davantage pour le moment. » Elle avait brusquement interrompu l'entretien. « Docteur, vous êtes très aimable, mais je ne souffre d'aucun gros complexe affectif, je peux vous l'affirmer. Je suis très impatiente d'être débarrassée de ce problème, mais je vous assure qu'il est uniquement physiologique. »

Il en avait convenu avec élégance, s'était levé en lui tendant la main. « Bien, si vous devez devenir une patiente du docteur Highley, n'oubliez pas que je suis juste à côté. Et s'il vous arrive un jour d'avoir envie de prolonger cette discussion avec quelqu'un, vous pouvez vous adresser à moi. »

Plusieurs fois, au cours du mois passé, l'idée avait effleuré Katie que ce ne serait pas si mauvais d'aller bavarder avec lui pour avoir un avis professionnel et objectif sur sa vie affective. À moins, se demanda-t-elle, que cette idée n'ait pris corps beaucoup plus récemment – par exemple depuis le dernier dîner avec Richard.

Balayant cette pensée, elle se redressa dans son fauteuil et leva son stylo. Sa manche glissa, dévoilant son bras bandé. À son grand soulagement, il ne lui posa pas de questions.

« Docteur, comme vous le savez, l'une de vos patientes, qui était aussi celle du docteur Highley, Vangie Lewis, est morte dans la soirée de lundi. »

Elle remarqua un léger haussement de sourcils. Est-ce parce qu'il s'attendait à ce qu'elle déclare catégoriquement que Vangie Lewis s'était suicidée ?

Elle poursuivit : « Docteur, vous avez vu Vangie Lewis vers huit heures ce soir-là, n'est-ce pas ? »

Il hocha la tête. « Je l'ai vue à huit heures précises.

— Combien de temps est-elle restée ? »

— À peu près quarante minutes. Elle avait téléphoné lundi après-midi pour demander un rendez-vous. Je ne travaille généralement que jusqu'à huit heures le lundi, et je n'avais pas une minute de libre. Je le lui ai expliqué en lui proposant de venir mardi matin.

— Comment a-t-elle réagi ?

— Elle s'est mise à pleurer au téléphone. Elle semblait être dans un grand désarroi, et bien sûr, je lui ai dit de venir, que je la verrais à huit heures.

— Et quelle était la raison de ce désarroi ? »

Il parla lentement, choisissant soigneusement ses mots. « Elle s'était disputée avec son mari. Elle était convaincue qu'il ne l'aimait pas et qu'il ne voulait pas du bébé. Physiquement, la fatigue de la grossesse commençait à se faire sentir. Mme Lewis manquait beaucoup de maturité, en fait – une enfant unique que l'on avait excessivement entourée et gâtée. Elle supportait mal les malaises physiques et la perspective de la naissance commençait soudain à l'effrayer. »

Inconsciemment, il glissa un regard vers la chaise longue à droite de son bureau. Vangie Lewis s'y était étendue lundi soir, tout entière enveloppée dans son long caftan. Autant elle prétendait vouloir un bébé, autant elle détestait les vêtements de grossesse, détestait perdre sa silhouette. Au cours du mois dernier, elle avait voulu cacher son corps déformé et ses jambes gonflées en ne portant plus que des robes longues. C'était un miracle qu'elle n'ait jamais trébuché, étant donné la façon dont ces robes se prenaient dans ses pieds.

Katie l'observait avec curiosité. Cet homme était nerveux. Qu'avait-il suggéré à Vangie qui ait poussé la jeune femme à se précipiter chez elle pour se tuer ? Ou qui l'ait jetée dans les bras d'un meurtrier, si le pressentiment de Richard était exact ?

148

La dispute. Chris Lewis n'avait pas avoué qu'ils s'étaient querellés, lui et Vangie.

Se penchant en avant, Katie insista. « Docteur, je sais que vous désirez garder le secret professionnel sur les entretiens que vous avez eus avec Mme Lewis, mais cette affaire est officielle. Nous avons besoin de savoir tout ce que vous pouvez nous dire sur la dispute de Vangie avec son mari. »

La voix de Katie lui semblait venir de très loin. Il revoyait les yeux terrifiés de Vangie fixés sur lui. Il fit un effort violent pour s'éclaircir les idées et regarda Katie en face. « Mme Lewis m'a dit qu'elle croyait que son mari était amoureux de quelqu'un d'autre ; qu'elle l'en avait accusé ; qu'elle l'avait prévenu que le jour où elle découvrirait qui était cette femme, elle n'aurait de cesse de lui rendre la vie infernale. Elle était en colère, tourmentée, pleine d'amertume, et elle avait peur.

— Que lui avez-vous dit ?

— Je lui ai promis qu'avant et pendant l'accouchement, nous lui donnerions tout ce dont elle avait besoin pour se sentir bien. Je lui ai dit que nous espérions qu'elle aurait le bébé qu'elle désirait depuis toujours et qu'il serait peut-être l'instrument qui consoliderait leur mariage.

— Quelle a été sa réaction ?

— Elle s'est peu à peu calmée. Mais j'ai alors jugé nécessaire de la prévenir qu'après la naissance du bébé, si ses relations avec son mari ne s'amélioraient pas, il faudrait qu'elle envisage la possibilité d'y mettre fin.

— Et alors ?

— Elle s'est mise en fureur. Elle a juré qu'elle ne laisserait jamais son mari la quitter, que j'étais comme tous les autres, de son côté à lui. Elle s'est levée et a attrapé son manteau.

— Qu'avez-vous fait, docteur ?

— Ce n'était pas le moment de faire quoi que ce soit. Je lui ai dit de rentrer chez elle, de passer une bonne nuit de sommeil et de m'appeler dans la matinée du lendemain. Je me suis rendu compte qu'il était beaucoup trop tôt pour qu'elle accepte le fait apparemment irrévocable que le commandant Lewis désirait le divorce.

— Et elle est partie ?

— Oui. Sa voiture était garée dans le parking de derrière. De temps à autre, elle me demandait la permission d'utiliser mon entrée privée afin de sortir par-derrière. Lundi soir, elle est sortie par cette porte. Sans rien demander.

— Et vous n'avez plus entendu parler d'elle ?

— Non.

— Je vois. » Katie se leva et se dirigea vers le mur lambrissé où étaient accrochées les estampes. Elle voulait que le docteur Fukhito continue à parler. Il cachait quelque chose. Il était nerveux.

« J'étais moi-même ici en tant que patiente lundi soir, docteur, dit-elle. On m'a amenée à la suite d'un léger accident de voiture.

— Je suis heureux qu'il n'ait été que léger.

— Oui. » Katie s'arrêta devant une des reproductions, *Une Petite Route à Yabu Koji Atagoshita*. « C'est ravissant, dit-elle. Cela fait partie de la série *Les Cent Vues de Yedo*, n'est-ce pas ?

— Oui. Vous êtes très experte en art japonais.

150

— Pas vraiment. C'est mon mari qui s'y connaissait et m'y a un peu initiée ; j'ai d'autres reproductions de cette série, mais celle-ci est très belle. L'idée de reproduire cent vues d'un même endroit est intéressante, ne trouvez-vous pas ?

Il était soudain sur ses gardes. Katie lui tournait le dos et ne le vit pas serrer les lèvres.

Elle se retourna. « Docteur, on m'a amenée ici vers dix heures du soir. Pouvez-vous me dire s'il se pourrait que Vangie ne soit pas partie à huit heures ; qu'elle se soit encore trouvée dans la clinique ; qu'à dix heures, quand on m'a transportée à demi inconsciente, j'aie pu l'apercevoir ? »

Le docteur Fukhito regarda fixement Katie, sentant une peur moite l'envahir. Il s'efforça de sourire. « Je ne vois pas comment », dit-il. Mais Katie remarqua les jointures de ses doigts blanches et contractées, comme s'il se forçait à rester assis dans son fauteuil, à ne pas s'enfuir, et la lueur – rage ou terreur – qui passait dans ses yeux.

20

À dix-sept heures, Gertrude Fitzgerald brancha le téléphone sur le répondeur automatique et ferma à clé les tiroirs du bureau de la réception. Elle composa nerveusement le numéro d'Edna. Une fois encore, elle n'obtint pas de réponse. Il n'y avait aucun doute. Edna buvait de plus en plus ces derniers temps. Mais elle était si gentille, si pleine d'entrain. Elle s'intéressait à tout le monde. Gertrude et Edna déjeunaient souvent ensemble, générale-ment à la cafétéria de la clinique. Edna disait par-fois : « Allons prendre quelque chose de convenable autre part. » Ce qui signifiait qu'elle avait envie de se faire servir un Manhattan au bar du coin. Ces jours-là, Gertrude essayait toujours de l'empêcher d'en boire plus d'un. Elle plaisantait. « Vous pourrez en avoir deux ce soir, chérie », disait-elle.

Gertrude savait bien qu'Edna avait besoin de boire. Elle ne buvait pas elle-même, mais elle comprenait cette intense sensation de vide que produit une existence qui se réduit au travail quo-tidien et à la solitude chez soi. Elles riaient parfois toutes les deux de ces articles de magazine qui vous conseillent de vous mettre au yoga ou au tennis, de faire partie d'un club d'ornithologues, ou de suivre des conférences. Et Edna disait : « Je ne pourrais jamais croiser mes grosses jambes en tailleur ; il n'y a pas une chance que j'arrive jamais à toucher le sol sans plier les genoux ; je suis allergique aux oiseaux et je me sens bien trop fatiguée à la fin de la journée pour m'intéresser à l'histoire de la Grèce antique. Je voudrais seulement un jour dans ma vie rencontrer un brave type qui voudrait bien venir chez moi le soir, et croyez-moi, je me ficherais pas mal qu'il ronfle. »

Gertrude était veuve depuis sept ans, mais au moins elle avait ses enfants et ses petits-enfants ; des gens qui se souciaient d'elle, lui téléphonaient, venaient parfois lui emprunter cent dollars ; des gens qui avaient besoin d'elle. Dieu sait qu'elle se sentait seule par moments, mais ce n'était pas pareil. Elle avait *vécu*. Elle avait soixante-deux ans, une bonne santé, et des souvenirs à évoquer.

Elle aurait juré que le docteur Highley s'était rendu compte qu'elle mentait en lui racontant qu'Edna avait prévenu qu'elle était souffrante. Mais Edna l'avait mise au courant de l'avertissement du docteur au sujet de l'alcool. Et elle avait besoin de travailler. Ses vieux parents lui avaient coûté une fortune avant de mourir. Non pas qu'Edna se soit jamais plainte. Même dans ces conditions navrantes, elle aurait voulu qu'ils soient encore là ; ils lui manquaient.

Et si Edna ne s'était pas soûlée ? Si elle était malade ou autre chose ? Gertrude retint brusquement sa respiration à cette pensée. Il n'y avait qu'une chose à faire. Elle devait aller prendre des nouvelles d'Edna. Elle allait se rendre immédiatement chez elle. Si Edna était en train de boire, elle l'arrêterait et la dessoûlerait. Si elle était malade, elle s'occuperait d'elle.

Sa décision prise, Gertrude se leva rapidement du bureau. Autre chose. Cette Mme DeMaio du bureau du procureur. Elle s'était montrée aimable, mais il était évident qu'elle désirait parler personnellement à Edna. Elle lui téléphonerait probablement demain. Que lui voulait-elle ? Que diable Edna pourrait-elle bien lui raconter sur Mme Lewis ?

C'était un mystère qui tracassa Gertrude pendant les huit kilomètres qui séparaient la clinique de l'appartement d'Edna. Mais elle n'était pas plus avancée en pénétrant dans le parking réservé aux visiteurs derrière l'immeuble d'Edna, et s'avança jusqu'à la porte d'entrée.

La lumière était allumée. Bien que la portière lustrée et doublée fût tirée, Gertrude devinait de la lumière dans la pièce de séjour et le coin cuisine. En s'approchant de la porte, elle entendit un bruit étouffé de voix. La télévision, bien sûr.

Un éclair d'agacement la traversa. De quoi aurait-elle l'air si Edna était bien tranquillement assise dans son fauteuil à bascule, si elle n'avait simplement pas voulu répondre au téléphone ? Elle, Gertrude, l'avait remplacée, s'était chargée de son travail, et elle venait de faire un détour de plusieurs kilomètres pour s'assurer qu'Edna n'avait besoin de rien.

Gertrude appuya sur la sonnette. Le timbre résonna avec un son métallique. Elle attendit.

Même en écoutant de toutes ses oreilles, elle n'entendait aucun bruit de pas s'avançant vers la porte, aucune voix familière criant : « J'arrive tout de suite ». Peut-être Edna était-elle en train de se laver les dents. Elle avait toujours une peur bleue que l'un des docteurs ne passât lui déposer un travail urgent. C'était arrivé deux ou trois fois, alors qu'elle était dans le cirage. C'est ainsi que le docteur Highley avait découvert le problème d'Edna.

Mais il n'y avait aucun bruit rassurant de voix ou de pas. Elle frissonna en appuyant plus fermement sur le bouton de la sonnette. Edna s'était peut-être endormie. Il faisait terriblement froid. Gertrude avait envie de rentrer chez elle.

Au quatrième coup de sonnette, l'irritation avait fait place à l'anxiété. Ce n'était pas la peine de perdre son temps, il était arrivé quelque chose, et elle devait entrer dans l'appartement. Le concierge de l'immeuble, M. Krupshak, habitait juste de l'autre côté de la cour. Gertrude courut lui raconter ce qui se passait. Il était en train de dîner et parut contrarié, mais sa femme, Gana, décrocha le grand trousseau de clés du clou au-dessus de l'évier. « Je vous accompagne », dit-elle.

Les deux femmes traversèrent la cour en se hâtant. « Edna est vraiment une amie, dit spontanément Gana Krupshak. Quelquefois je passe la voir le soir, et on boit un verre en bavardant. Mon mari est contre l'alcool, même le vin. Hier soir, justement, j'ai fait un saut vers huit heures. On a bu un Manhattan ensemble, et elle m'a raconté qu'une de ses patientes préférées s'était suicidée. Bon, nous y voilà. »

Elles s'arrêtèrent sur le petit porche devant l'appartement d'Edna. La femme du concierge chercha parmi ses clés. « C'est celle-là », murmura-t-elle. Elle introduisit la clé dans la serrure. « Cette serrure a un drôle de petit truc – il faut la titiller. »

La clé tourna et Gana ouvrit la porte au moment où elle terminait sa phrase.

Les deux femmes aperçurent Edna exactement au même moment : étendue par terre, les jambes repliées sous elle, sa robe de chambre ouverte sur une chemise de nuit en flanelle, ses cheveux gris collés sur le visage, une couronne cramoisie de sang séché au sommet du crâne.

« Non. Non. » Gertrude entendit sa propre voix monter, haute, stridente, une force qu'elle ne pouvait contrôler. Elle pressa ses poings fermés sur sa bouche.

Gana Krupshak dit d'un ton hébété : « Hier soir j'étais encore assise là avec elle. Et – la voix de la femme se brisa – elle n'était pas tellement dans son assiette, vous voyez ce que je veux dire, dans quel état elle se trouvait parfois, et elle parlait d'une patiente qui s'était tuée. Et ensuite Edna a téléphoné au mari de cette patiente. » Gana se mit à sangloter bruyamment. « Et maintenant, la pauvre Edna est morte elle aussi. »

156

21

Chris Lewis, debout près des parents de Vangie à droite du cercueil, recevait d'un air abattu les condoléances des amis de la famille. Quand il leur avait annoncé la mort de leur fille par téléphone, le père et la mère de Vangie étaient convenus de veiller le corps en privé, les obsèques auraient lieu le lendemain et elles seraient suivies par un enterrement dans la plus stricte intimité.

Au lieu de cela, en arrivant cet après-midi à Minneapolis, il avait découvert qu'ils avaient organisé une veillée funèbre le soir et qu'après les obsèques religieuses demain matin, un cortège suivrait le corps de Vangie jusqu'au cimetière.

« Tant d'amis voudront dire adieu à notre petite fille. Penser qu'il y a deux jours elle était en vie, et qu'aujourd'hui elle n'est plus », sanglota sa mère.

On n'était donc que mercredi ? Il semblait à Chris que des semaines s'étaient écoulées depuis qu'il était tombé sur cette scène de cauchemar dans la chambre hier matin. *Hier matin.*

« Notre petite n'est-elle pas ravissante ? » demandait la mère de Vangie à un visiteur qui s'approchait du cercueil.

Notre petite. Notre petite fille. Si seulement vous l'aviez laissée grandir, pensa Chris. Tout aurait peut-être été différent. Leur hostilité à son égard était contenue, mais elle menaçait sous les apparences, prête à sourdre. « Une femme heureuse n'a aucune raison de se supprimer », avait dit la mère de Vangie d'un ton accusateur.

Ils avaient l'air âgé, las et brisés de chagrin. Des gens simples et travailleurs qui s'étaient privés de tout pour entourer de luxe leur enfant étonnamment belle, qui l'avaient élevée en lui laissant croire que ses désirs faisaient la loi.

Cela serait-il plus facile pour eux si on leur révélait qu'en réalité quelqu'un avait assassiné Vangie ? Ou leur devait-il de ne rien dire, leur épargner cette dernière atrocité ? Sa mère s'efforçait déjà de trouver une consolation, de fabriquer une version avec laquelle elle pourrait vivre. « Chris était en voyage et nous étions si loin, et ma petite fille se sentait tellement mal qu'elle a pris quelque chose pour s'endormir. »

Oh ! Dieu, pensa Chris, comme les gens peuvent tordre la vérité, tordre la vie ! Il avait envie de parler à Joan. Elle s'était montrée si bouleversée en apprenant la mort de Vangie qu'elle avait à peine pu parler. « Était-elle au courant à notre sujet ? » Il avait finalement dû lui avouer que Vangie soupçonnait qu'il s'intéressait à une autre femme.

158

LA CLINIQUE DU DOCTEUR H.

Joan serait de retour de Floride vendredi soir. Il retournait demain après-midi dans le New Jersey, immédiatement après l'enterrement. Il ne dirait rien à la police avant d'avoir pu parler à Joan, la prévenir qu'elle allait sans doute se trouver mêlée à toute cette histoire. La police chercherait quel motif Chris pouvait avoir de tuer Vangie. À leurs yeux, Joan serait le mobile.

Ne pourrait-il laisser faire les choses ? Avait-il le droit d'entraîner Joan là-dedans, de dévoiler quelque chose qui blesserait encore plus les parents de Vangie ?

Y avait-il quelqu'un d'autre dans la vie de Vangie ? Chris jeta un regard vers le cercueil, vers le visage maintenant paisible de sa femme, les mains tranquillement jointes. Ils avaient à peine vécu comme un couple durant ces dernières années. Ils avaient reposé côte à côte comme deux inconnus ; lui affectivement vidé par les querelles incessantes, elle avide d'être cajolée, dorlotée. Il avait même émis l'idée de faire chambre à part, mais elle avait piqué une crise de nerfs.

Elle était devenue enceinte deux mois après leur arrivée dans le New Jersey. Quand il avait accepté de tenter encore de sauver leur mariage, il avait fait un effort sincère pour que ça marche. Mais l'été fut détestable. À la fin du mois d'août, lui et Vangie ne se parlaient presque plus. Ils avaient couché ensemble une seule fois, vers le milieu du mois. Quelle ironie de penser qu'après dix années, elle ait attendu un bébé juste au moment où il venait de rencontrer quelqu'un d'autre ! Chris se rendit compte qu'un soupçon s'était peu à peu infiltré dans son subconscient et qu'il prenait soudain corps clairement. Se pourrait-il que Vangie ait eu une liaison avec un autre homme, un homme qui n'avait pas voulu les prendre en charge, elle et le bébé ? Avait-elle bravé cet homme ? Vangie avait menacé Chris si jamais elle la croisait d'ôter le goût de vivre à la femme qu'il rencontrait. Supposons qu'elle ait eu une aventure avec un homme marié. Supposons qu'elle ait proféré des paroles de menaces.

Chris se rendit compte qu'il serrait des mains, murmurait des remerciements, regardait des visages familiers sans réellement les voir ; des voisins de l'immeuble où ils habitaient lui et Vangie avant d'aller s'installer dans le New Jersey ; des membres de la compagnie ; des amis des parents de Vangie. Ses propres parents avaient pris leur retraite en Caroline du Nord. Ni l'un ni l'autre ne se portait bien. Il leur avait dit de ne pas faire le voyage jusqu'à Minneapolis par ce temps glacial.

« Je suis navré. » L'homme qui lui serrait la main avait dans les soixante-cinq ans. Il était mince, mais d'une vigueur séduisante avec des cheveux gris argenté et des sourcils bruns surmontant des yeux vifs et pénétrants. « Je suis le docteur Salem, dit-il, Emmet Salem. J'ai mis Vangie au monde, et j'étais son premier gynécologue. C'était l'un des plus jolis bébés que j'aie jamais vus naître, et elle n'avait pas changé. Je regrette seulement de ne pas avoir été là quand elle a téléphoné à mon cabinet lundi. »

Chris le dévisagea. « Vangie vous a téléphoné lundi ?

160

— Oui. Mon infirmière a dit qu'elle semblait très anxieuse. Elle voulait me voir immédiatement. J'animais un séminaire à Detroit, mais l'infirmière lui a donné un rendez-vous avec moi pour aujourd'hui. Vangie avait prévu de prendre un vol hier, d'après ce que j'ai compris. Peut-être aurais-je pu l'aider. »

Pourquoi Vangie avait-elle téléphoné à cet homme ? Pourquoi ? Chris avait l'impression de ne plus pouvoir penser. Pour quelle raison voulait-elle revoir un médecin qu'elle n'avait pas vu depuis des années ? Elle n'allait pas bien, mais si elle désirait une consultation, pourquoi choisir un médecin à deux mille kilomètres de là ?

« Vangie était-elle malade ? » Le docteur Salem le regardait d'un air interrogateur, attendant une réponse.

« Non, pas malade, dit Chris. Comme vous le savez sans doute, elle attendait un enfant. Ce fut une grossesse difficile dès le début.

— Qu'est-ce que vous dites ? » La voix du médecin monta. Il fixa Chris avec stupéfaction.

« Je sais. Elle était prête à abandonner tout espoir. Mais dans le New Jersey, elle a suivi les méthodes du Concept de Maternité Westlake. Vous devez en avoir entendu parler, ou du docteur Highley – le docteur Edgar Highley.

— Commandant Lewis, puis-je vous parler ? » Le directeur de l'entreprise de pompes funèbres le prenait par le bras, l'entraînait hors de la pièce où se tenait la veillée funèbre, vers le bureau privé de l'autre côté de l'entrée.

« Excusez-moi », dit Chris au docteur. Déconcerté par le trouble apparent du directeur, il le suivit dans le bureau.

Le directeur ferma la porte et regarda Chris. « Je viens de recevoir un coup de téléphone du bureau du procureur du comté de Valley, dans le New Jersey, dit-il. Une confirmation par écrit est en route. Nous avons l'interdiction d'inhumer le corps de votre femme. Le corps doit être renvoyé demain par avion au médecin légiste du comté de Valley immédiatement après le service religieux. »

Ils savent que ce n'était pas un suicide, pensa Chris. Ils le savaient déjà. Il ne pouvait plus rien faire pour le cacher. Dès qu'il aurait parlé à Joan vendredi soir, il irait raconter au procureur ce qu'il savait, ou ce qu'il soupçonnait.

Sans dire un mot, il fit demi-tour et quitta la pièce. Il voulait parler au docteur Salem, savoir ce que Vangie avait dit au téléphone à son infirmière.

Mais quand il revint dans l'autre pièce, le docteur Salem était déjà parti. Il était parti sans parler aux parents de Vangie. La mère de Vangie frotta ses yeux gonflés de son mouchoir froissé et trempé. « Qu'avez-vous dit au docteur Salem qui ait pu le faire partir ainsi ? demanda-t-elle. Pourquoi l'avez-vous tellement contrarié ? »

22

Il rentra chez lui le soir du mercredi à dix-huit heures. Hilda était sur le point de partir. Son visage fermé et ingrat avait une expression contrainte. Il se montrait toujours distant avec elle. Il savait qu'elle aimait ce travail et qu'elle y tenait. Pourquoi pas ? Une maison toujours propre ; pas de maîtresse de maison pour donner des ordres ; pas d'enfants pour semer du désordre.

Pas d'enfants. Il entra dans la bibliothèque, se servit un scotch et regarda d'un air maussade par la fenêtre la large silhouette de Hilda qui disparaissait dans la rue en direction de l'arrêt de l'autobus deux rues plus loin.

Il avait choisi la médecine parce que sa propre mère était morte en couches. Sa naissance. Les récits accumulés au long des années, qu'il écoutait depuis le jour où il avait pu les comprendre, racontés par cet homme timide et effacé qu'était son père. « Ta mère te désirait tant. Elle savait qu'elle risquait sa vie, mais peu lui importait. »

Assis dans la pharmacie de Brighton, il observait son père en train de préparer les prescriptions, posait des questions « Qu'est-ce que c'est ? » « À quoi sert ce médicament ? » « Pourquoi mets-tu des étiquettes "dangereux" sur ces flacons ? » Il était fasciné, ne perdant pas une miette des informations que lui donnait son père – qui ne savait parler que de ce seul sujet ; le seul monde qu'il connût.

Il avait fait ses études de médecine et était sorti dans les dix premiers de sa promotion ; il aurait pu choisir un poste d'interne dans les plus grands hôpitaux de Londres et de Glasgow. Il leur préféra l'hôpital du Christ dans le Devon, avec son laboratoire superbement équipé et les possibilités que celui-ci offrait tant pour la recherche que pour la pratique. Il était devenu professeur ; sa réputation d'obstétricien avait rapidement grandi.

Et son projet avait été remis à plus tard, condamné parce qu'il ne pouvait pas l'expérimenter.

À vingt-sept ans, il avait épousé Claire, une cousine éloignée du comte de Sussex – d'une classe sociale infiniment supérieure à la sienne, mais la renommée dont il jouissait, la promesse d'un brillant avenir nivelaient les inégalités.

Et inconcevable dérision ! Lui qui s'occupait de naissance et de fécondité avait épousé une femme stérile. Lui dont les murs étaient couverts de photos de bébés qui n'auraient jamais dû naître à terme n'avait aucun espoir de devenir père.

Quand s'était-il mis à haïr Claire ? Cela avait pris longtemps – sept ans.

À partir du jour où il avait fini par se rendre compte qu'elle n'y attachait pas d'importance ; qu'elle n'y avait jamais attaché d'importance ; que sa déception était feinte ; qu'elle savait avant de l'épouser qu'elle ne pouvait pas devenir enceinte.

Il se détourna impatiemment de la fenêtre. La nuit s'annonçait encore très froide, avec du vent. Pourquoi février, le mois le plus court de l'année, semblait-il toujours être le plus long ? Il prendrait des vacances quand tout cela serait terminé. Il devenait nerveux, il perdait le contrôle de lui-même.

Il avait failli se trahir ce matin en entendant Gertrude lui dire qu'Edna venait de prévenir par téléphone qu'elle était souffrante. Il s'était agrippé à son bureau, voyant ses articulations devenir blanches. Puis il s'était souvenu : le pouls qui avait cessé de battre, les yeux fixes, les muscles complètement relâchés. Gertrude protégeait son amie. Gertrude *mentait*.

Il l'avait regardée d'un air mécontent et avait pris un ton glacial pour lui parler. « Qu'Edna soit absente aujourd'hui est extrêmement ennuyeux. Je compte sur elle demain. »

La ruse avait marché. Il le savait à la façon dont Gertrude s'était humecté nerveusement les lèvres en détournant les yeux. Elle croyait que l'absence d'Edna le contrariait. Elle savait probablement qu'il avait sévèrement averti son amie au sujet de son penchant pour la boisson. Gertrude pouvait devenir une alliée.

« LA POLICE : Et qu'a répondu le docteur quand vous l'avez prévenu qu'Edna était absente ?

GERTRUDE : Il était extrêmement fâché. Il est très pointilleux. Il a horreur de tout ce qui dérange les habitudes. »

La chaussure qui manquait. Ce matin, il était arrivé dès l'aube à la clinique pour fouiller une fois encore le parking et son cabinet. Vangie la portait-elle en entrant dans son cabinet lundi soir ? Il constata qu'il n'en était pas certain. Elle était vêtue d'un long caftan et de son manteau d'hiver mal boutonné par-dessus. Le caftan était trop grand. Le manteau fermait mal sur son ventre. Elle avait relevé le bas du caftan pour lui montrer sa jambe gonflée. Il avait bien vu le mocassin à ce pied-là, mais n'avait pas fait attention à l'autre. Le portait-elle à ce moment-là ? Il l'ignorait.

Si le mocassin était tombé dans le parking pendant qu'il transportait le corps de Vangie à la voiture, quelqu'un l'avait ramassé. Un employé chargé de l'entretien avait pu le voir ; le jeter. Les patientes quittaient souvent la clinique chargées de sacs en plastique bourrés et débordant de lettres, de plantes et d'effets personnels qui ne rentraient pas dans leur valise, et elles en perdaient la moitié entre leur chambre et le parking. Il s'était renseigné au bureau des objets perdus, mais ils n'avaient aucune chaussure. Quelqu'un l'avait peut-être tout simplement jetée aux ordures.

Il se revit en train de soulever Vangie Lewis hors du coffre de la voiture, de passer devant les étagères du garage en la portant. Elles étaient pleines d'outils de jardinage. Se pourrait-il que le soulier le plus lâche se soit accroché à quelque chose qui dépassait ? Si on le découvrait sur une étagère dans le garage, on se poserait des questions.

LA CLINIQUE DU DOCTEUR H.

Et si Vangie n'avait pas porté ce soulier au pied en quittant Fukhito, son collant aurait dû être sale. Mais l'arcade entre les deux cabinets était abritée. Si son pied gauche avait été plein de boue, il l'aurait remarqué en l'allongeant sur le lit.

L'effroi éprouvé en s'apercevant que sa poche contenait le soulier droit, le soulier qu'il avait eu tant de mal à ôter du pied de Vangie, l'avait laissé sans force. On ne pouvait pas être plus stupide. Après tous les risques qu'il avait courus.

Le soulier droit se trouvait à présent dans sa trousse, à l'intérieur de la malle de la voiture. Il hésitait à s'en débarrasser – pas avant d'être sûr que l'autre avait disparu pour de bon.

Même si la police faisait une enquête serrée sur le suicide, il n'existerait rien qui puisse constituer une preuve contre lui. Le dossier de Vangie dans son cabinet faisait état d'un examen médical approfondi. Son vrai dossier, tous les vrais dossiers des cas spéciaux étaient dans le coffre-fort mural. Il défiait qui que ce soit de trouver ce coffre. Il n'apparaissait même pas sur les plans originaux de la maison. Le docteur Westlake l'avait personnellement installé. Seule Winifred en connaissait l'existence.

Personne ne pouvait raisonnablement le soupçonner – personne, sauf Katie DeMaio. Elle avait failli dire quelque chose en l'entendant mentionner la vue de la chambre de la clinique, mais s'était brusquement reprise.

Fukhito était venu le voir ce soir, juste au moment où il fermait la porte. Il était nerveux. Il avait dit : « Mme DeMaio vient de me poser un

167

tas de questions. Se pourrait-il qu'ils ne croient pas que Mme Lewis se soit suicidée ?

— Je ne pense pas. » La nervosité du Japonais l'amusait ; il en comprenait la raison.

« Cette interview que vous avez donnée au magazine *Newsmaker*, paraît demain, n'est-ce pas ? »

Il avait regardé Fukhito avec dédain. « Oui, mais croyez-moi, j'ai laissé clairement entendre que j'utilise un grand nombre de psychiatres consultants. Votre nom n'apparaîtra pas. »

Fukhito restait inquiet. « Toutefois, la clinique sera mise en vedette, et nous aussi, se plaignit-il.

— *Vous* aussi. C'est bien ce que vous voulez dire, n'est-ce pas, docteur ? »

Il avait presque éclaté de rire en voyant l'air consterné, coupable, sur le visage de Fukhito.

À présent, en finissant son scotch, il se rendait compte qu'il avait négligé une autre porte de sortie. Si la police en arrivait à la conclusion qu'on avait assassiné Vangie Lewis ; s'ils ouvraient réellement une enquête sur Westlake, il serait facile de leur suggérer d'interroger le docteur Fukhito, compte tenu de son passé.

Après tout, le docteur Fukhito était la dernière personne censée avoir vu Vangie Lewis en vie.

23

Après avoir quitté le docteur Fukhito, Katie se rendit dans l'aile ouest de la clinique pour la transfusion. On l'installa dans un coin séparé de la salle des urgences par un rideau. Allongée sur un lit, la manche de son chemisier relevée, l'aiguille enfoncée dans son bras, elle cherchait à reconstituer son arrivée à la clinique lundi soir.

Elle croyait se souvenir d'être venue dans cette pièce, mais n'en était pas certaine. Le docteur qui avait recousu son bras entra : « Hello, je pensais bien vous avoir aperçue à la réception. Je vois que le docteur Highley a prescrit une autre transfusion. J'espère que vous ne négligez pas cette faible numération globulaire.

— Sûrement pas. Je suis entre les mains du docteur Highley.

— Bon. Laissez-moi jeter un coup d'œil à ce bras. » Il profita de ce qu'elle était là pour refaire le bandage. « Bon travail. Je dois en convenir moi-même. Vous n'aurez même pas de cicatrice à montrer à vos petits-enfants.

— Si j'en ai jamais un jour, dit Katie. Dites-moi, docteur, est-ce que j'étais sur ce lit lundi soir ?

— Oui, nous vous avions installée là après la radio. Vous ne vous en souvenez pas ?

— Tout est tellement brouillé.

— Vous aviez perdu beaucoup de sang. Vous étiez sérieusement commotionnée.

— Je comprends. »

La transfusion terminée, elle se rappela que le docteur Highley lui avait recommandé d'attendre vingt minutes avant de reprendre le volant. Elle en profita pour aller remplir les formulaires nécessaires à l'hospitalisation au bureau d'admission. Elle n'aurait pas à le faire vendredi soir.

Il était près de dix-huit heures quand elle quitta la clinique. Elle se surprit à prendre sans y penser la direction de Chapin River. C'est absurde, se ditelle, tu dînes demain soir chez Molly et Bill. Inutile d'y passer ce soir.

Là-dessus, elle fit demi-tour et se dirigea vers l'autoroute des Palissades. Elle avait faim et la perspective de rentrer chez elle ne l'enchantait guère. Quel est le poète qui, écrivant sur les joies de la solitude, termine son poème par ces lignes « Mais ne rentre pas chez toi seul après cinq heures du soir. Laisse quelqu'un t'y attendre » ?

Eh bien, elle avait appris à se débrouiller avec la solitude, elle s'était entraînée à savoir profiter simplement d'une tranquille soirée de lecture en écoutant de la musique.

Le sentiment de vide qui s'emparait d'elle depuis ces derniers jours était quelque chose de nouveau.

Elle passa devant le restaurant où elle avait dîné la veille avec Richard et, prise d'une impulsion, s'engagea dans le parking. Elle allait essayer l'autre spécialité aujourd'hui, l'entrecôte. Le calme et la chaude intimité du restaurant l'aideraient peut-être à réfléchir.

Le propriétaire la reconnut et son visage s'éclaira de plaisir. « Bonsoir, madame. Le docteur Carroll n'a pas réservé, mais j'ai une table près de la cheminée. Il gare la voiture ? »

Elle secoua la tête. « C'est moi toute seule, je crains, ce soir. »

L'homme montra un instant d'embarras, mais se ressaisit rapidement. « Je suppose donc que nous nous sommes fait une nouvelle habituée. » Il la conduisit à une table près de celle qu'elle avait partagée avec Richard.

Acceptant d'un signe de tête le verre de Bourgogne qu'il lui proposait, Katie éprouva la même sensation de détente qu'elle avait ressentie la veille. Voyons à présent si elle pouvait rassembler ses idées, dégager les impressions recueillies en parlant de Vangie Lewis avec les docteurs Highley et Fukhito.

Sortant son carnet, elle parcourut les notes qu'elle avait griffonnées pendant les deux entretiens. Le docteur Highley. Elle s'attendait à ce qu'il expliquât et justifiât le fait que Vangie souffrait manifestement d'une grossesse à problèmes. C'est exactement ce qu'il avait fait, et ses explications étaient parfaitement raisonnables. Il gagnait jour après jour du temps pour le bébé. Sa remarque à propos du comportement de Vangie devant l'imminence de l'accouchement paraissait exacte. Molly

171

avait raconté à Katie l'histoire de la réaction hystérique de Vangie à une cloque sur le doigt.

Alors quoi ? Qu'attendait-elle de plus du docteur Highley ? Elle se souvint du docteur Wainwright, le spécialiste du cancer qui traitait John. Après la mort de John, il était venu lui parler, le visage et la voix empreints de tristesse, « Je veux que vous le sachiez, madame DeMaio, nous avons fait tout ce qui était possible pour le sauver. Rien n'a été épargné. Mais parfois la volonté de Dieu est la plus forte. »

Le docteur Highley manifestait du regret devant la mort de Vangie, mais certainement pas de la tristesse. Bien sûr, il se devait de rester objectif. Elle avait souvent entendu Bill et Richard parler de la nécessité de rester objectif quand on pratique la médecine. Sinon vous êtes constamment déchiré, et vous finissez par ne plus être bon à rien.

Richard. Katie laissa son regard errer sur la table qu'ils occupaient hier soir. Il avait dit : « Nous savons tous les deux que nous pourrions être très bien ensemble. » Il avait raison. Elle le savait. C'est peut-être pourquoi elle se sentait généralement troublée en sa présence, comme si le contrôle des choses pouvait lui échapper. Est-il vrai que cela puisse vous arriver deux fois dans une vie ? Dès le début, vous *savez* que c'est ce qu'il vous faut, que c'est l'être qu'il vous faut.

Au moment où ils la quittaient après ce rapide déjeuner hier matin, Molly les avait tous deux invités à dîner jeudi soir – demain. Molly avait ajouté : « Liz et Jim Berkeley viendront aussi. C'est elle qui ne jure que par le docteur Highley. Vous trouverez peut-être intéressant de leur parler. »

172

Katie se rendit compte qu'elle attendait ce dîner avec impatience.

Elle regarda à nouveau ses notes. Le docteur Fukhito. Là, quelque chose la gênait. Il lui semblait qu'il avait pesé délibérément chacun de ses mots en lui racontant la visite de Vangie lundi soir. Elle avait l'impression de voir quelqu'un s'avancer pas à pas dans un champ de mines. Que craignait-il ? Même compte tenu du souci légitime de protéger la relation médecin-patient, il redoutait visiblement de dire une chose qu'elle puisse relever au passage.

Et il s'était montré carrément hostile lorsque Katie lui avait demandé si Vangie aurait pu se trouver par hasard dans la clinique à vingt-deux heures au moment de l'arrivée de Katie.

Supposons qu'elle ait vraiment aperçu Vangie. Supposons que Vangie vînt de quitter le bureau du docteur Fukhito ; qu'elle marchât dans le parking ? Cela expliquerait que Katie ait vu son visage dans son cauchemar insensé.

Le docteur Fukhito avait dit que Vangie était partie par son entrée privée.

Personne ne l'avait vue sortir.

Et si elle n'était pas partie ? Supposons qu'elle soit restée avec le docteur. Supposons qu'il soit parti avec elle ou qu'il l'ait suivie chez elle. Supposons qu'il se soit rendu compte qu'elle était prête à se suicider, qu'il en était responsable en quelque sorte… C'était assez pour le rendre nerveux.

Le garçon venait prendre la commande. Avant de ranger son carnet, Katie inscrivit une dernière note : *Enquêter sur le passé du docteur Fukhito.*

24

Avant même de traverser le pont George-Washington et de s'engager sur les périphériques de Harlem River et de Franklin Delano Roosevelt mercredi soir, Richard savait qu'il aurait dû décommander son rendez-vous avec Clovis. La mort de Vangie Lewis le préoccupait ; son subconscient lui disait que quelque chose lui avait échappé à l'autopsie. Il y avait quelque chose qu'il s'était proposé d'examiner de plus près. Mais quoi ?

Et l'état de Katie l'inquiétait. Elle lui avait semblé si maigre l'autre soir. Elle était très pâle. Ce n'est qu'après deux verres de vin qu'un peu de couleur lui était revenue aux joues.

Katie n'allait pas bien. C'était certain. Il était médecin, et il aurait dû s'en apercevoir plus tôt. Cet accident. L'avait-on assez sérieusement examinée ? Se pourrait-il qu'elle ait été plus sévèrement touchée qu'on ne le croyait ? Cette pensée harcelait Richard tandis qu'il sortait du FDR dans la cinquante-troisième rue et se dirigeait vers l'appartement de Clovis, un bloc plus loin.

Clovis avait déjà préparé des martinis très secs et sorti du four un plat de feuilletés au crabe. Avec sa peau sans défaut, sa silhouette élancée et son teint de Viking, elle ressemblait à Ingrid Bergman jeune, pensa Richard. Il caressait encore récemment l'idée qu'ils finiraient peut-être par vivre ensemble. Clovis était intelligente, cultivée et équilibrée.

Mais alors même qu'il lui rendait son baiser avec une réelle tendresse, il fut profondément conscient de ne s'être jamais inquiété pour Clovis comme il le faisait en ce moment pour Katie DeMaio.

Il se rendit compte que Clovis lui parlait « … je suis rentrée depuis à peine dix minutes. La répétition s'est prolongée. Il a fallu modifier le script. J'ai préparé les cocktails et des trucs à grignoter, je pensais que tu pourrais te détendre pendant que je m'habille. Tu m'écoutes ? »

Richard accepta le verre et sourit en s'excusant. « Je suis désolé. J'ai une affaire qui me préoccupe. Tu ne m'en voudras pas si je passe deux coups de fil pendant que tu te prépares ? »

— Bien sûr que non, dit Clovis. Vas-y et appelle qui tu veux. » Elle prit son verre et se dirigea vers le couloir qui menait à la chambre et à la salle de bains.

Richard sortit sa carte de crédit de son porte-feuille et appela le standard. Il n'était pas question de faire payer à une femme une communication destinée à une autre femme. Il donna rapidement son numéro de compte à la standardiste. Quand il obtint la ligne, il laissa le téléphone sonner une bonne douzaine de fois avant d'abandonner. Katie n'était pas chez elle.

Il essaya ensuite d'appeler Molly. Katie s'y était sans doute arrêtée. Mais Molly ne lui avait pas parlé de toute la journée.

« Je ne l'attendais pas vraiment, dit Molly. Vous venez tous les deux demain soir. Ne l'oubliez pas. Elle m'appellera sans doute plus tard. Mais j'espère qu'elle est rentrée chez elle à l'heure qu'il est. Elle ferait bien de se reposer. »

C'était l'occasion sur laquelle il comptait. « Molly, que se passe-t-il avec Katie ? demanda-t-il. Elle ne va pas bien physiquement, n'est-ce pas ? Je veux dire, en plus de l'accident. »

Molly hésita. « Je crois que vous devriez plutôt en parler à Katie elle-même. »

La certitude. Une sueur glacée l'envahit.

« Molly, je veux savoir. *Qu'a-t-elle ?*

— Oh ! rien de grave ! dit Molly avec précipitation. Je vous le jure. Mais c'est un sujet qu'elle ne veut pas aborder. Et maintenant, j'en ai sans doute dit plus que je n'aurais dû. À demain. »

La communication fut coupée. Richard fronça les sourcils en fixant l'appareil muet. Il fit un geste pour le replacer sur son support, puis cédant à une impulsion, téléphona à son bureau. Il parla à l'auxiliaire de nuit. « Rien de spécial ? demanda-t-il.

— On vient juste de nous demander le fourgon. Un corps a été trouvé dans un appartement à Edgeriver. Sans doute un accident, mais la police locale préférerait y jeter un coup d'œil. Les hommes de Scott se rendent sur place.

— Passez-moi le bureau de Scott », demanda Richard. Scott ne perdit pas de temps en préliminaires. « Où êtes-vous ?demanda-t-il.

— À New York. Vous avez besoin de moi ?

— Oui. Cette femme qu'on a retrouvée morte à Edgeriver. C'est la réceptionniste que Katie voulait interroger aujourd'hui à Westlake. Son nom est Edna Burns. Elle avait prétendument téléphoné pour dire qu'elle était malade aujourd'hui, mais il est certain qu'elle est morte depuis au moins vingt-quatre heures. C'est une de ses collègues de la clinique qui a découvert le corps. Je cherche à prévenir Katie. J'aimerais qu'elle aille sur les lieux.

— Donnez-moi l'adresse », dit Richard.

Il la nota rapidement et raccrocha. Katie voulait questionner Edna Burns sur Vangie Lewis, et maintenant Edna était morte. Il frappa à la porte de la chambre de Clovis. Elle ouvrit, drapée dans un peignoir en éponge. « Eh bien, qu'y a-t-il de si urgent ? demanda-t-elle en souriant. Je sors juste de ma douche.

— Clo, je suis navré. » Il expliqua en deux mots. Il était pressé de partir à présent.

Elle était visiblement déçue. « Oh ! je comprends bien sûr, mais je comptais rester un moment avec toi ! Cela fait deux semaines, tu le sais bien. Bon. Vas-y, mais viens dîner demain soir. Promis ? »

Richard tergiversa. « Oui, oui, bientôt. » Il se prépara à partir, mais elle l'attrapa par le cou pour l'embrasser.

« À demain soir », lui dit-elle fermement.

25

En rentrant du restaurant, Katie se remémora sa conversation avec Edna Burns lors de sa première visite au docteur Highley. Edna savait écouter. Katie ne racontait pas facilement sa vie, en général, mais Edna avait poussé un petit cri de compassion en remplissant sa fiche. Sans en croire ses propres oreilles, Katie s'était retrouvée en train de tout lui raconter sur John.

Vangie en avait-elle beaucoup dit à Edna ? Elle venait à Westlake depuis l'été dernier. Que savait Edna sur le docteur Fukhito ? Il y avait quelque chose d'étrangement troublant dans la nervosité du médecin. Pour quelle raison était-il nerveux ?

Katie s'arrêta devant chez elle et décida de ne pas aller garer tout de suite sa voiture. On était mercredi, le jour de Mme Hodges. Une légère odeur d'encaustique au citron flottait dans la maison. La glace brillait au-dessus de la table de marbre dans le vestibule. Katie savait que les draps de son lit avaient été changés ; que le carrelage de la cuisine étincelait ; les meubles et les tapis avaient été passés à l'aspirateur ; elle retrouverait son linge propre dans les tiroirs ou dans la penderie.

Mme Hodges travaillait à plein temps du vivant de John. Une fois à la retraite, elle avait supplié de pouvoir venir un jour par semaine s'occuper de « sa maison ».

Cela ne durerait pas beaucoup plus longtemps. C'était impossible. Mme Hodges avait plus de soixante-dix ans maintenant.

Qui engagerait-elle quand Mme Hodges ne pourrait plus venir ? Qui saurait prendre le même soin des bibelots de valeur, des objets d'art anciens, des meubles anglais, des ravissants tapis d'Orient ?

Il est temps de vendre, pensa Katie. Je le sais bien.

Elle ôta son manteau et le laissa sur une chaise. Il n'était que dix-neuf heures quarante-cinq. La soirée allait lui paraître longue. Edna lui avait dit qu'elle habitait à Edgeriver. C'était à moins de vingt minutes en voiture. Si elle lui téléphonait ? Si elle lui proposait de passer la voir ? Mme Fitzgerald disait qu'Edna reviendrait sûrement travailler demain, donc elle ne devait pas être bien malade. Si Katie était bon juge, Edna sauterait sur l'occasion de parler de Vangie Lewis.

Mme Hodges lui laissait toujours dans la boîte à pain un biscuit, une tarte ou des brioches qu'elle venait de faire. Katie pourrait apporter à Edna ce qu'il y avait aujourd'hui et prendre une tasse de thé avec elle. On bavarde facilement autour d'une théière.

Le numéro d'Edna était dans l'annuaire du téléphone. Katie le composa rapidement. La sonnerie résonna une fois et on décrocha. Elle n'eut pas le temps d'articuler « Allô ? Mlle Burns. »

Une voix masculine dit : « Oui ». Le mot bref était prononcé avec une intonation cassante qui ne lui était pas inconnue.

« Mlle Burns est-elle là ? demanda Katie. Ici Mme DeMaio, du bureau du procureur.

— Katie ! »

Elle reconnaissait la voix à présent. C'était Charley Nugent, et il disait : « Scott est heureusement arrivé à vous joindre. Pouvez-vous venir tout de suite ?

— Venir ? » Effrayée d'avance, Katie questionna : « Que faites-vous chez Edna Burns ?

— Vous ne le savez pas ? Elle est morte, Katie. Tombée – ou poussée – sur le radiateur. Elle s'est ouvert le crâne. » La voix baissa. « Écoutez, Katie. On l'a vue en vie pour la dernière fois vers huit heures hier soir. Une voisine était avec elle. » Il chuchotait maintenant. « La voisine l'a entendue téléphoner au mari de Vangie Lewis. Edna a dit à Chris Lewis qu'elle avait des choses à dire à la police sur la mort de Vangie. »

26

Après avoir fini son second scotch, il alla dans la cuisine et ouvrit le réfrigérateur. Il avait dit à Hilda de ne rien lui préparer pour ce soir, mais lui avait laissé une longue liste d'achats à faire. Il hocha la tête avec satisfaction devant les provisions qu'elle avait mises dans le compartiment à viande : les blancs de poulet, le filet mignon, les côtes d'agneau. Des asperges fraîches, des tomates et du cresson dans le bac à légumes. Du brie et du Jarlsberg dans la boîte à fromages. Ce soir, il ferait les côtes d'agneau, les asperges, et une salade de cresson.

L'épuisement nerveux lui donnait toujours faim. La nuit de la mort de Claire, il avait quitté l'hôpital, avec toutes les apparences d'un mari terrassé par le chagrin, et s'était rendu dans un restaurant tranquille une douzaine de rues plus loin pour faire un repas plantureux. Puis il était revenu chez lui d'un pas lourd, masquant une intense sensation de bien-être derrière l'attitude lasse d'un homme frappé de douleur. Les amis qui s'étaient réunis pour l'accueillir et lui témoigner leur compassion s'étaient laissé berner.

« Où étais-tu Edgar ? Nous étions inquiets.

— Je ne sais pas. Je ne me souviens pas. J'ai marché. »

Il en avait été de même après la mort de Winifred. Il avait laissé parents et amis devant la tombe, refusé de se joindre à eux pour dîner. « Non. Non. J'ai besoin d'être seul. » Il était rentré chez lui, restant le temps nécessaire pour répondre à quelques coups de téléphone, puis avait appelé le service des abonnés absents. « Si on me téléphone, veuillez dire que je me repose et que je rappellerai plus tard. »

Ensuite il avait pris sa voiture et s'était rendu au Carlyle à New York. Là, il avait demandé une table à l'écart et commandé à dîner. Levant les yeux au milieu du repas, il aperçut le cousin de Winifred, Glenn Nickerson, à l'autre bout de la salle – Glenn, entraîneur d'une équipe de sport, qui était l'héritier de Winifred avant l'arrivée d'Edgar. Il était vêtu du costume bleu sombre avec une cravate noire qu'il portait aux obsèques, un costume bon marché, mal coupé, visiblement acheté pour l'occasion. La tenue habituelle de Glenn se composait d'une veste et d'un pantalon de sport et de mocassins.

Nickerson l'observait manifestement. Il avait levé son verre en son honneur, un sourire moqueur sur le visage. Il aurait aussi bien pu dire tout haut ce qu'il pensait : « Au veuf inconsolable. »

Il avait fait ce qu'il fallait : se diriger vers lui sans afficher le moindre signe de désespoir, et lui parler sur un ton aimable. « Glenn, pourquoi n'êtes-vous pas venu me rejoindre quand vous avez vu que j'étais là ? Je ne savais pas que vous alliez au Carlyle. C'était l'un de nos endroits favoris pour dîner. Nous nous sommes fiancés ici – Winifred ne vous l'a jamais dit ? Je ne suis pas juif, mais je trouve que l'une des plus belles coutumes dans ce monde de fous est celle de la religion juive, où après un deuil la famille mange des œufs pour symboliser la continuité de la vie. Je suis tranquillement venu célébrer ici la continuité de l'amour. »

Glenn l'avait dévisagé, l'air impassible. Puis il s'était levé en demandant son addition. « J'admire votre capacité à philosopher, Edgar, dit-il. Non, je n'ai pas pour habitude de prendre mes repas au Carlyle. Je vous ai simplement suivi jusqu'ici parce que j'avais l'intention de vous rendre visite et qu'au moment où je m'arrêtais devant chez vous, j'ai vu votre voiture démarrer. J'ai eu l'intuition qu'il serait peut-être intéressant de voir où vous alliez. Je n'avais pas tort. »

Tournant le dos à Glenn, il était retourné dignement à sa propre table et ne s'était plus intéressé à lui. Quelques minutes plus tard, il avait vu Glenn passer la porte de la salle du restaurant et s'en aller.

La semaine suivante, Alan Levine, le médecin de Winifred, lui racontait d'un ton indigné que Glenn avait demandé à voir le dossier médical de Winifred.

« Je l'ai jeté à la porte de mon cabinet, dit Alan avec emportement. Je lui ai dit que Winifred souffrait des symptômes classiques d'une angine de poitrine et qu'il ferait bien d'étudier les statistiques courantes sur les femmes aux alentours de la cinquantaine sujettes aux crises cardiaques. Il a malgré tout eu le culot de parler à la police. J'ai reçu un coup de téléphone du bureau du procureur, me demandant à mots couverts si on pouvait provoquer un malaise cardiaque. Je leur ai répliqué qu'être en vie de nos jours suffisait largement pour provoquer des troubles cardiaques. Ils ont immédiatement fait machine arrière, expliquant qu'il s'agissait sans doute d'un parent déshérité qui cherchait à faire des histoires. »

Mais vous *pouvez* provoquer des troubles cardiaques, docteur Levine. Vous pouvez préparer des petits dîners fins pour votre femme bien-aimée. Vous pouvez vous servir de sa prédisposition aux gastro-entérites pour susciter des crises si aiguës qu'elles apparaissent comme des attaques cardiaques sur son électrocardiogramme. Après un nombre suffisant de ces attaques, la dame a apparemment une crise fatale. Elle meurt en présence de son médecin, qui trouve en arrivant le mari en train de lui faire du bouche à bouche. Personne ne demande d'autopsie. Et même si quelqu'un le faisait, il n'y aurait que très peu de risques.

Les côtes d'agneau étaient presque cuites. Il assaisonna le cresson d'une main experte, sortit les asperges de l'autocuiseur et prit une demi-bouteille de Beaujolais dans les casiers à vin du garde-manger.

Il commençait à peine à manger quand le téléphone sonna. Il hésita à répondre, puis se dit qu'il valait mieux ne pas manquer les appels qui pouvaient arriver en ce moment. Jetant sa serviette sur la table, il se hâta vers le téléphone de la cuisine. « Docteur Highley », dit-il d'un ton coupant.

Un sanglot résonna dans le récepteur. « Docteur – oh ! docteur Highley ! C'est Gertrude. Gertrude Fitzgerald. Docteur, j'ai voulu passer voir Edna en rentrant chez moi. »

Ses doigts se crispèrent sur l'appareil.

« Docteur, Edna est morte. Les policiers sont là. Elle est tombée. Docteur, pouvez-vous venir tout de suite ? Ils parlent d'ordonner une autopsie. Elle détestait les autopsies. Elle disait toujours que c'était affreux de disséquer les gens morts. Docteur, vous savez dans quel état se trouvait Edna quand elle buvait. Je leur ai dit que vous étiez déjà venu chez elle ; que vous l'aviez surprise en train de boire. Docteur, venez leur dire comment vous la trouviez quelquefois. Oh ! je vous en prie, venez les convaincre qu'elle est tombée et qu'il ne faut pas la disséquer ! »

27

Avant de partir, Katie se prépara un gobelet de thé qu'elle emporta avec elle. Conduisant d'une main, elle portait de l'autre le liquide bouillant à ses lèvres. Elle avait l'intention d'apporter un gâteau à Edna et de prendre le thé avec elle. Et maintenant, Edna était morte.

Comment une personne qu'elle avait rencontrée une seule fois pouvait-elle lui avoir fait une telle impression ? Est-ce simplement parce qu'Edna se montrait si gentille, si sincèrement intéressée par les patientes ? Tant de gens étaient indifférents, insensibles. Au cours de son unique conversation avec Edna le mois dernier, Katie avait trouvé si facile de parler de John.

Et Edna avait compris. Elle disait : « Je sais ce que c'est que de voir quelqu'un mourir. D'un côté vous voudriez que leurs souffrances soient abrégées. De l'autre vous ne voulez pas les laisser partir. » Elle savait comprendre ce que l'on ressentait après l'épreuve. « Quand papa et maman sont morts, tous mes amis ont dit : "Tu es libre maintenant, Edna." Et j'ai répliqué : "Libre de quoi ?" Et je suis sûre que vous ressentez la même chose. »

Edna l'avait rassurée sur le docteur Highley. « Vous ne pourriez trouver un meilleur médecin pour un problème de gynéco. C'est la raison pour laquelle je suis tellement hors de moi quand j'entends qu'on le critique. Et tous ces gens qui intentent des procès pour faute professionnelle ! Je crois que je pourrais les tuer de mes propres mains ! C'est l'ennui quand les gens vous prennent pour le Bon Dieu, ils pensent que vous pouvez réussir l'impossible. Je peux vous le dire, lorsqu'un médecin perd un de ses malades de nos jours, il a de bonnes raisons d'être inquiet. Et je ne parle pas seulement des obstétriciens. Je parle aussi des gérontologues. Je suppose que plus personne n'est censé mourir aujourd'hui. »

Que voulait dire Charley en lui disant qu'Edna avait téléphoné à Chris Lewis hier soir ? Pratiquement dans la foulée il avait suggéré la possibilité d'une machination.

« Je n'y crois pas », dit Katie tout haut tandis qu'elle quittait la Départementale 4 pour s'engager dans Edgeriver. C'était tout à fait le genre d'Edna d'appeler Chris Lewis pour lui exprimer sa sympathie. Charley insinuait-il qu'Edna pouvait avoir d'une façon ou d'une autre *menacé* Chris Lewis ?

Elle avait une vague idée de l'endroit où se trouvait la résidence où habitait Edna, et n'eut pas de mal à la repérer. Elle se dit que comparé à la plupart des immeubles sur jardin en général, celui-ci commençait plutôt à être délabré. Quand elle vendrait la maison, elle s'installerait dans une tour pendant un moment. Il y avait des immeubles au-dessus de l'Hudson où l'on trouvait des appartements ravissants avec terrasse. Et être près de New York aurait des avantages. Elle aurait plus facilement l'occasion d'aller au théâtre ou dans les musées. Quand je vendrai la maison, pensa-t-elle. À quel moment le si était-il devenu quand ?

Charley avait dit que l'appartement d'Edna était le dernier dans le bloc 41 à 60. Il lui avait précisé de passer derrière cette partie de l'immeuble et de se garer. Elle ralentit en remarquant qu'une voiture s'était engagée dans une autre entrée et la précédait dans la même direction. C'était une voiture moyenne de couleur noire. Le conducteur hésita un instant avant de se garer dans la première place disponible sur sa droite. Katie le dépassa. Si l'appartement d'Edna était le dernier sur la gauche, elle allait s'en rapprocher. Elle trouva une place immédiatement derrière le bâtiment et se gara. En sortant de la voiture, elle constata qu'elle devait être en face de la fenêtre de l'appartement d'Edna qui donnait sur l'arrière. Le châssis était soulevé d'un centimètre ; le store descendu jusqu'au sommet d'une plante. Une faible lumière venait de l'intérieur.

Katie pensa à la vue des fenêtres de sa chambre. Elles donnaient sur le petit étang dans les bois derrière la maison. Edna avait vue sur un parking et une chaîne rouillée. Néanmoins, elle avait raconté à Katie à quel point elle aimait son appartement, combien il était douillet.

Katie entendit des pas derrière elle et se retourna vivement. Dans le parking désert, le moindre bruit semblait menaçant. Une forme se dessina près d'elle, une silhouette soulignée par le faible éclairage de l'unique réverbère. Elle eut l'impression de la reconnaître.

« Excusez-moi. J'espère que je ne vous ai pas fait peur. » La voix distinguée avait un léger accent britannique.

« Docteur Highley !

— Madame DeMaio. Nous ne nous attendions ni l'un ni l'autre à nous revoir si tôt et en de si tragiques circonstances.

— On vous a donc prévenu. Est-ce mon bureau qui vous a téléphoné, docteur ?

— Il fait glacial ici. Prenons le chemin qui contourne l'immeuble. » Effleurant à peine le coude de Katie de sa main, il la suivit. « Mme Fitzgerald m'a appelé. Elle remplaçait Mlle Burns aujourd'hui, et il semble que ce soit elle qui l'ait découverte. Elle avait l'air absolument bouleversée et m'a demandé de venir. Je n'ai aucun autre détail sur ce qui s'est passé.

— Moi non plus », répondit Katie. Ils débouchaient devant l'immeuble quand elle entendit un bruit de pas rapides derrière eux.

« Katie. »

Elle sentit la pression des doigts du médecin se resserrer sur son coude, puis se relâcher quand elle regarda derrière elle. Richard était là. Elle se retourna, ridiculement heureuse de le voir. Il la prit par les épaules, l'attira à lui dans un geste aussi vite fini qu'il avait commencé. « Scott vous a prévenue ?

— Non. J'ai appelé moi-même Edna par hasard. Oh ! Richard, voici le docteur Highley ! » Elle présenta rapidement les deux hommes qui se serrèrent la main.

Katie pensa : c'est parfaitement absurde. Je suis en train de faire des présentations, et à quelques pas derrière cette porte une femme est étendue, morte.

Charley les fit entrer. Il parut soulagé de les voir. « Vos gens seront là dans deux minutes, dit-il à Richard. Nous avons pris des photos, mais j'aimerais que vous jetiez un coup d'œil vous aussi. »

Katie était habituée à la mort. Elle était constamment exposée dans son métier à la vision impressionnante et sanglante de victimes d'assassinat, et généralement capable de s'abstraire de l'aspect émotionnel et de se concentrer sur les conséquences légales d'une mort injustifiée.

Mais c'était autre chose de voir Edna ramassée contre le radiateur dans ce genre de chemise de nuit en flanelle que sa mère trouvait si pratique ; de voir la robe de chambre en tissu éponge bleu si semblable à celles que sa mère achetait en solde chez Macy's ; de voir les signes évidents de sa solitude – le jambon en boîte, le verre vide.

Edna était quelqu'un de si enjoué, qui s'arrangeait pour trouver un semblant de bonheur dans cet appartement aux meubles miteux, et même l'appartement l'avait trahie. Il était devenu le décor de sa mort violente.

Assise sur le vieux divan en velours à l'autre bout de la pièce en L, hors de la vue du cadavre,

Gertrude Fitzgerald sanglotait doucement. Richard s'avança directement vers le coin cuisine pour examiner la femme morte. Katie rejoignit Mme Fitzgerald et s'assit près d'elle sur le divan. Le docteur Highley la suivit et prit une chaise à dossier droit.

Gertrude s'efforça de leur parler. « Oh ! docteur Highley, madame DeMaio, n'est-ce pas affreux, simplement affreux ? » Les mots amenèrent de nouveaux sanglots. Katie posa doucement une main sur les épaules secouées de tremblements. « Je suis vraiment navrée, madame Fitzgerald. Je sais que vous aimiez beaucoup Mlle Burns.

— Elle était toujours si gentille, si drôle. Elle me faisait toujours rire. Peut-être avait-elle cette petite faiblesse. Qui n'a pas une petite faiblesse, et elle ne faisait de mal à personne avec ça. Oh ! docteur Highley, elle va vous manquer à vous aussi ! »

Katie observa le docteur. Il se penchait vers Gertrude, le visage grave. « Sûrement, madame Fitzgerald. Edna était l'efficacité même. Elle mettait énormément d'amour-propre dans son travail. Le docteur Fukhito et moi-même nous nous amusions à dire qu'elle savait si bien détendre nos patientes en attendant que nous les recevions qu'elle aurait pu mettre le docteur Fukhito au chômage.

— Docteur, laissa soudain échapper Gertrude. Je leur ai dit que vous étiez déjà venu ici. Je le leur ai dit. Vous connaissiez le petit problème d'Edna. C'est complètement idiot de penser qu'elle n'est pas tombée. Pourquoi quelqu'un aurait-il voulu lui faire du mal ? »

Le docteur Highley regarda Katie. « Edna souffrait de sciatique, et je suis quelquefois passé lui apporter du travail chez elle quand elle était retenue au lit. Certainement pas plus de trois ou quatre fois. Un jour où elle était soi-disant souffrante, je suis venu à l'improviste, et c'est alors que je me suis rendu compte qu'elle avait un problème d'alcoolisme. »

Katie regarda derrière lui et vit que Richard avait fini d'examiner le corps. Elle se leva, se dirigea vers lui et contempla Edna. Elle pria en silence :

Donne-lui, ô Seigneur, le repos éternel. Ordonne à tes Anges de la recevoir. Qu'elle soit conduite dans un lieu de rafraîchissement, de lumière et de paix.

Avalant la boule qui lui montait à la gorge, elle demanda posément à Richard ce qu'il en pensait.

Il haussa les épaules. « Jusqu'à ce que je puisse constater la gravité de la fracture, je dirais que cela peut être arrivé n'importe comment. Ce fut sûrement un sacré coup, mais si elle était ivre – et elle l'était de toute évidence – elle peut avoir trébuché en essayant de se lever. C'était une femme assez lourde. Mais d'autre part, il existe une grande différence entre le fait d'être écrasé par une voiture ou par un train. Et c'est le genre de différence qu'il nous faut examiner.

— Aucun signe d'effraction ? demanda Katie à Charley.

— Aucun. Mais les serrures sont du type que l'on crochète avec une carte de crédit. Et si elle était aussi soûle que nous le pensons, n'importe qui aurait pu venir l'attaquer.

— Pourquoi quelqu'un serait-il venu l'attaquer ? Que me disiez-vous à propos du commandant Lewis ?

— La femme du concierge – du nom de Gana Krupshak – était une copine d'Edna Burns. En fait elle se trouvait avec Mme Fitzgerald quand elles ont découvert le corps. Nous l'avons laissée rentrer chez elle juste avant que vous n'arriviez. Elle est drôlement secouée. N'importe, hier soir, elle est venue ici vers huit heures. Elle a dit qu'Edna tenait déjà une bonne cuite. Elle est restée jusqu'à huit heures et demie, et a pris sur elle de sortir le jambon, espérant qu'Edna mangerait quelque chose pour se dessoûler. Edna lui a parlé du suicide de Vangie.

— Que lui a-t-elle raconté exactement ? demanda Katie.

— Pas grand-chose. Elle a juste mentionné le nom de Vangie et dit qu'elle était très jolie. Puis Mme Krupshak est allée dans la cuisine et a entendu Edna composer un numéro de téléphone. Elle a pu écouter la plus grande partie de la conversation. Elle assure qu'Edna appelait la personne à qui elle parlait Commandant Lewis et qu'elle lui a dit qu'elle allait prévenir la police le lendemain. Et écoutez ça. Krupshak jure qu'elle a entendu Edna lui expliquer comment se rendre ici et qu'ensuite elle a ajouté quelque chose au sujet du Prince Charmant.

— Du Prince Charmant ? »

Charley haussa les épaules. « Je ne comprends pas mieux que vous. Mais le témoin est formel. »

Richard dit : « Bien entendu, nous considérons cette affaire comme un meurtre virtuel. Je commence à croire que Scott a raison à propos de Lewis. » Il jeta un coup d'œil dans la pièce de séjour. « Mme Fitzgerald semble très frappée. Avez-vous terminé avec elle, Katie ?

— Oui. Elle n'est pas en état d'être interrogée maintenant.

— Je vais envoyer un de mes hommes la raccompagner chez elle, proposa Charley. Un autre lui ramènera sa voiture. »

Katie pensait : Je ne crois pas Chris Lewis capable de faire cela à Edna, je ne crois pas qu'il ait tué sa femme. Elle regarda autour d'elle. « Êtes-vous sûr qu'il ne manque aucun objet de valeur ? »

Charley eut un geste d'indifférence. « Tout ce qu'il y a dans cet appartement ne vaut pas quarante dollars chez un brocanteur. Son portefeuille est dans son sac à main ; dix-huit dollars. Des cartes de crédit. Les plus courantes. Aucun signe que l'on ait dérangé quoi que ce soit, encore moins fouillé.

— Très bien. » Katie revint vers le docteur Highley et Gertrude. « Nous allons vous reconduire chez vous, madame Fitzgerald, dit-elle avec douceur.

— Que vont-ils faire à Edna ?

— Il faut examiner l'importance de ses blessures à la tête. Je ne pense pas qu'ils iront plus loin. Mais s'il existe la plus petite éventualité que quelqu'un ait commis un tel acte, nous devons le

LA CLINIQUE DU DOCTEUR H.

savoir. La prendre en considération comme une façon de montrer que la vie d'Edna comptait pour nous. »

Gertrude renifla. « Je suppose que vous avez raison. » Elle regarda le docteur. « Docteur Highley, j'ai agi avec sans-gêne en vous demandant de venir. Je m'en excuse.

— Pas du tout. » Il fouillait dans sa poche. « J'ai pris des calmants avec moi au cas où vous en auriez besoin. Puisque l'on vous reconduit chez vous, prenez-en un dès maintenant.

— Je vais chercher un verre d'eau », dit Katie. Elle se dirigea vers le lavabo dans la salle de bains. La chambre et la salle de bains se trouvaient à l'autre bout du couloir. Pendant qu'elle faisait couler l'eau froide, Katie pensa qu'elle détestait l'idée que Chris Lewis était en train de prendre l'apparence du suspect principal de deux meurtres.

Ramenant le verre d'eau à Gertrude, elle se rassit à côté d'elle. « Madame Fitzgerald, à simple titre de confirmation, nous aimerions nous assurer qu'il n'y a aucune possibilité qu'Edna ait été combriolée. Savez-vous si elle avait des objets de valeur – des bijoux, peut-être ?

— Oui, elle avait une bague et une broche dont elle était très fière. Elle ne les portait qu'en des occasions exceptionnelles. Je ne saurais dire où elle les rangeait. C'est la première fois que je viens ici, vous savez. Oh ! attendez, docteur ! Je me souviens qu'Edna disait qu'elle vous avait montré sa bague et sa broche. En fait, elle m'a dit vous avoir montré sa cachette quand vous êtes venu ici. Peut-être pourriez-vous aider Mme DeMaio ? »

Katie scruta les yeux gris et froids. Il déteste ça, pensa-t-elle. Il est furieux d'être ici. Il n'a pas envie d'être mêlé à cette histoire.

Edna avait-elle le béguin pour le docteur ? se demanda-t-elle soudain. Aurait-elle exagéré le nombre de fois où il était venu déposer du travail, peut-être même laissé entendre à Gertrude qu'il s'intéressait un peu à elle ? Peut-être, sans même vouloir se cacher la vérité, avait-elle inventé une petite histoire, imaginé une aventure sentimentale avec lui. Dans ces conditions, il n'était pas étonnant que Mme Fitzgerald se soit précipitée pour le prévenir, pas étonnant qu'il ait l'air profondément ennuyé et mal à l'aise en ce moment.

« Je n'ai pas entendu parler de cachette, dit-il d'un ton guindé, teinté de sarcasme. Edna m'a en effet montré un jour une bague et une broche qui étaient dans une boîte dans le tiroir de sa table de nuit. Je ne considère pas cela comme une cachette.

— Pourriez-vous me les montrer, docteur ? » demanda Katie.

Ils se dirigèrent ensemble vers le petit couloir qui conduisait à la chambre. Katie alluma la lampe, une bouteille de Coca-cola surmontée d'un abat-jour en papier plissé.

« C'était là-dedans », lui dit le docteur Highley, désignant le tiroir de la table de nuit à la droite du lit.

Katie ouvrit le tiroir de l'extrême bout des doigts. Elle savait que l'on ouvrirait probablement une enquête complète et que les spécialistes viendraient prendre les empreintes.

196

Le tiroir était plus profond qu'on ne le pensait. Katie en sortit une boîte à bijoux en plastique bleu. Quand elle souleva le couvercle, un carillon grêle de boîte à musique remplit le silence morne. Il y avait une modeste broche et une petite bague ancienne avec un brillant posées sur le velours.

« Voilà les trésors, j'imagine, dit Katie. Et cela élimine presque sûrement l'hypothèse du vol. Nous les garderons au bureau en attendant de savoir quel est son plus proche parent. » Elle s'apprêta à refermer le tiroir, mais s'arrêta et jeta un coup d'œil à l'intérieur.

« Oh ! docteur, regardez ! » Elle posa précipitamment la boîte à bijoux sur le lit et plongea la main dans le tiroir.

« Ma mère conservait un vieux chapeau noir tout déformé pour des raisons sentimentales, dit-elle. Edna devait faire la même chose. »

Elle ramenait un objet, le sortait, le lui mettait sous les yeux. C'était un mocassin marron, tout éraflé, usé jusqu'à la corde, avachi et sans forme. C'était le pied gauche.

Le docteur Highley regardait fixement la chaussure tandis que Katie disait : « Il appartenait sans doute à sa mère, et Edna lui attachait une telle valeur qu'elle le gardait avec ses pauvres bijoux. Oh ! docteur, si les souvenirs pouvaient parler, nous apprendrions un tas d'histoires, ne croyez-vous pas ? »

28

À huit heures précises le jeudi matin, l'équipe des enquêteurs de la brigade criminelle du comté de Valley arriva devant la maison des Lewis. Les six hommes étaient dirigés par Phil Cunningham et Charley Nugent. Les spécialistes chargés de relever les empreintes furent invités à concentrer leurs recherches sur la chambre, la salle de bains principale et la cuisine.

De l'avis général, il y avait peu de chances que l'on trouvât des empreintes significatives n'appartenant ni à Chris ni à Vangie Lewis. Mais les résultats du labo avaient soulevé une autre question. C'étaient bien les empreintes de Vangie qui étaient sur le gobelet renversé près d'elle, mais leur emplacement posait un problème. Vangie était droitière. En versant le cyanure, il eût été naturel qu'elle tînt le verre de la main gauche et qu'elle le remplît de la main droite. Or, on ne trouvait que les empreintes de la main gauche sur le gobelet. C'était un fait troublant, peu concluant, qui mettait une fois de plus en doute l'hypothèse du suicide.

Les armoires à pharmacie des deux salles de bains et du cabinet de toilette des invités avaient déjà été fouillées le jour où l'on avait découvert le corps. Chaque détail fut à nouveau examiné ; chaque flacon ouvert, reniflé. Mais ils ne trouvèrent pas l'odeur d'amande amère qu'ils cherchaient.

« Elle devait garder le cyanure dans *quelque chose*, dit Charley.

— À moins qu'elle n'ait pris la quantité nécessaire et jeté ensuite les sachets ou la capsule qui contenaient le cyanure dans les toilettes », suggéra Phil.

Ils passèrent soigneusement la chambre à l'aspirateur, dans l'espoir de trouver des cheveux n'appartenant ni à Vangie ni à Chris. Comme le disait Phil : « On trouve dans toutes les maisons des cheveux de livreurs, de voisins, de n'importe qui. Nous passons notre temps à perdre nos cheveux. Mais les gens ne laissent généralement entrer personne dans leur chambre, même pas leurs meilleurs amis. Par conséquent, si vous trouvez des cheveux qui ne sont pas ceux des personnes qui couchent dans la chambre, vous tenez peut-être une piste. »

Les étagères du garage firent l'objet d'une attention toute particulière. Elles étaient encombrées des habituelles boîtes de peinture à moitié vides, de bidons d'essence de térébenthine, d'outils de jardinage, de tuyaux, d'insecticides, de poudre pour les rosiers et de désherbant. Phil poussa un grognement exaspéré en accrochant sa veste à la dent d'une fourche. L'outil dépassait d'une étagère, le manche coincé entre le mur et un gros pot de peinture. En se penchant pour détacher sa manche, il remarqua un petit bout de tissu imprimé accroché à la dent.

Il avait vu récemment cet imprimé. C'était cette espèce de cotonnade indienne, du madras. La robe que portait Vangie Lewis le jour où elle est morte.

Il fit venir le photographe de la police dans le garage. « Prends-moi une photo de ça, dit-il en désignant la fourche. Je veux un agrandissement du tissu. » La photo prise, il ôta délicatement le bout d'étoffe de la dent et le mit de côté dans une enveloppe.

À l'intérieur de la maison, Charley fouillait le bureau du salon. C'est curieux, pensait-il. Vous pouvez vraiment vous faire une idée exacte des gens d'après la façon dont ils rangent leurs dossiers. Chris semblait s'occuper de toute la comptabilité de la maison. Les talons de chèques étaient remplis avec précision, les soldes exacts au centime près. Les factures étaient visiblement réglées en totalité dès leur arrivée. Le grand tiroir du bas contenait les dossiers verticaux. Ils étaient classés par ordre alphabétique : ABONNÉS ABSENTS ; AMERICAN EXPRESS ; BANQUE AMERICARD ; ASSURANCES ; COURRIER PERSONNEL.

Charley prit le dossier du courrier personnel. Il le parcourut rapidement. Chris Lewis entretenait une correspondance régulière avec sa mère. *Merci mille fois pour le chèque, Chris. Tu n'aurais pas dû te montrer si généreux.* La lettre datait à peine de deux semaines. Une autre datée de janvier commençait par, *J'ai acheté à papa la T.V. pour la chambre et il est ravi*. Une de juillet dernier. *Le nouvel appareil à air conditionné est une bénédiction.*

Si Charley fut déçu de ne pas trouver plus d'informations personnelles significatives, il dut admettre à regret que Christopher Lewis était un fils attentionné et généreux. Il relut les lettres de la mère, espérant y trouver des indices sur les relations de Chris et de Vangie. Les lettres récentes se terminaient toutes de la même façon : *Je suis désolée que Vangie ne se sente pas bien* ou *Les femmes ont parfois des grossesses difficiles* ou *Dis à Vangie que nous sommes de tout cœur avec elle.*

À midi, Charley et Phil décidèrent de laisser les autres inspecteurs finir les recherches et de retourner au bureau. Ils devaient aller chercher Chris à dix-huit heures à l'aéroport. Ils avaient éliminé l'entrée par effraction. Il n'y avait aucune trace de cyanure ni dans la maison, ni dans le garage. L'examen de l'estomac de Vangie révélait qu'elle avait mangé légèrement le lundi, et sans doute pris du thé avec des toasts environ cinq heures avant de mourir. Il manquait deux tranches au pain de mie dans la boîte à pain. La vaisselle sale dans le lave-vaisselle racontait sa petite histoire : une seule assiette, une tasse et sa soucoupe, et un saladier, le tout probablement de dimanche soir ; un verre à jus de fruits et une tasse : le petit déjeuner du lundi ; une tasse, une soucoupe et une assiette avec des miettes de pain grillé : le dîner de lundi soir.

Vangie avait manifestement dîné seule dimanche soir ; personne ne lui avait tenu compagnie le lundi soir. Le bol de café dans l'évier ne s'y trouvait pas le mardi matin. Chris Lewis s'était sans doute fait un café instantané après que le corps eut été découvert.

Passés au peigne fin, l'allée et le jardin ne révélèrent pour leur part rien d'inhabituel.

« Ils y resteront toute la journée, mais nous avons déjà vu tout ce qu'il y avait à voir », dit Charley catégoriquement. Et à part le fait qu'elle a déchiré sa robe à cette dent dans le garage, on a fait chou blanc. Attends une minute. Nous n'avons pas encore vérifié les messages des abonnés absents.

Il trouva le numéro dans le dossier rangé en bas du bureau, le composa et se nomma. « Donnez-moi tous les messages laissés pour le commandant Lewis et pour Mme Lewis à partir de lundi », ordonna-t-il.

Sortant son stylo, il commença à écrire. Phil regarda par-dessus son épaule. *Lundi 15 février, seize heures, un appel du bureau des réservations de la Northwest Orient. Mme Lewis est enregistrée mardi 16 février, sur le vol 235 à seize heures dix au départ de l'aéroport de la Guardia à destination des villes jumelées de Minneapolis/Saint Paul.*

Phil siffla en silence. Charley demanda : « Mme Lewis a-t-elle eu connaissance de ce message ? »

Il écarta légèrement le récepteur de son oreille afin que Phil puisse entendre. « Certainement, dit la standardiste. Je me trouvais moi-même là lundi soir, et je lui ai passé le message vers dix-neuf heures. » Son ton était formel. « Elle a eu l'air très soulagé. En fait, elle s'est exclamée : "Oh ! Dieu soit loué !"

— Très bien, dit Charley. Avez-vous autre chose ?

— Lundi, quinze février, à vingt et une heures trente, le docteur Fukhito a laissé un message pour Mme Lewis demandant qu'elle le rappelle chez lui dès qu'elle serait rentrée. Il a dit qu'elle avait son numéro personnel. »

Charley haussa un sourcil. « C'est tout ?

— Un dernier message, répondit la standardiste. Une certaine Mlle Edna Burns a appelé à vingt-deux heures lundi. Elle désirait que Mme Lewis la rappelle sans faute, même très tard. »

Charley griffonna distraitement des triangles sur le carnet pendant que la téléphoniste lui disait qu'il n'y avait pas eu d'autres messages ni le mardi ni le mercredi, mais qu'elle savait qu'on avait téléphoné le mardi soir et que le commandant Lewis avait lui-même répondu. « J'allais le faire quand il a pris la communication, expliqua-t-elle. J'ai raccroché immédiatement. » En réponse à la question de Charley, elle affirma que Mme Lewis n'avait pas pris connaissance des appels du docteur Fukhito et de Mlle Burns. Mme Lewis n'avait pas contacté le service après dix-neuf heures trente.

« Merci, dit Charley. Vous avez été très aimable. Il nous faudra sans doute une liste complète des messages pris pour les Lewis depuis un certain temps, mais nous verrons cela plus tard. »

Il raccrocha et regarda Phil. « Allons-y. Il faut mettre Scott au courant.

— Qu'est-ce que tu en dis ? » demanda Phil.

Charley renifla. « Que veux-tu que j'en dise. À dix-neuf heures trente lundi soir Vangie Lewis avait l'intention de se rendre à Minneapolis. Deux heures plus tard, elle était morte. À vingt-deux heures lundi soir Edna laissait un message important pour Vangie. Le lendemain Edna était morte à son tour, et la dernière personne qui l'ait vue en vie l'a entendue téléphoner à Chris Lewis pour lui dire qu'elle détenait une information pour la police.

— Et ce psychiatre japonais qui a appelé Vangie lundi soir ? » demanda Phil.

Charley haussa les épaules. « Katie lui a parlé hier. Elle aura peut-être des explications à nous donner. »

29

La nuit du mercredi parut interminable à Katie. Elle s'était couchée tout de suite en rentrant de chez Edna, sans oublier de prendre l'une des pilules que lui avait données le docteur Highley.

Elle avait dormi par intermittence, tourmentée dans son subconscient par l'image du visage de Vangie flottant dans un rêve. Avant qu'elle ne sortît du sommeil, ce premier rêve se confondit avec un autre : le visage d'Edna tel qu'il apparaissait dans la mort ; le docteur Highley et Richard penchés sur elle.

Elle s'était réveillée avec des questions imprécises, troublantes, qui lui échappaient sans qu'elle arrivât à les cerner. Le vieux chapeau noir déformé de sa grand-mère. Pourquoi pensait-elle à ce chapeau ? Bien sûr. À cause du vieux soulier usé auquel Edna semblait attacher beaucoup d'importance ; celui qu'elle gardait avec ses bijoux. C'était ça. Mais pourquoi *un* seul soulier ?

Elle se leva en grimaçant et constata que les courbatures avaient augmenté pendant la nuit. Ses genoux contusionnés par le choc sur le tableau de bord étaient plus ankylosés ce matin qu'après l'accident. Heureusement que le marathon de Boston ne se court pas aujourd'hui, pensa-t-elle ironiquement. Je n'aurais pas la moindre chance de gagner.

Espérant qu'un bain chaud la délasserait, elle entra dans la salle de bains, se pencha pour ouvrir le robinet de la baignoire. Un étourdissement la fit vaciller, et elle agrippa le rebord de la baignoire pour ne pas tomber. La sensation disparut au bout d'un moment ; Katie tourna lentement les robinets, redoutant de s'évanouir. La glace de la salle de bains lui renvoya la pâleur mortelle de son teint, les gouttes de sueur qui perlaient sur son front. Ce sont ces fichus saignements, pensa-t-elle. Si je ne devais pas entrer à la clinique demain soir, je finirais sûrement par y être transportée sur une civière.

Le bain soulagea un peu ses courbatures. Un fond de teint beige dissimula sa pâleur. Une nouvelle tenue – une jupe à fronces, une veste assortie en tweed couleur de bruyère et un chandail ras du cou – acheva la tentative de camouflage. Au moins je n'ai plus l'air d'être prête à m'écrouler, estima-t-elle, même si c'est le cas.

Elle avala une autre pilule du docteur Highley avec son jus d'orange, et songea à la réalité encore inconcevable de la mort d'Edna. Richard avait emmené Katie prendre un café dans un bistrot en sortant de l'appartement d'Edna. Il avait commandé un hamburger, n'ayant pas eu le temps de dîner à New York. Il sortait avec une autre femme. Elle en était certaine. Et pourquoi pas ? Richard était un homme séduisant. Il ne passait sûrement pas toutes ses soirées tout seul chez lui ou dans l'atmosphère familiale des Kennedy. Il s'était montré surpris et ravi en l'entendant raconter qu'elle était retournée au restaurant des Palissades. Puis il devint soucieux, presque distrait. Il faillit plusieurs fois lui poser une question, mais se ravisa. Malgré les protestations de Katie, il avait insisté pour la suivre jusque chez elle, l'accompagner dans la maison, vérifier que les fenêtres et les portes étaient bien fermées.

« Je ne sais pourquoi, mais je n'aime pas vous savoir seule ici », lui avait-il dit.

Elle avait haussé les épaules. « Edna habitait au rez-de-chaussée dans un appartement aux cloisons minces. Personne ne s'est rendu compte qu'elle était blessée et qu'elle avait besoin d'aide.

— Elle n'avait pas besoin d'aide, dit brièvement Richard. Elle est morte presque sur le coup. Katie, ce docteur Highley, vous le connaissez ?

— Je l'ai interrogé sur Vangie cet après-midi », avait-elle répondu en détournant la question.

Le visage rembruni de Richard s'était éclairé. « Bien sûr. Bon. À demain. Je pense que Scott va organiser une réunion pour Edna Burns.

— Sûrement. »

Richard l'avait regardée, l'air ennuyé. « Verrouillez la porte », avait-il dit. Sans lui donner de baiser d'adieu sur la joue.

Katie mit son verre de jus d'orange dans le lave-vaisselle. Elle attrapa son manteau, son sac à main et alla chercher sa voiture.

Charley et Phil commençaient à fouiller la maison des Lewis ce matin. Scott tendait délibérément un filet autour de Chris Lewis – un filet indirect, mais solide. Si seulement elle pouvait prouver qu'il existait une autre voie à explorer avant que Chris ne soit accusé ! L'ennui d'une arrestation avec inculpation d'homicide volontaire, c'est que, malgré votre innocence, vous ne pouvez plus jamais vous débarrasser d'une réputation de meurtrier. Dans l'avenir les gens diraient : « Oh ! c'est le commandant Lewis ! Il était impliqué dans la mort de sa femme. Un avocat habile l'a sorti de là, mais il était coupable comme pas deux. »

Elle arriva au bureau juste avant sept heures et demie et ne fut pas étonnée d'y trouver déjà Maureen Crowley. Maureen était la secrétaire la plus consciencieuse du service. En plus, elle avait l'esprit naturellement vif et pouvait prendre une décision sans toujours demander des instructions. Katie s'arrêta devant son bureau. « Maureen, j'ai un travail pour vous. Puis-je vous demander de venir dès que vous aurez une minute ? »

La jeune fille se leva vivement. Elle avait la taille fine, un corps jeune et svelte. Son chandail vert faisait ressortir le vert profond de ses yeux. « Maintenant, si vous voulez, Katie. Vous désirez un café ?

— Excellente idée », répondit Katie, et elle ajouta : « Mais pas de pain de seigle au jambon – du moins pour le moment. »

Maureen eut l'air embarrassé. « Je regrette ce que j'ai dit hier. Vous êtes bien la personne la moins routinière que je connaisse.

— Je n'en suis pas si sûre. » Katie entra dans son bureau, suspendit son manteau et se concentra sur les notes qu'elle avait prises à la clinique Westlake.

Maureen apporta le café, prit une chaise et attendit sans rien dire, son bloc-notes sur les genoux.

« Voilà le problème, dit lentement Katie. Nous ne sommes pas convaincus que la mort de Vangie Lewis soit un suicide. Hier j'ai parlé à ses médecins, le docteur Highley et le docteur Fukhito à la clinique Westlake. »

Elle entendit Maureen sursauter et leva vivement les yeux. Le visage de la jeune fille était devenu livide. Sous le regard de Katie, deux taches colorèrent ses pommettes.

« Ça ne va pas, Maureen ?

— Si. Si. Je m'excuse.

— Ai-je dit quelque chose qui vous ennuie ?

— Non, vraiment.

— Bon. » Sceptique, Katie revint à ses notes. « Autant que nous le sachions, le docteur Fukhito, le psychiatre de Westlake, est la dernière personne à avoir vu Vangie Lewis en vie. Je veux en savoir le maximum sur lui le plus vite possible. Consultez l'Association médicale du comté de Valley et l'Ordre des médecins. J'ai entendu dire qu'il exerce bénévolement à l'hôpital de Valley Pines. Peut-être pourrez-vous y apprendre quelque chose. Insistez sur le côté confidentiel, mais cherchez à savoir d'où il vient, où il a fait ses études, quels sont les autres hôpitaux où il a exercé, renseignez-vous sur sa vie privée : tout ce que vous pouvez trouver.

— Vous ne voulez pas que j'aille interroger quelqu'un à la clinique Westlake ?

— Surtout pas, mon Dieu. Je ne veux pas que l'on puisse savoir là-bas que nous enquêtons sur le docteur Fukhito.

Pour une raison ou pour une autre, la jeune fille parut soulagée. « Je m'y mets tout de suite, Katie.

— Ce n'est pas très gentil de vous faire venir plus tôt au bureau pour un travail et de vous en donner un autre. Le vénérable comté de Valley ne se préoccupe pas des heures supplémentaires. Nous le savons toutes les deux. »

Maureen haussa les épaules. « Cela ne fait rien. Plus je travaille dans ce service, plus j'aime ce que j'y fais. Qui sait ? Je tenterai peut-être un jour de passer un diplôme de droit, mais cela représente quatre années d'université et trois ans d'école de droit.

— Vous seriez une bonne avocate, dit sincèrement Katie. Je suis étonnée que vous ne soyez pas allée à l'université.

— J'ai été assez folle pour me fiancer à la fin de mes études secondaires. Mes parents m'ont poussée à suivre des cours de secrétariat avant de me marier, afin d'avoir au moins une corde à mon arc. Ils avaient bien raison. Les fiançailles n'ont pas tenu le coup.

— Pourquoi n'êtes-vous pas entrée à l'université en septembre dernier au lieu de venir travailler ici ? » demanda Katie.

Le visage de la jeune fille se rembrunit. Katie fut frappée par son air malheureux et supposa que Maureen avait dû être très touchée par la rupture.

Sans regarder tout à fait Katie, Maureen répondit : « J'étais impatiente et je ne voulais pas rester éternellement étudiante. Ce fut une bonne décision. »

Elle sortit de la pièce. Le téléphone sonna. C'était Richard. Il parlait d'un ton contenu. « Katie, je viens juste de parler à Dave Broad, le directeur de la recherche prénatale au Mont-Sinaï. Je lui avais envoyé le fœtus de Vangie Lewis sur un pressentiment. Katie, c'est bien ce que je pensais. Vangie n'était pas enceinte de Chris Lewis. Le bébé que j'ai sorti de son ventre a des caractéristiques typiquement orientales ! »

30

Edgar Highley dévisagea Katie DeMaio en train de brandir le soulier devant lui. Se moquait-elle de lui ? Non. Elle croyait ce qu'elle disait, que cette chaussure faisait figure de souvenir senti-mental pour Edna.

Il fallait qu'il ait ce soulier. Si seulement elle pouvait ne pas en parler au médecin légiste ou aux inspecteurs ! Supposons qu'elle décidât de le leur montrer ? Gertrude Fitzgerald pourrait le reconnaître. Elle s'était plusieurs fois trouvée à la réception lors des visites de Vangie à la clinique. Il avait entendu Edna rire avec elle des pantoufles de vair de Vangie.

Katie remit la chaussure à sa place, referma le tiroir et sortit de la chambre, la boîte à bijoux serrée sous son bras. Il la suivit, anxieux de savoir ce qu'elle allait dire. Mais elle se contenta de tendre la boîte à l'inspecteur. « La bague et la broche sont dedans, Charley, dit-elle. Je suppose que cela élimine toute possibilité de cambriolage. Je n'ai pas fouillé dans la commode ni dans le placard.

— C'est sans importance. Si Richard émet des doutes sur les circonstances de la mort, nous fouillerons les lieux de fond en comble demain matin. »

On frappa plusieurs petits coups secs à la porte ; Katie ouvrit et fit entrer deux hommes portant une civière.

Edgar Highley retourna auprès de Gertrude. Elle avait bu le verre d'eau que lui avait apporté Katie. « Je vais vous apporter un autre verre, madame Fitzgerald », dit-il doucement. Il jeta un coup d'œil par-dessus son épaule. Les autres avaient tous le dos tourné ; ils regardaient les brancardiers se préparer à soulever le corps. C'était le moment. Il devait tenter de récupérer la chaussure. Étant donné que Katie n'y avait pas tout de suite fait allusion, il était peu vraisemblable qu'elle la mentionnât maintenant.

Il se dirigea rapidement vers la salle de bains, tourna le robinet et se glissa sur la pointe des pieds dans le couloir jusqu'à la chambre. Prenant son mouchoir pour éviter de laisser des empreintes, il ouvrit le tiroir de la table de nuit. Au moment où sa main atteignait la chaussure, il entendit des pas dans le couloir. Il referma promptement le tiroir, fourra le mouchoir dans sa poche, quitta la chambre. Lorsque les pas s'arrêtèrent, il se tenait devant la porte.

Faisant un effort pour paraître calme, il se retourna. Richard Carroll, le médecin légiste, était debout dans le couloir, entre la chambre et la salle de bains. Le regard interrogateur, il dit : « Docteur,

213

j'aurais aimé vous poser quelques questions au sujet d'Edna Burns. » Sa voix était froide.

« Certainement. » Puis d'un ton qu'il voulut désinvolte, il ajouta : « J'étais justement là, en train de penser à Mlle Burns. Quel dommage qu'elle ait tellement gâché son existence !

— Gâché ? questionna sèchement Richard.

— Oui. Elle possédait véritablement un esprit mathématique remarquable. Dans ce monde informatisé, Edna aurait pu se servir de ses dispositions pour devenir quelqu'un. Au lieu de cela, elle est devenue une grosse alcoolique cancanière. Je peux vous sembler sévère, mais je le déplore sincèrement. J'aimais beaucoup Edna, et très franchement, je la regretterai. Excusez-moi, j'ai laissé le robinet ouvert. Je voulais donner un verre d'eau froide à Mme Fitzgerald. Pauvre femme, elle est profondément affligée. »

Il rinça le verre, le remplit et le porta à Gertrude. Les brancardiers étaient partis avec le corps et Katie DeMaio avait quitté la pièce.

« Mme DeMaio est-elle partie ? demanda-t-il à l'inspecteur.

— Non. Elle parle à la femme du gardien. Elle va revenir tout de suite. »

Il ne voulait pas s'en aller lui-même avant de s'assurer que Katie ne parlerait pas de la chaussure en présence de Gertrude. Mais quand elle revint quelques minutes plus tard, elle n'y fit aucune allusion.

Ils quittèrent ensemble l'appartement d'Edna. La police le mettrait sous surveillance jusqu'à ce que l'enquête officielle fût terminée.

Il accompagna intentionnellement Katie jusqu'à sa voiture, mais le médecin légiste les rejoignit. « Allons prendre un café, Katie, dit-il. Vous savez où se trouve le bistrot de Golden Valley, n'est-ce pas ? »

Le médecin légiste attendit qu'elle fût montée dans sa voiture et qu'elle ait démarré avant de lui dire « Bonsoir docteur Highley » et de partir brusquement.

En rentrant chez lui, Edgar Highley pensa qu'il existait sûrement des liens personnels entre Katie DeMaio et Richard Carroll. Le jour où Katie mourrait d'une hémorragie, Richard Carroll serait concerné à la fois professionnellement et sentimentalement par la cause de sa mort. Il faudrait se montrer extrêmement prudent.

L'hostilité perçait dans l'attitude de Carroll vis-à-vis de lui. Mais le médecin légiste n'avait aucune raison de lui être hostile. Aurait-il dû s'approcher du corps d'Edna ? À quoi bon ? Il n'aurait pas dû la pousser si fort. Aurait-il dû simuler un cambriolage ? C'était sa première intention. S'il l'avait fait, il aurait trouvé le mocassin hier soir.

Mais Edna avait parlé. Edna avait dit à Gertrude qu'il était venu chez elle. Elle avait peut-être laissé entendre qu'il venait plus souvent, que c'était plus important. Gertrude avait dit à Katie qu'il savait où se trouvaient ces misérables bijoux. S'ils décidaient qu'Edna avait été assassinée, établirait-on un lien entre le meurtre d'Edna et son travail à la clinique ? De quoi Edna avait-elle encore parlé autour d'elle ?

Cette pensée ne le quitta pas jusqu'à ce qu'il arrivât chez lui.

Katie était la clé. Katie DeMaio. Elle éliminée, il ne restait rien qui puisse le mêler à la mort de Vangie – ou d'Edna. Les dossiers médicaux de la clinique étaient parfaitement en règle. Ceux des patientes actuelles pouvaient supporter l'examen le plus minutieux.

Il s'engagea dans l'allée de la propriété, rangea la voiture au garage, entra dans la maison. Les côtes d'agneau dans l'assiette étaient froides et bordées de graisse, les asperges desséchées, la salade tiède et ramollie. Il allait réchauffer la viande et les asperges dans le four à micro-ondes, préparer une nouvelle salade. En quelques minutes, le dîner reprendrait l'apparence qu'il avait avant le coup de téléphone.

Il se sentait plus calme à mesure qu'il préparait de nouveau son repas. Il serait bientôt hors de danger. Et bientôt il pourrait faire éclater son génie à la face du monde entier. Ses recherches avaient déjà abouti. Il pouvait en apporter la preuve. Un jour il serait à même de les révéler. Pas encore, mais un jour. Et il ne ressemblerait pas à ce vantard qui affirmait avoir réussi un clonage tout en refusant de le prouver. Il possédait des rapports précis, des documents scientifiques, des photos, des radios, le compte rendu point par point, jour après jour, de tous les problèmes qui s'étaient présentés, et de la façon dont il les avait résolus. Tout se trouvait dans les dossiers dans le coffre-fort.

En temps voulu, il brûlerait les dossiers concernant les échecs et revendiquerait le droit d'être reconnu comme il le méritait.

Rien ne devait se mettre en travers de son chemin. Vangie avait failli tout faire échouer. Supposons qu'il ne l'ait pas rencontrée quand elle sortait du bureau de Fukhito ? Supposons qu'elle ne lui ait pas parlé de sa décision de consulter Emmet Salem ?

Hasard. Chance. Appelez cela comme vous voudrez.

Mais c'était aussi le hasard qui avait poussé Katie DeMaio à regarder par la fenêtre au moment où il sortait avec le corps de Vangie. Et quelle ironie que Katie en personne soit venue vers lui !

Il se mit à nouveau à table. Avec un contentement intense, il constata que le dîner semblait aussi appétissant, aussi savoureux que la première fois. Le cresson était craquant et frais ; les côtes brûlantes, les asperges toutes chaudes avec une succulente sauce hollandaise. Il versa le vin dans le délicat verre à pied, appréciant le toucher soyeux du cristal en le soulevant. Le vin avait le bouquet chaleureux auquel il s'était attendu.

Il mangea lentement. La nourriture lui redonnait toujours la même sensation de bien-être. Il allait faire ce qu'il fallait, et il serait hors de danger.

Demain, jeudi, sortait l'article du *Newsmaker*. Sa position sociale s'en trouverait rehaussée, ainsi que son prestige de médecin.

Le fait qu'il soit veuf le parait d'une séduction particulière. Il savait ce que disaient ses patientes.

« Le docteur Highley est tellement brillant. Il est remarquable. Il a une maison magnifique à Parkwood. »

Il avait rompu ses relations avec les amis de Winifred après sa mort. Il sentait trop d'hostilité chez eux. Son damné cousin continuait à faire des allusions. Il le savait. C'est la raison pour laquelle il ne s'était intéressé à aucune femme pendant ces trois années. Non pas que la solitude lui fût pénible. Son travail l'absorbait et le satisfaisait pleinement. Le temps qu'il lui avait consacré était largement récompensé. Ses pires détracteurs admettaient qu'il était un bon praticien, que la clinique était superbement équipée, et que les autres médecins copiaient de plus en plus le Concept de Maternité Westlake.

« Mes patientes sont tenues de ne pas fumer et de ne pas boire d'alcool pendant leur grossesse, avait-il dit à la journaliste du *Newsmaker*. Je leur demande de suivre un régime spécial. Bien des femmes dites stériles auraient les enfants qu'elles désirent si elles montraient la même détermination que des athlètes à l'entraînement. Bien des problèmes de santé à long terme n'existeraient pas si les mères avaient fait attention à leur alimentation, aux médicaments qu'elles ont pris. Nous avons l'exemple manifeste des ravages de la Thalidomide sur un nombre considérable de malheureuses victimes. Il est prouvé qu'une mère droguée peut accoucher d'un enfant intoxiqué ; qu'une mère alcoolique met souvent au monde un enfant attardé, trop petit ou émotionnellement perturbé. Mais que dire de toutes les affections que nous

considérons simplement comme le lot de l'huma-
nité… bronchite, dyslexie, hypernervosité, asthme,
détérioration de la vue et de l'ouïe. Je crois que ce
n'est pas dans les laboratoires que ces problèmes
s'éliminent, mais dans l'utérus. Je n'accepterais
pas chez moi une patiente qui refuserait de suivre
mes méthodes. Je peux vous citer l'exemple de
douzaines de femmes que j'ai traitées après plusieurs fausses couches et qui sont aujourd'hui
mères. Beaucoup pourraient éprouver cette même
joie si elles avaient la volonté de changer leurs
habitudes, particulièrement en ce qui concerne
l'alimentation et l'alcool. Beaucoup d'autres pourraient concevoir et mettre au monde un enfant si
leur déséquilibre nerveux ne faisait office de contra-
ceptif mental bien plus efficace que n'importe quel
produit en vente dans les pharmacies. C'est toute
la raison d'être, le principe du Concept de Maternité
Westlake. »

La journaliste du *Newsmaker* s'était montrée
impressionnée. Mais elle lui avait ensuite posé une
question insidieuse. « Docteur, est-il exact que l'on
vous ait reproché vos honoraires exorbitants ?

— Exorbitants, c'est *vous* qui le dites. Mes honoraires, mis à part les frais d'une existence plutôt
austère, servent à équiper la clinique et à poursuivre la recherche prénatale.

— Docteur, est-il vrai qu'un large pourcentage
de votre clientèle soit composé de femmes qui ont
fait plusieurs fausses couches sous votre contrôle,
même après avoir strictement suivi vos méthodes
– et payé dix mille dollars, plus tous les frais de
laboratoire et d'hospitalisation ?

— Il serait insensé de ma part d'affirmer que je peux amener à terme toute grossesse difficile. Oui. J'ai eu des cas où la grossesse désirée s'est spontanément interrompue. Lorsque ces circonstances se renouvellent plusieurs fois, je suggère à ma patiente d'adopter un enfant, et je l'aide dans le choix d'une adoption.

— Moyennant des honoraires.

— Jeune dame, je suppose que vous êtes payée pour m'interviewer. Pourquoi donc ne travaillez-vous pas à titre gracieux ? »

C'était stupide d'avoir attaqué ainsi cette journaliste. Stupide de risquer son animosité, de lui donner une raison de le dénigrer, de fouiller trop loin dans son passé. Il lui avait dit qu'il était chef du service d'obstétrique à Liverpool avant d'épouser Winifred. Mais il avait bien sûr évité de parler de l'hôpital du Christ dans le Devon.

La question suivante était destinée à le prendre au piège. « Docteur, vous pratiquez des avortements, n'est-ce pas ?

— En effet.

— N'est-ce pas un peu incongru pour un obstétricien ? Tenter de sauver un fœtus pour en éliminer un autre ?

— Je compare toujours l'utérus à un berceau. Je désapprouve l'avortement. Et je déplore le chagrin dont je suis le témoin quand des femmes viennent à moi après avoir perdu tout espoir d'être mères parce qu'elles ont subi des avortements et que des médecins stupides, inattentifs et imprudents ont déchiré leur utérus. Je pense que les gens – y compris mes confrères – seraient stupéfaits de connaître le nombre de femmes à jamais privées de maternité pour avoir voulu avorter. Mon désir le plus cher est que toute femme mette son enfant au monde à terme. Pour celles qui ne le désirent pas, je puis au moins m'assurer qu'elles seront encore en état d'attendre un enfant le jour où elles le désireront. »

Ces propos avaient été bien accueillis. L'attitude de la journaliste avait changé.

Il avait fini de dîner. Il remplit son verre de vin. Il se sentait bien, confiant. Les lois changeaient. Dans quelques années, il pourrait faire reconnaître son génie sans crainte d'être condamné. Vangie Lewis, Edna Burns, Winifred, Claire... elles ne seraient plus que des données statistiques. La piste aurait disparu.

Il contempla le vin tout en buvant, remplit à nouveau son verre puis le vida. Il était fatigué. Il devait pratiquer une césarienne le lendemain matin – encore un cas délicat qui s'ajouterait à sa notoriété. La mère avait eu une grossesse difficile, mais le fœtus avait de bons battements cardiaques ; l'accouchement se ferait sans problème. La mère appartenait à une famille en vue, les Payne. Le père, Delano Aldrich, était l'un des fondateurs de la Fondation Rockefeller. Exactement le genre de famille dont l'appui serait primordial si jamais le scandale de Devon revenait à la surface.

Il ne restait plus qu'un obstacle. Il avait emporté avec lui le dossier médical de Katie DeMaio. Il allait dès maintenant préparer le dossier de remplacement qu'il montrerait à la police après sa mort.

Au lieu de mentionner les saignements pro-longés dont elle disait souffrir depuis un an au moment de ses règles, il écrirait : « La patiente se plaint d'hémorragies fréquentes et spontanées, sans rapport avec le cycle menstruel. » Au lieu d'une hyperplasie de la paroi utérine, probablement héréditaire, état auquel on peut indéfiniment remédier par un simple curetage, il mentionnerait des traces de ruptures vasculaires. Au lieu de signaler un taux d'hémoglobine légèrement bas, il soulignerait que la patiente souffrait d'une anémie chronique à la limite du danger.

Il entra dans la bibliothèque. Le dossier médical intitulé KATHLEEN DEMAIO, qu'il avait rapporté de la clinique était posé sur son bureau. Il sortit du tiroir un dossier vierge et y inscrivit le nom de Katie. Il travailla sans interruption pendant une demi-heure, consultant le dossier original pour vérifier les antécédents médicaux de Katie. Ce travail terminé, il allait rapporter le document corrigé à la clinique. Il ajouta plusieurs paragraphes au dossier qu'il avait rapporté chez lui, celui qu'il mettrait une fois complété dans le coffre-fort mural.

Patiente hospitalisée après accident de voiture mineur lundi soir 15 février. À deux heures du matin ladite patiente a aperçu de la fenêtre de sa chambre le médecin transporter la dépouille de Vangie Lewis. La patiente ignore encore que la scène qu'elle a observée relève de la réalité et non pas d'un songe. La patiente est légèrement commotionnée par l'accident et une hémorragie persistante. Elle finira inévitablement par retrouver un souvenir précis de ce qu'elle a vu, raison pour laquelle le médecin menacé doit la supprimer.

La patiente a reçu une transfusion sanguine le lundi soir dans la salle des urgences. Le médecin a prescrit une seconde transfusion sous prétexte de la préparer à l'intervention chirurgicale du samedi. Le médecin a aussi prescrit des anticoagulants, la décomarine devant être prise à espaces réguliers jusqu'au vendredi soir.

Pinçant les lèvres, il reposa son stylo. Il était facile d'imaginer comment il conclurait ce rapport.

Patiente entrée à la clinique vendredi 19 février à dix-huit heures, souffrant d'étourdissements et de faiblesse générale. À vingt et une heures, le médecin accompagné par l'infirmière Renge a trouvé la patiente en état d'hémorragie. Tension artérielle tombant rapidement. Sous transfusion totale, une intervention d'urgence est pratiquée à vingt et une heures quarante-cinq.

La patiente, Kathleen Noel DeMaio, est décédée à vingt-deux heures.

Il sourit à l'idée d'en terminer bientôt avec ce cas gênant. Chaque détail était parfaitement planifié, même la décision de nommer vendredi l'infirmière Renge à la garde de nuit de l'étage. Elle était jeune, sans expérience, et il la terrifiait.

Après avoir temporairement caché le dossier dans le tiroir secret du bureau, il monta se coucher et s'endormit profondément jusqu'à six heures du matin.

Trois heures plus tard, il accouchait par césarienne Mme Delano Aldrich d'un beau petit garçon et acceptait comme un dû la gratitude émue de la patiente et de son mari.

31

Les obsèques de Vangie eurent lieu le jeudi matin à dix heures dans une chapelle à Minneapolis. Chris se tenait aux côtés des parents de Vangie, le cœur rempli de pitié pour eux ; leurs sanglots l'assaillaient comme des coups de marteau. Aurait-il pu agir différemment ? S'il n'avait pas dès le début essayé de composer avec Vangie, serait-elle étendue là maintenant ? S'il avait réussi à la persuader d'aller consulter un conseiller matrimonial il y a des années, leur mariage aurait-il mieux marché ? Il le lui avait proposé, mais elle avait refusé. « Je n'ai besoin d'aucun conseil, lui avait-elle dit. Et n'insinue pas chaque fois que je suis contrariée par quelque chose que c'est moi qui ai des problèmes. C'est juste le contraire. Tu ne t'inquiètes de rien ; tu ne te soucies de rien, ni de personne. C'est toi le problème, pas moi. »

Oh ! Vangie ! Vangie. La vérité était-elle quelque part au milieu ? Il n'avait plus éprouvé d'affection pour elle très vite après leur mariage.

Les parents de Vangie étaient outrés en apprenant que l'on ne pouvait pas inhumer leur fille, que son corps devait être renvoyé sur la côte Est. « Pourquoi ?

— Je n'en sais vraiment rien. » Ce n'était pas la peine d'en dire plus – pas maintenant.

« Grâce céleste, béni soit ton nom. » La voix de soprano du soliste emplissait la chapelle. « J'étais perdu, et tu m'as retrouvé. »

C'était il y a des mois, l'été dernier ; la vie lui semblait morne et sans espoir. Il s'était rendu à cette soirée à Hawaii. Joan était là. Il se souvenait du moment précis où il l'avait vue. Elle se trouvait sur la terrasse au milieu d'un groupe de gens. Ce qu'elle disait les faisait tous rire, et elle riait aussi, les yeux fermés, la bouche ouverte, rejetant la tête en arrière. Il avait pris un verre et s'était joint à eux. Et il n'avait plus quitté Joan de la soirée.

« … j'étais aveugle, et à présent je vois. » Le médecin légiste n'aurait pas rendu le corps de Vangie mardi soir s'il avait soupçonné quelque chose de louche. Qu'était-il arrivé qui l'ait fait changer d'avis ?

Il pensa au coup de téléphone d'Edna. Avait-elle parlé à d'autres gens ? Pouvait-elle apporter un éclaircissement sur la mort de Vangie ? Il appellerait le docteur Salem avant de quitter Minneapolis. Il devait découvrir ce que savait sur Vangie le médecin pour avoir si violemment réagi hier soir. Pourquoi avait-elle pris rendez-vous avec lui ?

Il y avait eu quelqu'un d'autre dans la vie de Vangie. Il en était certain maintenant. Supposons que Vangie se soit tuée devant quelqu'un et que cette personne l'ait ramenée à la maison. Dieu sait qu'elle avait toutes les occasions possibles d'avoir une liaison avec un autre homme. Il était absent au moins la moitié du mois. Peut-être avait-elle rencontré quelqu'un depuis qu'ils s'étaient installés dans le New Jersey.

Mais Vangie aurait-elle été jusqu'à s'en prendre à elle-même ?

Jamais !

Le pasteur récitait la prière finale : « ... quand chaque larme sera tarie... » Chris raccompagna les parents de Vangie dans l'antichambre et reçut les condoléances des amis qui avaient assisté aux obsèques. Les parents de Vangie allaient rester avec les membres de la famille. Ils avaient accepté que le corps fût incinéré dans le New Jersey et l'urne renvoyée pour être placée dans le caveau familial.

Chris put enfin partir. Il était onze heures à peine passées quand il arriva à l'Athletic Club au centre de Minneapolis, et prit l'ascenseur jusqu'au quatorzième étage. Dans le solarium il commanda un Bloody Mary qu'il emporta avec lui pour aller téléphoner.

Il obtint le cabinet du docteur Salem. « Ici le mari de Vangie Lewis. Je voudrais parler d'urgence au docteur, dit-il.

— Je suis désolée, lui répondit l'infirmière, le docteur Salem vient de partir pour le congrès de l'Association médicale américaine à New York. Il ne sera pas de retour avant la semaine prochaine.

— New York. » Chris enregistra l'information. « Puis-je savoir où il est descendu, s'il vous plaît ? J'aurais peut-être besoin de le contacter là-bas. »

L'infirmière hésita. « Je suppose que je peux vous le dire. Je suis sûre que le docteur Salem a l'intention de vous appeler. Il m'a demandé de chercher votre numéro de téléphone dans le New Jersey, et je sais qu'il a emporté avec lui le dossier médical de votre femme. Mais au cas où il n'arriverait pas à vous joindre, vous pouvez le trouver à l'Essex House, sur Central Park Sud à New York. Son numéro de chambre est le 3219. »

Chris avait sorti le petit calepin qu'il conservait toujours dans une poche de son portefeuille. Répétant l'adresse, il la nota rapidement.

Le sommet de la page était déjà annoté. On y lisait l'adresse d'Edna Burns et les instructions pour trouver son appartement à Edgeriver.

32

Scott réunit à midi dans son bureau les quatre personnes qui avaient participé à la réunion tenue un jour et demi auparavant pour la mort de Vangie Lewis.

C'était différent cette fois-ci. Katie perçut l'atmosphère survoltée dès qu'elle entra dans le bureau. Scott avait demandé à Maureen de venir avec un stylo et du papier.

« Nous prendrons des sandwiches ici, dit-il. Je dois être au tribunal à une heure et demie, et il n'y a pas une minute à perdre avec le commandant Lewis. »

C'est bien ce que je craignais, se dit Katie. Scott fonce droit sur Chris. Elle regarda Maureen. La jeune fille semblait extrêmement nerveuse. C'est depuis que je lui ai confié cette mission ce matin, pensa Katie.

Maureen surprit son regard et sourit à demi. Katie hocha la tête. « Heu-eu, comme d'habitude. » Puis elle ajouta : « Avez-vous obtenu quelque chose de vos coups de téléphone ? »

Maureen regarda Scott, mais il parcourait un dossier et les ignorait. « Pas grand-chose. Le docteur Fukhito n'est pas membre de l'Association médicale du comté de Valley. Il donne bénévolement une partie de son temps aux enfants inadaptés à la clinique psychiatrique de Valley Pines. Je viens de demander l'université du Massachusetts au téléphone. Il y a fait ses études de médecine.

— Comment le savez-vous ? » interrogea Katie.

Maureen hésita. « Je me souviens de l'avoir entendu dire quelque part. »

Katie nota un ton évasif dans la réponse, mais avant qu'elle ne pût en demander davantage, Richard, Charley et Phil entraient tous les trois dans le bureau. Ils indiquèrent rapidement à Maureen ce qu'ils désiraient pour déjeuner, et Richard approcha une chaise de celle de Katie. Il passa son bras derrière le dossier et lui effleura les cheveux. Elle sentit ses doigts chauds et forts lui masser un instant la nuque. « Dieu, que vous êtes tendue », dit-il.

Scott leva les yeux, grogna et commença à parler. « Bon, à l'heure qu'il est, nous savons tous que le bébé que portait Vangie Lewis avait des caractéristiques orientales. Cela ouvre deux possibilités. La première : à l'approche de la naissance, il est possible que Vangie, prise de panique, se soit suicidée. Elle se serait affolée à l'idée de ne jamais pouvoir faire passer son enfant pour celui de son mari. La seconde possibilité est que Chris Lewis, découvrant que sa femme avait une liaison, l'ait tuée. Voyons un peu cette dernière. Supposons qu'il soit rentré chez lui à l'improviste ce soir-là. Ils se sont disputés. Pourquoi cette hâte de retourner à Minneapolis ? Est-ce parce qu'elle avait peur de lui ? Souvenez-vous, il n'a jamais admis qu'elle allait chez ses parents, et qu'elle serait partie avant qu'il ne revienne de voyage. D'après ce que nous a dit Katie, le psychiatre affirme qu'elle est sortie de son cabinet à moitié hors d'elle.

« Le psychiatre *japonais*, dit Katie. Je viens de demander à Maureen de faire des recherches sur lui. »

Scott la regarda. « Êtes-vous en train d'insinuer qu'il pourrait y avoir quelque chose entre lui et Vangie ?

— Je n'insinue rien du tout pour l'instant, répondit Katie. Le fait qu'il soit de race orientale ne signifie, bien entendu, nullement que Vangie n'ait pas connu un autre Oriental. Mais je peux vous dire une chose. Il était très nerveux quand je lui ai parlé hier, et il a été très prudent dans le choix de ses mots. Je n'ai sûrement pas obtenu toute la vérité de sa part.

— Ce qui nous amène à Edna Burns, dit Scott. Qu'avez-vous trouvé, Richard ? Est-elle tombée ou l'a-t-on poussée ? »

Richard haussa les épaules. « Il n'est pas impossible qu'elle soit tombée. Son taux d'alcoolémie était de 0,25. Elle était ivre. Elle était lourde.

— Et cette histoire d'ivrognes et de bébés qui tombent sans se blesser ? » demanda Katie.

Richard secoua la tête. « Ce peut être vrai pour les fractures d'un membre, mais pas quand vous vous brisez le crâne sur un objet métallique aigu. Je dirais qu'à moins que quelqu'un n'avoue avoir tué Edna, nous ne serons jamais en mesure de le prouver.

— Mais il est possible qu'elle ait été assassinée ? insista Scott.

— Absolument, assura froidement Richard.

— Et on a entendu Edna parler à Chris Lewis du Prince Charmant. » Katie parlait lentement. Elle pensait au beau psychiatre. Une femme comme Edna l'aurait-elle comparé au Prince Charmant ? Aurait-elle téléphoné à Chris après la mort de Vangie pour lui dire qu'elle soupçonnait une liaison entre le docteur et sa femme ? « Je n'y crois pas », dit-elle tout haut.

Les hommes lui lancèrent un regard surpris.

« À quoi ne croyez-vous pas ? demanda Scott.

— Je ne crois pas qu'Edna était méchante. Je sais qu'elle ne l'était pas. Je la crois incapable d'avoir téléphoné à Chris Lewis après la mort de Vangie pour lui raconter par méchanceté une aventure qu'aurait eue sa femme.

— Peut-être le plaignait-elle assez pour ne pas vouloir qu'il se considère comme un mari inconsolable, dit Richard.

— Ou bien elle cherchait à obtenir un peu de fric, suggéra Charley. Vangie lui avait peut-être dit quelque chose hier soir. Peut-être savait-elle que Chris et Vangie s'étaient disputés, et pourquoi ils s'étaient disputés. Elle n'avait pas un rond. Apparemment, elle remboursait encore les frais médicaux de ses parents, et ils sont morts il y a deux ans. Peut-être ne pensait-elle pas qu'il était répréhensible de faire chanter Lewis. Elle a menacé d'aller à la police.

— Elle a dit qu'elle avait quelque chose à dire à la police, rectifia Katie. Ce sont les propres paroles de la femme du gardien.

— Très bien, dit Scott. Et dans la maison des Lewis, qu'avez-vous trouvé ? »

Charley haussa les épaules. « Peu de chose jusqu'à présent. Il y a un numéro avec le code régional 613 griffonné sur le carnet à côté du téléphone de la cuisine. Ce n'est pas celui des parents de Vangie. Nous le connaissons. Nous pensions appeler le numéro d'ici. Vangie parlait peut-être à une amie et elle lui a fait part de ses projets. Autre chose, elle a déchiré la robe qu'elle portait, en l'accrochant à la dent d'une fourche qui dépassait de l'étagère dans le garage.

— Qu'appelez-vous la robe qu'elle portait ? demanda Scott.

— La robe qu'elle portait quand on l'a trouvée morte. Vous ne pouviez pas ne pas le remarquer. Un long machin en tissu imprimé indien.

— Où sont ces vêtements ? demanda Scott à Richard.

— Le labo les a sans doute encore, dit Richard. Nous allions les examiner selon la procédure habituelle. »

Scott prit le carnet de téléphone que lui avait remis Charley et le passa à Katie. « Vous devriez essayer d'appeler le numéro tout de suite. Si c'est une femme, vous pourrez peut-être en tirer davantage d'elle ? »

Katie composa le numéro. Il y eut un silence et le téléphone sonna. « Cabinet du docteur Salem. »

« C'est un cabinet médical », chuchota-t-elle, la main sur l'appareil. Elle expliqua à la personne qui se trouvait à l'autre bout de la ligne : « Sans doute pourriez-vous m'aider. Je suis Kathleen

232

DeMaio, du bureau du procureur du comté de Valley, New Jersey. Nous procédons à une enquête de routine sur la mort de Mme Vangie Lewis, lundi dernier, et elle avait le numéro du docteur dans son carnet. »

On l'interrompit. « Oh ! c'est une coïncidence ! Je viens juste d'avoir le commandant Lewis. Il cherchait également à parler au docteur Salem. Ainsi que je le lui ai dit, le docteur Salem est en ce moment même en route pour New York, où il participe au congrès de l'AMA. Vous pouvez le joindre plus tard dans la journée à l'hôtel Essex House sur Central Park Sud.

— Bien. C'est ce que nous ferons. » À tout hasard, Katie ajouta : « Sauriez-vous quelque chose au sujet du coup de téléphone de Mme Lewis ? A-t-elle parlé au docteur ?

— Non. Elle ne lui a pas parlé. C'est à moi qu'elle a parlé. Elle a téléphoné lundi et paraissait très déçue qu'il ne fût pas de retour à son cabinet avant mercredi. Je lui ai donné un rendez-vous d'urgence pour mercredi, parce qu'il repartait immédiatement. Elle a dit qu'elle devait le voir.

— Une deuxième question, dit Katie. Quelle est la spécialité du docteur Salem ? »

La femme répondit avec fierté. « Oh ! c'est un obstétricien et un gynécologue de tout premier plan !

— Je vois. Merci. Vous avez été très aimable. » Katie raccrocha et rapporta la conversation aux autres.

« Et Chris Lewis était au courant de ce rendez-vous, dit Scott, et il veut parler au docteur à présent.

J'ai hâte de le tenir ce soir. Nous avons pas mal de questions à lui poser. »

On frappa à la porte. Maureen entra sans attendre de réponse. Elle portait un plateau en carton avec un emplacement pour chaque tasse de café et des sandwiches. « Katie, dit-elle. On nous appelle de Boston au sujet du docteur Fukhito. Voulez-vous prendre la communication ? »

Katie hocha la tête. Richard tendit le bras, souleva l'appareil et le lui passa. Pendant qu'elle attendait d'obtenir la ligne, Katie sentit une lourdeur de tête l'envahir, persistante. Le coup contre le volant n'avait pas été assez fort pour provoquer une commotion, mais elle se rendit compte qu'elle avait des maux de tête depuis ces derniers jours. Je ne tourne pas rond, pensa-t-elle. Tant de choses la tourmentaient. De quoi cherchait-elle à se souvenir ? De quelque chose. D'une impression.

Dès qu'elle eut donné ses références, on lui passa le directeur du personnel de l'école de médecine de l'université du Massachusetts. L'homme avait un ton contraint. « Oui, le docteur Fukhito est sorti de l'université du Massachusetts dans le premier tiers de sa promotion. Il est entré comme interne à l'hôpital général du Massachusetts, puis il est devenu membre du personnel médical tout en gardant une clientèle privée. Il a quitté l'hôpital il y a sept ans.

— Pourquoi est-il parti ? demanda Katie. Sachez qu'il s'agit d'une enquête de police. Toute information restera confidentielle, mais nous devons savoir s'il existe des éléments dans le passé du docteur Fukhito dont nous devons prendre connaissance. »

Il y eut un silence, puis son correspondant poursuivit : « On a demandé au docteur Fukhito de donner sa démission il y a sept ans et il a été radié de l'Ordre des médecins du Massachusetts pour une période d'un an. Il a été reconnu coupable d'un acte contraire à la déontologie après avoir été poursuivi en justice pour faute professionnelle.

— Quelle était la raison de ces poursuites ? demanda Katie.

— Une ancienne patiente a intenté une action contre le docteur Fukhito qui l'avait contrainte à avoir des rapports physiques avec lui alors qu'elle était sous traitement psychiatrique. Elle venait de divorcer et souffrait de problèmes affectifs. À la suite de ces relations, elle s'est retrouvée enceinte du docteur Fukhito. »

33

M olly s'affairait dans sa cuisine, se félicitant du fait que tous les enfants soient retournés à l'école. Même Jennifer était assez bien pour y aller ce matin. En réalité, elle avait supplié sa mère de la laisser sortir. « Tu es bien comme Katie, avait maugréé Molly, quand tu t'es mis quelque chose dans la tête. Bon, très bien, mais tu n'iras pas à pied. Il fait trop froid. Je vais t'accompagner en voiture. »

Bill n'allait pas à New York avant l'après-midi. Il avait l'intention d'assister à l'un des séminaires du congrès de l'AMA. Ils profitaient donc d'une rare occasion de bavarder tranquillement, Bill assis à la table en train de boire son café, et Molly préparant des crudités. « Je suis sûre que Katie, Richard et les Berkeley s'entendront bien, disait Molly. Jim Berkeley est brillant et très drôle. Comment se fait-il que la plupart des gens qui travaillent dans la publicité soient tellement intéressants ?

— Parce que leur métier est de jouer avec les mots, je suppose, dit Bill. Bien que j'avoue en avoir rencontré quelques-uns que j'aimerais autant ne jamais revoir.

— Oh ! bien sûr ! approuva distraitement Molly. Maintenant, si Liz veut bien ne pas passer toute la soirée à parler du bébé... quoiqu'elle ait fait des progrès. Quand je lui ai téléphoné l'autre jour pour l'inviter, elle n'a passé que les vingt premières minutes à me raconter la dernière invention de Maryanne... qui, soit dit en passant, consiste à souffler ses flocons d'avoine dans toute la pièce quand on la fait manger. N'est-ce pas mignon ?

— Oui, si c'est ton premier enfant et que tu l'aies attendu pendant quinze ans, dit Bill. Il semble me souvenir qu'à chaque fois que Jennifer clignait des yeux, tu le notais dans le livre de bébé. »

Molly coupait des branches de céleri. « Souviens-toi aussi que ta tante m'a donné un livre de bébé pour les jumeaux, et que je crois ne l'avoir jamais déballé de son papier... En tout cas, on devrait s'amuser. Et même si Liz doit s'extasier sur son bébé, cela donnera peut-être des idées à Katie et à Richard. »

Bill haussa les sourcils. « Molly, tu deviens à peu près aussi subtile qu'un marteau-pilon. Tu ferais mieux de prendre garde, ou ils vont finir par se fuir définitivement.

— Stupidité. Tu ne vois donc pas la façon dont ils se regardent ? Il y a quelque chose qui couve – qui fait plus que couver, même. Mon Dieu, Richard a téléphoné hier soir pour me demander si Katie était chez nous. Il a voulu savoir ce qu'elle avait. Si tu avais pu entendre comme il semblait inquiet. Je te dis qu'il est fou d'elle, mais suffisamment astucieux pour ne pas le lui montrer et la faire fuir.

— Lui as-tu parlé de l'intervention ?

— Non. Katie m'a fait tout un cinéma l'autre jour quand je lui ai demandé si elle avait mis Richard au courant. Seigneur, la façon dont la plupart des gens laissent tout en suspens à l'heure actuelle… Écoute, pourquoi ne peut-elle simplement lui dire : "J'ai ce problème, c'est la barbe, ma mère avait le même et on devait lui faire un curetage tous les deux ans, et il semblerait que je sois fabriquée comme elle ?" Au lieu de cela, le pauvre type s'imagine certainement qu'elle a quelque chose de grave. Je ne trouve pas cela très honnête. »

Bill se leva, se dirigea vers l'évier, rinça la tasse et la soucoupe, et les mit dans le lave-vaisselle. « Je ne crois pas que tu aies jamais vraiment réalisé que Katie a été effroyablement frappée par la perte des deux hommes qu'elle aimait et sur lesquels elle s'appuyait. Votre père, quand elle avait huit ans, et John à vingt-quatre ans. Elle me fait penser à la dernière scène d'*Autant en emporte le vent*, quand Rhett dit à Scarlett : "Je t'ai donné mon cœur et tu l'as brisé. Je l'ai ensuite donné à Bonnie et elle l'a brisé. Je ne le risquerai pas une troisième fois." C'est un peu le problème de Katie. Mais franchement, je pense qu'il faut la laisser s'en sortir toute seule. Tourner autour d'elle comme une mère poule ainsi que tu le fais ne l'aide pas. Rien ne me ferait plus plaisir que de la voir vivre avec Richard Carroll. Il serait parfait pour elle. »

— Et il joue au golf avec toi, souligna Molly.

Bill hocha la tête. « Aussi. » Il prit une branche de céleri et la croqua. « Écoute mon avis. Si Katie ne veut pas parler à Richard de cette intervention, ne le mets pas au courant. Ce serait déloyal vis-à-vis d'elle. S'il persiste à s'inquiéter à son sujet, il n'a qu'à se déclarer. Tu les as rapprochés, maintenant…

— Maintenant, qu'ils se débrouillent, soupira Molly.

— Exactement. Et demain soir, quand Katie entrera à la clinique, nous irons tous les deux au Metropolitan Opera. J'ai pris des billets pour *Othello* il y a des mois, et je ne pas l'intention de les changer. Tu seras là quand elle sortira de la salle de réveil samedi matin, mais cela ne lui fera pas de mal de regretter de ne pas avoir quelqu'un auprès d'elle. Vendredi soir, peut-être aura-t-elle l'occasion de réfléchir un peu.

— La laisser entrer toute seule à la clinique ? protesta Molly.

— Toute seule, dit Bill avec fermeté. C'est une grande fille. »

Le téléphone sonna. « Faites que ce ne soit pas l'infirmière de l'école qui me prévient que l'un des enfants a de nouveau attrapé le virus ! », marmonna Molly. Son « Allô ? » fut plein de méfiance. Puis elle prit un ton inquiet. « Liz, bonjour. Ne me dis pas que tu me fais faux bond ce soir. »

Elle écouta. « Oh ! pour l'amour du ciel, amène-la ! Tu as un berceau pliant… Mais oui, nous l'installerons là-haut dans notre chambre, elle sera très bien… Bien sûr que ça m'est égal. Ainsi, si elle se réveille, nous la descendrons et elle participera à

239

la soirée. Ce sera comme dans l'ancien temps ici. Parfait. À ce soir, sept heures. Au revoir. »

Elle raccrocha. « La baby-sitter de Liz Berkeley s'est décommandée et elle a peur de laisser Maryanne à quelqu'un qu'elle ne connaît pas. Elle l'amènera avec elle.

— Très bien. » Bill regarda le réveil de la cuisine. « Je ferais mieux de filer. Je vais être en retard. » Il embrassa Molly sur la joue. « Veux-tu cesser de t'inquiéter pour ta petite sœur ? »

Molly se mordit la lèvre. « Je ne peux pas. Je suis angoissée pour Katie, comme si quelque chose pouvait lui arriver. »

34

De retour dans son bureau, Richard resta un long moment à la fenêtre. Il jouissait d'une vue un peu plus attrayante que celle du bureau de Scott. En plus du côté nord-est de la prison du comté, il apercevait un minuscule bout du jardin qui bordait le palais de justice. À peine conscient de ce qu'il voyait, il regardait les rafales de neige fondue s'abattre sur l'herbe déjà luisante de gel.

Quel temps ! pensa-t-il. Il leva les yeux vers le ciel. De gros nuages de neige se formaient. Le corps de Vangie Lewis arrivait de Minneapolis à l'aéroport de Newark par le vol de quatorze heures trente. On irait le prendre à dix-neuf heures pour le transporter à la morgue. Il l'examinerait à nouveau demain matin. Il ne s'attendait pas à découvrir plus qu'il ne savait déjà. Il n'y avait pas la moindre trace de contusion. Il en était certain. Mais il avait remarqué quelque chose au sujet de son pied ou de sa jambe gauche sans s'y arrêter comme si cela n'avait aucun intérêt.

Il écarta cette pensée. Il était inutile de faire des suppositions tant qu'il n'avait pas recommencé l'examen. Vangie était apparemment extrêmement émotive. Fukhito pouvait-il l'avoir incitée à se suicider ? Si Vangie était enceinte de lui, il avait pu s'affoler. Sa carrière de médecin serait finie si on découvrait qu'il avait à nouveau une liaison avec l'une de ses patientes.

Mais Chris Lewis avait une petite amie – une bonne raison de vouloir que sa femme s'effaçât de son chemin. Supposons qu'il ait appris la liaison de Vangie ? Apparemment, même ses parents ne savaient pas qu'elle avait eu l'intention de revenir chez eux à Minneapolis. Vangie espérait-elle accoucher avec l'obstétricien et ne rien en dire ? Peut-être aurait-elle dit qu'elle avait perdu le bébé ? Le désir de sauver son mariage pouvait l'avoir poussée à agir de cette façon. Ou alors, si elle se rendait compte qu'un divorce était inévitable, la preuve irréfutable de son infidélité ne manquerait pas de peser en cas de jugement.

Rien de tout cela ne le satisfaisait.

Avec un soupir, Richard tendit la main et pressa d'un coup sec le bouton de l'Interphone. Il demanda à Marge de venir. Elle était partie déjeuner quand il était revenu du bureau de Scott, et il n'avait pas pris connaissance de ses messages.

Elle entra précipitamment, une liasse de fiches à la main. « Rien de vraiment important, le prévint-elle. Oh ! si ! Il y a eu un appel juste après que vous êtes parti chez M. Myerson. Un certain docteur Salem. Il ne vous a pas demandé en personne ; il voulait parler au médecin légiste. Ensuite il a demandé si nous avions pratiqué l'autopsie de Vangie Lewis. J'ai dit que vous étiez le médecin

légiste, et que c'est vous-même qui l'aviez pratiquée. Il téléphonait de l'aéroport de Minneapolis
et allait prendre l'avion, mais il a demandé si vous
pouviez le rappeler à l'Essex House à New York
vers cinq heures du soir. Il avait l'air très impatient de vous parler. »

Richard émit un sifflement muet. « C'est moi
qui suis impatient de lui parler, dit-il.

— Oh ! et j'ai les statistiques des patientes en
obstétrique de Westlake ! dit Marge. Depuis la
création du Concept de Maternité Westlake, il y a
huit ans, seize patientes sont mortes soit à la naissance, soit de grossesses pathologiques.

— *Seize* ?

— *Seize*, répéta Marge avec emphase. Malgré
tout, la clientèle est énorme. Le docteur Highley
est considéré comme un excellent médecin. Certains des bébés qu'il a fait naître tiennent du
miracle, et les femmes qui sont mortes avaient
toutes été prévenues par d'autres médecins que
leur grossesse comportait de très hauts risques.

— Je voudrais examiner tous les cas mortels, dit
Richard. Mais si nous faisons demander par Scott
la communication des dossiers de la clinique, nous
allons les alerter, et je ne veux pas courir ce
risque, pas encore. Avez-vous autre chose ?

— Peut-être. Au cours de ces huit années, deux
personnes ont intenté une action pour faute professionnelle contre le docteur Highley. Le tribunal
a rendu un non-lieu pour les deux. Il y a aussi un
cousin de sa femme qui a prétendu ne pas croire
qu'elle était morte d'une crise cardiaque. Le bureau
du procureur a contacté son médecin personnel et

celui-ci a déclaré que le cousin était cinglé. Le cousin en question était le seul héritier de Winifred avant qu'elle n'épousât le docteur Highley ; c'est peut-être la raison pour laquelle il essayait de faire des histoires.

— Qui était le médecin de Winifred Westlake ?

— Le docteur Alan Levine.

— Il est chef de clinique, dit Richard. J'irai lui parler.

— Et les personnes qui ont intenté une action pour faute professionnelle ? Voulez-vous avoir leurs noms ?

— Oui, bien sûr.

— C'est ce que je pensais. Les voilà. »

Richard jeta un coup d'œil aux deux noms inscrits sur la feuille que lui tendait Marge. *Anthony Caldwell, Old Country Lane, Peapack, New Jersey*, et *Anna Horan, 415 Walnut Street, Ridgefield Park, New Jersey*.

« C'est du bon travail, Marge », dit-il.

Elle hocha la tête. « Je sais, fit-elle d'un ton satisfait.

— Scott est au tribunal en ce moment. Voulez-vous lui laisser un mot pour qu'il m'appelle dès qu'il reviendra à son bureau ? Oh ! et dites au labo que je veux que l'on puisse rhabiller Vangie Lewis dès demain matin ! Tous les examens des vêtements doivent être terminés cet après-midi. »

Marge sortit et Richard attaqua le travail qui l'attendait sur son bureau.

Il était plus de seize heures quand Scott l'appela. Il écouta Richard lui dire qu'il voulait interroger les plaignants contre le docteur Highley et se montra peu convaincu. « Écoutez, de nos jours, il n'y a pas un médecin qui ne soit accusé de faute professionnelle. Si le docteur Schweitzer était encore en vie, je mets ma main au feu qu'il aurait à s'en défendre au beau milieu de la brousse. Mais faites-le si vous en avez envie. Nous nous ferons communiquer les dossiers de la clinique quand vous en aurez besoin. Je suis frappé par le taux élevé de décès en obstétrique, mais même cela peut paraître compréhensible. Il a affaire à des grossesses à très haut risque. »

La voix de Scott se fit plus grave. « Ce qui m'intéresse le plus dans cette histoire, c'est ce que le docteur Salem veut nous dire. Parlez-lui et revenez me voir. Ensuite, j'interviendrai. Entre vous et moi, Richard, je crois que nous allons accumuler suffisamment de preuves à l'encontre du commandant Lewis pour l'obliger à se mettre à table. Nous savons qu'il est incapable de justifier son emploi du temps à partir de lundi soir, quand sa femme est morte. Nous savons qu'Edna Burns lui a téléphoné mardi soir. Nous savons maintenant que le directeur de l'entreprise de pompes funèbres l'a quitté à vingt et une heures, mardi. Après quoi, il est resté seul et pourrait facilement s'être absenté. Supposons qu'il se soit rendu chez Edna ? Il est adroit de ses mains. Charley m'a dit qu'il y avait des outils très perfectionnés dans son garage. Edna était à moitié ivre quand elle lui a téléphoné. La voisine nous l'a dit. Supposons qu'il soit allé chez elle, qu'il ait forcé la serrure, pénétré dans l'appartement, et poussé cette pauvre femme avant qu'elle ne puisse reconnaître qui la frappait ?

Franchement, c'est comme cela que je vois les choses, et nous lui demanderons de s'en expliquer ici même ce soir.

— Vous avez peut-être raison, dit Richard. Mais je vais quand même me renseigner sur ces gens. »

Il joignit le docteur Alan Levine juste au moment où celui-ci quittait son cabinet « Je t'offre un verre, proposa Richard. J'en aurai à peine pour un quart d'heure. »

Ils convinrent de se retrouver au club de golf de Parkwood, à mi-chemin entre leurs deux bureaux. C'était un endroit qui avait l'avantage d'être tranquille en semaine. Ils pourraient parler au bar sans se soucier que l'on surprenne leur conversation, ni que l'on vienne les déranger.

Alan Levine était le portrait de Jimmy Stewart à cinquante-cinq ans – fait qui plaisait particulièrement à ses patientes les plus âgées. Ils se témoignèrent la cordialité spontanée de confrères qui se respectent mutuellement, aiment à prendre un pot ensemble quand leurs chemins se croisent, se saluent sur les terrains de golf.

Richard en vint directement au sujet. « Pour diverses raisons, nous nous intéressons à la clinique Westlake. Winifred Westlake était l'une de tes patientes. Son cousin a tenté d'insinuer qu'elle n'était pas morte d'une crise cardiaque. Que peux-tu me dire à ce sujet ? »

Alan Levine regarda Richard, avala une gorgée de son Martini, jeta un coup d'œil par la baie vitrée au chemin couvert de neige, et pinça les lèvres. « Je répondrai à cette question sur deux plans », dit-il lentement. « D'abord, en effet, Winifred était bien ma patiente. Pendant des années, elle a fait un début d'ulcère. En fait, elle avait tous les symptômes classiques d'un ulcère du duodénum, mais il n'est jamais apparu à la radio. Quand elle ressentait périodiquement des douleurs, je lui faisais faire les radios habituelles, j'obtenais des résultats négatifs, je prescrivais un régime spécial, et elle se sentait mieux presque immédiatement. Pas de gros problème.

« Puis, un an avant sa rencontre et son mariage avec Highley, elle a eu une sérieuse crise de gastro-entérite qui a modifié son électrocardiogramme. Je l'ai fait entrer à l'hôpital pour ce que je croyais être une crise cardiaque. Mais après deux jours d'hospitalisation, l'électrocardiogramme revint à la normale.

— Alors, penses-tu vraiment que cela pouvait être un problème cardiaque ? demanda Richard.

— Je ne crois pas. On ne l'a jamais décelé aux examens courants. Mais sa mère est morte d'une attaque à cinquante-huit ans. Et Winifred en avait presque cinquante-deux quand elle est morte. Elle avait pratiquement dix ans de plus que Highley, tu sais. Plusieurs années après leur mariage, elle a commencé à venir me voir plus souvent, se plaignant chaque fois de douleurs à la poitrine. Les examens ne signalaient rien. Je lui ai dit de surveiller son régime.

— Et ensuite, elle a eu une crise fatale ? » demanda Richard.

Son confrère hocha la tête. « Un soir, à l'heure du dîner, elle a eu une attaque. Edgar Highley a immédiatement appelé son service téléphonique.

Il a donné mon numéro de téléphone, celui de l'hôpital, et a demandé de prévenir la police. D'après ce qu'on m'a dit, Winifred est tombée dans les pommes à table pendant le dîner.

— Tu étais présent quand elle est morte ? interrogea Richard.

— Oui. Highley essayait encore de la réanimer. Mais c'était sans espoir. Elle est morte quelques minutes après mon arrivée.

— Et tu es convaincu que c'était une crise cardiaque ? » demanda Richard.

Levine marqua à nouveau un moment d'hésitation. « Elle s'était plainte de douleurs à la poitrine pendant des années. Les troubles cardiaques n'apparaissent pas toujours sur les électrocardiogrammes. Pendant les deux années qui ont précédé sa mort, elle souffrait périodiquement de forte tension artérielle. Il ne fait pas de doute que les maladies cardiaques sont souvent héréditaires. Oui, à cette époque, j'étais convaincu.

— *À cette époque*, souligna Richard.

— Je crois que la ferme conviction du cousin qu'il y avait quelque chose de suspect dans la mort de Winifred m'a troublé pendant ces trois dernières années. Je l'ai pratiquement jeté dehors quand il est venu me voir à mon cabinet pour m'accuser d'avoir falsifié les rapports médicaux. Je l'ai pris pour un parent frustré haïssant le type qui prenait sa place dans l'héritage. Mais Glenn Nickerson est un brave garçon. Il est entraîneur sportif à Parkwood, l'école où vont mes enfants maintenant. Ils l'adorent. C'est un bon père de famille, actif dans sa paroisse et au conseil municipal ; sûrement pas le genre d'homme à faire tout un foin parce qu'il est déshérité. Et il est certain qu'il devait savoir que Winifred laisserait ses biens à son mari. Elle était folle de Highley. Pourquoi, je n'ai jamais pu le comprendre. C'est un vrai pisse-froid, à supposer qu'il me soit arrivé d'en rencontrer.

— Tu ne sembles pas l'aimer. »

Alan Levine finit son verre. « Je ne l'aime pas, c'est vrai. Et tu as vu cet article qu'ils ont écrit sur lui dans *Newsmaker* ? Il est sorti aujourd'hui. Ils le mettent sur un piédestal. Cela va le rendre encore plus imbuvable, j'imagine. Mais je dois lui rendre cette justice, en tant que médecin, il est très fort.

— Assez fort pour avoir provoqué artificiellement une attaque cardiaque chez sa femme ? »

Le docteur Levine regarda Richard en face. « Franchement, j'ai souvent regretté de ne pas avoir insisté pour demander une autopsie. »

Richard régla l'addition. « Tu m'as été d'une grande aide, Alan. »

L'autre haussa les épaules. « Je ne vois pas comment. En quoi cela peut-il te servir ? »

— Pour le présent, cela me donne l'information nécessaire pour parler à certaines personnes. Après, qui sait ? »

Ils se séparèrent à l'entrée du bar. Richard chercha de la monnaie dans sa poche, se dirigea vers une cabine téléphonique et appela l'hôtel Essex House à New York. « Le docteur Emmet Salem, s'il vous plaît. »

Il entendit la sonnerie insistante d'un téléphone d'hôtel. Trois, quatre, cinq, six fois. La téléphoniste revint en ligne. « Je suis désolée, mais on ne répond pas.

— Êtes-vous sûre que le docteur Salem soit arrivé, demanda Richard.

— Oui, monsieur. Il a appelé spécialement pour dire qu'il attendait un coup de téléphone important et qu'il voulait être sûr de l'obtenir. Il y a seulement vingt minutes de cela. Mais je suppose qu'il a probablement changé d'avis. Parce que nous appelons bien sa chambre en ce moment et personne ne répond. »

35

Quand elle quitta le bureau de Scott, Katie fit venir Rita Castile et elles parcoururent toutes les deux les documents dont Katie aurait besoin pour les prochains procès. « Le vol à main armée sur la vingt-huitième rue, dit Katie. Celui où l'inculpé s'est fait raser les cheveux le matin après le crime. Nous aurons besoin du témoignage du coiffeur. Pas étonnant que les témoins n'aient pas pu l'identifier formellement. Bien que nous lui ayons fait porter une perruque pendant la séance d'identification, il n'était plus pareil.

— Le voilà. » Rita nota l'adresse du coiffeur. « C'est tout de même dommage que vous ne puissiez communiquer au jury que Benton a un casier judiciaire de délinquant juvénile.

— C'est la loi, soupira Katie. Je ne peux qu'espérer qu'elle s'arrêtera un jour de se mettre en quatre pour protéger les criminels. C'est à peu près tout ce que j'ai pour vous maintenant, mais je ne viendrai pas pendant le week-end, et la semaine prochaine sera épouvantable. Préparez-vous-y.

— Vous ne venez pas au bureau ? » Rita haussa les sourcils. « Eh bien, il est temps. Vous n'avez pas pris un seul week-end entier depuis deux mois. J'espère que vous partez quelque part et que vous allez vous amuser. »

Katie eut un sourire. « Je ne sais pas si ce sera bien drôle. Oh ! Rita, j'ai l'impression que Maureen est bouleversée par quelque chose, aujourd'hui ! Sans vouloir être indiscrète, savez-vous ce qu'elle a ? Est-elle encore déprimée par la rupture de ses fiançailles ? »

Rita secoua la tête. « Non, pas du tout. Ce n'était qu'une histoire de gosses, et elle le savait. L'habituel "ils sortent ensemble depuis qu'ils ont quinze ans", une bague le soir des fiançailles. Ils se sont tous les deux rendu compte l'été dernier qu'ils n'étaient pas mûrs pour se marier. Il est étudiant à présent ; il n'y a pas de problème.

— Alors, pourquoi est-elle si malheureuse ? demanda Katie.

— Le regret, dit simplement Rita. Au moment où ils ont rompu, elle s'est aperçue qu'elle était enceinte, et elle s'est fait avorter. Elle ne peut se débarrasser d'un sentiment de culpabilité. Elle m'a dit qu'elle passait son temps à rêver du bébé, qu'elle entendait un bébé pleurer et cherchait à le trouver. Elle dit qu'elle donnerait n'importe quoi pour l'avoir gardé, même si elle avait dû le faire adopter. »

Katie se rappela combien elle avait espéré attendre un enfant de John, et la colère qui s'était emparée d'elle en entendant quelqu'un faire remarquer après sa mort qu'il était heureux qu'elle ne restât pas coincée avec un bébé. « La vie est tellement mal faite, dit-elle. Celles qui ne le désirent pas sont enceintes, et ensuite il leur est si facile de faire une bêtise qu'elles regretteront tout le reste de leur vie. Mais ça explique tout. Merci de cette explication. J'avais peur d'avoir dit quelque chose qui ait pu la blesser.

— Mais non », dit Rita. Elle rassembla les dossiers que Katie lui avait confiés. « Très bien. Je vais m'occuper de ces assignations, et faire la chasse au coiffeur. »

Après le départ de Rita, Katie se laissa aller contre le dossier de sa chaise. Elle voulait avoir un autre entretien avec Gertrude Fitzgerald et Gana Krupshak. Mme Fitzgerald et Edna étaient de bonnes amies ; elles déjeunaient souvent ensemble. Mme Krupshak faisait fréquemment un saut chez Edna le soir. Edna leur avait peut-être raconté quelque chose sur le docteur Fukhito et Vangie Lewis. Cela valait la peine d'essayer.

Elle appela la clinique Westlake et on lui dit que Mme Fitzgerald était souffrante ; elle demanda et obtint son numéro de téléphone personnel. Quand Gertrude répondit, elle semblait encore très émue. Elle avait une voix faible et tremblante. « J'ai une de mes affreuses migraines, madame DeMaio, dit-elle, et ce n'est pas étonnant. Quand je pense à l'état dans lequel était Edna, pauvre amie…

— J'allais vous proposer de vous rencontrer à mon bureau ou chez vous, dit Katie. Mais je serai au tribunal toute la journée de demain, je crois donc qu'il nous faut attendre lundi. Il y a juste une chose que j'aimerais vous demander, madame Fitzgerald. Arrivait-il à Edna d'appeler "Prince

Charmant" l'un des médecins avec lesquels elle travaillait ?

— *Prince Charmant* ? » Gertrude Fitzgerald paraissait stupéfaite. « Prince Charmant ? Seigneur Jésus. Le docteur Highley ou le docteur Fukhito ? Qui aurait l'idée de les appeler comme ça ? Dieu du Ciel, non.

— Très bien. C'était juste une idée. » Katie lui dit au revoir et composa le numéro de Mme Krupshak. Le gardien répondit. Sa femme était sortie, expliqua-t-il. Elle serait de retour vers dix-sept heures.

Katie jeta un coup d'œil au réveil. Il était seize heures trente. « Pensez-vous qu'elle verrait un inconvénient à ce que je m'arrête en passant pour lui parler quelques instants ? Je vous assure que je n'en aurai pas pour longtemps.

— Voyez vous-même, répondit sèchement l'homme avant d'ajouter : Qu'est-ce qui se passe avec l'appartement Burns ? Ça va durer combien de temps avant qu'il soit évacué ?

— Personne ne doit entrer dans cet appartement avant que nous ne l'autorisions », répondit Katie d'un ton cassant. Elle raccrocha, fourra quelques dossiers dans sa serviette et prit son manteau. Elle avait juste le temps de passer voir Mme Krupshak avant de rentrer chez elle se changer. Elle ne resterait pas tard chez Molly ce soir. Elle voulait avoir une bonne nuit de sommeil avant l'intervention. Elle savait qu'elle ne dormirait pas à la clinique.

Elle avait évité de justesse les encombrements du soir et Mme Krupshak était chez elle quand elle sonna à la porte. « Alors, on peut dire que vous tombez pile ! » s'exclama-t-elle en voyant Katie. Le choc provoqué par la découverte du corps d'Edna se dissipait déjà, et elle commençait très nettement à prendre plaisir à l'agitation de l'enquête policière.

« C'est mon après-midi de bingo, ajouta-t-elle. Quand j'ai dit à mes amies ce qui était arrivé, elles ont failli en laisser tomber leurs cartes. »

Pauvre Edna ! pensa Katie, avant de réaliser qu'Edna aurait adoré être le centre d'une conversation animée.

Mme Krupshak la fit entrer dans une pièce de séjour en L, réplique exacte de celle de l'appartement dans lequel avait vécu Edna. La pièce de séjour d'Edna était meublée d'un vieux canapé de velours, assorti aux chauffeuses à dossier droit, d'un tapis d'Orient aux tons passés. Comme Edna, elle avait une sorte de noblesse naturelle.

La femme du gardien avait un canapé et un fauteuil club en imitation cuir, une table basse avec un bouquet de fleurs en plastique planté au beau milieu et une reproduction dans les teintes flamboyantes au-dessus du canapé qui rappelait le ton agressif de la moquette. Katie s'assit. Cette pièce est quelconque, se dit-elle, sans imagination, mais propre et confortable ; l'on devine que malgré un mari brutal et peu sociable, Gana Krupshak est une femme heureuse. Katie se demanda alors pourquoi elle s'intéressait soudain à la définition du bonheur.

Avec un haussement d'épaules intérieur, elle se concentra sur les questions qu'elle voulait poser.

« Madame Krupshak, dit-elle, nous avons parlé hier soir, mais vous étiez très bouleversée, bien sûr. Maintenant, je me demande si vous accepteriez d'examiner soigneusement avec moi ce qui s'est passé la nuit dernière : combien de temps êtes-vous restée avec Edna ? De quoi avez-vous parlé ? Avez-vous eu l'impression qu'elle donnait rendez-vous au commandant Lewis quand elle lui a téléphoné ? »

Gana Krupshak s'appuya au dossier de sa chaise, regarda au-delà de Katie, ferma à demi les yeux et se mordit la lèvre.

« Eh bien, voyons. Je suis passée voir Edna le soir à huit heures juste, parce que Gus s'est mis à regarder le match de basket-ball et que je me suis dit, je vais aller chez Edna et prendre un verre de bière avec elle.

— Et vous y êtes allée, l'encouragea Katie.

— Oui. Seulement voilà, Edna avait préparé une carafe de Manhattan, il n'en restait que la moitié, et elle était déjà bien partie. Vous savez ce que c'est, il y a des jours où elle avait le cafard, le moral à zéro, si vous voyez ce que je veux dire, et j'ai pensé qu'elle était dans un de ces jours-là. C'est comme jeudi dernier, c'était l'anniversaire de sa mère, et je suis passée chez elle, et elle pleurait parce que sa mère lui manquait. Maintenant, je ne veux pas dire qu'elle se défoulait sur vous, ça non, mais quand je me suis arrêtée chez elle jeudi, elle était assise avec la photo de ses parents dans ses mains, la boîte à bijoux sur ses genoux, et les larmes lui coulaient sur les joues. Je l'ai serrée bien fort dans mes bras, et je lui ai dit : "Edna, je vais vous servir un bon Manhattan et nous allons boire à votre maman, qui se joindrait à nous si elle était là." Alors, si vous voyez ce que je veux dire, j'ai essayé de plaisanter pour lui enlever ses idées noires, et après ça allait mieux. Mais quand je suis passée mardi soir et que je l'ai vue si mal fichue, j'ai pensé qu'elle repiquait un coup de cafard.

— Vous a-t-elle dit qu'elle était encore déprimée mardi soir ? demanda Katie.

— Non. Non. C'est ça justement. Elle était comme qui dirait surexcitée. Elle parlait d'une façon décousue de cette patiente qui était morte, elle disait qu'elle était si belle, comme une poupée, qu'elle avait été très malade et qu'elle – Edna – avait des tas de choses à raconter aux flics à son sujet.

— Et qu'est-il arrivé après ? demanda Katie.

— Eh bien, j'ai pris un Manhattan, ou deux, avec elle et j'ai ensuite pensé que je ferais mieux de rentrer chez moi parce que Gus allait piquer une rogne si j'étais encore dehors quand il irait se coucher. Mais ça me faisait de la peine de penser qu'Edna allait encore boire, parce que je savais qu'elle se sentirait vraiment mal le lendemain matin, alors j'ai sorti ce jambon en boîte, je l'ai ouvert et j'en ai coupé quelques tranches.

— Et c'est à ce moment-là qu'elle a téléphoné ?

— Juste comme je vous l'ai raconté hier soir.

— Et elle a parlé au commandant Lewis du Prince Charmant ?

— Dieu m'en est témoin.

— Très bien, mais une dernière chose, madame Krupshak ; savez-vous si Edna conservait des vêtements de sa mère en souvenir d'elle ?

— Des vêtements ? Non. Elle avait une belle broche et une bague avec un diamant.

— Oui, oui. Nous les avons trouvées hier. Mais – eh bien par exemple, ma mère gardait le vieux chapeau de feutre noir de sa mère dans son placard pour des raisons sentimentales. J'ai remarqué un vieux mocassin dans le tiroir où Edna rangeait ses bijoux. Il était complètement déformé. Vous l'a-t-elle jamais montré, y a-t-elle fait allusion un jour ? »

Gana Krupshak regarda franchement Katie. « Jamais », répondit-elle catégoriquement.

36

L'article du *Newsmaker* sortit le jeudi matin. Le téléphone se mit à sonner dès qu'Edgar Highley arriva à son bureau après l'accouchement du bébé Aldrich. Il demanda au standard de lui passer directement les communications. Il voulait entendre les commentaires. Ils dépassèrent ses espérances. « Docteur, quand puis-je obtenir un rendez-vous ? Mon mari et moi désespérons d'avoir un bébé. Je peux prendre l'avion pour le New Jersey quand cela vous conviendra. Dieu vous bénisse pour ce que vous faites. » L'école de médecine de Dartmouth appela. Aurait-il l'amabilité de donner une conférence ? Un rédacteur du *Ladies' Home Journal* désirait l'interviewer. Le docteur Highley et le docteur Fukhito accepteraient-ils de participer ensemble à l'émission télévisée *Témoignage en direct ?*

Cette dernière demande le contraria. Il avait pris soin de donner à la journaliste du *Newsmaker* l'impression qu'il travaillait en collaboration avec un certain nombre de psychiatres. Il avait clairement laissé entendre qu'il dirigeait seul le programme de la clinique, que ce n'était pas un travail d'équipe. Mais la journaliste avait appris l'existence de Fukhito par quelques-unes des patientes sûres qu'il lui avait laissé interroger. Elle faisait donc passer Fukhito pour le psychiatre qui semblait être associé avec le docteur Edgar Highley dans le Concept de Maternité Westlake.

Fukhito serait extrêmement ennuyé par la publicité. C'est bien la raison pour laquelle il l'avait choisi. Fukhito serait obligé de rester muet, même si jamais il commençait à avoir des soupçons. Il ne pouvait pas se permettre de laisser le plus petit scandale frapper Westlake. Il serait définitivement perdu si cela arrivait.

Fukhito était un handicap certain. Il serait assez facile de s'en débarrasser maintenant. Il donnait beaucoup de son temps bénévolement à la clinique de Valley Pines ; il pourrait facilement être intégré dans leur équipe. Fukhito ne demanderait pas mieux que de se mettre à l'abri. Il le remplacerait par plusieurs psychiatres, il en connaissait suffisamment qui n'étaient pas aptes à conseiller qui que ce soit, et seraient faciles à tromper.

Il fallait que Fukhito s'en aille.

Sa décision prise, il fit introduire sa première patiente. Elle était nouvelle, comme l'étaient celles des deux rendez-vous suivants. La troisième était un cas intéressant : un utérus tellement étroit qu'elle ne pourrait jamais concevoir sans intervention.

Elle serait sa prochaine Vangie.

Le téléphone sonna à midi, juste au moment où il partait déjeuner. L'infirmière qui assurait la réception prit un air d'excuse. « Docteur, c'est un appel de Minneapolis d'un certain docteur Emmet Salem. Il téléphone de l'aéroport et insiste pour vous parler immédiatement. »

Emmet Salem ! Il prit l'appareil. « Ici Edgar Highley.

— Le docteur Highley. » La voix était glaciale. « Le docteur Highley de l'hôpital du Christ dans le Devon ?

— Lui-même. » Une peur glacée lui souleva le cœur. Il avait la langue pâteuse, les lèvres sèches.

« Docteur Highley, j'ai appris hier soir que vous soigniez mon ancienne patiente, Mme Vangie Lewis. Je prends l'avion pour New York à l'instant même. Je descendrai à l'hôtel Essex House. Je dois vous prévenir que j'ai l'intention de rencontrer le médecin légiste du New Jersey au sujet de la mort de Mme Lewis. J'ai son dossier médical avec moi. Pour être honnête avec vous, je propose que nous parlions de son cas avant que je ne porte des accusations.

— Docteur, je suis extrêmement surpris par votre ton et vos insinuations. » Il pouvait parler à présent. À présent, sa propre voix s'était durcie.

« Mon vol est annoncé. J'ai la chambre 3219 à l'Essex House. J'y serai avant cinq heures de l'après-midi. Vous pouvez m'y appeler. » La communication fut coupée.

Il attendait à l'intérieur de l'Essex House quand Emmet Salem descendit du taxi. Il s'engouffra rapidement dans une cabine d'ascenseur, monta au trente-deuxième étage, dépassa la chambre 3219 et longea le couloir jusqu'à l'endroit où il tournait à angle droit. Une autre cabine s'arrêta à l'étage. Il entendit le déclic d'une clé, le chasseur qui disait, « Voici, docteur. » Une minute plus tard, le chasseur apparut à nouveau. « Merci, docteur. »

Il attendit que l'ascenseur s'arrêtât à l'étage pour le chasseur. Les couloirs étaient déserts. Mais pas pour longtemps. Beaucoup de membres de l'AMA séjournaient probablement ici. Il risquait à tout instant de tomber sur une personne connue. Mais il devait prendre ce risque. Il devait réduire Salem au silence.

Il ouvrit d'un geste prompt sa trousse en cuir et sortit le presse-papiers qu'il avait eu l'intention d'utiliser à peine quarante-huit heures auparavant pour faire taire Edna. Quelle absurdité de penser que lui, le guérisseur, le docteur, se trouvât chaque fois dans l'obligation de tuer !

Il glissa le presse-papiers dans la poche de son manteau, enfila ses gants et, tenant fermement la trousse de sa main gauche, il frappa à la porte.

Emmet Salem ouvrit. Il venait juste d'ôter sa veste. « Oublié quelque chose ? » Sa voix s'attarda. Il croyait visiblement que c'était le chasseur qui revenait.

« Docteur Salem ! » Il tendit la main à Emmet Salem, marchant vers lui, l'obligeant à reculer dans la pièce et refermant discrètement la porte. « Je suis Edgar Highley. Enchanté de vous revoir. Vous avez raccroché si brusquement sans me laisser le temps de vous dire que je devais dîner avec plusieurs confrères venus assister au congrès. Je n'ai que quelques minutes, mais je suis sûr que nous pouvons éclaircir certaines questions. »

Il continuait à avancer, forçant toujours l'autre à reculer. La fenêtre derrière Salem était grande ouverte. Il avait sans doute demandé au chasseur de l'ouvrir. Il faisait très chaud dans la chambre. Le rebord était bas. Ses yeux s'étrécirent. « J'ai essayé de vous téléphoner, mais votre numéro est en dérangement.

— C'est impossible. Je viens de parler à la standardiste. » Le docteur Salem se raidit, l'air soudain méfiant.

« Je vous prie donc de m'excuser. Mais peu importe. Je suis très impatient d'examiner le dossier avec vous. Je l'ai ici dans ma trousse. » Il sortit le presse-papiers de sa poche et cria, « Docteur, derrière vous, attention ! »

L'homme se retourna. Tenant le presse-papiers serré dans sa main, Highley en frappa de toutes ses forces le crâne de Salem. Le coup fit chanceler Emmet Salem. Il s'affaissa contre l'appui de la fenêtre.

Remettant hâtivement le presse-papiers dans sa poche, Edgar Highley prit les pieds d'Emmet Salem entre ses deux mains et le fit basculer à l'extérieur.

« Non. Non. Seigneur, par pitié ! » L'homme à demi inconscient glissa par la fenêtre.

Il regarda froidement Salem tomber sur le toit d'une aile du bâtiment quinze étages plus bas.

Le corps s'écrasa avec un bruit sourd.

L'avait-on vu ? Il devait partir en vitesse. Il sortit un trousseau de clés de la veste de Salem posée sur le lit. La plus petite était celle de l'attaché-case sur le porte-bagages.

Le dossier de Vangie Lewis était placé sur le dessus de la mallette. Il s'en empara, le glissa dans sa trousse, referma l'attaché-case de Salem, remit la clé dans la poche de son costume. Il sortit le presse-papiers de sa propre poche et le mit dans sa trousse avec le dossier. La blessure n'avait pas fait d'éclaboussures de sang, mais le presse-papiers était poisseux.

Il referma sa trousse et jeta un coup d'œil autour de lui. La chambre était dans un ordre parfait. Il n'y avait aucune trace de sang sur le rebord de la fenêtre. Le tout lui avait demandé moins de deux minutes.

Il ouvrit la porte avec précaution, et jeta un coup d'œil à l'extérieur. Le couloir était désert. Il sortit. Au moment où il refermait la porte, le téléphone sonna dans la chambre de Salem.

Il préféra ne pas risquer qu'on le voie en train de prendre l'ascenseur à cet étage. Sa photo se trouvait dans le *Newsmaker*. On pourrait interroger des gens plus tard. Il pourrait être reconnu.

L'escalier de secours se trouvait au bout du couloir. Il descendit quatre étages jusqu'au vingt-huitième. Là, il revint dans le couloir. Un ascenseur s'arrêta. Il le prit, parcourant du regard les visages des occupants. Plusieurs femmes, un couple d'adolescents, un couple plus âgé. Aucun médecin. Il en était certain.

Dans le hall de l'hôtel, il se dirigea rapidement vers la sortie sur la cinquante-huitième rue, tourna à droite, et puis à gauche. Dix minutes plus tard, il récupérait sa voiture dans un parking sur la cinquante-quatrième rue Ouest, jetait sa trousse dans la malle et démarrait.

37

C hris arriva à l'aéroport de Minneapolis à treize heures cinquante. Il avait une heure d'attente avant le départ de l'avion pour Newark. Le corps de Vangie prenait le même vol que lui. Hier, à l'aller, il n'avait pu penser à autre chose qu'au cercueil dans la soute de l'appareil. Il se rattachait à quelque semblant de réalité en se disant que bientôt tout serait terminé.

Il devait voir le docteur Salem. Pourquoi celui-ci s'était-il montré si bouleversé ? Ce soir, quand Chris débarquerait de l'avion à Newark, les auxiliaires du médecin légiste seraient là pour récupérer le corps de Vangie.

Et les représentants du procureur l'attendraient, lui. Cette certitude obsédait Chris. Bien sûr. S'ils avaient des doutes – quels qu'ils soient – sur la mort de Vangie, ils chercheraient la réponse de son côté. Ils seraient là à l'attendre, et ils l'emmèneraient pour l'interroger. Il se pourrait même qu'ils l'arrêtent. S'ils avaient fait une enquête, ils savaient à présent qu'il était retourné lundi soir dans le New Jersey. Il devait voir le docteur

Salem. Il n'aurait plus la possibilité de lui parler, si on le retenait pour l'interroger. Il ne voulait pas mentionner le docteur Salem au bureau du procureur.

Il pensa une fois encore à Molly et à Bill Kennedy. Qu'importait que Molly fût la sœur de Katie DeMaio. C'étaient des gens bien, honnêtes. Il aurait dû leur faire confiance, leur parler. Il devait parler à quelqu'un.

Il fallait qu'il parlât à Joan.

Le besoin qu'il avait d'elle était irrésistible. Dès le moment où il commencerait à dire la vérité, Joan serait impliquée.

Joan, qui dans ce piètre monde n'enfreignait pas certains principes, allait être traînée dans la boue.

Il avait le numéro de téléphone de l'hôtesse chez qui elle habitait en Floride. Sans savoir ce qu'il allait dire, il se dirigea vers le téléphone, donna machinalement le numéro de sa carte de crédit, entendit la sonnerie.

Kay Corrigan répondit. « Kay, Joan est-elle là ? C'est Chris. »

Kay était au courant de leurs relations. Sa voix était inquiète quand elle répondit. « Chris, Joan a essayé de vous joindre. Tina a appelé de l'appartement de New York. Les inspecteurs du procureur du comté de Valley sont venus poser toutes sortes de questions à votre sujet à tous les deux. Joan est dans tous ses états.

— Quand doit-elle rentrer ?

— Elle est allée visiter son nouvel appartement. Il n'y a pas encore le téléphone. De là, elle doit se rendre au bureau du personnel de la compagnie à Miami. Elle ne sera pas de retour avant environ huit heures ce soir.

— Dites-lui de ne pas bouger et d'attendre que je l'appelle, dit Chris. Dites-lui que je dois lui parler. Dites-lui... » Il coupa la communication, s'appuya contre l'appareil et refoula un sanglot. Oh ! mon Dieu ! C'était trop, beaucoup trop. Il n'arrivait pas à penser. Il ne savait plus quoi faire. Et dans quelques heures il serait arrêté, soupçonné d'avoir tué Vangie... peut-être *accusé* du meurtre de Vangie.

Non. Il y avait une solution. Il allait prendre un vol sur La Guardia. C'était encore possible. Il pourrait alors se rendre à Manhattan et voir le docteur Salem dès son arrivée à son hôtel. Les inspecteurs du procureur ne se rendraient compte de son absence sur le vol de Newark qu'après dix-huit heures. Le docteur Salem pourrait peut-être l'aider d'une façon ou d'une autre.

Il faillit ne pas avoir de place pour La Guardia. La classe touriste était complète, mais il prit un billet de première et put monter dans l'avion. Il ne s'occupa pas de ses bagages ; ils étaient enregistrés sur Newark.

À bord, il accepta l'apéritif que lui tendait l'hôtesse, refusa d'un geste le repas, et feuilleta le magazine *Newsmaker* avec indifférence. La page s'ouvrit à SCIENCE ET MÉDECINE. Son regard tomba sur le titre : « Le Concept de Maternité Westlake offre un nouvel espoir aux couples sans enfants. » *Westlake*. Il lut le premier paragraphe. « Depuis huit ans, une petite clinique privée dans le New

Jersey applique une méthode appelée le Concept de Maternité Westlake qui permet aux femmes stériles de devenir enceintes. Ainsi nommée en souvenir d'un célèbre obstétricien du New Jersey, cette méthode est poursuivie par le docteur Edgar Highley, obstétricien gynécologue, qui est le gendre du docteur Franklin Westlake... »

Le docteur Edgar Highley. Le médecin de Vangie. Comme c'est curieux qu'elle lui en ait si peu parlé. C'était toujours le psychiatre. « Le docteur Fukhito et moi avons parlé de papa et maman aujourd'hui... il dit qu'il est visible que je suis une enfant unique... Le docteur Fukhito m'a demandé de faire le portrait de papa et maman tels que je me les représentais ; c'était fascinant. Je veux dire, c'était vraiment intéressant de voir comment je me les représentais. Le docteur Fukhito m'a posé des questions à ton sujet, Chris.

— Et que lui as-tu dit, Vangie ?

— Que tu m'adorais. C'est vrai, n'est-ce pas, Chris ? Je veux dire, en dépit de cette manière condescendante que tu as avec moi, n'est-ce pas que je suis ta petite fille ?

— Je préférerais te considérer comme ma femme, Vangie.

— Tu vois, c'est impossible de parler avec toi. Tu deviens toujours désagréable. »

Il se demanda si la police avait parlé à l'un ou à l'autre des médecins de Vangie.

Elle semblait si mal le mois dernier. Il lui avait suggéré de demander une consultation à un autre médecin. Celui de la compagnie lui recommande-rait quelqu'un. Ou bien Bill Kennedy pourrait sûrement lui conseiller un de ses confrères à Lenox Hill. Mais Vangie avait bien sûr refusé.

Et de son propre chef elle avait pris rendez-vous avec le docteur Salem.

L'avion atterrit à seize heures trente. Chris traversa en courant l'aérogare, héla un taxi. Un des rares coups de chance de cette journée de malheur serait d'éviter les embouteillages de dix-sept heures.

« Hôtel Essex House, s'il vous plaît », dit-il au chauffeur.

Il était dix-sept heures moins deux minutes quand il arriva à l'hôtel. Il se dirigea vers le téléphone du hall. « Le docteur Salem, je vous prie.

— Certainement, monsieur. »

Il y eut un silence. « La ligne est occupée, monsieur. » Il raccrocha. Au moins, le docteur Salem était là. Au moins, il avait une chance de lui parler. Il se souvint qu'il avait inscrit le numéro de chambre du docteur dans son calepin ; il le trouva et composa le 3219. Le téléphone sonna… encore… encore. À la sixième fois, il raccrocha et demanda le standard. Expliquant que la ligne était occupée à peine quelques minutes auparavant, il demanda à la standardiste d'appeler pour lui.

La standardiste hésita, parla à quelqu'un, revint en ligne. « Monsieur, je viens juste de dire la même chose à quelqu'un d'autre. Le docteur Salem est arrivé à l'hôtel, s'est mis en rapport avec moi pour dire qu'il attendait un appel important et s'assurer qu'on le lui passe, et ensuite il semble qu'il soit sorti. Pourquoi ne rappelez-vous pas dans quelques minutes ?

— C'est ce que je vais faire. Merci. » Indécis, Chris raccrocha, se dirigea vers un siège dans l'entrée en face des ascenseurs de l'aile sud et s'assit. Les cabines s'ouvraient, déchargeaient leurs occupants, se remplissaient, disparaissaient, accompagnées par la traînée lumineuse des indicateurs d'étages.

Une cabine attira son attention. Il crut trouver un air vaguement familier à quelqu'un à l'intérieur. Le docteur Salem ? Il examina rapidement les occupants. Trois femmes, quelques jeunes gens, un couple plus âgé, un homme d'âge moyen avec un manteau à col relevé. Non. Ce n'était pas le docteur Salem.

À dix-sept heures trente, Chris appela à nouveau. Et à dix-sept heures quarante-cinq. À dix-huit heures, il entendit des chuchotements se répandre dans le hall de l'hôtel comme un feu de brousse. « Quelqu'un a sauté d'une fenêtre. Le corps s'est écrasé sur le toit d'une aile du bâtiment. » Venant de Central Park Sud, les sirènes d'une ambulance et des voitures de police se rapprochaient en un fracas étourdissant.

Avec une certitude désespérée, Chris se dirigea vers le bureau du concierge. « Qui est-ce ? » demanda-t-il. Il avait pris un ton cassant, autoritaire, laissant entendre qu'il avait le droit de savoir.

« Le docteur Emmet Salem. C'était un gros ponte de l'AMA. Chambre 3219. »

Marchant du pas mécanique d'un automate, Chris poussa la porte à tambour qui donnait sur la cinquante-huitième rue. Un taxi roulait vers l'est

270

de la ville. Il le héla, monta dans la voiture et s'enfonça dans le siège en fermant les yeux. « La Guardia, s'il vous plaît, dit-il. Aéroport des lignes intérieures. »

Il y avait un vol à dix-neuf heures pour Miami. Il pouvait l'attraper.

Dans trois heures, il serait avec Joan.

Il devait voir Joan, essayer de lui faire comprendre avant d'être arrêté.

38

Jennifer ouvrit la porte au moment où Katie arrivait. « Salut », dit-elle d'une voix joyeuse en l'embrassant avec fougue. Elles se sourirent. Avec ses yeux d'un bleu profond et son teint mat, Jennifer était une réplique de Katie en plus jeune.

« Salut, Jennie. Comment te sens-tu ?

— Très bien. Et toi ? J'étais si inquiète quand maman m'a raconté ton accident. Tu es sûre que tu vas bien maintenant ?

— Disons que la semaine prochaine je serai en pleine forme. » Elle changea de sujet. « Tout le monde est là ?

— Tout le monde. Le docteur Richard est là aussi... Tu sais quelle a été sa première question ?

— Non.

— Katie est-elle arrivée ? Je te jure qu'il en pince pour toi, Katie. Maman et papa le pensent aussi. Je les ai entendus en parler. Et toi ? Tu es amoureuse de lui ?

— Jennifer ! » Mi-amusée, mi-irritée, Katie monta les quelques marches qui menaient au petit bureau à l'arrière de la maison, puis jeta un coup d'œil par-dessus son épaule. « Où sont les enfants ?

— Maman les a envoyés dîner avec une baby-sitter dans un McDonald avant d'aller au cinéma. Elle a dit que le bébé des Berkeley ne dormirait jamais si les jumeaux restaient à la maison.

— Bien raisonné », murmura Katie. Elle traversa le couloir et se dirigea vers le petit bureau. Elle était rentrée chez elle prendre une douche et se changer après avoir quitté Gana Krupshak. Elle était partie de chez elle à dix-huit heures quinze en pensant : dans quelques minutes Chris sera dans le bureau de Scott, en train d'être interrogé… Quelle raison allait-il donner pour n'avoir pas avoué qu'il se trouvait dans le New Jersey le lundi soir ? Pourquoi ne l'avait-il pas dit spontanément ?

Elle se demanda si Richard avait déjà parlé au médecin du Minnesota. Il aurait pu éclairer un certain nombre de questions. Elle essayerait de prendre Richard à part pour le lui demander.

En conduisant, elle avait pris la résolution d'oublier cette affaire pour le reste de la soirée. Cesser d'y penser pendant un moment l'aiderait peut-être à trouver les fils conducteurs qui continuaient à lui échapper.

Elle entra dans le petit bureau. Assis sur le divan, Liz et Jim Berkeley lui tournaient le dos. Bill et Richard parlaient près de la fenêtre. Katie observa Richard. Il portait un costume bleu marine à fines rayures qu'elle ne lui avait jamais vu. Ses doigts sur le pied du verre étaient longs et minces. Elle remarquait pour la première fois qu'il avait quelques mèches grisonnantes. C'est curieux, elle ne s'était jamais arrêtée aux détails jusqu'à aujourd'hui. Elle avait l'impression d'être un appareil photo bloqué sur une position et qui venait d'être mis au point. Richard avait l'air grave. Il plissait le front. Elle se demanda s'il était en train de parler du fœtus de Vangie à Bill. Non, il n'en aurait pas parlé, même à Bill.

Richard tourna alors la tête et l'aperçut. Un sourire accompagna le ton enjoué de sa voix. Il s'avança rapidement vers elle. « Je guettais la sonnette de l'entrée. »

Durant ces trois années, elle était si souvent entrée dans une pièce où elle se sentait l'élément dépareillé, la femme seule, au milieu des couples. Et ce soir, Richard l'attendait, guettait son arrivée.

Avant qu'elle n'ait eu le temps d'analyser ses sentiments, Molly et Bill lui disaient bonsoir, Jim Berkeley se levait, c'était l'habituelle confusion des salutations.

En se dirigeant vers la salle à manger, elle s'arrangea pour demander à Richard s'il avait pu joindre le docteur Salem. « Non. J'ai dû le manquer à cinq minutes près, expliqua Richard. J'ai encore essayé d'appeler de chez moi à six heures, mais sans résultat. J'ai laissé le numéro d'ici au standard de l'hôtel et à mon répondeur. J'ai hâte de savoir ce que cet homme peut avoir à nous dire. »

D'un commun accord, personne ne parla du suicide Lewis jusqu'à la fin du dîner. Une réflexion de Liz les amena alors à aborder le sujet. « Ouf ! J'avoue que je redoutais que Maryanne ne se réveillât et ne fît des histoires. Pauvre bébé, ses gencives sont tellement gonflées qu'elle est affreusement grognon. »

Jim Berkeley rit. C'était un beau brun aux pommettes hautes, aux yeux d'un noir brillant et aux épais sourcils sombres. « Quand Maryanne est née, Liz la réveillait tous les quarts d'heure pour s'assurer qu'elle respirait bien. Mais depuis qu'elle fait ses dents, Liz devient comme toutes les mères. » Il imita la voix de sa femme. « Ne fais pas de bruit, idiot, tu vas réveiller le bébé. »

Liz, un type à la Carol Burnett, avec sa minceur robuste, un visage ouvert et attrayant et des yeux bruns vifs, fit une grimace à son mari. « Admets que je me suis beaucoup calmée. Mais elle est une telle bénédiction pour nous. J'étais prête à abandonner tout espoir et nous envisagions l'adoption, mais on ne trouve plus de bébés à adopter maintenant. Ils nous ont conseillé de laisser tomber, surtout lorsqu'on a près de quarante ans comme nous. Et c'est alors que nous avons rencontré le docteur Highley. C'est un faiseur de miracles, cet homme. »

Katie vit les yeux de Richard s'étrécir. « Vous le pensez sincèrement ? demanda-t-il d'un ton dubitatif.

— Absolument. Bien sûr, le docteur Highley n'est pas la personne la plus chaleureuse qui soit, commença Liz.

— Tu veux dire que c'est un fameux égoïste et le type le plus froid que j'aie jamais rencontré, l'interrompit son mari. Mais là n'est pas la question. L'important est qu'il connaît parfaitement son métier, et je dois reconnaître qu'il s'est merveilleusement occupé de Liz. Il l'a hospitalisée presque

deux mois avant l'accouchement et il est personnellement venu la voir deux ou trois fois par jour.

— Il agit ainsi pour toutes les grossesses difficiles, dit Liz. Pas seulement avec moi. Écoute, je
remercie cet homme chaque soir. Le bébé a totalement transformé notre vie. Et ne vous laissez
pas avoir par celui-là – elle désigna son mari d'un
signe de tête – il se lève dix fois par nuit pour aller
voir si Maryanne est bien couverte, s'il n'y a pas
de courant d'air. Dis la vérité. » Elle le regarda.
« Quand tu es monté tout à l'heure, tu n'as pas
été lui jeter un petit coup d'œil ? »

Il rit. « Bien sûr que si. »

Molly dit tout haut ce que pensait Katie. « Voilà
ce qu'aurait ressenti Vangie Lewis pour son enfant. »

Richard interrogea Katie du regard. Elle secoua
la tête, sachant qu'il se demandait si elle avait
raconté à Molly et à Bill que le bébé Lewis était de
race orientale. Richard fit délibérément dévier la
conversation. « J'ai entendu dire que vous aviez
vécu à San Francisco, dit-il à Jim. J'y suis né moi-
même. En fait, mon père exerce encore à l'hôpital
général de San Francisco.

— C'est une de mes villes préférées, expliqua
Jim. Nous y retournerions sur-le-champ, n'est-ce
pas Liz ? »

Katie écoutait d'une oreille distraite tout le
monde bavarder autour d'elle, participant suffisamment à la conversation pour que son silence
ne se remarquât pas. Elle avait tant de choses à
l'esprit. Ces quelques jours à la clinique lui donneraient le temps de réfléchir. Elle avait la tête qui

276

tournait et se sentait lasse, mais elle ne voulait pas partir trop tôt de peur de gâcher la soirée.

L'occasion se présenta quand ils se levèrent de table pour aller prendre un dernier verre au salon. « Je vais vous dire bonsoir, dit-elle. Je dois vous avouer que je n'ai pas beaucoup dormi cette semaine et que je suis morte de fatigue. »

Molly la regarda d'un air entendu sans protester. Richard dit : « Je vous raccompagne à votre voiture.

— Merci. »

L'air de la nuit était frais et elle frissonna quand ils s'engagèrent dans l'allée. Richard le remarqua immédiatement. « Katie, vous m'inquiétez, dit-il. Je vois bien que vous ne tenez pas votre forme habituelle. Vous ne semblez pas vouloir en parler, mais au moins dînons ensemble demain soir. À la façon dont s'annonce l'affaire Lewis, ce sera dément au bureau demain.

— Richard, je suis désolée. Je ne peux pas. Je ne serais pas là pendant le week-end. » Katie se rendit compte qu'elle prenait un ton d'excuse.

« Comment ? Avec tout ce qui se passe au bureau ? Scott est au courant ?

— Je… je me suis engagée. » Quelle piètre et stupide excuse ! pensa Katie. C'est ridicule. Je vais lui dire que je rentre à la clinique. Les lumières de l'allée éclairaient le visage de Richard : sa déception et sa désapprobation étaient manifestes.

« Richard, ce n'est pas une chose dont j'aime discuter, mais… »

La porte de la maison s'ouvrit brutalement. « Richard, Richard ! cria Jennifer d'un ton précipité et plein d'excitation. Clovis Simmons vous demande au téléphone.

— Clovis Simmons ! dit Katie. N'est-ce pas cette actrice qui joue dans un feuilleton à la télévision ?

— Si. Oh ! Bon Dieu, je devais l'appeler et j'ai oublié. Attendez-moi, Katie. Je reviens tout de suite.

— Non. Je vous verrai demain matin. Allez-y. » Katie monta dans sa voiture et tira la portière à elle. Elle fouilla dans son sac, en sortit la clé de contact et démarra. Richard resta un instant indécis avant de courir vers la maison, entendant s'éloigner la voiture de Katie. Au diable, pensa-t-il, avoir choisi ce moment-là. Son « Allô, Clovis » fut sec.

« Alors, docteur, il est regrettable que j'aie à te poursuivre, mais nous avions parlé de dîner ensemble, non ?

— Clovis, je suis désolé. » Non, Clovis, pensait-il. *Tu* avais parlé de dîner. Pas moi.

« Si je comprends bien, il est un peu tard maintenant. » Elle avait un ton froid. « En fait, je viens juste de rentrer de l'enregistrement, et je voulais m'excuser au cas où tu aurais retenu ta soirée. J'aurais pu me douter. »

Richard lança un coup d'œil à Jennifer à côté de lui.

« Clovis, écoute, laisse-moi t'appeler demain. Je ne peux pas te parler maintenant. »

Il entendit un déclic, raccrocha lentement le téléphone. Clovis était furieuse, mais surtout, elle avait de la peine. On croit toujours que les gens font partie du décor, pensa-t-il. Je ne m'inquiétais pas de ses sentiments, uniquement parce que je ne la prenais pas au sérieux. Demain, il ne lui resterait plus qu'à lui téléphoner pour s'excuser et à avoir l'honnêteté de lui dire qu'il y avait quelqu'un d'autre dans sa vie.

Katie. Où allait-elle pendant ce week-end ? Y avait-il quelqu'un d'autre pour elle ? Elle semblait si préoccupée, si inquiète. Se pourrait-il qu'il se soit trompé sur elle ? Il avait supposé que ses réticences, son manque d'intérêt pour lui venaient du fait qu'elle vivait dans le passé. Peut-être y avait-il quelqu'un d'autre dans sa vie. Se trompait-il aussi bêtement sur ses sentiments qu'il l'avait fait d'une autre façon avec Clovis ?

Cette pensée dissipa tout le plaisir de la soirée. Il allait s'excuser et rentrer chez lui. Il n'était peut-être pas trop tard pour essayer une dernière fois de joindre le docteur Salem.

Il entra dans le salon. Molly, Bill et les Berkeley étaient là. Et, emmitouflée dans ses couvertures, bien droite sur les genoux de Liz, il y avait une toute petite fille.

« Maryanne a décidé de se joindre à la soirée, dit Liz. Que pensez-vous d'elle ? » Son sourire était plein de fierté en tournant le visage du bébé vers lui.

Richard contempla les graves yeux verts dans le petit visage en forme de cœur. Jim Berkeley était assis près de sa femme, et Maryanne tendit la main pour lui attraper le pouce.

Richard observa la famille. Ils auraient pu poser pour une couverture de magazine : les parents souriants, le ravissant nouveau-né. Les parents, beaux, la peau mate, les yeux bruns, les traits anguleux ; le bébé blond-roux, au teint de rose, aux yeux d'un vert profond.

Mais de qui se moque-t-on ? pensa Richard. Cet enfant a été adopté.

39

Phil Cunningham et Charley Nugent jetèrent un regard dégoûté aux derniers passagers qui traversaient un à un sans se presser la salle d'attente à la porte 11 de l'aéroport de Newark. L'expression éternellement taciturne de Charley s'accentua.

« Voilà. » Il haussa les épaules. « Lewis a sûrement deviné qu'on l'attendait. On s'en va. »

Il se dirigea vers la cabine publique la plus proche et composa le numéro de Scott. « Vous pouvez rentrer chez vous, patron, dit-il. Le commandant Lewis n'était pas d'humeur à voler aujourd'hui.

— Il n'était pas à bord de l'avion ? Et le cercueil ?

— Il arrive. Les types de Richard s'en occupent. Voulez-vous qu'on reste ici ? Il y a deux vols indirects qu'il pourrait avoir pris.

— Laissez tomber. S'il ne nous contacte pas demain, je le ferai citer comme témoin. Et pour commencer, je veux que vous alliez tous les deux, dans la matinée, me passer l'appartement d'Edna Burns au peigne fin. »

Charley raccrocha. Il se tourna vers Phil. « Tel que je connais le patron, je parie que demain soir à cette heure-ci il y aura un mandat d'amener contre Lewis. »

Phil hocha la tête. « Et quand nous tiendrons Lewis, j'espère qu'on ne lâchera pas le psychiatre, si c'est lui qui a mis cette pauvre fille enceinte. »

L'air abattu, les deux hommes descendirent l'escalier vers la sortie. Ils passèrent devant l'arrivée des bagages, ignorant les gens agglutinés autour des tapis roulants. Quelques minutes plus tard, l'endroit était désert. Seul un sac resta à tourner tristement sur le tapis : un grand fourre-tout, étiqueté conformément aux règles des compagnies aériennes : COMMANDANT CHRISTOPHER LEWIS, 4, WINDING BROOK LANE, CHAPIN RIVER, N. J. À l'intérieur du sac se trouvait la photo que les parents de Vangie avaient tenu à donner à Chris.

C'était la photo d'un jeune couple prise dans une boîte de nuit. Une inscription disait : *En souvenir de mon premier rendez-vous avec Vangie, la fille qui va changer ma vie. Tendrement, Chris.*

40

Richard téléphona à l'hôtel Essex House dès qu'il arriva chez lui après avoir quitté les Kennedy. Mais une fois de plus le numéro du docteur Salem ne répondit pas. Quand la standardiste revint en ligne, il lui dit : « Mademoiselle, le docteur Salem a-t-il bien reçu mon message le priant de me rappeler ? Je suis le docteur Carroll.

— Je vais vérifier, monsieur. » La voix de la standardiste était étrangement hésitante.

En attendant, Richard tendit le bras et alluma la télévision. L'émission *Reportage en direct* venait juste de commencer. La caméra était braquée sur Central Park Sud. Richard vit l'entrée de l'Essex House apparaître sur l'écran. Au moment même où la téléphoniste disait : « Je vous passe notre directeur », Richard entendit Gloria Rojas annoncer : « Ce soir, dans le célèbre hôtel Essex House, état-major du congrès de l'Association médicale américaine, un éminent obstétricien-gynécologue, le docteur Emmet Salem de Minneapolis, s'est tué en tombant ou en sautant d'une fenêtre. »

41

Folle d'angoisse, Joan Moore restait assise près du téléphone. « Kay, à quelle heure a-t-il dit qu'il téléphonerait ? » demanda-t-elle. Sa voix trembla et elle se mordit la lèvre.

Son amie la regarda d'un air soucieux. « Je te l'ai dit, Joan. Il a appelé vers onze heures et demie ce matin. Il a dit qu'il t'appellerait ce soir et que tu attendes son coup de téléphone. Il avait l'air bouleversé. »

La sonnette de l'entrée carillonna avec insistance, les faisant bondir toutes les deux de leur chaise. Kay dit : « Je n'attends personne. » Une sorte d'intuition fit courir Joan vers la porte qu'elle ouvrit d'un coup.

« Chris – Oh ! mon Dieu, Chris ! » Elle l'entoura de ses bras. Il était d'une pâleur mortelle, les yeux injectés de sang, et il vacilla tandis qu'elle le soutenait. « Chris, que se passe-t-il ? – Joan, Joan. » Sa voix était presque un sanglot. Il l'attira avidement à lui. « Je ne sais pas ce qui arrive. Il y a quelque chose de louche au sujet de la mort de Vangie, et maintenant le seul homme qui aurait pu nous renseigner est mort lui aussi. »

284

42

Il avait l'intention de rentrer directement chez lui en sortant de l'Essex House, mais après avoir sorti la voiture du parking et s'être engagé dans les encombrements du périphérique du West Side, il changea d'avis. Il mourait de faim. Il était resté toute la journée l'estomac vide. Il ne mangeait jamais avant une intervention, et ce matin Salem lui avait téléphoné juste au moment où il partait déjeuner.

Il n'avait pas envie de préparer son dîner ce soir. Il irait au Carlyle. Et si jamais on voulait savoir où il avait passé la soirée, il pourrait vraiment affirmer qu'il était à New York. Le maître d'hôtel soutiendrait formellement à la police que le docteur Edgar Highley était un habitué très estimé.

Il allait commander du saumon fumé, une vichyssoise, un carré d'agneau… il en salivait à l'avance. Il avait besoin de compenser la terrible dépense d'énergie, maintenant que c'était fini. Et il restait encore demain. On ouvrirait inévitablement une enquête minutieuse quand Katie DeMaio mourrait. Mais son ancien gynécologue avait pris sa retraite et était parti. Personne ne viendrait plus le défier avec de vieux dossiers médicaux.

Et ensuite, il serait tranquille. À l'heure même, dans tout le congrès de l'AMA, les médecins commentaient sans doute l'article du *Newsmaker* et le Concept de Maternité Westlake. Leurs remarques seraient empreintes de jalousie, bien sûr. Mais on lui demanderait malgré tout de venir participer aux prochains séminaires de l'AMA. Il était en route vers la célébrité à présent. Et Salem, le seul qui aurait pu l'arrêter, n'existait plus. Il avait hâte de prendre connaissance des antécédents médicaux de Vangie dans le dossier qu'il avait dérobé à Salem. Il les introduirait dans son propre rapport. Ils pouvaient être inestimables pour ses prochaines recherches.

La dernière des nouvelles patientes de ce matin serait son prochain sujet d'expérience. Il se gara en face du Carlyle. Il était dix-huit heures trente. Le stationnement était autorisé à partir de dix-neuf heures. Il n'avait qu'à attendre jusque-là dans la voiture. Cela lui donnerait le temps de se calmer.

Sa trousse était enfermée dans le coffre de la voiture. Il y avait mis le dossier de Vangie, le presse-papiers et le mocassin. Où allait-il pouvoir s'en débarrasser ? N'importe laquelle des poubelles dans ces rues ferait l'affaire. Personne n'irait les y repêcher. On les ramasserait demain matin avec les tonnes d'ordures qui s'accumulaient toutes les vingt-quatre heures dans cette ville de huit millions d'habitants, noyés dans la masse de denrées pourrissantes et de journaux abandonnés.

Il s'en occuperait en repartant chez lui, à l'abri de l'obscurité, sans se faire remarquer.

Une sensation d'allégresse à la pensée que tout se déroulait comme il le voulait le fit se redresser sur son siège. Il se pencha en avant et regarda dans le rétroviseur. Sa peau luisait comme si la sueur était prête à perler. Il remarqua un amas de tissu adipeux sur ses paupières et sous ses yeux. Son front ne se dégarnissait pas encore, mais ses cheveux blond-roux foncé étaient striés d'argent à présent… Il prenait de l'âge. Les légers changements propres au milieu de la quarantaine apparaissaient. Il avait quarante-cinq ans. Encore jeune, mais il était temps de prendre garde au passage rapide des années. Avait-il envie de se remarier ? Désirait-il des enfants ? Il avait attendu, espéré que Claire lui en donnerait. Voyant qu'elle n'en attendait décidément pas, il avait vérifié son propre spermogramme, et le découvrant étonnamment bas, s'était reproché en secret toutes ces années où Claire n'avait pas pu concevoir d'enfant. Jusqu'à ce qu'il apprenne qu'elle s'était jouée de lui.

Il aurait bien envisagé d'avoir un enfant de Winifred. Mais elle avait pratiquement dépassé l'âge d'être enceinte lorsqu'il l'avait épousée. Il ne l'avait plus touchée quand elle s'était mise à lui témoigner de la méfiance. Lorsque vous envisagez de supprimer quelqu'un, il est déjà mort pour vous, et l'amour est fait pour les vivants.

Mais à présent. Une femme plus jeune, une femme qui ne ressemblerait ni à Claire ni à

287

Winifred. Claire qui le rabaissait d'un air hautain avec ses remarques sarcastiques sur son apothicaire de père ; Winifred la bienfaitrice, avec ses œuvres de charité. À présent, il avait besoin d'une femme qui fût non seulement d'un milieu social aisé, mais capable de s'amuser, de voyager, de se mêler aux gens.

Toutes choses qu'il détestait. Il savait que son mépris était visible. Il avait besoin de quelqu'un qui sache s'occuper de tout cela à sa place, qui adoucisse son image.

Un jour, il serait capable d'accomplir ouvertement son œuvre. Un jour, il aurait la notoriété qu'il méritait. Un jour, les imbéciles qui affirmaient que son expérience était irréalisable seraient obligés de reconnaître son génie.

Il était dix-neuf heures. Il sortit de la voiture et la ferma soigneusement à clé. Il se dirigea vers l'entrée du Carlyle, son manteau de cashmere bleu sur son costume bleu foncé, ses chaussures parfaitement cirées, ses cheveux grisonnants bien coiffés malgré le vent cinglant du soir.

Le portier lui tint la porte ouverte. « Bonsoir, docteur Highley. Quel sale temps, n'est-ce pas, docteur ? »

Il hocha la tête sans répondre et pénétra dans la salle à manger. La table du coin qu'il affectionnait était réservée, mais le maître d'hôtel l'y conduisit et plaça promptement les cartons de réservation sur une autre table.

Le vin le réchauffa et l'apaisa. Le dîner lui redonna l'énergie qu'il escomptait. Après un café et un cognac, il avait retrouvé tout son aplomb.

L'esprit clair et aiguisé, il se représenta chaque étape du procédé qui conduirait Katie DeMaio à la mort par suite d'hémorragie.

Il n'y aurait pas d'erreur.

Il était en train de régler son addition quand le maître d'hôtel vint à sa table d'un pas inhabituellement pressé, l'air affolé. « Docteur Highley, je crains qu'il n'y ait un ennui. »

Ses doigts se serrèrent sur le stylo. Il leva les yeux.

« C'est un jeune homme qui a été vu en train de fouiller dans la malle de votre voiture. Le portier l'a aperçu au moment où il l'ouvrait. Il a eu le temps de s'emparer d'une serviette dans le coffre. La police est prévenue. Ils supposent que c'est un drogué qui a choisi votre voiture parce qu'elle porte la plaque des médecins. »

Il avait les lèvres sèches. Du mal à former ses mots. Comme un appareil de radiographie, il passa mentalement en revue le contenu de sa trousse : le presse-papiers taché de sang, le dossier médical portant les noms de Vangie et du docteur Salem, le mocassin de Vangie.

Quand il parla, ce fut d'une voix très calme. « La police pense-t-elle pouvoir retrouver ma trousse ?

— Je leur ai déjà posé la question, monsieur. Je crains qu'ils ne puissent répondre. Elle peut être abandonnée à quelques rues d'ici quand le type aura pris ce qu'il voulait, ou ne plus jamais réapparaître. Seul le temps le dira. »

43

Avant d'aller se coucher, Katie prépara sa valise pour la nuit qu'elle allait passer à la clinique. Westlake était à mi-chemin entre le bureau et sa maison, et ce serait une perte de temps inutile de retourner chez elle demain pour faire sa valise.

Elle se rendit compte qu'elle arrangeait ses affaires comme poussée par un sentiment d'urgence. Elle était réellement impatiente d'en finir avec cette histoire. L'impression pénible d'être physiquement à plat la minait intellectuellement et moralement. Elle s'était sentie presque légère en sortant de chez Molly hier soir. À présent, elle était vidée, exténuée, déprimée. Ça ne pouvait être que physique, non ?

Ou bien la pensée harcelante que Richard avait quelqu'un dans sa vie contribuait peut-être à cette sensation d'abattement ?

Quand tout ça ne lui trotterait plus dans la tête, elle aurait peut-être les idées plus claires. Elle avait l'impression d'avoir l'esprit harcelé de pensées à moitié formulées comme si des moustiques se posaient sur elle, la piquaient, mais s'envolaient avant qu'elle ne puisse les attraper. Pourquoi avait-elle la sensation de perdre le fil, de se tromper de questions, de mal interpréter les signaux ?

Lundi, elle irait mieux, elle pourrait réfléchir.

Avec lassitude, elle prit sa douche, se brossa les dents et les cheveux et se coucha.

Une minute plus tard, elle se redressa sur un coude, attrapa son sac et chercha le petit flacon que le docteur Highley lui avait donné.

J'ai failli l'oublier, pensa-t-elle en avalant la pilule avec une gorgée du verre d'eau posé sur la table de nuit. Elle éteignit la lumière et ferma les yeux.

44

Gertrude Fitzgerald fit couler l'eau froide du robinet de la salle de bains et ouvrit le flacon de médicaments. Sa migraine commençait à passer. Si ça ne la reprenait pas, elle serait d'attaque demain matin. Ce dernier cachet devrait agir.

Quelque chose la tracassait... quelque chose qui ne se rapportait pas uniquement à la mort d'Edna. Cela avait un rapport avec le coup de téléphone de Mme DeMaio. Quelle stupidité que d'avoir demandé si Edna donnait le nom de Prince Charmant au docteur Fukhito ou au docteur Highley !

Mais le *Prince Charmant* ?

Edna *en* avait parlé. Non à propos des docteurs, mais pour une autre raison au cours des deux dernières semaines. Si seulement elle pouvait se souvenir ! Si encore Mme DeMaio avait demandé dans quelles circonstances Edna y avait fait allusion, cela aurait peut-être pu l'aider à s'en souvenir du premier coup. Maintenant, la circonstance exacte lui échappait.

À moins qu'elle ne soit en train de l'imaginer ? Pouvoir de la suggestion.

Quand la migraine aurait disparu, elle serait capable de penser. De penser réellement. Et peut-être de se souvenir.

Elle avala le cachet et alla se coucher. Elle ferma les yeux. La voix d'Edna résonna à ses oreilles, « Et j'ai dit que le Prince Charmant ne... »

Elle ne se rappelait pas la suite.

45

À quatre heures du matin, Richard renonça à dormir, se leva et alla préparer une tasse de café. Il avait téléphoné à Scott chez lui à propos de la mort d'Emmet Salem et Scott avait sur-le-champ prévenu la police de New York que son bureau désirait prendre part à l'enquête. On ne pouvait faire plus pour l'instant. Mme Salem n'était pas chez elle à Minneapolis. Le service des abonnés absents du docteur Salem ne pouvait que donner le numéro du médecin de garde, et ne savait pas où joindre son infirmière.

Richard nota : 1. *Pourquoi le docteur Salem nous a-t-il téléphoné ?* 2. *Pourquoi Vangie a-t-elle pris rendez-vous avec lui ?* 3. *Le bébé Berkeley.*

Le bébé des Berkeley était la clé. Le Concept de Maternité Westlake avait-il autant de succès qu'on le proclamait ? Ou servait-il de façade à des adoptions secrètes pour des femmes incapables de concevoir ou de donner naissance à leur bébé à terme ? Le fait qu'on les hospitalisât deux mois avant la date supposée de l'accouchement n'était-il rien d'autre qu'une façon de dissimuler qu'elles n'étaient pas enceintes ?

Adopter un bébé n'était pas facile. Liz Berkeley avait franchement admis qu'elle et son mari avaient tenté l'expérience. Supposons qu'Edgar Highley leur ait dit : « Vous n'aurez jamais d'enfants. Je peux vous en trouver un. Cela vous coûtera très cher et devra rester strictement confidentiel. »

Ils auraient joué le jeu. Richard en aurait mis sa tête à couper.

Mais Vangie Lewis avait été enceinte. Donc elle ne rentrait pas dans le circuit de l'adoption. Admettons qu'elle ait désespérément voulu un bébé... mais comment diable comptait-elle faire passer un bébé de race orientale pour l'enfant de son mari ? Se pourrait-il qu'il y ait du sang jaune dans l'une des deux familles ? Il n'y avait pas pensé.

Les fautes professionnelles. Il devait découvrir la raison pour laquelle ces personnes avaient engagé des poursuites contre Highley. Et Emmet Salem avait été le médecin de Vangie. Son cabinet aurait son dossier médical. C'était par là qu'il fallait commencer.

Le corps de Vangie était revenu par l'avion que Chris Lewis n'avait pas pris. Il se trouvait au labo à présent. En premier demain matin, il repasserait en revue les résultats de l'autopsie. Il examinerait à nouveau le corps. Il y avait quelque chose... quelque chose qui lui avait paru sans importance sur l'instant. Il était passé à côté. Il s'était trop concentré sur le fœtus et sur les brûlures dues au cyanure.

Vangie aurait-elle simplement renversé du cyanure sur elle ? Elle devait être terriblement nerveuse. Mais on aurait dû trouver plus d'empreintes sur le verre. Elle aurait dû le soulever, le remplir une seconde fois. Il y aurait eu quelque chose – un flacon, un sachet – qu'elle aurait utilisé pour rajouter du cyanure.

Cela ne s'était pas passé de cette façon.

À cinq heures trente, Richard éteignit la lumière. Il mit la sonnerie du réveil sur sept heures. Le sommeil finit par venir. Et il rêva de Katie. Elle se trouvait à l'extérieur de l'appartement d'Edna, regardait par la fenêtre, et le docteur Edgar Highley l'observait.

46

Comme toute bonne comptable, Edna tenait tous ses papiers parfaitement en ordre. Quand l'équipe d'inspecteurs dirigée par Phil Cunningham et Charley Nugent envahit son appartement le vendredi matin, ils trouvèrent une simple déclaration dans le vieux secrétaire :

Étant donné que mon seul parent ne s'est jamais donné la peine de demander des nouvelles de mon père et de ma mère ou de leur écrire durant leur maladie, j'ai décidé de laisser tous mes biens à mes amies, Mme Gertrude Fitzgerald et Mme Gana Krupshak. Mme Fitzgerald aura ma bague en brillants et tout ce qu'elle désire prendre dans l'appartement. Mme Krupshak aura ma broche en rubis, mon manteau en imitation fourrure, et tout ce dont Mme Fitzgerald n'aura pas voulu parmi les affaires de la maison. J'ai pris les dispositions nécessaires pour mon enterrement avec l'entreprise de pompes funèbres qui a parfaitement organisé les obsèques de mes parents. Ma police d'assurance de dix mille dollars moins les frais de l'enterrement ira à la maison de santé qui a si bien pris soin de mes parents et à laquelle je dois encore de l'argent.

Les inspecteurs relevèrent méthodiquement les empreintes, passèrent l'aspirateur pour recueillir fibres et cheveux, cherchèrent des signes d'effraction. À la vue d'une trace de terre sur le sommet de la plante placée sur l'appui de la fenêtre dans la chambre, Phil fronça encore plus les sourcils et plissa les yeux. Il fit le tour de l'immeuble, ramassa avec précaution un échantillon de terre gelée dans une enveloppe, et du bout des doigts releva le châssis de la fenêtre de la chambre. L'appui était assez bas pour être enjambé par une personne de taille moyenne.

« Possible, dit-il à Charley, que quelqu'un soit rentré par là pour l'attaquer en douce. Mais avec un sol aussi gelé, on ne pourra jamais le prouver. »

En dernier lieu ils sonnèrent à la porte de tous les voisins de l'immeuble. La question était simple. Quelqu'un aurait-il remarqué des inconnus dans les parages mardi soir ?

Ils ne pensaient franchement pas obtenir le moindre résultat. La soirée de mardi avait été sombre et froide. Les buissons en broussaille auraient permis à quiconque voulant se cacher de rester dans l'ombre des immeubles.

Mais au dernier appartement, ils obtinrent une réponse inespérée. Un jeune garçon de onze ans rentrait de l'école pour déjeuner. Il entendit la question que l'on posait à sa mère.

« Oh ! j'ai indiqué à un homme dans quel appartement habitait Mlle Burns, dit-il. Tu te souviens, maman, quand tu m'as demandé de faire sortir Porgy avant d'aller me coucher, juste après l'émission *Jours Heureux*…

— Il devait être neuf heures et demie, affirma la mère. Tu ne m'avais pas dit que tu avais parlé à quelqu'un », ajouta-t-elle en s'adressant sévèrement à son fils.

Le garçon haussa les épaules. « Ce n'était pas bien important. Un homme se garait le long du trottoir au moment où je rentrais à la maison. Il m'a demandé où habitait Mlle Burns. Je le lui ai indiqué. C'est tout.

— À quoi ressemblait-il ? » demanda Charley.

Le garçon fronça les sourcils. « Oh ! il avait l'air gentil ! Il était plutôt brun et grand et *il avait une voiture super :* une Corvette. »

Charley et Phil se regardèrent. « Chris Lewis », laissa tomber Charley.

47

Le vendredi matin, Katie arriva à son bureau vers sept heures et étudia une dernière fois les dossiers de l'affaire où elle requérait. Les inculpés étaient deux frères de dix-huit et dix-sept ans accusés d'avoir saccagé deux écoles en mettant le feu à douze classes.

Maureen entra à huit heures et demie en portant une cafetière bouillante. Katie leva les yeux. « Seigneur, je ferai tout pour pincer ces deux-là, dit-elle. Ils font ça pour le plaisir – uniquement pour le plaisir. Quand on voit le mal que les gens ont à payer les taxes pour l'entretien des écoles où ils mettent leurs enfants, c'est écœurant, c'est criminel. »

Maureen prit le gobelet de Katie et le remplit. « L'une de ces écoles est celle de la ville où j'habite, et c'est là que vont les enfants des voisins. Celui qui a dix ans venait juste de terminer un projet pour l'exposition scientifique. C'était formidable – un système de chauffage solaire. Le pauvre gosse y a travaillé pendant des mois. Tout a brûlé dans l'incendie. Il n'en reste rien. »

Katie griffonna une note sur le bord de son exposé préliminaire. « Cela me donne des arguments supplémentaires. Merci.

— Katie... » Maureen hésita.

Katie plongea son regard dans les yeux verts inquiets. « Oui ?

— Rita m'a dit qu'elle vous avait parlé du... du bébé.

— En effet. Je suis vraiment très triste pour vous, Maureen.

— Le problème est que je n'arrive pas à prendre le dessus. Et maintenant le cas de Vangie Lewis... et toutes ces histoires autour... cela ne fait que me ramener en arrière. Je m'étais efforcée d'oublier... »

Katie hocha la tête. « Maureen, j'aurais tout donné pour avoir un bébé quand John est mort. Cette année-là, j'ai supplié le ciel de devenir enceinte afin qu'il me reste quelque chose de lui. Quand je pense à toutes ces amies autour de moi qui choisissent de ne jamais avoir d'enfants ou qui se font avorter aussi facilement qu'elles se font couper les cheveux, je me demande comment la vie s'arrange pour elles. Je prie seulement Dieu d'avoir un jour des enfants à moi. Vous en aurez vous aussi bien sûr, et nous en profiterons d'autant plus que nous n'avons pas pu avoir ceux que nous désirions avant. »

Les yeux de Maureen étaient remplis de larmes. « Je l'espère aussi. Mais le problème pour le cas de Vangie Lewis, c'est... »

Le téléphone sonna. Katie souleva l'appareil. C'était Scott. « Dieu soit loué, vous êtes là Katie.

Pouvez-vous passer une minute dans mon bureau tout de suite.

— Bien sûr. » Katie se leva. « Scott veut me voir immédiatement. Nous parlerons plus tard, Maureen. » D'un geste impulsif elle étreignit la jeune fille.

Debout près de la fenêtre, Scott regardait dehors. Katie était certaine qu'il ne voyait pas les fenêtres à barreaux de la prison du comté. Il se retourna quand elle entra.

« Vous avez un procès aujourd'hui – les frères Odendall ?

— Oui. Nous tenons de bons arguments.

— Combien de temps cela durera-t-il ?

— Une bonne partie de la journée, je pense. Ils produisent des témoins de moralité en allant chercher jusqu'à leur instituteur de maternelle, mais nous les aurons…

— Comme d'habitude avec vous, Katie. Avez-vous entendu parler du docteur Salem ?

— Vous voulez dire ce médecin de Minneapolis qui a téléphoné à Richard ? Non, je n'ai parlé à personne ce matin. Je suis allée directement dans mon bureau.

— Il est tombé – ou on l'a fait tomber – par la fenêtre de sa chambre à l'Essex House, quelques minutes après son arrivée à l'hôtel. Nous collaborons avec la police de New York sur cette affaire. Et entre parenthèses, le corps de Vangie Lewis est arrivé de Minneapolis hier soir, mais Lewis n'était pas sur le vol. »

Katie dévisagea Scott. « Que dites-vous ?

— Je dis qu'il a sans doute pris l'avion qui atterrit à La Guardia. Ce qui lui permettait d'arriver à New York à peu près au même moment que Salem. Je dis que si nous découvrons qu'il s'est trouvé dans les parages de l'hôtel, nous pourrons peut-être boucler l'affaire. Je ne suis pas convaincu par le suicide Lewis, je ne suis pas convaincu par la mort accidentelle d'Edna Burns, et je ne crois pas que Salem soit tombé d'une fenêtre.

— Je ne crois pas que Chris Lewis soit un meurtrier, dit catégoriquement Katie. Où pensez-vous qu'il soit à l'heure actuelle ? »

Scott haussa les épaules. « Caché dans New York, sans doute. J'ai l'idée que lorsque nous parlerons à sa petite amie, elle nous conduira à lui, et elle doit arriver de Floride ce soir. Pouvez-vous être là ? »

Katie hésita. « C'est le seul week-end pendant lequel je dois m'absenter. Je ne peux absolument pas changer. Mais, franchement, Scott, je suis tellement crevée que je n'arrive plus à penser correctement. Je me sortirai de ce procès… je l'ai bien préparé ; mais je partirai après. »

Scott la regarda pensivement. « Je vous ai répété pendant toute la semaine que vous n'auriez pas dû venir, dit-il. Et aujourd'hui vous semblez encore plus pâle que mardi matin. Très bien.

Finissez-en avec le procès et filez d'ici. Il y aura un travail monstre sur cette affaire la semaine prochaine. Nous passerons tout en revue lundi matin. Vous serez là ?

— Bien sûr.

— Vous devriez vous faire examiner sérieusement.

— Je vais voir un médecin pendant le week-end.

— Bonne idée. »

Scott baissa les yeux, signe que l'entretien était terminé. Katie revint dans son bureau. Il était près de neuf heures et elle était attendue au tribunal. Elle repassa dans sa tête le nombre de pilules que lui avait prescrites le docteur Highley. Elle en avait pris une hier soir, une autre à six heures ce matin. Elle était censée en prendre toutes les trois heures aujourd'hui. Elle ferait mieux d'en prendre une tout de suite, avant d'entrer dans la salle d'audience. Elle l'avala avec la dernière gorgée de café qui restait dans son gobelet et rassembla les éléments de son dossier. La tranche de la première page du dossier lui entailla le doigt. Elle sursauta sous la douleur soudaine, et tirant un mouchoir en papier du premier tiroir de son bureau, elle en entoura son doigt et sortit rapidement de la pièce.

Une demi-heure plus tard, au moment où elle se levait avec le reste de l'assistance à l'entrée du juge dans la salle du tribunal, le mouchoir était encore humide de sang.

48

Edna Burns fut inhumée le vendredi matin après la messe de la Résurrection, célébrée à sept heures à Saint-François-Xavier. Gana Krupshak et Gertrude Fitzgerald suivirent le cercueil jusqu'au cimetière voisin, et, les mains étroitement jointes, contemplèrent la descente du cercueil d'Edna dans la tombe de ses parents. Le prêtre, le père Durkin, dit les dernières prières, répandit de l'eau bénite sur le cercueil et reconduisit les deux femmes jusqu'à la voiture de Gertrude.

« Voulez-vous venir prendre une tasse de café avec moi, mesdames ? » demanda-t-il.

Gertrude tamponna ses yeux et secoua la tête. « Je dois retourner à mon travail, dit-elle. Je remplace Edna jusqu'à ce qu'ils aient trouvé une autre réceptionniste et les deux médecins ont des consultations cet après-midi. »

Gana Krupshak refusa aussi. « Mais, père, si vous retournez au presbytère, pouvez-vous me déposer ? Cela m'évitera de demander à Gertrude de faire un détour.

— Bien sûr. »

Gana se tourna vers Gertrude et lui dit spontanément : « Pourquoi ne viendriez-vous pas dîner avec nous ce soir ? J'ai un bon bœuf mode. »

Gertrude redoutait l'idée de se retrouver dans son appartement solitaire et elle s'empressa d'accepter l'invitation. Ce serait bon de parler d'Edna avec la seule personne qui avait été son amie. Elle voulait dire à Gana qu'elle trouvait honteux qu'aucun des médecins de la clinique ne soit venu à la messe, même si le docteur Fukhito avait eu la gentillesse d'envoyer des fleurs. Discuter avec Gana l'aiderait peut-être à s'éclaircir les idées et à venir à bout de cette pensée qui n'arrêtait pas de lui tourner dans la tête – au sujet de quelque chose que lui avait dit Edna.

Elle dit au revoir à Gana et au père Durkin, monta dans sa voiture, mit le contact et desserra le frein. Le visage du docteur Highley surgit dans son esprit : ces gros yeux froids, comme ceux d'un poisson. Oh ! il s'était montré plutôt aimable avec elle mardi soir, en lui donnant ce cachet pour la calmer ! Mais il avait quelque chose de bizarre ce soir-là. De même, quand il était allé lui chercher un verre d'eau, elle l'avait suivi. Elle ne voulait pas se faire servir par lui. Il avait ouvert le robinet, et ensuite il s'était rendu dans la chambre. Du couloir elle l'avait vu prendre son mouchoir et commencer à ouvrir le tiroir de la table de nuit d'Edna.

Alors ce gentil docteur Carroll était sorti dans le couloir et le docteur Highley avait refermé le tiroir, fourré le mouchoir dans sa poche, et il était revenu sur ses pas afin de faire croire qu'il se tenait juste dans l'embrasure de la porte de la chambre.

Gertrude avait laissé passer le docteur Carroll, et elle était discrètement retournée dans la pièce de séjour. Elle ne voulait pas qu'ils puissent penser qu'elle cherchait à écouter leur conversation. Mais si le docteur Highley voulait prendre quelque chose dans le tiroir, pourquoi ne l'avait-il pas tout simplement dit et pris ? Et pour quelle raison avait-il ouvert le tiroir en mettant un mouchoir autour de ses doigts ?

Le docteur Highley était un homme étrange. Pour dire vrai, tout comme Edna, Gertrude avait toujours eu un peu peur de lui. Jamais elle n'accepterait de prendre la place d'Edna si on le lui proposait. Cette décision prise, elle quitta la route du cimetière et s'engagea dans Forest Avenue.

49

Le corps sans vie de Vangie Lewis fut placé sur la table d'autopsie du médecin légiste du comté de Valley. Le visage impassible, Richard regarda son assistant ôter le caftan de soie qui aurait dû être la robe de sépulture de Vangie. Cette forme qui semblait si douce dans la lumière tamisée de la chapelle funéraire n'était plus maintenant qu'un mannequin de vitrine, aux traits figés.

Les longs cheveux blonds avaient été soigneusement coiffés pour flotter dénoués sur ses épaules. À présent, la laque avait durci, séparant les cheveux en maigres mèches, semblables à de la paille. Richard se souvint fugitivement que saint François Borgia avait abandonné la vie à la Cour pour rentrer dans les ordres après avoir contemplé le corps en décomposition d'une reine autrefois très belle.

Brusquement, il revint au problème médical présent. Il avait laissé échapper quelque chose au cours de l'examen du corps de Vangie mardi après-midi. Il en était sûr. Quelque chose qui avait un rapport avec ses jambes ou ses pieds. Il devait y concentrer son attention.

Quinze minutes plus tard, il trouvait ce qu'il cherchait. Une égratignure de cinq centimètres sur le pied gauche. Il l'avait négligée parce qu'il était trop occupé par les brûlures de cyanure et par le fœtus.

L'égratignure était récente. Il n'y avait aucun signe de cicatrisation. Voilà ce qui le tracassait. Le pied de Vangie avait été égratigné très peu avant sa mort, et Charley avait trouvé un bout de tissu de la robe qu'elle portait le jour de sa mort accroché à un outil pointu dans le garage.

Richard se tourna vers son assistant. « Le labo devrait en avoir terminé avec les vêtements que portait Mme Lewis quand nous l'avons amenée ici. Voulez-vous aller les chercher, s'il vous plaît, et les lui remettre. Appelez-moi quand elle sera prête. »

De retour dans son bureau, il inscrivit sur son carnet : *Les chaussures que portait Vangie quand on l'a trouvée. Des chaussures de marche pratiques, montant assez haut sur les côtés. Ne peuvent pas avoir été portées à cause de l'égratignure sur le pied gauche.*

Il examina les notes qu'il avait prises cette nuit. Le bébé Berkeley. Il allait parler à Jim Berkeley, lui faire avouer que le bébé était adopté.

Mais cela prouverait quoi ?

Rien en soi, mais l'enquête serait ouverte. Après cet aveu, tout le Concept de Maternité Westlake apparaîtrait comme une gigantesque imposture.

Quelqu'un serait-il capable de tuer pour empêcher cette imposture d'éclater au grand jour ?

Il devait voir le dossier médical du docteur Salem sur Vangie Lewis. À l'heure qu'il était, Scott avait sûrement joint le cabinet du docteur. Il composa le numéro du procureur. « Avez-vous pu parler à l'infirmière de Salem ?

— Oui, et également à sa femme. Elles sont toutes les deux affreusement bouleversées. Elles affirment l'une comme l'autre qu'il n'avait aucun problème de tension artérielle ou de vertige. Pas de problème personnel, pas d'ennuis d'argent, des conférences prévues pour les six prochains mois. J'en conclus donc qu'il faut oublier l'hypothèse du suicide ou de la chute accidentelle.

— Et sur Vangie Lewis ? Que savait l'infirmière ?

— Le docteur Salem lui a demandé de sortir le dossier de Vangie hier matin à son cabinet. Ensuite, juste avant de partir prendre son avion, il a demandé une communication interurbaine.

— C'est peut-être pour moi.

— C'est possible. Mais il a prévenu son infirmière qu'il avait d'autres coups de téléphone à donner, et qu'il téléphonerait de l'aéroport avec sa carte de crédit, après s'être fait enregistrer. Apparemment, il avait l'habitude d'arriver très à l'avance à l'aéroport.

— Nous a-t-elle envoyé le dossier de Vangie ? Je veux le voir.

— Non. Elle ne l'a pas envoyé. » La voix de Scott se durcit. « Le docteur Salem l'avait emporté avec lui. Elle l'a vu le mettre dans son attaché-case. Celui qu'on a trouvé dans sa chambre. Mais le dossier Lewis n'y est pas. Et écoutez-moi ça : après le départ du docteur Salem, Chris Lewis a téléphoné à son cabinet.. Il a demandé à parler à Salem. L'infirmière lui a dit où il devait descendre à New York, elle lui a même donné le numéro de sa chambre. Je vais vous avouer une chose, Richard ; avant la fin de cette journée, je pense que je vais lancer un mandat d'arrêt contre Lewis.

— Vous pensez vraiment que Chris aurait tué pour obtenir quelque chose qui se trouvait dans ce dossier ?

— Quelqu'un voulait ce dossier, dit Scott. C'est évident, non ? »

Richard raccrocha. Quelqu'un voulait ce dossier. Le dossier médical. Qui pouvait savoir que ce qu'il contenait était peut-être une menace ?

Un médecin.

Katie avait-elle raison en soupçonnant le psychiatre ? Et Edgar Highley ? Il était arrivé dans le comté de Valley avec la caution du nom des Westlake, un nom respecté dans les milieux médicaux du New Jersey.

Richard chercha avec impatience sur son bureau le bout de papier que Marge lui avait donné avec les noms des deux personnes qui avaient poursuivi Edgar Highley en justice pour faute professionnelle.

Anthony Caldwell, Old Country Lane, Peapack.

Anna Horan, 415 Walnut Street, Ridgefield Park.

Appuyant sur l'Interphone, il demanda à Marge d'essayer de joindre ces deux personnes.

Marge entra quelques minutes plus tard. « Anthony Caldwell n'habite plus à cette adresse. Il est parti dans le Michigan l'année dernière. J'ai pu avoir une voisine. Elle m'a dit que sa femme était morte d'une grossesse extra-utérine et qu'il avait intenté une action contre le docteur, mais qu'elle avait été jugée non recevable. Elle a parlé sans se faire prier, dit que deux autres médecins avaient affirmé à Mme Caldwell qu'elle ne pourrait jamais avoir d'enfants, et ajouté qu'elle avait été enceinte tout de suite après avoir suivi la méthode du Concept de Maternité Westlake. Elle a été très malade tout le temps, et a fini par mourir au quatrième mois.

— C'est une information suffisante pour le moment, dit Richard. Nous allons faire demander la communication de tous les dossiers de la clinique. Et sur Mme Horan ?

— J'ai pu joindre son mari chez lui. Il est étudiant en droit à Rutgers. Il m'a dit qu'elle travaille comme programmeur en informatique et m'a donné le numéro de téléphone de son bureau. Voulez-vous que je l'appelle ?

— Oui, s'il vous plaît. »

Marge prit le téléphone de Richard, composa le numéro et demanda à parler à Mme Anna Horan. Un moment plus tard, elle dit : « Madame Horan, un instant je vous prie, je vous passe le docteur Carroll. »

Richard prit l'appareil. « Madame Horan ?

— Oui. » Il y avait une inflexion mélodieuse dans sa voix, un accent qu'il ne situait pas.

« Madame Horan, vous avez intenté une action pour faute professionnelle contre le docteur Edgar Highley l'an dernier. J'aurais aimé vous poser quelques questions à ce sujet. Pouvez-vous parler ? »

La voix à l'autre bout de la ligne devint tendue. « Non, pas ici.

— Je comprends, mais c'est urgent. Vous serait-il possible de passer à mon bureau en sortant de votre travail ?

— Oui… très bien. » Visiblement, la jeune femme avait envie de raccrocher.

Richard donna l'adresse du bureau et voulut lui indiquer comment s'y rendre, mais elle l'interrompit.

« Je connais le chemin… je serai là vers cinq heures et demie. »

La communication fut coupée. Richard regarda Marge et haussa les épaules. « Cela ne l'enchante pas, mais elle vient. »

Il était presque midi. Richard décida d'aller rejoindre Katie dans la salle du tribunal où elle requérait dans l'affaire Odendall, et de lui proposer de venir déjeuner avec lui. Il voulait lui confier ses doutes au sujet d'Edgar Highley. Katie l'avait interviewé. Quelles avaient été ses impressions ? Penserait-elle comme lui que le Concept de Maternité Westlake pouvait avoir un aspect louche : une filière d'adoption ou une histoire de médecin qui prend des risques criminels avec la vie de ses patientes ?

Katie était seule dans la salle d'audience déserte, assise immobile à la table du procureur.

Absorbée dans ses notes, elle leva à peine les yeux lorsqu'il se dirigea vers elle. Elle refusa d'un signe son invitation à déjeuner.

« Richard, je suis là-dedans jusqu'au cou. Ces petits salauds ont rétracté leurs aveux. Maintenant ils essayent de dire que c'est quelqu'un d'autre qui a mis le feu, et ils mentent avec tant de conviction que je parie que le jury va tomber dans le panneau. Il faut que je travaille sur le contre-interrogatoire. » Elle se replongea dans son dossier.

Richard la regarda attentivement. Son teint mat était d'une pâleur extrême. Les yeux qu'elle avait levés vers lui étaient battus et tristes. Il remarqua le mouchoir en papier autour de son doigt, tendit doucement la main et le déroula.

Katie le regarda. « Que… oh ! cette fichue coupure ! Elle doit être profonde, elle n'a pas arrêté de saigner par intermittence pendant toute la matinée. J'avais bien besoin de ça. »

Richard examina la coupure. Elle se mit à saigner plus fort à l'air. Pressant le mouchoir dessus, il prit un élastique et l'enroula autour de la coupure. « Gardez-le une vingtaine de minutes, cela ne devrait plus saigner. Katie, avez-vous des problèmes de coagulation ?

— Oui, parfois. Mais, oh ! Richard, je ne peux pas en parler maintenant ! Cette affaire est en train de m'échapper et je suis tellement fatiguée. » Sa voix se brisa.

La salle du tribunal était vide hormis eux deux. Richard se pencha, la prit dans ses bras et posa ses lèvres dans ses cheveux. « Katie, je file maintenant. Mais où que vous alliez pendant ce week-end, réfléchissez. Parce que je me jette à l'eau. Je vous aime. Je veux prendre soin de vous. Si vous avez quelqu'un dans votre vie, en ce moment, vous pouvez lui dire qu'il a un concurrent sérieux, car qui que ce soit, il ne s'occupe pas assez de vous. Si c'est le passé qui vous retient, je vais tout faire pour rompre son emprise. »

Il se redressa. « Maintenant allez-y, gagnez votre procès. Vous le pouvez. Et pour l'amour du ciel, reposez-vous pendant le week-end. Lundi, j'aurai besoin de votre avis sur un nouvel aspect de l'affaire Lewis que j'entrevois. »

Elle avait eu tellement froid toute la matinée. Elle s'était sentie si désespérément glacée. Même la robe de laine à manches longues n'y avait rien fait. À présent, si près de Richard, elle sentait la chaleur de son corps se communiquer au sien. Quand il se détourna pour partir, elle lui saisit impulsivement la main et la tint contre sa joue. « À lundi, dit-elle.

— À lundi », répéta-t-il. Et il quitta la salle.

50

Avant de quitter la résidence où avait vécu Edna Burns, Charley et Phil sonnèrent à la porte des Krupshak. Gana revenait de l'enterrement.

« Nous avons terminé avec l'appartement, lui dit Charley. Vous pouvez y entrer. » Il lui montra la lettre laissée par Edna. « Je dois vérifier si cela constitue bien un testament, mais l'ensemble ne vaut pas un millier de dollars, aussi j'imagine qu'on va vous renvoyer les bijoux et que vous pourrez vous les partager avec Mme Fitzgerald ainsi que les meubles. Vous pouvez déjà y jeter un coup d'œil et décider entre vous, mais ne bougez encore rien. »

Les deux inspecteurs regagnèrent le bureau et se dirigèrent directement vers le labo, où ils déposèrent le contenu de l'aspirateur, la plante qui était sur l'appui de la fenêtre et les échantillons de terre qu'ils avaient relevés sur le sol.

« Examinez-moi tous ces machins-là immédiatement, ordonna Phil. Priorité absolue. »

Scott les attendait dans son bureau. En apprenant que Chris avait rôdé mardi soir autour de

316

l'appartement d'Edna, il poussa un grognement de satisfaction. « Lewis semble s'être baladé dans tous les azimuts cette semaine, dit-il, et partout où il est passé, quelqu'un est mort. J'ai envoyé Rita à New York ce matin avec une photo de Chris Lewis. Deux chasseurs l'ont formellement identifié ; il se trouvait dans le hall de l'Essex House vers dix-sept heures. Je vais lancer un avis de recherche et demander la délivrance d'un mandat d'arrêt contre lui. »

Le téléphone sonna. Il prit l'appareil d'un geste impatient, se nomma. Puis son expression changea. « Passez-la-moi », dit-il vivement. Mettant sa main sur le récepteur, il dit : « C'est la petite amie de Chris Lewis qui appelle de Floride. Allô ? Oui, ici le procureur. » Il se tut. « Oui, nous recherchons le commandant Lewis. Savez-vous où il se trouve ? »

Charley et Phil échangèrent un coup d'œil. Scott fronçait les sourcils en écoutant. « Très bien. Il prend le même vol que vous, celui qui arrive à Newark à dix-neuf heures. Je suis heureux d'apprendre qu'il se livre de son plein gré. S'il désire consulter un avocat, il peut en trouver un ici même. Merci. »

Il raccrocha. « Lewis arrive, dit-il. Nous allons résoudre cette affaire ce soir. »

51

Edgar Highley passa une nuit blanche à essayer de résoudre le problème de la trousse volée. Elle pouvait ne jamais réapparaître. Si le voleur l'abandonnait après l'avoir fouillée, il y avait des chances qu'on ne la revît jamais. Peu de gens prendraient la peine d'essayer de la restituer à son propriétaire. Plus vraisemblablement, ils garderaient la trousse et en jetteraient le contenu.

Supposons que la trousse soit retrouvée intacte par la police de New York. Son nom et l'adresse de la clinique étaient à l'intérieur. Si la police lui téléphonait, on lui demanderait sans doute de donner la liste du contenu. Il mentionnerait seulement quelques médicaments courants, des instruments et plusieurs dossiers médicaux. Un dossier au nom de Vangie Lewis ne leur dirait rien. Ils ne s'attarderaient sans doute pas à l'examiner. Ils supposeraient simplement qu'il lui appartenait. S'ils posaient des questions sur la chaussure et le presse-papiers taché de sang, il prétendrait qu'il en ignorait la présence ; il ferait remarquer que le voleur avait dû les y avoir mis lui-même.

Tout se passerait bien. Et ce soir, le dernier risque serait éliminé. À cinq heures, il renonça à dormir ; il prit une douche, restant debout sous le jet brûlant pendant près de dix minutes, jusqu'à ce que la salle de bains fût pleine de buée, s'enveloppa dans un long peignoir confortable et descendit à la cuisine. Il n'avait pas l'intention de se rendre à son bureau avant midi, et il ferait ses visites juste avant. Jusque-là, il allait examiner les notes concernant ses travaux. La patiente d'hier pourrait être son prochain sujet d'expérience. Mais il n'avait pas encore choisi la donneuse.

52

À seize heures, Richard, Charley et Phil exami-
nèrent le corps de Vangie Lewis, à nouveau
vêtu des vêtements qu'elle portait le jour de sa
mort. Le bout de tissu imprimé trouvé sur la dent
de la fourche dans le garage correspondait exactement à la déchirure près de l'ourlet de sa robe. Le
collant était coupé sur cinq centimètres au pied
gauche, juste à l'endroit de l'égratignure.

« Aucune trace de sang sur le collant, dit
Richard. Elle était déjà morte quand son pied a
accroché la pointe.

— À quelle hauteur est l'étagère sur laquelle se
trouvait cette fourche ? » demanda Scott.

Phil haussa les épaules. « À environ soixante-
dix centimètres du sol.

— Ce qui veut dire que quelqu'un a porté
Vangie Lewis dans le garage, l'a déposée sur son
lit, et a cherché à donner les apparences d'un suicide, dit Scott.

— Sans aucun doute », acquiesça Richard. Mais
il fronçait les sourcils. « Quelle taille mesure Chris
Lewis ? » demanda-t-il.

Scott esquissa un geste. « Il est très grand. Peut-être plus d'un mètre quatre-vingt-dix. Pourquoi ?

— Faisons un essai. Attendez une minute. » Richard sortit de la pièce, revint avec un mètre. Il marqua soigneusement le mur à soixante-dix centimètres, quatre-vingt-dix centimètres et un mètre vingt du sol. « Si nous supposons que c'est Chris Lewis qui portait Vangie, je pense qu'elle n'aurait pas pu s'écorcher le pied à cette dent. » Il se tourna vers Phil. « Vous êtes certain que l'étagère est à soixante-dix centimètres du sol ?

— À deux centimètres près », laissa tomber Phil. Charley hocha la tête en signe d'approbation.

« Très bien. Je mesure un mètre quatre-vingt-huit. » Richard passa doucement un bras sous le cou de la morte, l'autre sous ses genoux. Il la souleva et se dirigea vers le mur. « Regardez à quelle hauteur touche le pied. Elle était petite, son pied n'aurait pas été éraflé par un objet se trouvant à moins de quatre-vingt-dix centimètres du sol sur l'étagère, si elle était portée par un homme de haute taille. D'autre part… » Il marcha vers Phil. « Combien mesurez-vous… un peu plus d'un mètre soixante-quinze ?

— Exact.

— Bien. Chris Lewis a quinze centimètres de plus que vous. Prenez Vangie et regardez où tombe son pied gauche quand vous la portez. »

Phil prit le corps avec précaution et se dirigea vers le mur. Le pied de Vangie effleura la première marque faite par Richard. Phil déposa promptement le corps sur la table.

Scott secoua la tête. « Peu concluant. Ça ne tient pas. Peut-être se penchait-il en avant, essayant de la tenir éloignée de lui. » Il se tourna vers l'assistant. « Nous gardons ces vêtements comme preuve. Faites-y attention. Prenez des photos de l'éraflure, du collant et de la robe. »

Il regagna son bureau avec Richard. « Vous pensez toujours au psychiatre, n'est-ce pas ? demanda-t-il. Il mesure à peu près un mètre soixante-quinze. »

Richard hésita et décida de ne rien dire avant d'avoir parlé à Jim Berkeley et à la patiente qui avait engagé des poursuites contre Highley. Il changea de sujet. « Comment s'en tire Katie ? »

Scott fit une moue. « Difficile à dire. Ces voyous mettent l'acte de vandalisme sur le dos d'un de leurs camarades qui s'est tué à motocyclette en novembre dernier. Leur nouvelle version est qu'ils se seraient accusés à sa place parce qu'ils avaient pitié de ses parents, mais qu'à présent leur pasteur les aurait convaincus de dire la vérité par égard pour leur propre famille. »

Richard grogna. « Le jury ne va pas tomber dans le panneau, quand même ?

— Il délibère en ce moment, dit Scott. Écoutez, malgré la rigueur avec laquelle vous essayez de sélectionner votre jury, il se trouve toujours un cœur sensible prêt à s'apitoyer. Katie a fait un travail sensationnel, mais ça peut tourner bien ou mal. Bon. Je vous verrai plus tard. »

À seize heures trente, Jim Berkeley rappela Richard. « Il paraît que vous avez cherché à me joindre. » Il semblait sur ses gardes.

« En effet. » Richard adopta le ton impersonnel de son interlocuteur. « Il est important que je vous parle. Pouvez-vous passer à mon bureau en rentrant chez vous ?

— Oui, bien sûr. » La voix de Jim avait maintenant une intonation résignée.

53

Edgar Highley se tourna vers la jeune fille allongée sur la table d'examen. « Vous pouvez vous habiller à présent. »

Elle prétendait avoir vingt ans, mais il était sûr qu'elle n'en avait pas plus de seize ou dix-sept. « Est-ce que je suis…

— Oui, ma chère enfant. Vous êtes définitivement enceinte. Je dirais d'environ cinq semaines. Je désire vous revoir ici demain matin, et nous interromprons votre grossesse.

— Je me demandais : ne pensez-vous pas que je pourrais garder le bébé, et le faire adopter ?

— En avez-vous parlé à vos parents ?

— Non. Ils seraient dans tous leurs états.

— Alors, je vous conseille de remettre vos projets de maternité à plusieurs années au moins. Dix heures demain matin. »

Il quitta la pièce, entra dans son bureau et chercha le numéro de téléphone de la nouvelle patiente qu'il avait choisie la veille. « Madame Englehart, ici le docteur Highley. J'aimerais commencer votre traitement. Soyez gentille de venir à la clinique à huit heures et demie demain matin et de vous apprêter à y passer la nuit. »

54

Tandis que le jury délibérait, Katie se rendit à la cafétéria du tribunal. Elle choisit intentionnellement une petite table au fond de la salle et s'assit le dos tourné aux autres tables. Elle ne voulait pas qu'on la remarquât ou que l'on vînt la déranger. La sensation de vertige était permanente à présent ; elle se sentait épuisée, mais elle n'avait pas faim. Juste une tasse de thé, pensat-elle. Sa mère croyait toujours aux vertus d'une tasse de thé pour soigner tous les maux de la terre. Elle se souvenait de son retour chez elle, en revenant des obsèques de John ; la voix de sa mère, inquiète, douce : « Je t'ai préparé une bonne tasse de thé, Katie. »

Richard. Sa mère aimerait Richard. Elle aimait les hommes forts. « Ton père était petit et maigre, mais oh ! Katie, n'est-ce pas que c'était un homme fort ? »

Oui, un homme fort.

Sa mère allait venir pour Pâques. Dans six semaines exactement. Elle serait ravie si Katie et Richard se décidaient.

N'est-ce pas ce que je désire moi-même ? pensa Katie en avalant une gorgée de thé. Ce n'est pas uniquement parce que la solitude me pèse tant cette semaine.

C'était plus que cela. Bien plus. Mais pendant ce week-end à la clinique, elle pourrait tirer les choses au clair, réfléchir calmement.

Elle resta près d'une heure à la cafétéria, buvant distraitement son thé, passant en revue les différentes phases de l'accusation. Avait-elle convaincu le jury que les garçons Odendall mentaient ? Le pasteur. Là, elle avait marqué un point. Il avait admis qu'aucun des deux garçons n'était pratiquant ; qu'aucun d'entre eux n'était jamais venu le voir auparavant. Était-il possible qu'ils se soient servis de lui pour étayer leur récit ? « Oui, c'est possible », avait admis le pasteur. Elle avait dit juste ce qu'il fallait. Elle en était sûre.

À dix-sept heures, elle retourna dans la salle du tribunal. Au moment où elle entrait, le jury annonçait au juge qu'il s'était prononcé.

Cinq minutes plus tard, le président du jury rendit le verdict : Robert Odendall, non coupable sous tous les chefs d'accusation. Jonathan Odendall, non coupable sous tous les chefs d'accusation.

« C'est incroyable. » Katie ne savait pas avec certitude si elle avait parlé tout haut. Des rides de mécontentement durcirent le visage du juge. Il renvoya sèchement le jury et ordonna aux inculpés de se lever.

« Vous avez de la chance, dit-il d'un ton cassant. Plus de chance j'espère que vous n'en aurez jamais. Maintenant sortez de mon tribunal, et si vous êtes intelligents, ne vous représentez plus devant moi. »

Katie se leva. Comme, de toute façon, elle avait perdu le procès, il importait peu que le juge ait clairement dénoncé le verdict. Elle aurait dû mieux faire. Elle le ressentit d'autant plus à la vue du sourire victorieux de l'avocat. Elle avait une boule qui lui brûlait la gorge, l'empêchant d'avaler. Elle était au bord des larmes. Ces deux malfaiteurs allaient être relâchés après s'être moqués de la justice. Un gosse mort était mis au rang des incendiaires.

Elle rangea ses notes dans sa serviette. Si elle ne s'était pas sentie tellement à plat durant toute cette semaine, elle s'en serait peut-être mieux sortie. Si elle s'était occupée de ces problèmes d'hémorragie il y a un an, au lieu de toujours les remettre à plus tard à cause de cette terreur infantile, ridicule, des hôpitaux, elle n'aurait peut-être pas eu d'accident lundi soir.

« L'État veut-il avoir l'obligeance de s'approcher du tribunal ? »

Elle leva les yeux. Le juge lui faisait signe. Elle se dirigea vers lui. L'assistance sortait en rang. Elle entendait les cris de ravissement que poussaient les petites amies peinturlurées des frères Odendall en se jetant dans leurs bras.

« Votre Honneur. » Katie s'efforçait de paraître calme.

Le juge se pencha et lui chuchota : « Ne vous laissez pas abattre, Katie. Vous avez apporté toutes les preuves utiles dans cette affaire. Ces petits voyous seront de retour ici avant deux mois avec d'autres inculpations. Nous le savons tous les deux, et la prochaine fois, vous les aurez. »

Katie essaya de sourire. « C'est justement ce que je crains, qu'ils reviennent. Dieu sait quels méfaits ils auront commis avant que nous n'ayons pu les attraper. Mais je vous remercie, monsieur le Juge. »

Elle quitta la salle du tribunal et regagna son bureau. Maureen lui lança un regard plein d'espoir. Katie secoua la tête et vit la jeune fille prendre un air de compassion. Elle haussa les épaules. « Qu'y pouvons-nous ? »

Maureen la suivit dans son bureau. « M. Myerson et le docteur Carroll sont en réunion. Ils ne veulent pas être dérangés. Mais vous pouvez y aller, bien sûr.

— Non. Je sais qu'ils parlent de l'affaire Lewis, et je ne leur serai d'aucune utilité, ni à eux ni à personne, en ce moment. Je me mettrai à jour lundi.

— Très bien. Katie, je suis navrée pour le verdict Odendall, mais ne le prenez pas trop à cœur. Vous avez l'air réellement malade. Êtes-vous en état de conduire ? Vous n'avez pas de vertiges, ou autre chose ?

— Non, pas du tout. Et je ne vais pas loin. J'en ai à peine pour un quart d'heure en voiture et ensuite je ne bougerai plus jusqu'à dimanche. »

En se dirigeant vers sa voiture, Katie frissonna. La température était montée jusqu'à moins cinq degrés dans l'après-midi, mais elle redescendait rapidement à nouveau. L'air humide et pénétrant s'infiltrait dans les manches flottantes de son ample manteau en laine rouge, traversait son collant de Nylon. Elle eut envie de retrouver sa chambre, son lit. Qu'il serait bon de rentrer chez soi maintenant, de se coucher avec un bon grog et de dormir tout le week-end !

À la clinique, le service de réception avait déjà préparé ses formulaires d'admission. La réceptionniste était vive et enjouée.

« Vraiment, madame DeMaio, on vous traite comme une princesse ! Le docteur Highley vous a octroyé l'appartement numéro un au troisième étage. Une vraie villégiature. Vous n'aurez absolument pas l'impression d'être à l'hôpital.

— Il m'en avait parlé », murmura Katie. Elle n'était pas d'humeur à confier sa peur des hôpitaux à cette femme.

« Vous vous sentirez peut-être un peu isolée là-haut. Il n'y a que trois appartements à cet étage, et les deux autres sont inoccupés. Et le docteur Highley fait redécorer le salon du vôtre. Je me demande bien pourquoi. On l'a fait refaire il y a moins d'un an. Mais de toute façon, vous n'en aurez pas besoin. Vous ne restez que jusqu'à lundi. Si vous désirez quelque chose, vous n'avez qu'à presser le bouton de l'Interphone. L'infirmière de garde du deuxième étage s'occupe aussi du troisième étage. D'ailleurs, ce sont toutes des patientes du docteur Highley. Maintenant, voici votre fauteuil roulant. Si vous voulez bien vous y asseoir, nous allons vous faire monter. »

Katie prit l'air consterné. « Vous voulez dire que je dois utiliser un fauteuil roulant tout de suite ?

— C'est le règlement de la clinique », dit fermement la réceptionniste.

Elle revit John dans un fauteuil roulant, à l'étage de la chimiothérapie. Le corps de John qui s'amenuisait à vue d'œil à l'approche de la mort. Sa voix de plus en plus faible, son humour las, désabusé, tandis qu'on le roulait jusqu'à son lit. « Doux, doux, gentil chariot qui me ramène à la maison. » L'odeur d'antiseptique de l'hôpital.

Katie s'installa dans le fauteuil et ferma les yeux. Impossible de faire machine arrière. Une aide-soignante bénévole, la cinquantaine, bien en chair, poussa le fauteuil dans le couloir vers l'ascenseur.

« Vous avez de la chance d'être soignée par le docteur Highley, expliqua-t-elle à Katie. Ses patientes sont les mieux traitées de la clinique. Vous appuyez sur l'Interphone, et vous avez une infirmière à votre disposition dans les trente secondes. Le docteur Highley est sévère. Tout le personnel tremble quand il est dans les parages, mais c'est un bon médecin. »

Elles étaient devant l'ascenseur. L'aide-soignante pressa le bouton. « Ce n'est pas comme dans la plupart des hôpitaux, ici. En général, on préfère ne pas vous voir arriver avant que vous ne soyez prête à accoucher, et ensuite on vous met dehors avec le bébé à peine âgé de deux jours. Mais pas le docteur Highley. Je l'ai vu faire entrer des femmes à la clinique deux mois avant, par simple précaution. C'est pour cette raison qu'il y a des appartements ; ainsi les patientes se sentent comme chez elles. Mme Aldrich en occupe un au deuxième étage. Elle a accouché par césarienne hier et elle n'arrête pas de pleurer, tellement elle est heureuse. Son mari est dans le même état. Il a dormi sur le canapé dans le salon de l'appartement, la nuit dernière. Le docteur Highley encourage beaucoup cela. Bon, voilà l'ascenseur. »

Plusieurs personnes montèrent dans l'ascenseur en même temps qu'elles. Elles regardèrent Katie avec curiosité. À la vue des magazines et des fleurs qu'elles tenaient à la main, Katie supposa qu'elles venaient en visite. Elle se sentit étrangement loin d'elles. À la minute où vous devenez un malade, vous perdez votre identité, pensa-t-elle. Vous devenez un cas.

Elles sortirent de l'ascenseur au troisième étage. Le couloir était recouvert d'une moquette vert amande. De très belles reproductions de Monet et de Matisse joliment encadrées étaient accrochées aux murs.

Malgré elle, Katie se sentit rassurée. L'aide-soignante roula son fauteuil dans le couloir et tourna à droite. « Vous avez l'appartement du fond, dit-elle. C'est assez loin. Je pense qu'il n'y a pas une seule autre patiente à cet étage aujourd'hui.

— Cela me convient très bien », murmura Katie. Elle se souvenait de la chambre de John. Tous les deux désirant désespérément être seuls l'un avec l'autre, pour faire des provisions contre la séparation. Les malades qui venaient à la porte passaient la tête : « Comment allez-vous aujourd'hui, monsieur le Juge ? Il a l'air beaucoup mieux, n'est-ce pas, madame DeMaio ? »

Et elle qui mentait : « Certainement. » Allez-vous-en. Allez-vous-en. Il nous reste si peu de temps.

« Cela m'est égal d'être seule à cet étage », répéta-t-elle.

Elles entrèrent dans la chambre. Les murs étaient ivoire, les meubles laqués blancs, la moquette du même vert pâle que celle du couloir. Les rideaux imprimés dans les tons ivoire et vert étaient assortis au dessus-de-lit.

« Oh ! c'est ravissant ! », s'exclama Katie.

L'aide-soignante parut enchantée. « J'étais sûre que cela vous plairait. L'infirmière va venir dans quelques minutes. Vous devriez enlever vos vêtements et vous mettre à l'aise. »

Elle s'en alla. Avec des gestes mal assurés, Katie se déshabilla, enfila une chemise de nuit et une robe de chambre confortable. Elle posa ses affaires de toilette sur la coiffeuse de la salle de bains et suspendit ses vêtements dans la penderie. Qu'allait-elle faire pendant cette longue et morne soirée en perspective ? La veille à la même heure, elle se préparait pour aller dîner chez Molly. Richard l'attendait quand elle était arrivée.

Elle sentit qu'elle vacillait, tendit instinctivement la main vers la coiffeuse et s'y retint. La sensation d'éblouissement passa. C'était sans doute la précipitation, le contrecoup du procès et, regardons les choses en face, l'appréhension.

Elle se trouvait dans un hôpital – un hôpital privé mais un hôpital. Quoi qu'elle fît pour repousser cette pensée, elle était dans un hôpital. Qu'il était donc puéril d'être incapable de surmonter sa peur ! Son père ainsi que John, les deux êtres qu'elle aimait le plus au monde, étaient partis pour l'hôpital et y étaient morts. Elle avait beau tenter de rationaliser, d'intellectualiser, elle ne parvenait pas à se débarrasser de ce terrible sentiment de panique. Eh bien, ce séjour allait peut-être l'aider à le vaincre. La soirée de lundi n'avait pas été si abominable, après tout.

Il y avait quatre portes dans la pièce. La porte de la penderie ; la porte de la salle de bains ; celle qui ouvrait sur le couloir ; la dernière devait donner accès au salon. Elle l'ouvrit et jeta un coup d'œil. Comme le lui avait dit la réceptionniste, on refaisait le salon. Les meubles étaient rassemblés au milieu de la pièce, couverts des bâches laissées par les peintres. Elle alluma la lumière. Le docteur Highley devait être un perfectionniste. Les murs semblaient en parfait état, autant qu'elle pût en juger. Pas étonnant que les frais d'hospitalisation soient exorbitants.

Haussant les épaules, Katie éteignit la lumière, referma la porte et se dirigea vers la fenêtre. La clinique était en forme de U, les deux ailes parallèles derrière le bâtiment principal.

Elle avait une chambre dans l'autre aile lundi soir, exactement en face de l'endroit où elle se trouvait aujourd'hui. Les voitures des visiteurs commençaient à remplir le parking. Où était l'emplacement qu'elle avait vu en rêve ? Ah oui, c'était celui-là sur le côté, là-bas, juste sous le dernier réverbère. Il y avait une voiture garée ce soir, une voiture noire. Dans son rêve c'était aussi une voiture noire. Ces roues à rayons, la façon dont elles luisaient à la lumière.

« Comment vous sentez-vous, madame DeMaio ? » Elle se retourna. Le docteur Highley se tenait dans la pièce. Une jeune infirmière s'affairait à ses côtés.

« Oh ! vous m'avez surprise ! Je vais bien, docteur.

— J'ai frappé, mais vous n'avez pas entendu. » Le ton était gentiment réprobateur. Il s'avança vers la fenêtre, tira les rideaux. « Quoi que nous fassions, ces fenêtres laissent toujours passer les courants d'air, fit-il remarquer. Je ne voudrais pas que vous attrapiez froid. Si vous voulez bien vous asseoir sur le lit, je vais prendre votre tension. Nous ferons également une prise de sang. »

L'infirmière le suivit. Katie s'aperçut que les mains de la jeune fille tremblaient. Elle avait l'air terrifiée par le docteur Highley.

Le docteur enroula le brassard à tension autour du bras de Katie. Elle eut un éblouissement, l'impression que les murs de la pièce reculaient. Elle agrippa le matelas.

« Vous ne vous sentez pas bien, madame DeMaio ? » La voix du docteur était douce.

« Si. Si. Ce n'est rien, juste un petit malaise. »

Il appuya sur la poire. « Mademoiselle Renge, ayez la gentillesse d'aller faire une compresse d'eau froide pour Mme DeMaio », ordonna-t-il.

L'infirmière se précipita dans la salle de bains. Le docteur examinait le manomètre. « Vous avez une tension un peu basse. Des problèmes ?

— Oui. » Katie eut l'impression que sa voix appartenait à quelqu'un d'autre, ou qu'elle résonnait comme si elle se trouvait dans une chambre sonore. « Mes règles ont recommencé. Elles sont très fortes depuis mercredi.

— Je n'en suis pas surpris. Franchement, si vous n'aviez pas pris la décision de vous faire traiter énergiquement dès maintenant, je crois bien que vous y auriez été contrainte dans des conditions d'urgence. »

L'infirmière sortit de la salle de bains avec un linge plié. Elle se mordait la lèvre pour l'empêcher de trembler. Katie éprouva un élan de sympathie pour elle. Elle n'avait ni envie ni besoin d'une compresse froide sur son front, mais elle se renversa sur l'oreiller. L'infirmière lui posa la compresse sur le front. Le linge était trempé et Katie sentit l'eau glacée lui couler dans les cheveux. Elle résista à l'envie de l'essuyer. Le docteur l'aurait remarqué, et elle ne voulait pas qu'il réprimande l'infirmière.

Un éclair d'humour lui redonna du tonus. Elle se voyait en train de raconter à Richard : « Et cette pauvre gosse affolée m'a pratiquement inondée. J'aurais gagné un hygroma des sourcils dans cette histoire. »

Richard. Elle aurait dû lui dire qu'elle entrait à la clinique. Elle aurait tant aimé sa présence en ce moment.

Le docteur Highley tenait une seringue à la main. Elle ferma les yeux quand il lui fit une prise de sang dans son bras droit. Puis elle le regarda poser les tubes à essai sur le plateau que lui tendait l'infirmière.

« Je veux que l'on fasse immédiatement les analyses, dit-il d'un ton sec.

— Bien, docteur. » L'infirmière sortit rapidement, visiblement soulagée de s'en aller.

Le docteur Highley soupira. « Je crains que cette timide jeune personne ne soit de garde cette nuit. Mais vous n'aurez besoin de rien de spécial, j'en suis sûr. Avez-vous bien pris toutes les pilules que je vous ai prescrites ? »

Katie réalisa qu'elle n'avait pas pris celle de quinze heures et qu'il était plus de dix-huit heures.

« J'ai peur d'avoir oublié celle de trois heures, s'excusa-t-elle. J'étais au tribunal, et tout ce qui n'était pas le procès m'est sorti de l'esprit ; et je pense que je suis en retard pour la dernière.

— Avez-vous les pilules avec vous ?

— Oui. Dans mon sac. » Elle tourna les yeux vers la commode.

« Ne vous levez pas. Je vais vous le passer. »

Elle lui prit le sac des mains, ouvrit la fermeture Éclair, fouilla à l'intérieur et sortit un petit flacon. Il ne restait que deux pilules. Il y avait un plateau avec une carafe d'eau et un verre sur la table de nuit. Le docteur Highley versa de l'eau dans le verre et le lui tendit. « Prenez-les, dit-il.

— Les deux ?

— Oui. Oui. Ce sont des médicaments très peu dosés, et je tiens à ce que vous en preniez six. » Il lui mit le verre entre les mains et enfouit le flacon vide dans sa poche.

Elle avala docilement les pilules, sentant les yeux du docteur Highley posés sur elle. Ses lunettes cerclées d'acier luisaient sous l'éclairage du plafond. Le reflet luisant des roues à rayons de la voiture.

Elle laissa une trace rouge sur le verre quand elle le reposa. Il la remarqua, prit sa main et examina son doigt. Le mouchoir en papier était à nouveau humide.

« Qu'est-ce que c'est ? demanda-t-il.

— Oh ! rien ! Une coupure avec du papier, mais elle doit être profonde. Elle n'arrête pas de saigner.

— Je vois. » Il se redressa. « Je vous ai prescrit un somnifère. Soyez gentille de le prendre dès que l'infirmière vous l'apportera.

— Je préfère ne pas prendre de somnifère, docteur. Il semble qu'ils aient une action excessive sur moi. » Elle voulait prendre un ton convaincant. Au lieu de cela, sa voix avait un timbre faible et languissant.

« Je crains d'être obligé d'insister, madame DeMaio, surtout pour quelqu'un que l'angoisse peut tenir éveillé toute la nuit comme vous. Je désire que vous soyez reposée demain matin. Oh ! voici votre dîner ! »

Katie suivit du regard une petite femme d'une soixantaine d'années qui entrait dans la chambre en portant un plateau, et jetait un regard inquiet vers le docteur. Elles ont toutes peur de lui, se dit Katie. Contrairement au classique plateau d'hôpital en plastique ou en métal, celui-ci était en rotin blanc, et muni d'un panier sur le côté contenant les journaux du matin. La porcelaine était fine, l'argenterie élégante. Une seule rose rouge dans un soliflore. Un couvercle en argent posé sur la grande assiette gardait au chaud les côtes d'agneau. Une salade, des haricots verts en julienne, des petits biscuits chauds, du thé et un sorbet complétaient le repas. La femme de chambre s'apprêta à partir.

« Attendez », ordonna le docteur. Il se tourna vers Katie. « Comme vous le voyez, nous offrons à nos patientes un régime digne du menu d'un restaurant de grande classe. Je pense que les gaspillages permanents dans les hôpitaux sont principalement dus aux tonnes de nourriture jetées tous les jours à la poubelle alors que les familles des patients apportent des colis de la maison. » Il fronça les sourcils. « Pourtant, j'aimerais mieux que vous ne dîniez pas ce soir. Mon expérience m'a prouvé que plus un patient est à jeun depuis longtemps avant une intervention, moins il est ensuite susceptible d'éprouver un malaise.

— Je n'ai absolument pas faim, dit Katie.

— Parfait. » Il fit signe à la femme de chambre. Elle reprit le plateau et sortit précipitamment.

« Je vais vous laisser, maintenant, dit le docteur Highley à Katie. Vous allez prendre votre somnifère. »

Elle hocha la tête sans rien promettre.

Il s'arrêta sur le pas de la porte. « Oh ! je regrette, le téléphone de votre appartement est en dérangement ! Le réparateur s'en occupera demain matin. Quelqu'un doit-il vous appeler ce soir ? À moins que vous n'attendiez une visite ?

— Non. Ni coup de téléphone ni visite. Ma sœur est la seule personne à savoir que je suis là, et elle est à l'Opéra ce soir. »

Il sourit. « Je vois. Eh bien, bonne nuit, madame DeMaio, et détendez-vous. Comptez sur moi, je m'occuperai bien de vous.

— J'en suis persuadée. »

Il partit. Elle s'appuya sur l'oreiller, ferma les yeux. Elle flottait ; son corps allait à la dérive, il était emporté, emporté comme…

« Madame DeMaio. » La voix jeune avait un ton d'excuse. Katie ouvrit les yeux. « Quoi… oh ! j'ai dû m'endormir ! »

C'était l'infirmière Renge. Elle portait un plateau avec une pilule dans un petit gobelet en carton. « Vous devez le prendre tout de suite. C'est le somnifère que le docteur Highley a prescrit. Il m'a dit de rester pour m'assurer que vous le preniez bien. » Même sans la présence du docteur Highley, la jeune fille semblait nerveuse. « Les patientes sont furieuses quand nous devons les réveiller pour leur faire prendre un somnifère, mais c'est le règlement de la clinique.

— Oh ! » Katie prit la pilule, la mit dans sa bouche, avala une gorgée d'eau.

« Aimeriez-vous vous coucher, maintenant ? Je vais préparer votre lit. »

Katie se rendit compte qu'elle s'était endormie sur le couvre-lit. Elle hocha la tête, se leva, et alla dans la salle de bains. Là, elle ôta le somnifère coincé sous sa langue. Il avait commencé à fondre, mais elle en recracha la plus grande partie. Il n'en est pas question, se dit-elle. Je préfère rester éveillée que d'avoir des cauchemars. Elle aspergea son visage d'eau froide, se brossa les dents et retourna dans la chambre. Elle se sentait faible, étourdie.

L'infirmière l'aida à se coucher. « Vous n'en pouvez plus, n'est-ce pas ? Je vais bien vous border, et je suis sûre que vous allez passer une bonne nuit de sommeil. Pressez le bouton de l'Interphone si vous avez besoin de moi ou de quelque chose.

— Merci. » Elle avait la tête si lourde. Elle n'arrivait pas à ouvrir les yeux.

L'infirmière s'éloigna et alla baisser le store. « Il recommence à neiger, mais la neige va se transformer en pluie. C'est un temps épouvantable, un temps à rester au lit.

— Ouvrez les rideaux et laissez la fenêtre un peu entrouverte, je vous prie, murmura Katie. J'aime avoir de l'air frais dans ma chambre.

— Certainement. Est-ce que j'éteins la lumière tout de suite, madame DeMaio ?

— S'il vous plaît, oui. » Elle n'avait qu'un souhait, dormir.

« Bonne nuit, madame DeMaio.

— Bonne nuit. Quelle heure est-il, je vous prie ?

— Huit heures juste.

— Merci. »

L'infirmière s'en alla. Katie ferma les yeux. Les minutes passèrent. Sa respiration se calma. À vingt heures trente, elle n'entendit pas le faible bruit que fit la poignée de la porte du salon en tournant.

55

Gertrude et les Krupshak mangèrent sans se presser le bœuf mode préparé par Gana. Cédant aux instances de son hôtesse, Gertrude se resservit deux fois et prit une tranche généreuse de gâteau au chocolat.

« Je ne mange pas autant en général, s'excusa-t-elle, mais je n'ai rien avalé depuis que nous avons découvert cette pauvre Edna. »

Gana hocha discrètement la tête. Son mari prit sa tasse de café et son assiette à dessert. « Il y a un match des Knicks, dit-il. Je vais le regarder… » Son ton était bourru mais non désagréable. Il s'installa dans la pièce de séjour et alluma la télévision.

Gana soupira. « Les Knicks… les Mets… les Giants… une saison après l'autre. Mais je n'ai pas à me plaindre, il reste à la maison. Il est toujours là quand je jette un coup d'œil dans la pièce. Et lorsque je reviens de ma partie de bingo, je sais que je ne vais pas me retrouver seule, comme l'a toujours été cette pauvre Edna.

— Je sais. » Gertrude pensa à son propre foyer solitaire. Puis, elle se souvint de l'aînée de ses

342

petites-filles qui disait : « Mamie, pourquoi ne viendrais-tu pas dîner ? » : ou « Mamie, est-ce que tu seras chez toi dimanche ? Nous aimerions passer te dire bonjour. » Elle aurait pu avoir un sort bien pire.

« Peut-être pourrions-nous aller jeter un coup d'œil dans l'appartement d'Edna, dit Gana. Je ne veux pas vous presser... je veux dire, prenez encore du café ou un autre morceau de gâteau.

— Non... Oh ! non ! Il faut y aller. C'est une démarche très pénible, mais on ne peut pas l'éviter.

— Je vais chercher la clé. »

Elles traversèrent la cour rapidement. Pendant qu'elles dînaient, la neige fondue humide et froide s'était remise à tomber. Gana enfonça son cou dans le col de son manteau. Elle pensa au beau manteau en imitation léopard d'Edna. Peut-être pourrait-elle le prendre ce soir ? Il était à elle à présent.

Elles devinrent silencieuses dès qu'elles entrèrent dans l'appartement. La poudre à empreintes que les enquêteurs avaient répandue sur les dessus de table et les poignées de porte était encore visible. Elles se surprirent à contempler toutes les deux en même temps l'endroit où s'était affaissé le corps recroquevillé d'Edna.

« Il y a encore du sang sur le radiateur, murmura Gana. Il faudra que Gus passe un coup de peinture.

— Oui. » Gertrude se secoua. « Finissons-en. » Elle connaissait les goûts de sa petite-fille. En plus du canapé, Nan aimerait les fauteuils, ceux qui avaient un dossier haut avec des bras et des pieds en acajou. L'un était un fauteuil à bascule, l'autre un fauteuil à dossier droit. Elle se souvint d'Edna lui racontant qu'ils étaient recouverts de velours bleu avec de jolis motifs de feuilles lorsqu'elle était enfant. Elle les avait fait refaire à bon marché et soupirait toujours : « Ils n'auront jamais la même allure. »

Ils seraient magnifiques, si Nan les faisait à nouveau recouvrir en velours. Et cette table en marqueterie. Altman avait les mêmes dans son magasin de meubles. Elles valaient une fortune. Bien sûr, celle-ci était très abîmée, mais le mari de Nan pourrait refaire le placage. Oh ! Edna ! pensa Gertrude. Vous étiez plus intelligente que nous toutes. Vous connaissiez la valeur des choses.

Gana s'était dirigée vers le placard et en sortait le manteau en imitation léopard. « Edna me l'a prêté cette année, dit-elle. Un soir où je me rendais à une petite fête avec Gus. Je l'adore. »

Elles ne mirent pas longtemps à partager le contenu de l'appartement. Gana s'intéressait peu aux meubles ; elles donneraient à l'Armée du Salut ce dont Gertrude ne voulait pas ; mais elle fut ravie quand Gertrude lui proposa de prendre l'argenterie et la vaisselle. Elles convinrent que l'Armée du Salut hériterait également de la garde-robe d'Edna. Elle était plus petite et plus grosse qu'elles deux.

« Je crois que c'est tout, soupira Gana. À part les bijoux. La police nous les rendra bientôt. Vous avez la bague, et elle m'a laissé la broche. »

Les bijoux. Edna les rangeait dans le tiroir de la table de nuit. Gertrude se souvint de la soirée de mercredi. C'était le tiroir que le docteur Highley avait commencé à ouvrir.

« Cela me fait penser, dit-elle, nous n'avons pas regardé dans le tiroir. Voyons si nous n'avons rien oublié. » Elle l'ouvrit. Elle savait que la police avait pris la boîte à bijoux. Mais le tiroir n'était pas vide. Il y avait un mocassin tout avachi au fond.

« Eh bien, que je sois pendue si j'y comprends quelque chose, soupira Gana. Pouvez-vous m'expliquer pourquoi Edna conservait ce machin-là ? » Elle prit le mocassin, le souleva à la lumière. Il n'avait plus de forme, le talon était usé, des taches sur les bords laissaient supposer qu'il avait traîné dans la neige.

« C'est ça ! s'écria Gertrude. C'est ça qui m'a embrouillée. »

Devant l'expression perplexe de Gana, elle essaya d'expliquer. « Mme DeMaio m'a demandé si Edna appelait Prince Charmant l'un des médecins de la clinique. Et c'est ce qui m'a embrouillée. Elle ne les appelait pas comme ça, bien sûr. Mais, par contre, Edna m'avait raconté que Mme Lewis portait ces vieux mocassins déformés lorsqu'elle venait à la clinique. Elle me l'a fait remarquer il y a deux semaines, un jour où Mme Lewis quittait la clinique. Edna disait qu'elle taquinait toujours Mme Lewis. La chaussure gauche était trop large et Mme Lewis passait son temps à la perdre. Edna lui disait en riant qu'elle attendait peut-être que le Prince Charmant lui ramassât sa pantoufle de vair.

— Mais le Prince Charmant n'était pas le petit ami de Cendrillon, protesta Gana. Il est dans l'histoire de la Belle au Bois Dormant.

345

— C'est bien ce que je pense. J'ai dit à Edna qu'elle confondait. Elle s'est contentée de rire en disant que Mme Lewis lui avait fait la même réflexion, mais que sa mère lui racontait toujours Cendrillon de cette façon, et que c'était très bien comme ça. »

Gertrude réfléchit. « Mme DeMaio paraissait si anxieuse lorsqu'elle m'a parlé de cette histoire de Prince Charmant. Et mercredi soir, je me demande, le docteur Highley cherchait-il le mocassin de Mme Lewis dans ce tiroir ? Serait-ce possible ? Vous savez, j'ai presque envie d'aller voir Mme DeMaio, ou au moins de lui laisser un message. J'ai l'impression que je ne dois pas attendre jusqu'à lundi. »

Gana pensa à Gus qui ne quitterait pas l'écran des yeux avant minuit. Son désir de sensations fortes s'accrut. Elle n'était jamais entrée dans le bureau du procureur. « Mme DeMaio m'a demandé si Edna gardait la vieille chaussure de sa mère pour des raisons sentimentales, dit-elle. Je parie qu'elle parlait de ce mocassin. Écoutez, je vais venir avec vous. Gus ne s'apercevra même pas que je suis partie. »

56

Jim Berkeley gara sa voiture dans le parking du palais de justice et entra dans le hall principal. Le panneau de l'entrée indiquait que le bureau du médecin légiste se trouvait au second étage, dans l'aile la plus ancienne du bâtiment. Il se souvint de l'expression de Richard Carroll lorsqu'il avait regardé le bébé la veille. La colère et l'amertume avaient failli lui faire dire : « Le bébé ne nous ressemble pas. Et alors ? » Mais cela aurait été stupide. Pire, inutile.

Après avoir tourné plusieurs fois dans le labyrinthe des couloirs, il trouva le bureau du médecin légiste. Le secrétariat était désert, mais Richard sortit immédiatement de son bureau lorsque la porte de la réception claqua en se refermant. « Jim, c'est gentil à vous d'être venu. » Il essaye visiblement de se montrer amical, pensa Jim. Il fait comme s'il s'agissait d'une rencontre banale. Il salua Richard d'un air froid. Ils entrèrent dans le bureau. Richard fixa Jim qui soutint son regard. Il ne restait plus trace de la bonne humeur du dîner de la veille. Richard le sentit et prit un ton professionnel. Jim se raidit.

« Jim, nous enquêtons sur la mort de Vangie Lewis. C'était une patiente de la clinique West-lake. Je crois que votre femme y a eu son bébé. »

Jim hocha la tête.

Richard s'appliqua à choisir ses mots. « Nous sommes troublés par certains problèmes que nous voyons surgir au fur et à mesure de notre enquête. Je désire donc vous poser quelques questions – et je vous assure que vos réponses ne quitteront pas cette pièce. Mais vous pouvez nous être d'une aide inestimable, si…

— *Si* je vous dis que Maryanne est adoptée. C'est cela, n'est-ce pas ?

— Oui. »

Jim sentit la colère l'abandonner. Il pensa à Maryanne. Elle valait tous les sacrifices. « Non, ce n'est pas une enfant adoptée. J'ai assisté à sa naissance. Je l'ai filmée. Elle a une petite marque sur le pouce gauche que l'on voit sur les photos.

— C'est extrêmement inhabituel pour deux parents aux yeux bruns d'avoir un enfant aux yeux verts », dit posément Richard. Puis il s'arrêta. « Êtes-vous le père du bébé ? » demanda-t-il doucement.

Jim baissa les yeux. « Si vous voulez insinuer que Liz pourrait avoir eu une liaison avec un autre homme. Non. J'en mets ma tête à couper.

— Et une insémination artificielle ? demanda Richard. Le docteur Highley est un spécialiste de la stérilité.

— Liz et moi avions considéré cette éventualité, dit Jim. Nous l'avions rejetée tous les deux.

— Liz aurait pu changer d'avis sans vous le dire. L'insémination artificielle est un procédé assez courant à l'heure actuelle. Il y a une quinzaine de milliers d'enfants qui naissent ainsi aux États-Unis chaque année. »

Jim sortit son portefeuille de sa poche. Il l'ouvrit et montra à Richard deux photos de Liz, de lui-même et du bébé. Sur la première, Maryanne était un nouveau-né ; elle avait les yeux presque fermés. La seconde était un Kodachrome plus récent. Le contraste entre la carnation et la couleur des yeux des parents et de l'enfant était saisissant.

« Un an avant que Liz ne soit enceinte, dit Jim, on nous apprit que nous ne pourrions sûrement pas adopter d'enfant. C'est alors que Liz et moi avons parlé de l'insémination artificielle, pour la refuser. Mais j'étais plus catégorique que Liz. Maryanne avait les cheveux brun clair lorsqu'elle est née, et des yeux bleus. Les bébés ont souvent les yeux bleus à leur naissance. Ils prennent ensuite la couleur des yeux de leurs parents. C'est seulement depuis ces derniers mois que la différence est évidente. Cela m'importe peu, en fait. Maryanne est tout pour nous. » Il regarda Richard. « Ma femme ne saurait même pas mentir par convenance. C'est l'être le plus franc que j'aie jamais connu. Le mois dernier, j'ai voulu l'aider à dire la vérité. Je lui ai dit que je m'étais trompé à propos de l'insémination artificielle, que je pouvais comprendre pourquoi les gens y avaient recours.

— Et comment a-t-elle réagi ? demanda Richard.

— Elle savait très bien ce que je voulais dire. Elle a répondu que si je la croyais capable de prendre une telle décision sans m'en parler, je n'avais rien compris à nos relations.

« Je lui ai demandé pardon, je lui ai juré que je ne voulais pas dire cela ; j'ai fait tout mon possible pour la rassurer. Elle a fini par me croire. » Il regarda la photo. « Mais je sais qu'elle mentait, laissa-t-il échapper.

— Ou bien elle ignorait ce que Highley lui faisait », dit lentement Richard.

57

Dannyboy Duke courait en zigzag dans la troisième avenue, se hâtant vers la cinquante-cinquième rue et la seconde avenue où il avait laissé sa voiture. La femme avait remarqué la disparition de son portefeuille au moment où il prenait l'Escalator. Il l'avait entendue hurler : « Cet homme là-bas, celui qui a les cheveux bruns, il vient de me voler mon portefeuille ! »

Il avait réussi à se faufiler à travers la muraille de femmes au rez-de-chaussée d'Alexander, mais cette garce se ruait dans l'Escalator derrière lui, criant, le désignant du doigt au moment où il passait la porte. Le gardien de sécurité allait sans doute le prendre en chasse.

S'il pouvait arriver jusqu'à la voiture. Il n'était pas question d'abandonner le portefeuille. Il était bourré de billets de cent dollars. Il les avait vus ; et il lui fallait sa piqûre.

L'idée de monter au rayon de fourrures d'Alexander était géniale. Les femmes payent en espèces dans ce grand magasin. Les caissières mettaient trop longtemps à vérifier les chèques ou les

351

cartes de crédit. Il s'en était rendu compte à l'époque où il y travaillait comme garçon de courses lorsqu'il était au lycée.

Son manteau lui donnait l'air d'un garçon de courses, ce soir. Personne n'avait fait attention à lui. Le gros sac à main de la femme était ouvert. Elle le tenait par une bride pendant qu'elle fouillait dans les cintres des manteaux. Il avait pu dérober facilement le portefeuille.

Le suivait-on ? Il n'osait pas regarder derrière lui. Mieux valait longer le bord des immeubles sans attirer l'attention. Les gens se pressaient. Il faisait un temps de chien. Il pourrait enfin s'offrir une piqûre ; des tas de piqûres à présent.

Dans une minute il aurait rejoint sa voiture. Il ne fuirait plus dans les rues. Il démarrerait, passerait le pont de la cinquante-neuvième rue, et il se retrouverait enfin chez lui, à Jackson Heights. Il se ferait sa piqûre.

Il regarda autour de lui. Personne ne courait. Pas un flic. La nuit dernière avait été une vraie vacherie. Le portier l'avait vu forcer le coffre de la voiture du médecin. Et pour trouver quoi, après avoir pris de tels risques ? Pas même un médicament. La trousse contenait un dossier médical, un presse-papiers dégoûtant et une vieille godasse. Bon Dieu !

Il avait ensuite volé le sac à main d'une vieille dame. Dix malheureux dollars. À peine de quoi s'acheter une dose pour tenir la journée. Le sac et la trousse se trouvaient sur le siège arrière de la voiture. Il fallait s'en débarrasser.

Il arriva à la voiture, l'ouvrit, se glissa à l'intérieur. Jamais, jamais, même s'il y était acculé, il ne bazarderait sa bagnole. Si vous êtes repéré, ils fouillent les stations de métro.

Il mit la clé de contact, fit démarrer le moteur. Avant même de voir la lueur du gyrophare, il entendit la sirène de la voiture de police qui remontait la rue en sens inverse. Il essaya de démarrer, mais la voiture lui coupa la route. Un flic, la main sur la détente de son revolver, sauta dans sa direction. Les phares éblouirent Danny.

Le flic ouvrit brutalement la portière, regarda à l'intérieur, enleva la clé de contact. « Alors, Dannyboy, dit-il. Encore toi, hein ? Toujours la même chanson. Maintenant donne-moi tes pognes que je les attache pendant que je te lis le *Miranda*. C'est la troisième fois que tu remets ça. J'imagine que tu vas en avoir pour dix ou quinze ans si on a un juge correct. »

58

L'avion tourna au-dessus de Newark. La descente fut mouvementée. Chris jeta un coup d'œil vers Joan. Elle avait les mains crispées, mais il savait que ce n'était pas à cause du vol. Joan était habituellement très détendue à bord d'un avion. Il l'avait entendue expliquer aux gens qui craignaient de voler : « D'après toutes les statistiques, vous êtes beaucoup plus en sécurité en avion qu'en voiture, en train, en moto ou dans votre bain », disait-elle.

Son visage était calme. Elle avait insisté pour qu'ils prennent un apéritif à bord, mais ni l'un ni l'autre ne désirait dîner et ils avaient seulement demandé un café. Elle semblait grave, mais paisible. « Chris, avait-elle dit, je peux tout endurer, sauf la pensée que Vangie ait pu se suicider à cause de moi. Ne crains pas de me mêler à toute cette histoire. Dis la vérité lorsqu'ils t'interrogeront. Ne cache rien. »

Joan. S'ils s'en sortaient un jour, ils auraient une belle vie ensemble. C'était une vraie femme. Il avait encore tout à apprendre d'elle. Il n'avait

354

jamais réalisé qu'il pouvait lui faire confiance et lui dire la simple vérité. Il était tellement habitué à protéger Vangie, à tout faire pour éviter les disputes. Il fallait aussi qu'il apprenne à se connaître lui-même.

L'atterrissage fut brutal. Plusieurs passagers crièrent d'indignation quand l'avion rebondit. Chris savait que le pilote faisait de son mieux. Il y avait un violent vent arrière. Si cela continuait, on fermerait sans doute l'aéroport.

Joan lui sourit.

« C'est l'hôtesse qui a fait l'atterrissage. » C'était la plaisanterie classique à bord.

Ils restèrent silencieux pendant que l'avion roulait jusqu'à l'aire de débarquement. Les gens qui venaient accueillir les passagers devaient attendre derrière le contrôle de sécurité. Chris ne fut pas surpris de voir les deux inspecteurs qui étaient chez lui après la mort de Vangie.

« Commandant Lewis, mademoiselle Moore…

— Oui.

— Voulez-vous nous suivre, s'il vous plaît. » Ed avait un ton compassé. « Il est de mon devoir de vous informer que vous êtes inculpé de la mort de votre femme, Vangie Lewis, ainsi que de plusieurs meurtres. Tout ce que vous direz peut être retenu contre vous. Vous n'êtes pas obligé de répondre aux questions. Vous avez le droit de faire appel à un avocat. »

Joan répondit pour Chris. « Il n'a pas besoin d'avocat. Et il vous dira tout ce qu'il sait. »

59

Molly s'enfonça dans son fauteuil au moment où l'orchestre attaquait les premières mesures de l'ouverture *d'Othello*. Bill adorait l'opéra. Elle l'aimait. C'était peut-être en partie pour cette raison qu'elle ne parvenait pas à se détendre. Le visage serein, Bill était déjà totalement pris par la musique. Elle jeta un coup d'œil autour d'elle. Comme d'habitude, le Met était plein. Ils étaient très bien placés. C'était bien normal. Bill avait payé soixante-dix dollars pour leurs deux places. Au-dessus de leurs têtes, les lustres scintillèrent, miroitèrent, et s'éteignirent peu à peu dans une obscurité argentée.

Elle aurait dû insister pour aller voir Katie ce soir à la clinique. Bill ne comprenait pas, ne voulait pas comprendre la terreur de Katie pour les hôpitaux. Ce n'était pas étonnant. Katie refusait d'en parler. Et le pire était qu'elle avait de bonnes raisons d'avoir peur. Leur père n'avait pas été secouru à temps. Le vieil homme qui partageait sa chambre le leur avait dit. Même Bill admettait que l'on commettait un grand nombre d'erreurs dans les hôpitaux.

Elle sursauta en entendant les applaudissements quand Placido Domingo descendit du bateau. Elle n'avait rien écouté. Bill lui lança un regard et elle fit semblant de partager son plaisir. Après le premier acte, elle irait téléphoner à Katie. Elle se sentirait plus rassurée. Elle avait besoin d'entendre la voix de Katie lui dire qu'elle allait bien. Elle irait à la clinique tôt demain matin, avant l'intervention, pour s'assurer que Katie n'était pas trop nerveuse.

Le premier acte lui parut interminable. Elle ne s'était jamais rendu compte qu'il était si long. Enfin l'entracte arriva. Refusant avec impatience le verre de champagne que Bill lui proposait de prendre au bar, elle se hâta vers un téléphone. Elle composa rapidement le numéro, introduisit les pièces nécessaires.

Quelques minutes plus tard, elle se précipitait vers Bill. Elle agrippa son bras, sanglotant à moitié : « Il est arrivé quelque chose… il est arrivé quelque chose… j'ai appelé la clinique. Ils ne pouvaient pas me passer la chambre de Katie. Ils disent que le docteur interdit les coups de téléphone. J'ai demandé la direction, et j'ai insisté pour que l'infirmière aille voir Katie. Elle vient d'y aller. C'est une gosse. Elle est affolée. Katie n'est pas dans sa chambre. Katie n'est plus là. »

60

Il quitta la chambre de Katie avec un sourire de satisfaction. Tout se déroulait comme il le désirait. Les pilules faisaient leur effet. L'hémorragie commençait. Le doigt était la preuve que le sang ne se coagulait plus.

Il descendit au deuxième étage et s'arrêta à l'appartement de Mme Aldrich. Le bébé dormait dans un berceau près du lit de la maman. Son mari se tenait auprès d'elle. Highley adressa un sourire distant aux parents avant de se pencher sur l'enfant. « C'est un beau spécimen, déclara-t-il. Je pense que nous ne l'échangerons pas. »

Il savait que ses tentatives d'humour étaient maladroites, mais parfois nécessaires. Ces gens étaient importants, très importants. Delano Aldrich pouvait donner des milliers de dollars à Westlake pour la recherche. Highley pourrait poursuivre ses travaux, travailler en laboratoire sur des animaux, communiquer ses résultats. Ensuite, lorsqu'il commencerait ouvertement à faire ses expériences sur des femmes, toutes ses recherches de ces dernières années aboutiraient inévitablement au succès. Une renommée différée n'est pas pour autant une renommée refusée.

Delano Aldrich contemplait son fils, le visage empreint d'étonnement et d'admiration. « Docteur, nous n'arrivons pas à y croire. On nous avait dit que nous n'aurions jamais d'enfant.

— On se trompait. » Fukhito avait tout de suite décelé l'obstacle principal. C'était l'angoisse de la mère. Il y avait des cas de dystrophie musculaire dans sa famille paternelle, et elle craignait d'en être porteuse. Elle souffrait également de fibromes de l'utérus. Highley avait fait le nécessaire, et elle s'était retrouvée enceinte. Ensuite, un test préliminaire du liquide amniotique avait pu la rassurer sur la question de la dystrophie.

Néanmoins elle était très émotive, presque hypernerveuse. Elle avait fait deux fausses couches précédemment. Elle était entrée à la clinique deux mois avant la naissance, et tout avait bien marché.

« Je passerai vous voir dans la matinée. » Ces gens seraient des témoins empressés si l'on émettait des doutes sur la mort de Katie DeMaio.

Mais l'on n'émettrait aucun doute. La chute de tension était enregistrée dans son dossier médical. L'intervention d'urgence se ferait en présence des meilleures infirmières du personnel hospitalier. Il demanderait même au chirurgien des urgences de l'assister. Ce soir, c'était Molloy, un brave garçon, le meilleur de tous. Molloy pourrait affirmer à la famille et au bureau de Katie qu'il avait été impossible de stopper l'hémorragie, que le docteur Highley et son équipe avaient fait tout ce qu'ils pouvaient.

En quittant les Aldrich il se dirigea vers le bureau de l'infirmière Renge. Il s'était arrangé pour qu'elle soit de garde cette nuit. Une infirmière plus expérimentée aurait été voir Katie toutes les dix minutes. Mlle Renge n'était pas assez intelligente.

« Mademoiselle Renge.

— Docteur. » Elle se leva vivement, les mains agitées de tremblements.

« Je suis inquiet au sujet de Mme DeMaio. Sa tension artérielle est très basse. Je crains que l'hémorragie vaginale n'ait été plus forte qu'elle ne le croit. Je vais dîner, mais je reviendrai plus tard. Je veux que le résultat des analyses soit prêt quand je serai de retour. Je n'ai pas voulu l'effrayer – elle éprouve une terreur des hôpitaux qui remonte à son enfance – mais je ne serais pas surpris d'être obligé de l'opérer cette nuit. Je prendrai ma décision à mon retour dans une heure. Je l'ai convaincue de ne pas dîner, et si elle demande quelque chose à manger, refusez-le-lui.

— Bien, docteur.

— Donnez son somnifère à Mme DeMaio et ne lui annoncez en aucun cas qu'une intervention d'urgence sera peut-être nécessaire. Est-ce clair ?

— Oui, docteur.

— Très bien. »

Il adressa deux ou trois mots en passant à quelques personnes dans l'entrée principale. Il avait décidé de dîner au restaurant à côté de la clinique. On n'y mangeait pas trop mal. Ils servaient un steak à peu près décent ; et Highley voulait pouvoir offrir par la suite l'image du médecin consciencieux.

« J'étais inquiet au sujet de Mme DeMaio. Je suis allé dîner à côté de la clinique au lieu de rentrer chez moi. Je suis revenu immédiatement pour aller la voir. Heureusement, car nous avons au moins pu tenter de la sauver. »

Il y avait une autre raison. Même par un temps aussi détestable, il paraîtrait normal qu'il se rendît à pied au restaurant. Ainsi personne ne pourrait savoir exactement pendant combien de temps il s'était absenté.

Car en attendant qu'on lui servît son café, il mettrait un point final à son entreprise. Il avait laissé Katie à dix-neuf heures cinq. À dix-neuf heures quarante-cinq, il arriverait au restaurant. À vingt heures on donnerait à Katie son somnifère, un narcotique puissant qui l'assommerait immédiatement étant donné son état de faiblesse.

Vers vingt heures trente il pourrait tranquillement remonter au troisième étage par l'escalier de service, entrer dans le salon, s'assurer que Katie était endormie et lui faire une piqûre d'héparine. L'anticoagulant combiné aux pilules ferait chuter sa tension artérielle.

Il reviendrait ensuite au restaurant, finirait son café, payerait l'addition et retournerait à la clinique. Il demanderait à l'infirmière Renge de l'accompagner pour aller voir Katie. Dix minutes plus tard, Katie serait opérée d'urgence.

Elle lui avait facilité la tâche en ne recevant pas de visite ce soir. Il avait pourtant prévu cette éventualité. Il aurait introduit l'héparine dans la transfusion pratiquée pendant l'intervention. Cela aurait été aussi efficace, mais plus risqué.

Le steak était acceptable. C'était étrange qu'il ait toujours faim à de pareils moments. Il aurait préféré dîner après que tout serait terminé, mais c'était impossible. Le temps que l'on prévînt la sœur de Katie, il serait minuit passé, puisqu'elle était à l'Opéra. Il l'attendrait à la clinique pour la consoler et elle se souviendrait de sa sollicitude. Il ne serait pas de retour chez lui avant deux ou trois heures du matin. Il ne pouvait rester à jeun aussi longtemps.

Il se permit un verre de vin. Il aurait préféré prendre son habituelle demi-bouteille, mais ce n'était pas raisonnable. Néanmoins, l'unique verre le réchauffa, le stimula, l'aida à évaluer toutes les probabilités, à anticiper l'imprévu.

Tous les dangers disparaissaient l'un après l'autre : sa trousse n'avait pas reparu. Elle ne réapparaîtrait sans doute jamais. La menace Salem était éliminée. Les journaux attribuaient sa mort à une chute ou un suicide. Edna avait été enterrée ce matin. Vangie Lewis avait été inhumée hier. Le mocassin dans le tiroir d'Edna ne dirait rien aux gens qui liquideraient ses pauvres affaires.

Quelle semaine épouvantable ! Et que de temps gâché ! Il fallait qu'on lui donnât la possibilité de poursuivre ouvertement ses travaux. On considérait l'insémination artificielle comme un scandale il y a à peine une génération. À l'heure actuelle, des milliers de bébés naissent de cette façon.

Retournons cent ans en arrière. Les Arabes avaient coutume de détruire leurs ennemis en s'introduisant dans leurs camps pour féconder leurs juments avec du coton imbibé de la semence d'étalons de race inférieure. Invention de génie.

Les médecins qui ont accompli la première fécondation *in vitro* étaient des génies.

Mais son génie à lui les surpassait tous. Et rien ni personne ne l'empêcherait de toucher la récompense due.

Le prix Nobel. Il le recevrait un jour. Pour son incomparable contribution à l'avancement de la médecine.

Il avait résolu tout seul le problème de l'avortement et le problème de la stérilité.

Et à l'exemple de Copernic, il serait malheureusement considéré comme un criminel si ses expériences étaient révélées.

« Le dîner vous a-t-il plu, docteur ? » La serveuse avait un ton qui lui était familier. Mais bien sûr, il l'avait accouchée il y a quelques années. D'un garçon.

« C'était très bon, vraiment. Et comment va votre petit garçon ?

— Bien, docteur. Très bien.

— Parfait. » Quand on pense que cette femme et son mari avaient pu lui régler ses honoraires, dépensant tout l'argent économisé pour le premier versement de l'achat d'une maison. Eh bien, elle avait eu ce qu'elle voulait.

« J'aimerais un cappuccino, s'il vous plaît.

— Bien sûr, docteur, mais cela prendra environ dix minutes.

— Je vais passer quelques coups de téléphone pendant que vous le préparez. » Il serait absent moins de dix minutes. La serveuse ne s'étonnerait pas.

Il vit à travers la fenêtre que la neige avait cessé de tomber. Il ne pouvait évidemment pas prendre son manteau à l'entrée. Se glissant par la porte de côté, près du couloir qui conduisait aux toilettes et aux téléphones, il traversa l'allée en courant. Le froid lui mordit la figure, mais il en fut à peine conscient. Il analysait chaque point de son plan.

Analyser. Analyser. Une opération aussi utile et nécessaire dans la vie que dans un laboratoire.

Cet après-midi, il avait laissé la seringue et l'héparine dans le tiroir d'une table basse sous les bâches des peintres. La lumière du parking filtrait par la fenêtre, lui donnant suffisamment de visibilité pour retrouver tout de suite la table. Il s'empara de la seringue.

C'était le moment le plus important, à présent. Il y avait un risque que Katie se réveillât et le reconnût. Heureusement, elle se rendormirait probablement aussitôt. Elle ne poserait sûrement pas de questions à propos de la piqûre. Et si Katie était encore consciente et qu'elle parlait de la piqûre, lorsqu'il reviendrait plus tard avec l'infirmière Renge ? Oh ! il serait assez facile d'expliquer qu'elle confondait et voulait parler du moment où il lui avait fait une prise de sang pour les analyses ! Mais il valait mieux qu'elle ne se réveillât pas.

Il se trouvait dans la chambre, penché sur elle. Il tendit la main vers son bras. Le rideau était entrouvert. Une faible lumière pénétrait dans la pièce. Il apercevait le profil de Katie. Elle avait le visage tourné vers lui. Sa respiration était inégale.

Elle parlait dans son sommeil. Il ne comprenait pas ce qu'elle disait. Elle devait rêver.

Il enfonça l'aiguille dans son bras, appuya. Katie se raidit, gémit. Ses yeux, embués de sommeil, s'ouvrirent lorsqu'elle tourna la tête. Il pouvait voir ses pupilles dilatées dans la pénombre.

Elle leva les yeux vers lui, des yeux étonnés. « Docteur Highley, murmura-t-elle. Pourquoi avez-vous tué Vangie Lewis ? »

61

Scott Myerson était plus las qu'irrité. Depuis que l'on avait trouvé le cadavre de Vangie Lewis mardi matin, deux autres personnes étaient mortes. Deux personnes tout à fait estimables – une honnête réceptionniste qui aurait bien mérité quelques années de tranquillité après avoir pris soin de ses vieux parents, et un médecin dont la contribution à la médecine était reconnue.

Elles étaient mortes parce que lui, Scott, n'avait pas agi assez rapidement. Chris Lewis était un meurtrier. Il en était convaincu. La toile qu'il tissait autour de Lewis était solide. Si seulement il s'était tout de suite rendu compte que Vangie Lewis avait été assassinée ! Il aurait pu faire arrêter Lewis sur-le-champ pour l'interroger. On l'aurait démasqué. Edna Burns et Emmet Salem seraient encore en vie à l'heure qu'il était.

Scott avait hâte de mettre la main sur Lewis. Un homme capable d'assassiner sa femme enceinte est capable de n'importe quel meurtre. Lewis l'avait prouvé. Il était le pire des criminels. Celui qui n'a l'air de rien. Celui à qui vous faites confiance.

L'avion de Lewis et de sa petite amie atterrissait à dix-neuf heures. Ils arriveraient chez Scott vers vingt heures. Lewis gardait son sang-froid, tant mieux. Il était trop avisé pour s'enfuir. Il pensait même pouvoir crâner. Il sait bien que nous n'avons que des présomptions, pensa Scott. Mais les présomptions sont parfois plus fortes que l'attestation d'un témoin lorsqu'elles sont intelligemment présentées au tribunal. Et Scott se chargerait lui-même de l'accusation. Il s'en ferait un plaisir.

À dix-neuf heures quinze, Richard pénétra dans le bureau du procureur. Il ne s'attarda pas en préliminaires. « Nous avons mis le nez dans un véritable cloaque, dit-il. Et il a pour nom le Concept de Maternité Westlake.

— Si vous voulez dire que le psychiatre s'occupait d'un peu trop près de Vangie Lewis, je suis d'accord, dit Scott. Mais nous en avons parlé cet après-midi. En tout cas, nous n'aurons aucun mal à le prouver. Faites faire des analyses de sang du fœtus et nous demanderons à Fukhito de se présenter ici. Il ne peut refuser de faire analyser son sang. S'y opposer équivaudrait à un aveu de culpabilité ; et il serait radié de sa profession si l'on prouvait un second cas de paternité.

— Je ne parle pas de Fukhito, l'interrompit impatiemment Richard. C'est Highley qui m'intéresse. Je crois qu'il se livre à des expériences sur ses patientes. Je viens de parler au mari de l'une d'entre elles. Il ne peut en aucun cas être le père de son enfant, mais il a assisté à l'accouchement. Il reste persuadé que sa femme a consenti à une

367

insémination artificielle sans qu'il ait donné son accord. Je suis sûr que c'est autrement plus grave. Je pense que Highley pratique l'insémination artificielle sans que ses patientes elles-mêmes soient au courant. Voilà l'explication des "bébés-miracles" qu'elles mettent au monde grâce à lui. »

Scott grogna. « Vous insinuez que Highley aurait inséminé Vangie Lewis avec le sperme d'un homme de race jaune, et qu'il espérait que cela passerait inaperçu ? Allons, Richard !

— Peut-être ignorait-il que le donneur était oriental. Peut-être a-t-il commis une erreur ?

— Les médecins ne commettent pas de telles erreurs. Même en supposant que votre hypothèse soit exacte… et franchement je n'y crois pas… cela n'en fait pas le meurtrier de Vangie Lewis.

— Highley est suspect, insista Richard. Je l'ai senti dès l'instant où je l'ai rencontré.

— Écoutez, nous ferons une enquête à la maternité Westlake, ce n'est pas un problème. Si vous avez raison, et que Highley insémine des femmes sans leur consentement, nous l'inculperons. C'est un acte de violation des droits de l'individu. Mais laissons cela pour plus tard. C'est Chris Lewis qui m'intéresse en ce moment.

— Écoutez-moi, insista Richard. Il faut fouiller dans le passé de Highley. Je suis déjà en train de me renseigner sur des poursuites judiciaires dont il a fait l'objet pour faute professionnelle. Une femme, une certaine Mme Horan, va passer dans un instant à mon bureau pour me donner les raisons qui l'ont poussée à porter plainte contre lui. Et l'article du *Newsmaker* révèle qu'il exerçait à

Liverpool, en Angleterre, avant de s'installer ici. Il faudrait voir si nous pouvons trouver des traces d'irrégularité là-bas. Téléphonez-leur. Ils vous donneront sûrement des informations. »

Scott haussa les épaules. « Si vous voulez. »

L'Interphone sonna sur son bureau. Il appuya sur une touche. « Faites-le entrer », dit-il. Se redressant sur sa chaise, il regarda Richard.

« Le veuf inconsolable, le commandant Lewis, vient d'arriver avec sa dulcinée », dit-il.

62

Au commissariat de police, Dannyboy Duke était effondré sur une chaise. À bout de nerfs, tremblant, transpirant, il avait du mal à réaliser ce qui lui arrivait. Trente secondes de plus, et il leur aurait échappé. Il aurait dû se trouver chez lui en ce moment, sentant l'effet bienfaisant de la drogue s'infiltrer dans ses veines. Et au lieu de cela, il suffoquait dans cet enfer.

« Donnez-moi une chance », murmura-t-il.

Les policiers ne se laissèrent pas impressionner. « C'est toi qui vas nous donner un renseignement, Danny. Il y a du sang sur le presse-papiers. Qui as-tu frappé avec ça ? Allons, Danny. On sait que ce n'est pas la vieille dame dont tu as piqué le sac hier soir. Tu l'as fait tomber. Elle s'est cassé la hanche. C'est plutôt moche quand on a soixante-quinze ans, Danny. Elle a des chances de finir avec une pneumonie. Elle en mourra peut-être, et ça fera un second meurtre, Dannyboy. Mais si tu nous aides, on verra ce qu'on peut faire pour toi, tu comprends ?

— Je ne sais pas de quoi vous parlez, murmura Danny.

370

— Mais si, tu le sais très bien. On a retrouvé la trousse du médecin dans ta voiture. Le sac à main y était aussi. Le portefeuille que tu venais de faucher chez Alexander se trouvait dans ta poche. Nous savons que tu as volé la trousse hier soir. On nous a prévenus. Le portier t'a vu devant l'hôtel Carlyle. Il peut t'identifier. Mais qui as-tu frappé avec le presse-papiers, Danny ? Raconte un peu. Et cette chaussure, Danny, depuis quand piques-tu des vieilles chaussures ? Raconte-nous ça.

— C'était dans la trousse. »

Les deux inspecteurs échangèrent un regard. L'un d'eux haussa les épaules et se dirigea vers le journal posé sur le bureau derrière lui. L'autre remit le dossier qu'il feuilletait dans la trousse. « Très bien, Danny. Nous allons appeler le docteur Salem pour savoir ce que contenait exactement sa trousse. Ça résoudra la question. Mais tu ferais mieux de coopérer. Tu es assez vieux dans le métier pour le savoir ».

L'autre inspecteur leva les yeux du journal qu'il lisait. « Le docteur Salem ? » Il semblait stupéfait.

« Ouais. C'est le nom qui est inscrit sur le dossier. Oh ! attends ! La trousse porte le nom du docteur Highley. Salem avait dû lui confier le dossier d'une de ses patientes. »

Le plus jeune des deux inspecteurs se dirigea vers la table avec le *Daily News* du matin. Il ouvrit le dossier et examina la liasse de papiers portant l'en-tête du docteur Emmet Salem, M.D. Il désigna la page trois du journal. « Salem est le toubib qu'on a trouvé mort hier soir sur le

toit de l'aile gauche de l'Essex House. Le procureur du comté de Valley est sur l'affaire avec
la police. »

Les policiers regardèrent Dannyboy avec un
renouveau d'intérêt, les yeux plissés et
soupçonneux.

63

Il regarda Katie. Elle refermait les yeux et sa respiration se calmait. Elle allait se rendormir. Son subconscient lui avait dicté cette question au sujet de Vangie Lewis, déclenchant peut-être un retour à son état mental de lundi soir. Elle oublierait sans doute qu'elle l'avait posée, mais il ne pouvait courir aucun risque. Supposons qu'elle en parlât à nouveau en face de Mlle Renge ou des autres médecins dans la salle d'opération avant d'être anesthésiée. Il chercha désespérément une solution. Le fait que Katie l'ait vu de la fenêtre lundi dernier restait toujours une menace.

Il devait tuer Katie avant que l'infirmière Renge ne passât la voir dans moins d'une heure. L'action anticoagulante de l'héparine se manifesterait immédiatement, mais le processus mettrait plusieurs heures à aboutir. C'était ce qu'il avait initialement prévu. À présent, il ne pouvait pas attendre. Il devait lui faire une seconde piqûre. Tout de suite.

Il avait de l'héparine dans son cabinet. Il préférait qu'on ne le voie pas rôder près de la pharmacie de la clinique. Il allait descendre jusqu'au parking par l'escalier de secours, se glisser dans son cabinet par son entrée privée, remplir la seringue hypodermique et remonter dans la chambre de Katie. Cela lui prendrait au moins cinq minutes. La serveuse commencerait à remarquer son absence, mais il ne pouvait faire autrement. Constatant avec satisfaction que Katie s'était rendormie, il sortit en hâte de la chambre.

64

Le technicien du laboratoire médico-légal du comté de Valley travailla sans arrêt pendant toute la soirée de vendredi. Le docteur Carroll lui avait demandé de comparer tous les échantillons relevés dans la maison de la suicidée présumée Vangie Lewis avec tous ceux que l'on avait trouvés dans l'appartement de l'accidentée présumée Edna Burns. Il avait soigneusement passé au crible le contenu des deux aspirateurs, et recherché assidûment des substances qui auraient pu sortir de l'ordinaire.

Il avait un flair particulier pour découvrir les plus petits éléments de preuve, une intuition qui le trompait rarement. Il s'intéressait particulièrement aux cheveux, aimant à dire : « Nous sommes de véritables animaux à fourrure, nous perdons tous un nombre incalculable de cheveux. »

Parmi les échantillons de la maison Lewis, il trouva une profusion de cheveux blonds appartenant à la victime. Il y avait également de nombreux cheveux châtains dans la chambre. Sans aucun doute ceux du mari, car on retrouvait les mêmes cheveux dans le petit bureau et le salon.

Mais il releva également une certaine quantité de cheveux blond-roux grisonnants dans la chambre de la victime. C'était étrange. Dans la cuisine ou dans le salon, vous trouvez couramment des cheveux appartenant à un livreur ou à un visiteur, mais dans la chambre ? Même de nos jours, peu de gens n'appartenant pas à la famille sont admis dans la chambre à coucher. Les cheveux qu'on y relève ont une signification spéciale. Ceux dont il était question dans le cas présent provenaient d'une tête masculine. Leur longueur le laissait immédiatement supposer. On retrouvait quelques-uns de ces cheveux sur le manteau que portait la victime.

Le technicien découvrit alors l'indice que recherchait Richard. Plusieurs cheveux roux aux racines grisonnantes étaient accrochés à la robe de chambre bleue d'Edna Burns.

Il plaça les échantillons de cheveux sous un microscope puissant et étudia consciencieusement les seize points de recherche comparative.

Il n'y avait aucun doute possible. Le même individu s'était approché des deux femmes mortes ; assez près pour que sa tête eût effleuré la poitrine d'Edna Burns et l'épaule de Vangie Lewis.

Le technicien se prépara à appeler le docteur Carroll.

65

Elle essaya de se réveiller. Elle entendit un déclic, une porte que l'on venait de refermer. Quelqu'un était entré dans sa chambre. Son bras lui faisait mal. Le docteur Highley. Elle s'assoupit... Qu'avait-elle dit au docteur Highley ? Katie s'éveilla quelques minutes plus tard et se souvint. Elle se souvint de la voiture noire avec ses roues à rayons étincelants et du reflet de lumière sur les lunettes du docteur. Elle avait tout vu lundi soir. Le docteur Highley avait porté Vangie dans sa voiture. Le docteur Highley avait tué Vangie.

Richard s'était douté de quelque chose. Il avait essayé de la prévenir. Mais elle n'avait pas voulu écouter.

Le docteur Highley savait qu'elle l'avait vu. Pourquoi lui avait-elle posé cette question ? Elle devait sortir d'ici. Il allait la tuer elle aussi. Elle avait toujours eu des cauchemars dans les hôpitaux. Parce qu'elle savait que l'on meurt dans un hôpital.

Où le docteur Highley était-il parti ? Il allait revenir. Elle en était sûre. Il allait revenir pour la tuer. Elle avait besoin d'aide. Pourquoi se sentait-elle si faible ? Son doigt saignait. Les pilules qu'il lui avait données ! Elle se sentait de plus en plus mal depuis qu'elle les prenait. Les pilules. C'étaient elles qui la faisaient saigner.

Oh ! Seigneur, aidez-moi, je vous en prie ! Le téléphone. Katie tâtonna dans l'obscurité. Sa main mal assurée fit tomber l'appareil. Secouant la tête, s'efforçant de garder les yeux ouverts, elle le remonta par le fil. Elle avait enfin le récepteur à son oreille. La ligne était coupée. Elle secoua fébrilement le support, essaya d'appeler le standard.

Le docteur Highley lui avait dit que le téléphone serait réparé le lendemain. Elle sonna l'infirmière. L'infirmière l'aiderait. Mais le déclic qui aurait dû allumer la lumière derrière la porte de sa chambre ne se produisit pas. Elle était certaine que le signal ne s'était pas allumé sur le tableau de l'infirmière.

Il fallait qu'elle sorte de la chambre avant le retour du docteur Highley. Elle fut prise de vertige en se mettant debout.

Il le fallait. Vangie Lewis. Les longs cheveux blonds. L'irascible petite fille qui voulait un bébé à tout prix. Le docteur Highley avait tué Vangie, tué son bébé. Avait-il fait d'autres victimes ?

Katie longea le lit en se tenant aux barreaux. L'ascenseur. Elle devait prendre l'ascenseur jusqu'au deuxième étage. Là, il y aurait des gens, d'autres patientes, des infirmières.

Une porte se refermait à proximité. Il revenait. *Il revenait*. Affolée, Katie regarda la porte ouverte qui donnait sur le couloir. Il la verrait si elle sortait par là. La porte de la salle de bains ne fermait pas

378

à clé. Le placard ? Il l'y trouverait. Dans un ultime effort de volonté, elle se dirigea en chancelant vers la porte du salon, l'ouvrit, entra, et la referma avant qu'il ne revînt dans la chambre.

Où aller ? Il se mettrait immédiatement à sa recherche. Elle ne pouvait pas rester là. Si elle tentait d'atteindre le hall, elle était obligée de passer devant la porte ouverte de la chambre, et il la verrait. Il faudrait arriver jusqu'au hall, tourner à gauche, et emprunter le long couloir qui menait à l'ascenseur. Elle n'était pas de taille à lutter contre lui. Où aller ? Elle entendit une porte s'ouvrir à l'intérieur. Il était dans la chambre, il la cherchait. Et si elle se cachait sous les bâches ? Non. Non. Elle y serait coincée. Il la trouverait, la ferait sortir. Elle se mordit la lèvre tandis qu'un étourdissement faisait danser la pièce autour d'elle. Elle avait les jambes en coton, la bouche sèche.

Elle s'avança en trébuchant jusqu'à la porte du salon, celle qui donnait sur le couloir. Il existait une autre issue, la sortie de secours. Elle l'avait aperçue lorsqu'on avait roulé son fauteuil dans la chambre. Elle pourrait passer par là pour descendre au second étage. Elle demanderait de l'aide en bas. Elle sortit dans le couloir. Dans quelques secondes, il serait derrière elle.

La porte de la sortie de secours était lourde. Katie tira de toutes ses forces… tira encore. La porte céda difficilement. Katie l'ouvrit, s'avança… Le battant mettait si longtemps à se refermer.

Allait-il voir la porte se refermer ? Elle était dans l'escalier. Il faisait sombre, terriblement sombre. Mais elle ne pouvait pas allumer. Il s'en apercevrait. Peut-être se précipitait-il vers l'ascenseur en ce moment ? Dans ce cas, elle aurait une minute supplémentaire. Elle avait besoin de cette minute. Au secours ! Au secours ! Elle s'agrippa à la rampe. L'escalier était très raide. Ses pieds nus ne faisaient aucun bruit. Combien de marches par palier ? Treize. Non, c'était dans une maison. Ici, il y avait un palier toutes les huit marches. Encore huit marches, et elle serait sauvée. Sept... cinq... une. Elle se trouvait devant la porte, tournait la poignée. C'était fermé ! La porte ne s'ouvrait que de l'autre côté.

Elle entendit la porte du troisième étage s'ouvrir au-dessus d'elle, un pas lourd descendre dans l'escalier.

66

Chris refusa de demander un avocat. Il était assis en face du procureur. Il avait tant redouté cette entrevue, tellement craint qu'on ne veuille pas le croire. Mais Joan le croyait ; Joan avait dit : « Il est normal qu'ils te soupçonnent, Chris. Dis-leur tout ce que tu sais. Souviens-toi de cette phrase de la Bible : *C'est par la vérité que tu seras libre.* » Le regard de Chris allait du procureur aux deux inspecteurs qui l'avaient accueilli à l'aéroport. « Je n'ai rien à cacher », dit-il.

Scott resta impassible. Un jeune homme à l'air studieux entra dans le bureau, s'assit, sortit un bloc-notes et son stylo. Scott regarda Chris en face. « Commandant Lewis, je dois vous avertir que vous êtes inculpé des morts de Vangie Lewis, d'Edna Burns et du docteur Emmet Salem. Vous pouvez garder le silence. Vous n'êtes pas obligé de répondre à toutes les questions. À n'importe quel moment, vous pouvez interrompre l'interrogatoire. Vous avez le droit de faire appel à un avocat. Toute déclaration de votre part pourra être retenue contre vous. Est-ce clair ?

— Oui.

— Savez-vous lire ? »

Chris regarda Scott avec étonnement. Se moquait-il de lui ? Non, il avait l'air tout à fait sérieux.

« Oui. »

Scott lui tendit une feuille de papier par-dessus son bureau. « Ceci est un exemplaire de l'avertissement légal que vous venez d'entendre. Veuillez le lire attentivement, vous assurer de bien comprendre, et signer si vous êtes d'accord. »

Chris lut rapidement la déclaration, la signa et la tendit à Scott.

« Très bien. » Scott mit la feuille de côté. Son expression changea, devint plus concentrée. Chris sut que l'interrogatoire officiel allait commencer.

C'est drôle, pensa-t-il, vous pouvez regarder un film policier tous les soirs de votre vie si vous le désirez, sans jamais imaginer que vous serez peut-être un jour impliqué dans une telle situation. Le procureur croyait visiblement qu'il avait tué Vangie. Chris avait-il raison en refusant de prendre un avocat ? Oui. Le procureur lui parlait : « Commandant Lewis, vous a-t-on insulté ou maltraité au cours de votre arrestation ?

— Absolument pas.

— Désirez-vous prendre un café ou manger quelque chose ? »

Chris se passa la main sur le front. « J'aimerais un peu de café, s'il vous plaît. Mais je suis prêt à répondre à toutes vos questions. »

Il ne s'attendait malgré tout pas à la question de Scott. « Avez-vous assassiné votre femme, Vangie Lewis ? »

Chris le regarda bien en face. « Je n'ai pas assassiné ma femme. Je ne sais pas si elle a été assassinée. Mais je sais ceci : si elle est morte avant minuit, lundi soir, elle ne s'est pas suicidée à la maison. »

Scott, Charley, Phil et le sténographe montrèrent les signes d'un étonnement qui n'avait rien de professionnel, tandis que Chris ajoutait calmement : « Je suis allé chez moi lundi, juste avant minuit. Vangie n'était pas à la maison. Je suis retourné à New York. Quand je suis revenu le lendemain à onze heures du matin, je l'ai trouvée sur son lit. Lorsque le directeur de l'entreprise de pompes funèbres est venu chercher les vêtements de Vangie pour l'enterrement et m'a indiqué l'heure de sa mort, j'ai réalisé qu'on avait dû la transporter morte à la maison. Mais avant cela, j'avais déjà remarqué un détail qui ne collait pas. Ma femme n'aurait jamais mis ou même essayé de mettre les chaussures qu'elle portait lorsqu'on l'a découverte. Pendant les six semaines précédant sa mort, les seules chaussures qu'elle ait supportées furent de vieux mocassins déformés qu'une femme de ménage nous avait laissés. Vangie avait la jambe et le pied droits terriblement gonflés. Elle utilisait même ces mocassins comme pantoufles... »

L'interrogatoire était plus facile qu'il ne l'avait craint. Les questions se succédaient. « Vous avez quitté votre hôtel à huit heures du soir, et vous êtes rentré vers dix heures. Où êtes-vous allé ?

— Au cinéma à Greenwich Village. De retour à mon hôtel, je n'arrivais pas à m'endormir. J'ai alors décidé de me rendre à la maison pour parler à Vangie. Il était minuit passé.

— Pourquoi n'êtes-vous pas resté pour attendre votre femme ? » Et puis ce coup direct en plein dans l'estomac : « Saviez-vous que votre femme portait un fœtus de race jaune ?

— Oh ! mon Dieu ! » L'horreur se mêla à une curieuse sensation de soulagement dans l'esprit de Chris. *Il n'était pas le père de l'enfant !* Un fœtus de race jaune. Le psychiatre. Comment cet homme avait-il pu agir ainsi avec Vangie ? Elle avait tellement confiance en lui. Oh ! la pauvre gosse ! Il n'était pas étonnant qu'elle eût si peur de cette naissance. C'est sans doute pour cette raison qu'elle avait appelé le docteur Salem. Elle voulait se cacher. C'était une enfant.

Les questions s'enchaînaient. « Vous ne saviez pas que votre femme avait une liaison ?

— Non. Non.

— Pourquoi vous êtes-vous rendu chez Edna Burns mardi soir ? »

On apporta le café. Chris essaya de répondre. « Attendez, s'il vous plaît – pouvons-nous prendre les choses dans l'ordre où elles sont arrivées ? » Il but une gorgée. « Cette femme, Edna Burns, m'a téléphoné mardi soir ; je n'avais pas encore réalisé que Vangie était morte avant d'être transportée à la maison. Elle m'a paru presque incohérente. Elle racontait une histoire de Cendrillon et du Prince Charmant. Elle disait qu'elle avait quelque chose pour moi, quelque chose qui m'intéresserait, et qu'elle devait aussi parler à la police. J'ai pensé qu'elle savait peut-être chez qui se trouvait Vangie. J'ai pensé que si je l'apprenais, il serait inutile d'avouer que je n'étais pas rentré lundi soir à la maison. Je ne voulais pas mêler Joan à toutes ces histoires. »

Chris reposa sa tasse et se rappela la soirée du mardi. Elle semblait si loin. Tout avait pris de telles proportions. « Je me suis rendu en voiture jusqu'à la résidence où habitait Mlle Burns. Un garçon promenait son chien, et m'a indiqué l'appartement. J'ai sonné, puis frappé à la porte. La télévision marchait. La lumière était allumée, mais Mlle Burns n'a pas répondu. Je me suis dit qu'elle était probablement ivre, et que ce n'était pas la peine d'insister, qu'il s'agissait peut-être d'une cinglée. Je suis rentré chez moi.

— Vous n'êtes pas entré dans l'appartement ?
— Non.
— Quelle heure était-il ?
— Environ neuf heures et demie du soir.
— Très bien. Qu'avez-vous fait ensuite ? »

Les questions, les unes après les autres. Il but une autre gorgée de café. Dire la vérité, la simple vérité. C'était tellement plus facile que de dissimuler. Penser à l'avenir. Si on le croyait, il pourrait vivre avec Joan. Il se souvint de la façon dont elle l'avait regardé, dont elle l'avait pris dans ses bras la nuit dernière. Pour la première fois de sa vie, il avait su qu'il existait un être auprès de qui il pourrait se réfugier, s'il avait des ennuis ; quelqu'un qui voudrait bien les partager avec lui. Tous les autres, Vangie, ses parents même, s'étaient toujours appuyés sur lui.

Pour le meilleur et pour le pire.

Ce serait le meilleur pour eux. Joan, ma chérie, pensa-t-il. Il respira profondément. Ils l'interrogeaient à propos du docteur Salem.

67

Assis derrière le bureau de Katie, Richard attendait que le directeur de l'hôpital du Christ dans le Devon répondît au téléphone. C'est seulement en soulignant l'urgence de sa requête qu'il avait obtenu le numéro personnel du responsable du service hospitalier.

Il regarda autour de lui. La table derrière le bureau de Katie était jonchée de dossiers en cours. Il n'était pas étonnant qu'elle n'eût pas pris de congé après son accident. Elle aurait pourtant dû rester chez elle. Elle avait l'air épuisé lorsqu'il l'avait vue cet après-midi. Et le fait d'avoir perdu son procès l'avait sûrement terriblement éprouvée. Il aurait aimé la revoir avant qu'elle ne partît. Le téléphone continuait à sonner. Le directeur devait être sorti ou en train de dormir. Cela pouvait peut-être attendre jusqu'au lendemain matin. Non. Richard voulait connaître la vérité maintenant.

Il y avait des photos dans un cadre sur le bureau de Katie : Katie en compagnie d'une personne plus âgée, sa mère probablement. Richard savait que celle-ci vivait en Floride. Katie avec Jennifer, la fille aînée de Molly, qui avait l'air d'être sa petite sœur. Katie avec un groupe de gens en tenue de ski. C'était sans doute les amis avec lesquels elle passait ses vacances dans le Vermont.

Aucune photo de John DeMaio. Mais Katie n'était pas le genre de femme à rappeler aux gens de son bureau qu'elle était la veuve d'un juge célèbre. Il y avait suffisamment de photos de lui dans la maison.

Le téléphone sonnait toujours. Richard décida d'attendre encore une minute.

Il constata avec soulagement l'absence de photo d'homme sur le bureau. Il avait analysé sa réaction en entendant Katie lui annoncer qu'elle ne serait pas là pendant le week-end. Il avait prétendu être surpris qu'elle ne restât pas au bureau alors qu'une affaire aussi importante était en cours. À d'autres ! Cela n'avait rien à voir. Il craignait simplement qu'elle ne fût partie avec quelqu'un.

« Oui. » Une voix irritée, endormie, répondait à l'autre bout de la ligne.

Richard se redressa, serra plus fortement le récepteur. « Monsieur Reeves ? Monsieur Alexander Reeves ?

— Lui-même. »

Richard aborda directement le sujet. « Monsieur, je m'excuse infiniment de vous déranger à cette heure, mais il s'agit d'une affaire vitale. Je suis le docteur Richard Carroll, le médecin légiste du comté de Valley dans le New Jersey. Je cherche de toute urgence des renseignements sur le docteur Edgar Highley. »

Toute trace de sommeil disparut de la voix de son interlocuteur. Il devint tendu et méfiant. « Que désirez-vous savoir ?

— Je viens de contacter la clinique Queen Mary à Liverpool et je suis surpris d'apprendre que le docteur Highley y a exercé pendant une période assez courte. On nous avait laissé entendre le contraire. Par ailleurs, il paraît que le docteur Highley a fait partie du corps médical de l'hôpital du Christ pendant plus de neuf ans. Est-ce exact ?

— Edgar Highley est entré chez nous comme interne en sortant de Cambridge. C'était un excellent médecin et nous l'avons invité à faire partie de notre équipe. Il était spécialisé en obstétrique et en gynécologie.

— Pourquoi vous a-t-il quittés ?

— Il s'est fixé à Liverpool, après la mort de sa femme. Puis nous avons appris qu'il était parti pour les États-Unis. Cela n'a rien d'inhabituel, naturellement. Beaucoup de médecins et de chirurgiens supportent mal des rémunérations relativement peu élevées de notre système de médecine sociale.

— Y a-t-il une autre raison au départ du docteur Highley ?

— Je ne saisis pas votre question. »

Richard insista. « Je pense que vous comprenez très bien, monsieur Reeves. Ma demande est strictement confidentielle, mais je ne peux me permettre de faire preuve de discrétion. Il est possible que le docteur Highley se livre actuellement sur des femmes enceintes à des expériences qui mettent leur vie en danger. Auriez-vous des éléments permettant d'étayer cette hypothèse ? »

Il y eut un long silence. Les mots qui suivirent furent articulés lentement et distinctement. « Le docteur Highley n'était pas uniquement un médecin consultant chez nous ; il s'occupait également de recherche prénatale. Il avait brillamment réussi des expériences sur des embryons de grenouilles et de mammifères. Mais l'un de ses confrères le soupçonna de se livrer à des expériences sur des fœtus humains avortés. Ce qui est, bien entendu, illégal.

— Et que se passa-t-il ensuite ?

— Le secret fut étroitement gardé sur cette affaire, mais le docteur Highley fut désormais sérieusement surveillé. Puis un drame survint. Sa femme mourut subitement. On le suspecta de lui avoir implanté un fœtus avorté. Nous avons demandé au docteur Highley de donner sa démission. Il n'y a eu aucune preuve, et je vous saurais gré de vous considérer lié par le secret professionnel à ce sujet. »

Richard enregistra ce qu'il venait d'entendre. Son intuition s'avérait. Combien de femmes avaient été tuées par Highley au cours de ses expériences ? Une question lui traversa l'esprit. Une hypothèse insensée, aux répercussions innombrables.

« Monsieur Reeves, demanda-t-il, connaissez-vous, par hasard, le docteur Emmet Salem ? »

La voix devint immédiatement plus chaleureuse. « Bien sûr. C'est l'un de mes très bons amis. Le docteur Salem faisait partie de l'équipe médicale de l'hôpital au moment du scandale Highley. »

68

Katie descendit en courant l'escalier jusqu'au rez-de-chaussée. Elle saisit désespérément la poignée de la porte et tenta d'ouvrir. Mais on l'avait verrouillée de l'extérieur. À l'étage au-dessus, les pas s'étaient arrêtés. Il cherchait à ouvrir la porte du premier étage, voulant s'assurer que Katie ne lui avait pas échappé. Le bruit de pas reprit. Il descendait. Si elle criait, personne ne l'entendrait. Les lourdes portes étaient à l'épreuve de l'incendie. On n'entendait aucun des bruits de la clinique derrière elles. Il y avait des gens, des visiteurs, des infirmières, de l'autre côté. À moins de quinze centimètres. Mais ils ne pouvaient pas l'entendre.

Il approchait. Il allait l'atteindre, la tuer. Elle ressentait une douleur violente dans la région pelvienne. Elle saignait abondamment. Les médicaments avaient déclenché l'hémorragie. Elle avait la tête qui tournait. Mais elle devait s'enfuir. Il avait maquillé la mort de Vangie en suicide. Il pouvait encore s'en tirer. Affolée, elle dévala l'escalier. Il restait encore un étage. C'était sans doute le sous-sol de la clinique. Si elle y arrivait, il aurait à expliquer pourquoi et comment elle s'était réfugiée là. Plus elle irait loin, plus les questions seraient nombreuses. Elle trébucha sur la dernière marche. Ne pas tomber. Il ne fallait pas que cela ait l'air d'un accident. Edna était tombée. Était-elle vraiment tombée ?

Avait-il aussi tué Edna ?

Mais elle allait se retrouver piégée. Elle était devant une porte. Celle-ci était-elle également fermée à clé ? Elle entendit des pas sur le palier intermédiaire et, malgré l'obscurité, aperçut une forme qui se ruait vers elle.

La porte s'ouvrit. Le couloir était faiblement éclairé. Elle se trouvait au sous-sol. Des pièces s'alignaient devant elle. Tout était silencieux, calme. La porte fut refermée brutalement. Pouvait-elle se cacher quelque part ? À l'aide ! Au secours ! Elle aperçut un interrupteur sur le mur, y appuya son doigt, le maculant de sang. L'obscurité envahit le couloir, alors qu'à quelques mètres derrière elle, la porte de l'escalier s'ouvrait brusquement.

69

Highley était soupçonné d'avoir provoqué la mort de sa première femme. Le cousin de Winifred Westlake pensait qu'il avait causé la mort de sa seconde femme. Highley était un chercheur brillant. Il avait peut-être tenté des expériences sur certaines de ses patientes. Il avait peut-être fécondé Vangie Lewis avec le sperme d'un homme de race orientale. Mais pourquoi ? Pensait-il s'en tirer impunément ? Il connaissait sans doute le passé de Fukhito. Essayerait-il de le faire accuser ? Pourquoi ? Était-ce un accident ? Avait-il fait une erreur de sperme ? Ou Vangie avait-elle eu une aventure avec Fukhito ? Les expériences supposées du docteur Highley n'avaient peut-être rien à voir avec la grossesse de Vangie.

Richard ne trouvait pas de réponse. Il était assis devant le bureau de Katie, faisant tourner le capuchon du stylomine qu'elle emportait toujours avec elle. Elle devait être partie précipitamment pour l'avoir oublié. Mais c'était naturel. Elle était contrariée par son échec dans le procès Odendall. Elle aurait du mal à s'y faire. Elle avait du mal à se faire à beaucoup de choses. Il aurait aimé savoir où elle était partie. Il avait envie de lui parler. Le doigt de Katie l'inquiétait. Il saignait de façon anormale. Il demanderait à Molly si elle connaissait la numération globulaire de sa sœur. Il s'agissait peut-être d'un symptôme sérieux.

Un frisson le parcourut. Et si c'était un symptôme de leucémie ? Oh ! mon Dieu ! Dès lundi, il forcerait Katie à aller consulter un médecin, dût-il la ligoter pour y parvenir.

Il y eut un coup léger frappé à la porte et Maureen passa la tête dans le bureau. Elle avait de grands yeux vert émeraude. Des yeux superbes. C'était une fille superbe.

« Docteur Carroll.

— Maureen, je suis désolé de vous retenir si tard. Je pensais que Mme Horan arriverait plus tôt.

— Ne vous inquiétez pas. Elle a téléphoné. Elle arrive dans un instant. Mais deux femmes attendent dans l'entrée. Ce sont des amies de cette Mlle Burns qui est morte. Elles désiraient voir Katie. Je leur ai expliqué que Katie était partie et l'une d'elles a mentionné votre nom. Elle vous a rencontré l'autre soir, lorsque vous vous êtes rendu dans l'appartement d'Edna. Son nom est Mme Fitzgerald.

— Fitzgerald ? Mais bien sûr. Mme Fitzgerald est réceptionniste à temps partiel à la clinique Westlake. » Richard se leva. « Faites-les entrer. Peut-être feriez-vous bien de prévenir Scott.

— M. Myerson ne veut à aucun prix être dérangé. Il interroge le commandant Lewis en ce moment.

— Très bien. Je vais recevoir ces deux femmes. Et s'il s'agit de quelque chose d'important, nous les prierons d'attendre. »

Elles entrèrent ensemble. Les yeux de Gana papillotaient d'excitation. Elle s'était résignée à ne pas porter le manteau de léopard d'Edna. C'était trop tôt. Mais elle était prête à raconter son histoire.

Gertrude tenait le mocassin dans un sac en papier. Pas une mèche ne dépassait de ses cheveux gris. Son foulard était noué autour de son cou. Le bon dîner était oublié, et elle ne désirait qu'une chose : rentrer chez elle et se coucher. Mais elle était heureuse de pouvoir parler au docteur Carroll. Elle allait lui raconter qu'elle avait vu le docteur Highley ouvrir le tiroir de la table de nuit d'Edna, l'autre soir. Le tiroir ne contenait rien d'autre que le mocassin. Le docteur Carroll croyait-il que le docteur Highley pouvait avoir besoin de ce mocassin ?

Mme DeMaio semblait beaucoup s'intéresser à cette histoire de Prince Charmant. Le docteur Carroll s'y intéressait-il, lui aussi ? En tout cas, il pourrait en parler à Mme DeMaio lorsqu'elle rentrerait lundi. Le docteur Carroll regardait Gana et Gertrude d'un air interrogateur.

Gertrude se pencha en avant, secoua le sac et fit tomber le vieux mocassin sur le bureau de Katie. Elle expliqua d'un air compassé : « Nous sommes venues à cause de cette chaussure. »

70

Elle courut le long du couloir. Savait-il où se trouvait l'interrupteur ? Oserait-il allumer ? Et s'il y avait quelqu'un en bas ? Fallait-il crier ?

Il connaissait la clinique. Où pouvait-elle aller ? Il y avait une porte au fond du couloir, c'était la plus éloignée. Il allait peut-être essayer d'ouvrir d'abord les autres portes. Et si elle s'enfermait quelque part ? Elle atteindrait le mur du fond en courant droit devant elle. La porte de la dernière pièce était au milieu du mur. Elle essayerait de laisser une trace sur la porte avec son doigt. Ils se mettraient à la chercher tout à l'heure, quand l'infirmière ferait sa ronde. Peut-être remarqueraient-ils les traces de sang.

Il était là, immobile, aux aguets. Verrait-il une ombre lorsque la porte s'ouvrirait ? Elle toucha le mur glacé de sa main tendue. Oh ! mon Dieu, faites que je trouve la porte ! Elle sentit un renfoncement. Elle entendit un léger grincement derrière elle. Il avait ouvert la première porte. Mais il n'allait sûrement pas se donner la peine de regarder dans la pièce. Il réaliserait qu'il n'avait entendu aucun grincement, que Katie n'avait pas essayé d'entrer dans cette pièce. Elle trouva un bouton de porte, le tourna, passant son doigt saignant sur la surface. Elle entra. Une forte odeur de formol lui remplit les narines. Elle entendit un bruit de pas pressés derrière elle. Trop tard. Il était trop tard. Elle essaya de maintenir la porte fermée, mais se sentit brutalement repoussée. La porte s'ouvrit. Katie trébucha et tomba. Elle avait la tête qui tournait. Elle étendit la main, toucha une jambe de pantalon.

— C'est fini, Katie », dit le docteur Highley.

71

« Êtes-vous sûr de reconnaître la chaussure de votre femme ? » demanda Scott. Chris hocha la tête avec lassitude. « J'en suis absolument certain. C'est celle qui était trop large, la chaussure gauche.

— Quand Edna Burns vous a téléphoné, vous a-t-elle dit qu'elle avait cette chaussure en sa possession ?

— Non. Elle m'a dit qu'elle avait quelque chose à révéler à la police, et qu'elle désirait me parler.

— Avez-vous eu l'impression qu'il s'agissait d'un chantage... d'une menace ?

— Non. Cela m'a plutôt semblé être les propos d'une alcoolique. Je savais qu'Edna Burns faisait partie du personnel hospitalier de la clinique Westlake. Mais je n'ai pas réalisé qu'elle était la réceptionniste dont Vangie me parlait si souvent. Elle me racontait qu'Edna se moquait toujours d'elle à propos de ses pantoufles de vair.

— Très bien. Nous allons immédiatement faire dactylographier vos déclarations. Vous les signerez si vous êtes d'accord. Après quoi, vous pourrez rentrer chez vous. Nous aurons besoin de vous poser des questions supplémentaires demain matin. »

Pour la première fois, Chris eut l'impression que le procureur commençait à le croire. Il se leva. « Où est Joan ?

— Elle a terminé sa déclaration et peut partir avec vous. Oh ! une dernière question : que pensez-vous du docteur Highley ?

— Je ne l'ai jamais rencontré.

— Avez-vous lu cet article à son sujet ? » Scott lui tendit un numéro du *Newsmaker*.

Chris jeta un coup d'œil rapide à l'article, à la photo du docteur Highley.

« Je l'ai parcouru hier dans l'avion. »

Et soudain, Chris se souvint.

« Ça y est, dit-il. Voilà ce que je cherchais.

— De quoi parlez-vous ? demanda Scott.

— Le docteur Highley est l'homme qui est sorti de l'ascenseur de l'Essex House hier soir, lorsque j'essayais de joindre le docteur Salem. »

72

Il alluma la lumière. Elle voyait son visage lisse dans un brouillard, ses yeux globuleux fixés sur elle, sa peau luisante de transpiration, ses cheveux roux en désordre sur son front.

Elle se releva péniblement. Elle se trouvait dans une petite pièce, semblable à une salle d'attente. Il faisait très froid. Il y avait une lourde porte métallique derrière elle ; elle s'y appuya, ramassée sur elle-même.

« Vous m'avez tellement facilité les choses, madame DeMaio. » Il lui souriait à présent. « Tous vos proches connaissent votre terreur des hôpitaux. Quand l'infirmière Mlle Renge et moi-même ferons notre tour habituel, dans quelques minutes, nous supposerons que vous avez quitté la clinique. Nous préviendrons votre sœur, mais elle ne sera pas de retour chez elle avant plusieurs heures, n'est-ce pas ? On ne commencera à vous chercher dans la clinique que beaucoup plus tard. Qui ira imaginer que vous vous trouvez ici ?

« Un vieil homme est mort ce soir dans la salle des urgences. Nous avons mis son corps dans l'une des chambres froides. Quand le service des pompes funèbres viendra le chercher demain matin, on vous découvrira. Personne ne mettra en doute ce qui vous est arrivé : vous avez fait une hémorragie ; vous vous êtes affolée, vous étiez dans un état presque comateux. Par malheur, vous êtes descendue jusqu'ici, et vous avez perdu tout votre sang.

— Non. » Elle distinguait mal son visage. Elle éprouvait un vertige. Elle vacillait.

Il ouvrit la porte d'acier, poussa Katie à l'intérieur, la soutint tandis qu'elle chancelait. Elle s'était évanouie. S'agenouillant près d'elle, il lui fit une dernière injection d'héparine. Elle ne reprendrait sans doute jamais connaissance. Et de toute façon, elle ne pouvait plus s'échapper. La porte était verrouillée de l'extérieur. Il regarda pensivement Katie, puis se redressa, épousseta les traces de poussière sur son pantalon. Il en avait fini avec Katie DeMaio.

Il ferma la porte métallique qui séparait la chambre froide de la petite salle d'attente de la morgue et éteignit la lumière. Ouvrant avec précaution la porte qui donnait sur le couloir, il retourna rapidement sur ses pas et sortit à la hauteur du parking de la clinique par la porte même qu'il avait franchie quinze minutes auparavant.

Quelques instants plus tard, il buvait un cappuccino tiède, écartant d'un geste la seconde tasse que lui proposait la serveuse. « Mes coups de téléphone ont pris plus de temps que je ne pensais, expliqua-t-il. Je dois repasser à la clinique à présent. L'état d'une de mes patientes m'inquiète. »

73

« **B**onsoir, docteur Fukhito. Je me sens beaucoup mieux, merci. » La figure enfantine s'éclaira d'un pâle sourire.

« J'en suis heureux. Dors bien ce soir, Tom. » Jiro Fukhito se leva lentement. Le jeune homme s'en sortirait. Il était resté gravement déprimé pendant des semaines, au bord du suicide. Il avait eu un accident de voiture en roulant à cent trente à l'heure. Son jeune frère était mort. Le remords, la culpabilité l'avaient écrasé. Il commençait à peine à s'en tirer.

Jiro Fukhito savait qu'il avait aidé Tom à surmonter le plus dur. Il trouvait parfois d'intenses satisfactions dans son travail, pensait-il en parcourant lentement le couloir de la clinique de Valley Pines. C'était dans cette clinique qu'il aimerait exercer.

Oh ! il avait souvent réussi à aider de nombreuses patientes de la clinique Westlake ! Mais il n'avait parfois obtenu aucun résultat, ou on ne l'avait pas laissé en obtenir.

« Bonsoir, docteur. » Les malades du service psychiatrique le saluaient tandis qu'il se dirigeait vers l'ascenseur. On lui avait demandé de faire partie de l'équipe médicale de la clinique. Il aurait aimé accepter cette offre.

Devait-il déclencher l'enquête qui le détruirait inévitablement ?

Edgar Highley n'hésiterait pas à révéler l'affaire du Massachusetts s'il soupçonnait que son associé avait parlé à la police de sa patiente.

Mais Mme DeMaio suspectait déjà quelque chose. Elle avait remarqué qu'il répondait nerveusement à ses questions, l'autre jour.

Il monta dans sa voiture, resta immobile, indécis. Vangie Lewis ne s'était pas suicidée. Elle ne s'était certainement pas suicidée en absorbant du cyanure. Elle avait évoqué la secte de Jones un jour où ils discutaient de religion.

Il la revoyait assise dans son cabinet, expliquant avec sérieux ses croyances religieuses. « Je ne suis pas du genre pratiquant, docteur. Je veux dire, je crois en Dieu. Mais à ma manière. Je pense parfois à Dieu. C'est aussi bien que d'assister à une messe à laquelle vous ne prêtez aucune attention, ne croyez-vous pas ? Et toutes ces sectes ? Elles sont terrifiantes. Je n'arrive pas à comprendre comment les gens peuvent y adhérer. Par exemple, vous vous souvenez de ces fous qui se sont suicidés parce qu'on leur en avait donné l'ordre ? Avez-vous entendu l'enregistrement de leurs hurlements après qu'ils eurent avalé cette horreur ? J'en ai fait des cauchemars. Et ils étaient si laids à voir. »

La douleur. La laideur. Que Vangie Lewis se soit suicidée ? Jamais de la vie.

Jiro Fukhito soupira. Il savait ce qu'il lui restait à faire. Une fois encore sa carrière allait supporter les frais de cette terrible erreur qui remontait à dix ans.

Mais il devait dire à la police ce qu'il savait. Vangie Lewis s'était précipitée vers le parking en sortant de son cabinet. Mais quand il avait quitté la clinique, un quart d'heure plus tard, il avait aperçu la Lincoln Continental dans le parking.

Il n'y avait aucun doute dans l'esprit de Jiro Fukhito : Vangie s'était rendue dans le cabinet d'Edgar Highley.

Il sortit du parking de la clinique et se dirigea vers le bureau du procureur du comté de Valley.

74

Scott tenait le mocassin dans sa main. Richard, Charley et Phil étaient assis autour de son bureau.

« Essayons de mettre de l'ordre dans toute cette affaire, dit Scott. Vangie n'est pas morte chez elle. On l'a ramenée dans sa chambre à un moment donné entre minuit et onze heures du matin. L'endroit où elle a été vue pour la dernière fois est le cabinet du docteur Fukhito à la clinique. Vangie portait ces mocassins lundi soir. Elle en a perdu un dans la clinique, et Edna Burns l'a trouvé. Celui qui a ramené Vangie chez elle lui a mis d'autres chaussures pour cacher la disparition du mocassin. Edna Burns a parlé de ce vieux soulier, et elle est morte.

« Emmet Salem désirait vous joindre, Richard. Il voulait vous parler de la mort de Vangie. Il est venu à New York et il est tombé par une fenêtre, ou il a été poussé. Il est mort quelques minutes plus tard. Le dossier qu'il avait emmené concernant Vangie Lewis a disparu.

— Et Chris Lewis affirme qu'il a vu Edgar Highley à l'Essex House, l'interrompit Richard.

— Ce qui peut être exact ou non.

— Mais le docteur Salem était au courant du scandale de l'hôpital du Christ, insista Richard. Highley n'aurait sans doute pas souhaité voir cette histoire ressortir au moment où sa notoriété atteint l'échelon national.

— Ce n'est pas un motif suffisant pour tuer, dit Scott.

— Et pourquoi Highley essayait-il de prendre le mocassin dans le tiroir d'Edna ? demanda Charley.

— Nous ne sommes pas sûrs de cela, non plus. Cette femme prétend qu'il était en train d'ouvrir le tiroir. Il n'a touché à rien. » Scott fronça les sourcils. « Rien ne concorde. Nous avons affaire à un médecin réputé. Nous ne pouvons pas nous lancer dans cette histoire sans davantage de preuves sous prétexte qu'il a été impliqué il y a dix ans dans un scandale rapidement étouffé. Le grand problème reste le mobile, et Highley n'avait aucun mobile pour tuer Vangie Lewis. »

L'Interphone retentit. Scott pressa sur le bouton. « Mme Horan est arrivée, dit Maureen.

— Très bien, faites-la entrer, et venez prendre sa déposition », ordonna Scott.

Richard se pencha en avant. Anna Horan était la patiente qui avait engagé des poursuites contre Edgar Highley.

La porte s'ouvrit et une jeune femme entra, précédant Maureen. C'était une Japonaise d'environ vingt-cinq ans. Ses cheveux tombaient sur ses épaules. Un rouge à lèvres violent mettait une note incongrue sur son visage mat. Sa démarche gracieuse donnait une allure flottante au tailleur pantalon qu'elle portait.

Scott la salua. « Madame Horan, nous vous remercions d'être venue. Nous essayerons de ne pas vous retenir trop longtemps. Veuillez vous asseoir. »

Elle hocha la tête. Visiblement nerveuse, elle humecta ses lèvres, et posa ses mains crispées sur ses genoux. Maureen prit place discrètement derrière elle et ouvrit son bloc-notes.

« Veuillez nous donner vos nom et adresse.

— Je m'appelle Anna Horan. J'habite 415 Walnut Street à Ridgefield Park.

— Vous êtes ou étiez une patiente du docteur Highley ?

Richard se retourna brusquement en entendant Maureen pousser un cri étouffé. Mais elle se reprit vivement et, penchant la tête, se remit à écrire.

L'expression d'Anna Horan se durcit. « Oui, j'étais la patiente de cet assassin.

— Cet *assassin* ? » s'étonna Scott.

Les mots sortaient à présent en torrents de la bouche de la jeune femme. « Je suis allée le voir il y a cinq mois. J'étais enceinte. Mon mari est étudiant en deuxième année de droit. Nous vivons sur mon salaire. Je décidai de me faire avorter. Je n'en avais pas envie, mais je pensais que c'était plus raisonnable. »

Scott soupira. « Le docteur Highley a procédé à l'intervention sur votre demande, et maintenant vous l'en blâmez.

— Non. Ce n'est pas cela. Il m'a dit de revenir le jour suivant. Ce que j'ai fait. Il m'a conduite dans une salle d'opération de la clinique. Il m'a laissée seule et j'ai su – j'ai su avec certitude – que je désirais avoir mon enfant. Lorsque le docteur Highley est revenu, je lui ai annoncé que j'avais changé d'avis.

— Et il vous a probablement répondu qu'une femme sur deux dit la même chose à ce moment-là.

— Il m'a ordonné de m'étendre. Et il m'a forcée à me recoucher sur la table.

— Y avait-il quelqu'un d'autre dans la pièce. Une infirmière ?

— Non. Uniquement le docteur et moi. Je lui ai répété : Je sais ce que je veux. Et...

— Et vous vous êtes laissé persuader ?

— Non. Non. J'ignore ce qui s'est passé. Il m'a fait une piqûre pendant que j'essayais de me redresser. J'étais étendue sur une civière, lorsque je me suis réveillée. L'infirmière m'a dit que c'était fini. Elle a ajouté que je devais me reposer pendant un moment.

— Et vous ne vous souvenez pas de l'intervention ?

— Je ne me rappelle rien. Je me souviens seulement d'avoir tenté de m'enfuir. » Sa bouche se tordit. « J'essayais de sauver mon enfant. Je voulais mon enfant. Le docteur Highley m'a pris mon bébé. »

Un cri rauque, douloureux, fit écho aux sanglots désespérés d'Anna Horan. Le visage déformé par le chagrin, Maureen gémissait : « C'est exactement ce qu'il m'a fait. »

Richard fixa les deux jeunes femmes en larmes ; Maureen avec sa chevelure dorée et ses yeux vert émeraude. Et il sut où il avait déjà vu ces yeux.

75

En arrivant au deuxième étage de la clinique, il perçut immédiatement la tension qui flottait dans l'air. Des infirmières couraient dans le hall, l'air affolé. Un homme et une femme en tenue de soirée se tenaient près du bureau de l'infirmière.

Il s'avança rapidement jusqu'au bureau et demanda d'une voix sèche : « Que se passe-t-il, mademoiselle Renge ?

— Docteur, c'est Mme DeMaio. *Elle n'est plus là.* »

La jeune femme avait une trentaine d'années et son visage lui était familier. Bien sûr ! C'était la sœur de Katie DeMaio. Pourquoi était-elle venue à la clinique ?

« Je suis le docteur Highley, lui dit-il. Que signifie tout cela ? »

Molly avait du mal à parler. Quelque chose était arrivé à Katie. Elle le savait. Elle ne se le pardonnerait jamais. « Katie… » Sa voix se brisa.

L'homme qui l'accompagnait l'interrompit. « Je suis le docteur Kennedy, dit-il. Ma femme est la sœur de Katie DeMaio. Quand l'avez-vous vue, docteur, et quel était son état de santé ? »

Il n'avait pas l'air d'un homme que l'on trompe aisément. « J'ai vu Mme DeMaio il y a un peu plus d'une heure. Son état était assez inquiétant. Comme vous le savez sans doute, nous lui avons fait deux transfusions cette semaine. En ce moment le laboratoire est en train d'analyser sa numération globulaire. Je pense qu'elle est très basse. Comme vous le précisera Mlle Renge, j'avais l'intention de lui faire un curetage ce soir, plutôt que d'attendre demain. Je crois que Mme DeMaio a caché à tout son entourage la gravité de ses hémorragies.

— Oh ! mon Dieu, mais où est-elle donc ? » s'écria Molly.

Il la regarda. Elle serait plus facile à influencer que son mari.

« Votre sœur a une peur quasi pathologique des hôpitaux. Serait-il possible qu'elle fût tout simplement partie ?

— Ses vêtements sont dans le placard de la chambre, docteur, dit l'infirmière Renge.

— Certains vêtements peuvent être dans le placard, corrigea-t-il. Avez-vous défait la valise de Mme DeMaio ?

— Non.

— Alors, vous ignorez quels autres vêtements elle avait emportés avec elle.

— C'est possible, dit lentement Bill. Chérie, tu sais que c'est possible.

— Nous aurions dû l'accompagner, dit Molly. Docteur, va-t-elle très mal ?

— Il faut la retrouver et la ramener à la clinique. Pensez-vous qu'elle puisse être rentrée chez elle ?

— Docteur – la voix timide de l'infirmière tremblait légèrement –, le somnifère aurait dû faire dormir Mme DeMaio. C'est la plus forte dose que vous ayez jamais prescrite. »

Il lui lança un regard furieux. « Je l'ai prescrite précisément parce que je connaissais l'état d'anxiété de Mme DeMaio. Je vous avais chargée de vérifier qu'elle le prenait bien. Elle n'en voulait pas.

— Je l'ai vue le porter à sa bouche.

— L'avez-vous vue l'avaler ?

— Non… pas vraiment. »

Il tourna le dos à l'infirmière d'un air méprisant et prit un ton réfléchi et concerné pour s'adresser à Bill et à Molly. « Il n'est pas pensable que Mme DeMaio soit en train de se promener dans la clinique. Je crois pour ma part qu'elle est partie de son plein gré. Elle a très bien pu prendre l'ascenseur, descendre dans le hall d'entrée, et se mêler aux visiteurs qui entrent et sortent durant toute la soirée. Pensez-vous que ce soit possible ?

— Oui, oui. C'est possible. » Molly pria. « Mon Dieu, faites qu'il en soit ainsi.

— Alors, attendons simplement que Mme DeMaio soit rentrée chez elle.

— Je vais voir si sa voiture est dans le parking », dit Bill. La voiture. Il n'avait pas pensé à la voiture. S'ils se mettaient à la chercher dans la clinique maintenant…

Bill fronça les sourcils. « Oh ! zut ! Elle est venue à la clinique avec cette voiture que lui a prêtée le garage. Molly, quelle est la marque de la voiture ? Je crois que je ne l'ai jamais vue.

— Je… je ne sais pas », dit Molly.

Edgar Highley soupira. « Même si vous pouviez identifier sa voiture, il me semble que vous perdriez votre temps en la cherchant dans le parking. Je suggère que vous téléphoniez à Mme DeMaio chez elle. Si elle n'y est pas, allez attendre son retour. Elle est partie depuis une heure. Dès que vous l'aurez retrouvée, je vous en prie, insistez pour qu'elle revienne à la clinique. Vous pourrez rester auprès d'elle, madame Kennedy. Docteur, si vous pensez que cela puisse rassurer Mme DeMaio, je serais heureux de vous avoir près de moi pendant l'intervention. Mais nous ne pouvons laisser cette hémorragie persister. Mme DeMaio est malade. »

Molly se mordit la lèvre. « Je comprends. Merci, docteur. Vous êtes très aimable. Bill, allons chez Katie. Peut-être est-elle rentrée, maintenant. »

Ils partaient. Ils le croyaient. Ils ne demanderaient pas de faire fouiller la clinique avant plusieurs heures au moins. Et c'est ce qu'il désirait.

Il se tourna vers l'infirmière. À sa manière, elle l'avait aidé. Katie n'avait jamais avalé le somnifère, mais il avait eu raison de le prescrire.

« Je suis certain que nous aurons bientôt des nouvelles de Mme DeMaio, dit-il. Vous serez gentille de m'appeler immédiatement chez moi. » Il sourit. « J'ai quelques dossiers à compléter. »

76

« **N**ous devons mettre la main sur les dossiers du docteur Highley avant qu'il ne les détruise. Savez-vous s'il garde tous ses dossiers dans son cabinet ? »

Jiro Fukhito regarda Richard. Il était venu dans l'intention de faire une déclaration au procureur. On l'avait écouté avec impatience, et le docteur Carroll avait ensuite exposé son incroyable théorie.

Était-ce possible ? Jiro Fukhito se souvint des soupçons qui avaient traversé son esprit à certaines occasions, puis s'étaient dissipés devant le génie d'obstétricien de Highley. *C'était possible.*

Les dossiers. Ils lui avaient posé des questions concernant les dossiers. « Edgar Highley n'aurait jamais conservé des dossiers impliquant des actes illégaux dans son cabinet, dit-il lentement. Il existe toujours le risque d'une poursuite pour faute professionnelle. Toutefois, il emporte souvent des dossiers chez lui. Je n'ai jamais pu savoir pourquoi.

— Faites immédiatement établir des mandats de perquisition, dit Scott à Charley. Nous allons nous rendre simultanément à son cabinet et à son domicile. J'emmène les hommes de la brigade chez lui. Richard, vous m'accompagnerez. Charley, vous vous rendrez avec Phil à son cabinet. Nous arrêterons Highley en tant que témoin oculaire. S'il est absent, je veux que l'on fasse le guet autour de sa maison. Nous l'épinglerons dès qu'il rentrera chez lui.

— J'espère qu'il ne se livre pas à des expériences sur quelqu'un en ce moment, dit Richard. Je parierais que les cheveux que l'on a trouvés sur les corps d'Edna et de Vangie sont ceux de Highley. » Il jeta un coup d'œil à sa montre. Il était vingt et une heures trente. « Nous en viendrons à bout ce soir », annonça-t-il.

Richard regretta que Katie ne fût pas là. Elle aurait été soulagée d'apprendre que Chris Lewis ne figurait plus comme suspect. Elle ne s'était pas trompée sur Chris. Mais Richard aussi avait vu juste à propos de Highley.

Le docteur Fukhito se leva. « Avez-vous encore besoin de moi ?

— Plus pour l'instant, docteur, dit Scott. Nous resterons en contact avec vous. Si par hasard vous aviez des nouvelles du docteur Highley avant que nous ne l'arrêtions, je vous prie de ne pas lui parler de cette enquête. Vous comprenez ? »

Jiro Fukhito eut un sourire las. « Je n'entretiens aucune relation amicale avec le docteur Highley, dit-il. Je ne vois pas pourquoi il me téléphonerait chez moi. Il m'a engagé à la clinique Westlake parce qu'il avait les moyens de faire pression sur moi. Et il avait raison. En regardant en arrière, je me rends compte que j'ai toujours voulu refouler mes soupçons. »

Il quitta la pièce. Il aperçut une plaque sur une porte dans le couloir. Madame K. DeMaio ; Katie DeMaio. Ne devait-elle pas être hospitalisée à la clinique ce soir ? Mais elle ne serait sûrement pas opérée tant que Edgar Highley était soumis à une enquête.

Jiro Fukhito rentra chez lui.

11

Elle flottait dans un long tunnel sombre. Au loin, à l'autre extrémité, il y avait de la lumière. Il ferait chaud lorsqu'elle arriverait là-bas. Elle serait au chaud et en sécurité. Mais quelque chose la retenait. Elle devait faire une dernière chose avant de mourir. Il fallait qu'elle révèle aux autres qui était le docteur Highley. Le sang coulait fort de son doigt, maintenant. Elle le sentait. Elle était étendue par terre. Il faisait si froid. Depuis des années, elle faisait des cauchemars où elle mourait dans un hôpital. Mais ce n'était pas si terrible, après tout. Elle avait tant redouté d'être seule. Seule sans son père, puis seule sans John. Nous sommes tous seuls. Nous naissons seuls, et nous mourons seuls. Il n'y a vraiment pas de quoi avoir peur. Peut-être pourrait-elle gribouiller le nom du docteur Highley sur le sol avec son doigt en sang. Il était fou. Il fallait l'empêcher de continuer. Lentement, péniblement, Katie fit bouger son doigt. Une barre, un trait, une barre, H...

78

Il rentra chez lui à vingt heures quarante-cinq. La satisfaction d'avoir éliminé définitivement la dernière menace lui procurait une sensation d'euphorie. Il était au restaurant un peu moins d'une heure auparavant, mais n'avait pourtant aucun souvenir de son dîner. Hilda aurait peut-être préparé un repas léger.

Elle lui avait préparé une fondue. Il n'en espérait pas tant. Il alluma le réchaud à alcool sous le caquelon, réglant la flamme très bas. Il trouva une baguette de pain frais dans la corbeille, recouverte d'une serviette damassée. Il accompagnerait la fondue d'une salade. Hilda avait dû acheter de la romaine ce matin.

Il allait compléter le dossier de Katie DeMaio pendant que la fondue était sur le feu. Il avait hâte de le conclure. Il voulait se concentrer sur les deux patientes du lendemain : la donneuse et la receveuse. Il était sûr de réussir.

Et s'il tentait d'aller plus loin ? Ne serait-ce pas plus intéressant de faire porter des jumeaux à la receveuse ? Deux fœtus provenant de deux donneuses différentes ?

Les méthodes d'action immunisante qu'il avait perfectionnées seraient sans aucun doute mises en défaut. Mais combien de temps cela prendrait-il ? Et quels problèmes spécifiques verrait-il apparaître ?

Il entra dans la bibliothèque, ouvrit le tiroir de son bureau et en retira le dossier de Katie DeMaio. Il y porta une dernière inscription :

La patiente est entrée à la clinique à dix-huit heures avec une tension artérielle de 10,6 et un taux d'hémoglobine ne dépassant pas dix grammes. Le médecin lui administra les deux dernières pilules de décomarine à dix-neuf heures. À vingt heures trente, le médecin se rendit dans la chambre de Mme DeMaio pour lui faire une injection de cinq milligrammes d'héparine. Mme DeMaio se réveilla un court instant. Dans un état de demi-conscience, elle demanda au médecin « Pourquoi avez-vous tué Vangie Lewis ? »

Le médecin quitta Mme DeMaio pour se procurer davantage d'héparine. Il lui était naturellement impossible de laisser Mme DeMaio répéter cette question devant témoins. Au retour du médecin, la patiente n'était plus dans sa chambre. Réalisant sans doute ce qu'elle venait de dire, elle avait cherché à s'enfuir. Le médecin rattrapa la patiente et lui administra cinq milligrammes supplémentaires d'héparine. La patiente succombera à une hémorragie cette nuit à la clinique Westlake.

Ce dossier est clos.

Il reposa son stylo, s'étira, se dirigea vers le coffre-fort mural à l'autre extrémité de la pièce et l'ouvrit. Les dossiers à couverture beige prenaient une teinte dorée dans la lumière des appliques en cristal.

Ils *valaient de l'or*. Ils étaient les témoins de son génie. Il s'en saisit avec avidité, les éparpilla sur son bureau. Comme Midas contemplant ses trésors, il caressa du bout des doigts les noms inscrits sur les étiquettes. Ses grands succès, Berkeley et Lewis. Ses doigts s'arrêtèrent, son visage s'assombrit. Appleton, Carey, Drake, Elliot… des échecs. Plus de quatre-vingts. Mais ce n'étaient pas vraiment des échecs. Ils lui avaient beaucoup appris. Chacune de ces femmes avait contribué à son œuvre. Celles qui étaient mortes, celles qui avaient avorté. Elles faisaient toutes partie de l'histoire de la médecine.

La fondue serait bientôt prête. Indécis, il contempla les dossiers. Devait-il les ranger ou s'octroyer le plaisir d'en relire quelques-uns ? Il lui serait peut-être utile de les étudier ? Il venait de passer une dure semaine et avait besoin de se remettre en mémoire certaines associations thérapeutiques à utiliser pour ses prochaines expériences.

Un son dans le lointain rompit soudain le silence de la bibliothèque : le hurlement des sirènes de la police, porté par le vent. Il s'amplifia, emplit la pièce, puis cessa brusquement. Highley se précipita à la fenêtre, tira le rideau et jeta un coup d'œil à l'extérieur. Une voiture de police s'arrêtait dans l'allée. La police était là !

Avaient-ils trouvé Katie ? Avait-elle parlé ? Il bondit vers son bureau, empila les dossiers et les replaça dans le coffre ouvert. Il referma la porte et fit glisser le panneau mural.

Il fallait garder son calme. Sa peau était moite, ses genoux tremblaient. Il devait retrouver son sang-froid. Il existait toujours une dernière carte à jouer.

Si Katie avait parlé, tout était fini.

Mais si la police venait pour une autre raison, il pouvait encore les tromper. Katie était peut-être déjà morte ; et ils avaient découvert son corps. Il se souvint des questions et des accusations lors de la mort de Claire. Ils n'étaient arrivés à rien. Il n'y avait eu aucune preuve.

Toutes les possibilités et leurs conséquences se présentaient à la fois à son esprit. Exactement comme au cours d'une intervention chirurgicale ou d'un accouchement lorsque les choses tournent mal, et qu'il faut prendre une décision rapide et irrévocable.

Et soudain, il sentit le calme l'envahir. Un calme froid, délibéré. La sensation de puissance, d'omniscience qui ne lui avait jamais fait défaut au cours d'une opération.

Il entendit un coup sec, autoritaire, à la porte. Il lissa lentement ses cheveux, resserra le nœud de sa cravate, se dirigea vers la porte d'entrée et l'ouvrit.

79

Dans la voiture de police qui fonçait vers la maison d'Edgar Highley, Scott étudiait l'une après l'autre les déclarations faites au cours des heures précédentes par Chris Lewis, Gertrude Fitzgerall, Gana Krupshak, Jiro Fukhito, Anna Horan et Maureen Crowley.

Elles allaient apparemment toutes dans la même direction : celle du docteur Highley sur qui pesaient de lourdes présomptions de faute professionnelle, d'illégalité et de meurtre.

À peine trois heures auparavant, la plupart de ces présomptions étaient dirigées contre Chris Lewis.

Scott songea au Mikado, ce jeu qu'il affectionnait lorsqu'il était enfant. Il fallait retirer les bâtonnets du tas les uns après les autres, sans faire bouger le reste. Si l'un des bâtonnets se déplaçait, vous aviez perdu. Scott s'y montrait très habile. Mais quelle que soit votre adresse, le tas finissait presque toujours par s'effondrer. Il en était de même avec les commencements de preuve. Rassemblés, ils paraissent convaincants. Prenez-les séparément, et l'ensemble se désintègre.

Richard était assis à côté de lui sur la banquette arrière. C'est à cause de l'insistance de Richard à orienter l'enquête vers Highley, qu'ils étaient en train de traverser Parkwood à toute allure, accompagnés des hurlements de sirène de leur voiture. Richard avait précipité l'enquête en prétendant que Highley était capable de détruire les preuves s'il se rendait compte qu'on le soupçonnait.

Edgar Highley était un médecin en vue, un remarquable obstétricien. Beaucoup de gens très importants lui seraient toujours reconnaissants des enfants qu'il avait fait naître dans leur foyer. Si cette affaire devait tourner à la chasse aux sorcières, le bureau du procureur allait subir les assauts de la presse et du public.

« Ça prend une mauvaise tournure. » Scott ne réalisa pas qu'il venait de parler tout haut. Perdu dans ses pensées, Richard se tourna vers lui en fronçant les sourcils. « Qu'est-ce qui prend une mauvaise tournure ?

— Toute cette affaire : la perquisition, l'hypothèse suivant laquelle Highley serait un génie meurtrier. Richard, quelles preuves avons-nous ? Gertrude Fitzgerald *suppose* que Highley fouillait dans le tiroir de la table de nuit d'Edna pour y chercher le mocassin. Chris Lewis *croit* qu'il a aperçu Highley à l'Essex House. Vous *pensez* que Highley est capable d'accomplir des prodiges sur le plan médical.

« Écoutez, même si le grand jury décrète une mise en accusation, ce dont je doute fort, un bon avocat pourrait mettre fin à toutes ces histoires sans même aller devant la Cour. J'ai presque envie de faire demi-tour.

— Surtout pas ! » Richard saisit Scott par le bras. « Nous devons mettre la main sur ses dossiers ! »

Scott se cala dans le fond de son siège et dégagea son bras.

« Scott, insista Richard. Sans parler de cette affaire, le nombre de femmes enceintes mortes à la maternité de Westlake est en soi une raison suffisante pour justifier une enquête. »

La voiture prit un virage sur les chapeaux de roues. Ils pénétraient dans la partie résidentielle de Parkwood. « Très bien, déclara brutalement Scott. Mais sachez une chose, Richard, nous regretterons probablement tous les deux demain matin cette petite promenade.

— J'en doute », répliqua brièvement Richard. Il aurait voulu surmonter l'angoisse qui l'étreignait. Elle n'avait aucun rapport avec l'affaire présente.

Il s'agissait de Katie. Il était sans véritable raison follement inquiet au sujet de Katie. Pourquoi ?

La voiture s'engagea dans l'allée. « Eh bien, nous y voilà », dit Scott d'un ton peu amène. Les deux policiers qui occupaient les places avant bondirent hors de la voiture. Richard s'apprêtait à sortir, lorsqu'il vit un rideau bouger derrière une fenêtre à l'extrême droite de la maison.

Ils étaient garés derrière une voiture noire arborant la plaque des médecins. Scott toucha le capot. « Elle est encore chaude. Il n'est pas rentré depuis longtemps. »

Le plus jeune des policiers frappa fermement à la porte. Ils attendirent. Scott tapait impatiemment des pieds pour se réchauffer. « Pourquoi n'utilisez-vous pas la sonnette ? dit-il d'un ton irrité. Elle est là pour ça.

— Il nous a vus, dit Richard. Il sait que nous sommes là. »

Le policier tendait le doigt vers la sonnette lorsque la porte s'ouvrit. Edgar Highley se tenait devant eux dans l'entrée. Scott parla le premier. « Docteur Highley ?

— Oui ? » Le ton était froid et interrogateur.

« Docteur Highley, je suis Scott Myerson, le procureur du comté de Valley. Nous avons un mandat de perquisition. Je dois vous avertir que vous êtes considéré comme suspect en ce qui concerne les morts de Vangie Lewis, Edna Burns et Emmet Salem. Vous avez le droit de prendre un avocat. Vous pouvez refuser de répondre aux questions. Tout ce que vous direz peut être retenu contre vous. »

Suspect. Ils n'étaient pas certains. Ils n'avaient pas découvert Katie. Ils ne possédaient que des commencements de preuve. Il s'effaça en ouvrant la porte plus largement pour leur permettre d'entrer. C'est d'une voix métallique, pleine d'une irritation contenue, qu'il déclara, « Je ne comprends pas la raison de cette intrusion, mais entrez, messieurs. Je répondrai à toutes vos questions. Mais je dois vous avertir à mon tour : lorsque je consulterai un avocat, ce sera pour déposer une plainte contre le comté de Valley, et contre chacun de vous en particulier. »

En quittant l'hôpital du Christ dans le Devon, il avait menacé de poursuites quiconque laisserait échapper un seul mot à propos de l'enquête. Et pour l'essentiel, rien n'avait transpiré. Le dossier qu'ils avaient transmis à la clinique Queen Mary ne comportait aucune référence au scandale.

Il les conduisit dans la bibliothèque, sachant qu'il imposait le respect, assis derrière le lourd bureau Henri II. Il était essentiel de les impressionner, de les empêcher de poser des questions trop précises.

D'un signe où perçait le dédain, il leur indiqua le divan et les fauteuils. Scott et Richard s'assirent. Les deux policiers restèrent debout. Scott tendit à Highley un exemplaire de l'avertissement légal qu'il signa d'un air méprisant.

« Nous allons procéder à la perquisition, dit poliment le plus âgé des policiers. Où conservez-vous vos dossiers médicaux, docteur Highley ?

— Dans mon cabinet, naturellement, répondit-il sèchement. Toutefois, ne vous gênez pas, faites comme bon vous semble. L'un des tiroirs de ce bureau contient tous mes papiers personnels. » Il se leva, se dirigea vers le bar et se versa un verre de whisky. Il ajouta calmement les glaçons et un peu d'eau, ne prenant pas la peine d'offrir, comme l'auraient souhaité les convenances, un verre à ses visiteurs. S'ils étaient arrivés quelques minutes plus tôt, ils auraient trouvé le dossier de Katie dans le tiroir. C'étaient des enquêteurs chevronnés. Ils pourraient découvrir le double fond dans le tiroir. Mais ils ne trouveraient jamais le coffre-fort mural, à moins de faire démolir la maison.

Il s'assit dans le fauteuil à dossier droit, recouvert de velours à rayures, près de la cheminée, et but lentement son whisky en les regardant d'un air impassible. Il était tellement préoccupé, en pénétrant dans la bibliothèque, qu'il n'avait pas remarqué le feu allumé par Hilda dans la cheminée. Les flammes dansaient magnifiquement. Il s'installerait ici pour savourer sa fondue, tout à l'heure.

Ils commençaient à lui poser leurs questions. Quand avait-il vu Mme Vangie Lewis pour la dernière fois ?

« Ainsi que je l'ai dit à Mme DeMaio…

— Êtes-vous certain, docteur, que Mme Lewis n'est pas venue lundi soir dans votre cabinet, après avoir quitté le docteur Fukhito ?

— Comme je l'ai dit à Mme DeMaio… » Ils n'avaient pas de preuve. Pas une seule preuve.

« Où vous trouviez-vous lundi soir, docteur ?

— Chez moi. Exactement là où vous me voyez en ce moment. Je suis rentré directement en quittant la clinique.

— Avez-vous reçu des communications téléphoniques ?

— Pas à ma connaissance. » Le service des abonnés absents n'avait reçu aucun appel lundi soir. Highley l'avait vérifié.

« Vous êtes-vous rendu chez Edna Burns dans la soirée de mardi ? »

Il eut un sourire de dédain. « Je ne vois pas pourquoi.

— Nous aimerions avoir un échantillon de vos cheveux. »

Ses cheveux ? En aurait-on trouvé sur Edna ou dans son appartement ? Et chez Vangie Lewis ?

Mais il s'était rendu chez Edna en même temps que la police, le mercredi soir. Et Vangie portait toujours son manteau noir pour venir à la clinique. Même si l'on trouvait quelques-uns de ses propres cheveux à proximité des deux femmes, il pourrait fournir une explication.

« Étiez-vous à l'hôtel Essex House hier soir après cinq heures ?

— Non.

— Nous avons un témoin qui affirme vous avoir vu sortir de l'ascenseur vers cinq heures et demie. »

Qui l'avait vu ? Il avait inspecté le hall en sortant de l'ascenseur. Il était certain de n'y avoir vu personne de connaissance. Ils étaient peut-être en train de bluffer. De toute manière, les identifications par témoins oculaires sont réputées peu fiables.

« Je ne me trouvais pas à l'Essex House hier soir. J'étais au Carlyle à New York. J'ai l'habitude d'y dîner. En fait, on m'a malheureusement dérobé ma trousse pendant que je dînais. »

Il leur donnait une information gratuite, simulant un désir de coopérer. C'était une erreur d'avoir mentionné le nom de Katie DeMaio. Fallait-il maintenant les informer qu'elle avait quitté la clinique ? Visiblement, ils ignoraient qu'elle était hospitalisée à Westlake. Sa sœur ne les avait pas encore contactés. Non. Il valait mieux ne rien dire. Le secret professionnel entre le docteur et le patient. Plus tard, il expliquerait : « Je vous l'aurais volontiers indiqué, mais supposant que Mme DeMaio avait quitté la clinique sous l'emprise de l'angoisse, j'ai pensé qu'elle préférerait ne pas voir cet incident intervenir dans sa vie professionnelle. »

Mais il aurait mieux valu ne pas mentionner le vol de sa trousse.

« Qu'y avait-il dans votre trousse ? » Le procureur posait la question pour la forme.

« C'était une trousse de première urgence. Quelques médicaments. Cela ne valait pas la peine de la voler. » Devait-il dire qu'elle contenait des dossiers ? Non.

Le procureur l'écoutait à peine. Il fit signe au plus jeune policier. « Allez chercher le paquet dans la voiture. »

Quel paquet ? Les doigts d'Edgar Highley se crispèrent sur le verre. Si c'était un piège ?

Ils restèrent silencieux. Le policier réapparut et tendit à Scott un paquet entouré d'un élastique. Scott le détacha et défit le papier d'emballage, découvrant une chaussure toute déformée. « Reconnaissez-vous ce mocassin, docteur ? »

Il humecta ses lèvres. Prudence. Quel pied était-ce ? Tout en dépendait. Il se pencha, examina la chaussure. C'était le pied gauche, le mocassin qui se trouvait dans le tiroir d'Edna. Ils n'avaient pas trouvé sa trousse.

« Certainement pas. Devrais-je reconnaître cette vieille chaussure ?

— Elle appartenait à votre patiente, Vangie Lewis, qui la portait depuis plusieurs mois en venant à votre cabinet. Et vous ne l'avez jamais remarquée ?

— Mme Lewis portait une paire de chaussures plutôt usagées. Je ne suis pas spécialement entraîné à reconnaître une chaussure que l'on me brandit sous les yeux !

— Avez-vous jamais entendu parler du docteur Emmet Salem ? »

Il serra les lèvres. « C'est possible. Ce nom ne m'est pas inconnu. Il faudrait que je consulte mon répertoire.

— N'était-il pas membre du corps médical de l'hôpital du Christ dans le Devon en même temps que vous ?

— Mais naturellement. C'est cela. Il était membre temporaire. Bien sûr. Je me souviens très bien de lui. » Que savaient-ils au sujet de l'hôpital du Christ ?

« Avez-vous rendu visite hier soir au docteur Emmet Salem à l'hôtel Essex House ?

— Je crois avoir déjà répondu à cette question.

— Saviez-vous que Vangie Lewis était enceinte d'un fœtus de race orientale ? »

C'était donc ça ! Il répondit avec assurance. « Mme Lewis me paraissait de plus en plus terri-fiée à l'idée d'accoucher. Ce qui semble normal, n'est-ce pas ? Elle savait qu'elle ne pourrait jamais faire croire que son mari était le père de l'enfant. »

Ils le questionnaient à présent au sujet d'Anna Horan et de Maureen Crowley. Ils approchaient. Trop près. Comme des chiens qui flairent leur proie.

« Ces jeunes personnes sont des exemples typiques de femmes qui désirent interrompre une grossesse et blâment ensuite leur médecin sous le coup du choc émotionnel. Le fait est courant.

Vous pouvez le vérifier auprès de n'importe lequel de mes confrères. »

Richard écoutait Scott poursuivre son interrogatoire. Scott avait raison, pensa-t-il amèrement. Tout se recoupait. Pris séparément, chaque élément s'expliquait. À moins de prouver que des patientes étaient mortes à la clinique Westlake par suite de faute professionnelle, il serait impossible d'accuser Edgar Highley.

Highley était tellement maître de lui ! Richard essaya d'imaginer comment son propre père, un neurologue, réagirait si on le questionnait au sujet de la mort suspecte de l'un de ses malades. Comment Bill Kennedy réagirait-il ? Et comment lui, Richard, se comporterait-il en tant qu'individu et en tant que médecin ? Pas comme cet homme – pas avec ce mépris, ce sarcasme.

C'était de la comédie. Richard en était sûr. Edgar Highley jouait un rôle. Mais comment le prouver ? Il sut avec une certitude accablante qu'ils ne trouveraient jamais rien dans les dossiers leur permettant d'accuser Highley. Il était bien trop fort pour cela.

Scott posait des questions au sujet du bébé des Berkeley. « Docteur, vous savez que Mme Elisabeth Berkeley a donné naissance à un bébé aux yeux verts. N'est-ce pas une impossibilité d'ordre médical lorsque les deux parents et les quatre grands-parents ont les yeux bruns ?

— En effet, mais M. Berkeley n'est pas le père de l'enfant. »

Ni Scott ni Richard ne s'attendaient à cette accusation. « Cela ne signifie pas que je connaisse le père, ajouta doucement Edgar Highley, mais je doute fort que le rôle de l'obstétricien soit de se mêler de ce genre de choses. Si ma patiente préfère me dire que son mari est le père de l'enfant, j'accepte sa version. »

Quel dommage ! pensa-t-il. La gloire attendra encore un peu plus longtemps. Il ne pourrait plus faire état du succès remporté avec le bébé des Berkeley. Mais il y en aurait d'autres.

Scott regarda Richard, soupira et se leva. « Docteur Highley, vous apprendrez, en vous rendant à votre cabinet demain matin, que nous avons fait saisir tous les dossiers médicaux et administratifs de la clinique. Nous nous étonnons du nombre de décès survenus en maternité à Westlake, et ceci fait l'objet d'une enquête particulière. »

Il se trouvait sur un terrain favorable. « Je vous invite à faire l'examen le plus minutieux des dossiers de toutes mes patientes. Je puis vous assurer que le taux de décès à la clinique Westlake est particulièrement bas si l'on prend en considération les grossesses extrêmement difficiles dont nous nous occupons. »

L'odeur de fondue se répandait dans la maison. Il avait faim. Terriblement faim. La fondue allait brûler si on ne la remuait pas.

Le téléphone sonna. « Je vais laisser mon service répondre à ma place », dit-il. Non. Il devait répondre lui-même. C'était sûrement la clinique. Ils appelaient pour le prévenir que Mme DeMaio n'était pas encore rentrée chez elle et que sa sœur était affolée. Voilà l'occasion ou jamais de mettre le procureur et le docteur Carroll au courant de la disparition de Katie. Il prit l'appareil. « Ici le docteur Highley.

— Docteur, ici le lieutenant Weingarden du septième commissariat de New York. Nous venons d'arrêter un homme correspondant à la description de l'individu qui a dérobé une trousse dans la malle de votre voiture la nuit dernière. »

La trousse.

« L'a-t-on retrouvée ? » Sa voix le trahissait. Le procureur et le docteur Carroll le regardèrent avec curiosité. Le procureur s'approcha du bureau et s'empara de l'autre appareil.

« Oui, nous avons retrouvé votre trousse, docteur. C'est tout le problème. Son contenu peut conduire à des accusations bien plus sérieuses que le vol. Docteur, pouvez-vous nous décrire le contenu de la trousse ?

— Quelques médicaments – des remèdes classiques. C'est une trousse d'urgence.

— Et pouvez-vous expliquer la présence d'un dossier médical provenant d'un certain docteur Emmet Salem, d'un presse-papiers et d'une vieille chaussure ? »

Il sentait le regard dur, soupçonneux, de Scott Myerson. Il ferma les yeux. Quand il parla à nouveau, sa voix était parfaitement contrôlée. « Vous plaisantez ?

— Je m'attendais à cette réponse de votre part, docteur. Nous collaborons avec le bureau du procureur du comté de Valley sur l'enquête au sujet de la mort du docteur Salem la nuit dernière. Il semblerait que le suspect aurait pu tuer le docteur Salem au cours d'un cambriolage. Merci, docteur. »

Il entendit Scott Myerson ordonner au policier de New York : « Ne raccrochez pas ! »

Il replaça lentement le récepteur sur son support. Tout était fini. Ils avaient la trousse. C'était fini. L'espoir d'échapper à l'enquête par le bluff venait de disparaître.

Le presse-papiers encore gluant du sang d'Emmet Salem, le dossier de Vangie Lewis contredisant les données du dossier qui se trouvait dans son cabinet, la chaussure, ce misérable vieux mocassin.

Si le mocassin lui allait...

Il baissa les yeux, contemplant la patine de ses élégantes chaussures anglaises.

Ils chercheraient jusqu'à ce qu'ils trouvent les véritables dossiers.

Si le mocassin était de la même pointure...

Ils n'étaient pas à la pointure de Vangie Lewis. L'ironie suprême serait qu'ils lui aillent, *à lui*. Comme s'il les avait portés, ces mocassins le reliaient aux morts de Vangie Lewis, d'Edna Burns et d'Emmet Salem.

Un rire incontrôlé le saisit intérieurement, secouant ses épaules. Le procureur avait fini de téléphoner. « Docteur Highley, dit Scott Myerson d'un ton officiel. Vous êtes en état d'arrestation pour le meurtre du docteur Emmet Salem. »

Edgar Highley vit le policier assis derrière le bureau se lever. Il n'avait pas remarqué qu'il prenait des notes. Le policier sortit des menottes de sa poche.

Des menottes. La prison. Un procès. De misérables êtres humains lui imposant leur justice. Lui qui avait maîtrisé l'acte premier de la vie, le processus de la naissance, qu'il devienne un prisonnier de droit commun !

Il se redressa, toute son énergie retrouvée. Il avait entrepris une opération. Malgré sa virtuosité, l'opération avait échoué. Le patient était cliniquement mort. Il ne restait plus qu'à débrancher la machine.

Le docteur Carroll le dévisageait. Depuis leur première rencontre mercredi soir, Carroll lui avait manifesté de l'hostilité. Edgar Highley était certain que Richard Carroll avait été le premier à le soupçonner. Mais il tenait sa vengeance. La mort de Katie DeMaio serait sa vengeance sur Richard Carroll.

Le policier s'approchait de lui. Le feu se refléta dans les menottes.

Highley sourit poliment. « Je me souviens brusquement que j'ai en ma possession certains dossiers qui pourraient vous intéresser », dit-il. Il se dirigea vers le mur, déclencha le mécanisme qui actionnait le panneau. Ce dernier pivota et Highley ouvrit machinalement le coffre-fort.

Il pouvait rassembler les dossiers, les jeter dans le feu. Avant qu'ils ne puissent l'en empêcher, il aurait fait flamber les dossiers les plus importants.

Non. Il voulait qu'ils mesurent son génie, qu'ils regrettent.

Il prit les dossiers dans le coffre, les plaça sur le bureau. Tous l'observaient à présent. Carroll s'avança vers le bureau. Le procureur avait encore la main sur le téléphone. Le jeune policier attendait avec les menottes. Le deuxième était revenu dans la pièce. Il avait probablement fouillé la maison, cherché dans ses affaires. Les chiens forçaient leur proie.

« Oh ! voici le dernier cas dont vous aimerez vous occuper ! »

Il revint vers la table près de la cheminée et prit son verre de scotch. Il se dirigea vers le coffre en buvant d'un air négligent. Le flacon de poison se trouvait au fond du coffre. Il l'y avait placé lundi en cas de besoin. Il en avait besoin à présent. Il n'avait pas imaginé une pareille fin. Mais il pouvait encore décider de la vie et de la mort. C'était à lui seul de prendre la dernière décision. Une odeur d'huile envahissait la pièce. Il pensa avec regret à la fondue.

Ses gestes devinrent rapides dès qu'il fut devant le coffre. Il déboucha le flacon, versa les cristaux de cyanure dans son verre, et porta un dernier toast ironique.

« Non ! » hurla Richard, se ruant en travers de la pièce, tandis qu'Edgar Highley portait le verre à ses lèvres et en avalait le contenu d'un trait.

Richard lui arracha le verre des mains. Mais il était trop tard. Les quatre hommes regardèrent Highley s'écrouler, ses grognements et ses râles se transformant en convulsions silencieuses.

« Oh ! mon Dieu ! », dit le plus jeune des policiers. Il partit en courant, le teint vert.

« Pourquoi a-t-il fait ça ? demanda l'autre. Quelle atroce façon de mourir ! »

Richard se pencha sur le corps. Le visage de Highley était déformé, une écume blanchâtre lui couvrait les lèvres. Ses yeux gris globuleux étaient grands ouverts et fixes. Il aurait pu faire tant de bien, pensa Richard. Et il a préféré utiliser le don que lui avait donné Dieu pour se livrer à des expériences sur des vies humaines.

« À partir du moment où la police de New York a téléphoné, il a su qu'il ne pouvait plus s'en tirer par le mensonge ou par le meurtre, dit Scott. Vous aviez raison à son sujet, Richard. »

Se redressant, Richard se dirigea vers le bureau et parcourut les noms inscrits sur les dossiers. Berkeley. Lewis. « Ce sont les dossiers que nous cherchions. » Il ouvrit le dossier Berkeley. La première page commençait ainsi :

Elisabeth, âgée de 39 ans, est devenue ce jour ma patiente. Elle ne concevra jamais son propre enfant. J'ai décidé qu'elle serait ma prochaine patiente expérimentale.

« C'est une page de l'histoire de la médecine », dit doucement Richard.

Scott se tenait debout près du corps. « Et quand je pense que ce fou était le médecin de Katie », murmura-t-il.

Richard s'interrompit dans la lecture du dossier de Liz Berkeley et leva les yeux. « Que dites-vous ? demanda-t-il. Highley soignait Katie ?

— Elle avait rendez-vous chez lui mercredi dernier, répliqua Scott.

— Comment ?

— Elle l'a mentionné par hasard. » Le téléphone sonna. Scott décrocha le récepteur. « Oui », puis il ajouta : « Je regrette, ce n'est pas le docteur Highley. Qui est à l'appareil, je vous prie ? » Son expression changea. C'était Molly Kennedy. « Molly ! »

Richard regarda fixement Scott. L'appréhension lui raidissait la nuque. « Non, disait Scott. Je ne peux pas vous passer le docteur Highley. De quoi s'agit-il ? »

Il écouta et couvrit le récepteur de sa main. « Bon Dieu ! dit-il. Highley a fait entrer Katie à Westlake ce soir, et elle est introuvable. »

Richard lui arracha le téléphone des mains. « Molly, que s'est-il passé ? Pourquoi Katie se trouvait-elle à la clinique ? Que voulez-vous dire en affirmant qu'elle est introuvable ? »

Il écouta. « Allons, Molly. Katie ne s'en irait jamais d'une clinique. Vous devriez le savoir. Attendez. »

Posant l'appareil, il étala fébrilement tous les dossiers sur le bureau, et trouva enfin celui qu'il redoutait de découvrir. DeMaio Kathleen. L'ouvrant, il le parcourut rapidement, son visage pâlissant au fur et à mesure de sa lecture. Il arriva au dernier paragraphe.

Avec le calme du désespoir, Richard reprit le téléphone. « Molly, passez-moi Bill », ordonna-t-il. Devant Scott et les policiers attentifs, il déclara : « Bill, Katie est en train de faire une hémorragie quelque part dans la clinique Westlake. Appelez le laboratoire de Westlake. Nous aurons besoin d'une bouteille de 0 négatif dès l'instant où nous la retrouverons. Qu'ils soient prêts à faire une analyse d'hémoglobine. Dites-leur de préparer la salle d'opération. Je vous rejoins immédiatement sur place. » Il raccrocha.

C'est extraordinaire, pensa-t-il. Même en sachant qu'il est peut-être trop tard, vous êtes encore capable de fonctionner. Il se tourna vers le policier debout près du bureau. « Appelez la clinique. Faites constituer une équipe de recherche avec le personnel de Highley et dites-leur de commencer immédiatement à chercher Katie. Qu'ils regardent partout, dans chaque pièce, chaque placard. Que tout le personnel de la clinique s'y mette. C'est une affaire de secondes. »

Le plus jeune policier se précipita sans plus attendre pour faire démarrer la voiture. « Venez, Richard », dit Scott.

Richard emporta le dossier de Katie. « Il faut que nous sachions ce qu'il lui a fait. » Il contempla un instant le corps d'Edgar Highley. Il s'en était fallu de quelques secondes qu'il l'empêchât de mourir. Serait-il trop tard pour Katie ?

Il s'enfonça dans le siège arrière de la voiture de police qui fonçait dans la nuit. Highley avait administré de l'héparine à Katie plus d'une heure auparavant. L'action de l'anticoagulant était rapide.

Katie, pensa-t-il, pourquoi n'avoir rien dit ? Pourquoi vouliez-vous agir toute seule ? Personne ne le peut. Katie, nous pourrions être si bien ensemble. Oh ! Katie, vous le savez autant que moi ! Vous vous y êtes opposée. Pourquoi ? Si seulement vous m'aviez fait confiance, si vous m'aviez dit que vous consultiez Edgar Highley. Je ne vous aurais jamais laissée l'approcher. Comment ne me suis-je pas rendu compte que vous étiez malade ? Katie, je vous aime. Ne mourez pas, Katie. Attendez. Laissez-moi vous retrouver. Ne mourez pas, Katie !

Ils arrivèrent à la clinique. Des voitures de police entraient en vrombissant dans le parking. Ils grimpèrent les marches de l'entrée quatre à quatre. Phil, les traits marqués, dirigeait les recherches.

Bill et Molly arrivèrent en courant dans le hall. Molly sanglotait. Bill était mortellement pâle. « John Pierce arrive tout de suite. C'est le meilleur hématologue du New Jersey. Ils ont chez eux un stock suffisant de sang, et nous pourrons en obtenir davantage de la banque du sang, s'il le faut. L'avez-vous trouvée ?

— Pas encore. »

Les portes entrebâillées de l'escalier de secours s'ouvrirent brutalement. Un policier accourut. « Elle est dans le sous-sol de la morgue. Je crois qu'elle est morte. »

Quelques instants plus tard, Richard tenait Katie dans ses bras. Elle avait la peau et les lèvres couleur de cendre. Il ne sentait plus battre son pouls. « Katie, Katie ! »

La main de Bill se posa sur son épaule. « Emmenez-la en haut. Il faut faire vite. »

80

Elle était dans le tunnel. Au bout, il y avait de la lumière. Il faisait chaud au bout du tunnel. Il serait si facile de se laisser flotter jusque-là.

Mais quelqu'un l'empêchait d'y aller. Quelqu'un la retenait. Une voix. La voix de Richard. « Tenez bon, Katie ! Tenez bon ! »

Elle avait tellement envie de ne pas revenir. C'était si difficile. Il faisait si noir. Ce serait tellement facile de se laisser glisser.

« Tenez bon, Katie. »

Soupirant, elle se retourna et commença à revenir sur ses pas.

81

Le lundi soir, Richard entra sur la pointe des pieds dans la chambre de Katie, avec douze roses à la main. Elle était hors de danger depuis dimanche matin, mais n'avait pas encore pu prononcer plus d'une parole ou deux.

Il la regarda. Elle avait les yeux fermés. Il décida d'aller demander un vase à l'infirmière.

« Posez-les sur moi. »

Il se retourna d'un coup. « Katie ! » Il attira une chaise à lui.

« Comment vous sentez-vous ? » Elle ouvrit les yeux et grimaça en regardant l'appareil à transfusion. « J'ai entendu dire que les vampires organisaient une manifestation. Je les conduis à la faillite.

— Vous allez mieux. » Il espérait que l'on ne voyait pas qu'il avait les yeux humides.

Elle le remarqua, leva doucement sa main libre et lui effleura les paupières. « Avant que je ne m'endorme à nouveau, racontez-moi ce qui s'est passé. Autrement je vais me réveiller à trois heures du matin et essayer de tout reconstituer. Pourquoi Edgar Highley a-t-il tué Vangie Lewis ?

— Il faisait des expériences sur ses patientes, Katie. Vous avez bien entendu parler du bébé-éprouvette en Angleterre.

« L'ambition de Highley allait bien plus loin que la fertilisation *in vitro*. Il avait entrepris de prélever des fœtus de femmes avortées et de les transplanter dans l'utérus de femmes stériles. Et il a réussi ! Pendant ces huit dernières années, il avait appris à réduire les risques de rejet du fœtus.

« Il a obtenu un résultat positif. J'ai montré ses dossiers au laboratoire de l'hôpital du Mont-Sinaï, ils affirment qu'Edgar Highley a fait faire un bond en avant considérable à la recherche embryonnaire.

« Mais après ce succès, il voulait s'aventurer sur un terrain nouveau. Anna Horan, une femme qu'il fit avorter, prétend qu'elle a voulu garder son bébé au dernier moment, mais qu'il l'assomma et lui prit son fœtus alors qu'elle était inconsciente. C'est exact. Vangie Lewis attendait dans la pièce à côté pour la transplantation. Vangie croyait simplement qu'elle recevait un traitement qui devait l'aider à devenir enceinte de son propre enfant. Highley n'avait pas imaginé qu'elle garderait un fœtus de race jaune aussi longtemps, bien qu'il ait tellement perfectionné le processus que la question de race n'était plus réellement un problème.

« Voyant que Vangie n'avortait pas spontanément, il fut tellement fasciné par ses propres recherches qu'il préféra ne pas détruire le fœtus. Il décida de l'amener à terme. Qui l'aurait blâmé si Vangie avait eu un enfant en partie de race orientale ? La mère naturelle Anna Horan est mariée à un Caucasien.

— Il a pu supprimer le processus d'immunisation ? » Katie se souvenait des tableaux compliqués de ses cours de science au collège.

« Oui, et sans mettre l'enfant en danger. Les risques pour la mère étaient beaucoup plus grands. Il a tué seize femmes durant les huit dernières années. Vangie est tombée très gravement malade. Malheureusement pour elle, elle rencontra Highley lundi dernier dans la soirée, au moment où elle quittait Fukhito. Elle lui a dit qu'elle allait consulter son ancien médecin à Minneapolis. Cela représentait un risque pour Highley. Cette maternité n'avait pas une chance sur un million de paraître naturelle, et n'importe quel gynécologue ayant suivi Vangie s'en apercevrait.

« Mais c'est en mentionnant le nom d'Emmet Salem qu'elle fut condamnée. Highley savait que Salem devinerait ce qui s'était passé lorsque Vangie mettrait au monde un bébé à demi oriental, et qu'elle jurerait n'avoir jamais approché un homme de race jaune. Salem se trouvait en Angleterre au moment de la mort de la première femme de Highley. Il était au courant du scandale.

« Et maintenant, dit Richard, assez avec toute cette histoire. Le reste peut attendre. Je vois vos yeux se fermer.

— Non… Vous dites qu'Edgar Highley a réussi l'une de ses expériences. A-t-il réellement mené à terme un fœtus transplanté ?

— Oui. Et si vous étiez restée cinq minutes de plus, mardi soir chez Molly, vous auriez vu le bébé Berkeley et deviné qui était la mère naturelle. Liz Berkeley a porté le bébé de Maureen Crowley.

— Le bébé de Maureen ! » Les yeux de Katie s'agrandirent, son envie de dormir évanouie. Elle chercha à se redresser.

« Doucement. Vous allez faire tomber l'aiguille. » Il lui toucha légèrement l'épaule, la força à s'étendre à nouveau. « Highley conservait une description complète de ses interventions depuis l'instant où il a avorté Maureen pour transplanter le fœtus sur Liz. Il enregistrait toujours chaque médicament, chaque symptôme, chaque problème jusqu'à l'accouchement.

— Maureen est-elle au courant ?

— Il nous a paru normal de le lui dire. Ainsi qu'aux Berkeley. Et de laisser ces derniers examiner les dossiers. Jim Berkeley a toujours cru que sa femme lui avait menti à propos de l'insémination artificielle. Et vous connaissez les remords de Maureen au sujet de son avortement. Ils la détruisaient. Elle est allée voir son bébé. C'est une femme heureuse à présent, Katie. Elle l'aurait sûrement fait adopter s'il était né naturellement. Après avoir vu Maryanne et tout l'amour dont l'entourent les Berkeley, Maureen est rassurée. Mais je crains que vous ne perdiez la meilleure des secrétaires. Maureen retourne à l'université l'an prochain.

— Et la mère du bébé de Vangie ?

— Anna Horan avait déjà suffisamment de chagrin. Nous n'avons pas estimé nécessaire de lui faire savoir que le bébé serait né si Highley n'avait pas assassiné Vangie. Elle aura d'autres enfants. »

Katie se mordit la lèvre. Il fallait qu'elle sache. « Richard, dites-moi la vérité, je vous en prie. Je faisais une hémorragie lorsque vous m'avez trouvée. Qu'a-t-on été obligé de faire pour la stopper ?

— Rassurez-vous. Ils vous ont fait un simple curetage.

— C'est tout ?

— C'est tout, Katie. Vous pourrez avoir une douzaine d'enfants si vous le désirez. »

Il posa sa main sur la sienne. Cette main qui avait été là, qui l'avait retenue quand elle était si près de la mort. Cette voix qui l'avait forcée à revenir en arrière.

Elle regarda Richard un long moment sans rien dire. Oh ! comme je vous aime ! pensa-t-elle. Je vous aime si profondément !

L'expression troublée, anxieuse, de Richard se transforma soudain en un large sourire. Visiblement, il était satisfait de ce qu'il découvrait sur le visage de Katie.

Katie lui rendit son sourire. « Vous êtes bien sûr de vous, n'est-ce pas, docteur ? » lui demanda-t-elle d'un ton joyeux.

Photocomposition Nord Compo
59650 Villeneuve-d'Ascq